KB131407

브라운 신부의 순진

브라운 신부의 순진

The Innocence of Father Brown

길버트 키스 체스터턴 단편집   이상원 옮김

THE INNOCENCE OF FATHER BROWN
by GILBERT KEITH CHESTERTON (1911)

이 책은 실로 꿰매어 제본하는 정통적인 사철 방식으로 만들어졌습니다.
사철 방식으로 제본된 책은 오랫동안 보관해도 손상되지 않습니다.

푸른 십자가

은빛 아침 하늘과 반짝이는 초록 바다 사이로 배 한 척이 하리치항에 들어와 파리 떼처럼 보이는 승객 무리를 내려놓았다. 그중 우리가 지켜봐야 할 사람은 수상한 낌새가 전혀 없고 그러기를 바라지도 않는 모습이었다. 휴가라도 온 듯 가벼운 옷차림과 업무에 열중하는 표정이 살짝 모순된다는 점만 빼면 특별할 것이 없었다. 가벼운 연회색 재킷에 흰 조끼, 회청색 선이 둘러진 은색 밀짚모자 차림이었다. 하지만 여윈 얼굴은 옷차림과 대조적으로 가무잡잡했다. 짧게 자른 검은 턱수염은 스페인 사람처럼 보이게 하기도 하고 엘리자베스 시대의 주름 깃 느낌을 주기도 했다. 그는 무심하게 담배를 피웠다. 연회색 재킷 안에 장전된 권총이 들어 있다거나 흰 조끼 속에 경찰 신분증이 숨겨져 있다고는, 그리고 밀짚모자 아래 유럽 최고의 두뇌가 자리 잡고 있다고는 아무도 상상하지 못하리라. 그는 파리 경찰청장이자 세상에서 가장 유명한 수사관인 발랑탱이었다. 금세기 최대 거물을 체포하기 위해 브뤼셀에서 런던으로 가는 길이었다.

플랑보는 영국에 있었다. 겐트에서 브뤼셀로, 브뤼셀에서 훅판홀란트로 추적을 거듭하던 세 나라 경찰은 마침내 그 거물 범죄자가 성체 대회의 어수선하고 혼란스러운 틈을 타서 런던에 들어갈 것이라고 결론 내렸다. 아마도 성체 대회와 관련된 하급 성직자나 직원인 척하며 이동할 것이었다. 하지만 물론 발랑탱은 이를 확신하지 못했다. 플랑보에 관한 한 확신하기란 불가능했다.

세상을 뒤흔든 그의 범죄 행각이 갑자기 중단된 지 여러 해가 지났다. 땅 위에는 평화가 찾아왔다. 하지만 전성기(다시 말해 악명이 최고조이던 시기)의 플랑보는 독일 황제만큼이나 유명하고 국제적인 인물이었다. 이전 범죄의 충격이 채 가시기도 전에 새로운 범죄 소식이 거의 매일 아침 신문을 장식했다. 그는 프랑스 가스코뉴 출신으로 키가 크고 몸도 탄탄했다. 그 신체적 특성 때문에 신기한 소문들도 떠돌았다. 〈마음을 정화하기 위해〉 판결문을 거꾸로 놓고 물구나무 자세로 읽었다는 둥, 경찰관들을 양 옆구리에 끼고 리볼리 거리를 달렸다는 둥. 그의 엄청난 신체적 힘은 상대를 우스꽝스러운 꼴로 만드는 데 주로 사용되었을 뿐, 피를 흘리게 하는 일은 일어나지 않았다. 그가 저지르는 범죄는 독창성이 돋보이는 절도였기 때문이다. 절도 수법은 늘 새로웠고 매번 전설을 만들었다. 유제품은커녕 젖소 한 마리, 수레 하나, 우유 한 방울도 없이 런던에서 고객 수천 명을 확보하여 티롤 유업이라는 큰 회사를 경영하기도 했다. 남의 집 문 앞에 배달된 우유를 슬쩍해서 자기 고객의 집 앞에 가져다 두는 간단한 방법이었다. 엄중한 감시망을 뚫고 젊은 여성과 친밀한 서신을 무수히 교환하기도 했다. 현미경 슬라이드에서만 볼 수 있도록 편지를 작게 사진 찍어 보내는 기발한 방법 덕분이었다. 하지만 그의 범죄가 지닌 가장 큰 특징은 놀라울 정도로 단순하다는 점이었다. 한번은 여행자 한 사람을 유인하기 위해 밤중에 거리 전체의 번지수를 바꿔 놓기도 했다. 이동식 우체통을 만들어 한적한 외곽 지역에 설치하기도 했다. 지나가던 사람이 우연히 집어넣은 우편환을 가로채기 위해서 말이다. 플랑보는 놀라운 곡예 능력으로도 유명했다. 거구임에도 메뚜기처럼 뛰어올라 원숭이처럼 나무꼭대기로 사라질 수 있었다. 그런 플랑보였으니, 발랑탱은 상대를 찾아내는 것만으로는 임무가 끝날 수 없다는 것을 출발하기 전부터 잘 알고 있었다.

하지만 찾는 것부터 문제였다. 대체 어떻게? 발랑탱은 아직 작전을 수립하지 못한 상태였다.

변장의 귀재 플랑보가 가릴 수 없는 한 가지는 바로 유달리 큰 키였다. 발랑탱의 날카로운 눈은 키 큰 사과 장수 여인도, 키다리 보병도, 심지어 약간 큰 편인 공작부인도 그냥 보내 주지 않았을 것이다. 하지만 기차 안에는 플랑보가 변장했을 것 같은 인물이 없었다. 기린이 고양이로 변장할 수는 없는 노릇 아닌가. 배에서 만난 승객들은 충분히 살펴보았고, 항구에서 기차에 오른 사람은 모두 여섯 명이었다. 종착역까지 간다는 키 작은 역무원 한 명, 두 정거장 지났을 때 올라탄 작은 체구의 채소 장수 세 명, 에식스 읍내에서 탄 유난히 작은 과부 한 명, 그리고 에익스 시골 마을에서 올라탄 작달막한 로마 가톨릭 신부 한 명이었다. 마지막 사람을 보는 순간 발랑탱은 그만 웃음을 터뜨릴 뻔했다. 전형적인 동부 촌사람답게 둥글고 넓적한 얼굴에 두 눈은 북해처럼 공허한 그 작달막한 신부는 갈색 종이 꾸러미를 여러 개 간수하느라 쩔쩔매는 모습이었다. 갑자기 땅 위로 올라온 두더지들처럼 이렇게 무력하고 눈먼 존재들을 시골 교구에서 끌어낸 것은 성체대회가 분명했다. 발랑탱은 프랑스식의 철저한 무신론자여서 성직자에게 가차 없는 입장을 취할 수도 있었지만, 동정심을 느꼈다. 아마 누구든 그 신부에게는 그랬을 것이다. 신부는 커다랗고 낡은 우산을 계속 바닥에 떨어뜨렸다. 손에 든 왕복 차표 중 어느 쪽을 돌아갈 때 내야 하는지도 모르는 듯했다. 그러면서 모든 승객에게 자기 짐 꾸러미에 진짜 은과 〈푸른 보석〉으로 만든 귀한 물건이 들어 있어 조심해야 한다고 천진하게 설명했다. 에익스의 촌스러움과 성직자다운 천진함이 어우러진 그 모습은 신부가 토트넘에 도착해 간신히 짐을 다 챙겨 가지고 내렸다가 우산을 가지러 되돌아올 때까지 발랑탱에게 계속 웃음을 주었다. 발랑탱은 우산 때문에 다시 기차에 오른 신부에게 다가가서, 만나는 사람 모두에게 귀한 은제품 얘기를 떠벌리진 않는 것이 좋겠다고 친절하게 조언해 주기까지 했다. 그러는 동안에도 그의 시선은 여전히 사방을 훑으면서 키 180센티미터 이상인 사람을 찾았다. 부자든 가난뱅이든, 여자든 남자든 상관없이 말이다. 플랑보의 키가 190센티미터 정도였기 때문이다.

리버풀 거리에서 내린 발랑탱은 아직까지 플랑보를 만나지 못했다고 확신했다. 그는 런던 경찰국으로 가서 신분을 밝히고, 필요한 경우 도움을 받을 수 있도록 조치해 두었다. 그러고 나서 담배에 불을 붙인 뒤 런던 거리를 걷기 시작했다. 빅토리아 역을 지나 거리와 광장을 걷던 그는 갑자기 걸음을 멈췄다. 고풍스럽고 모든 것이 정지된 듯 고즈넉한 전형적인 런던의 광장이었다. 주변의 높은 아파트들은 한때 영화를 누렸을지 모르지만 지금은 텅 빈 듯했다. 광장 중심부의 관목 정원은 태평양의 작은 섬처럼 버려져 있었다. 광장의 네 면 중 하나는 마치 연단처럼 다른 면들보다 높이 올라가 있었다. 소호 거리에 어울릴 법한 멋진 식당이 들어서면서 그쪽 면을 손댄 것이었다. 꼬마 식물을 심은 화분들이 놓여 있고 레몬색과 흰색 줄무늬 블라인드가 쳐진 식당 건물은 두말할 것 없이 매력적이었고 거리의 다른 건물보다 더 높이 솟아 있었다. 화재 대피용 계단이 1층 창문으로 연결되듯, 거리에서 올라가는 계단은 식당 정문으로 이어졌다. 발랑탱은 레몬색과 흰색 줄무늬 블라인드 앞에 서서 담배를 피우며 생각에 잠겼다.

기적에 있어 가장 믿기 어려운 점은 그 기적이 실제로 일어난다는 것이다. 하늘의 구름이 모여 응시하는 눈[目] 모양을 만들기도 하고, 의구심으로 가득한 여행을 하던 중에 정확하게 물음표 모양의 나무 한 그루가 선 풍경을 마주하기도 한다. 두 가지 모두 지난 며칠 사이 내가 직접 경험한 일이다. 넬슨 장군은 승리의 순간에 죽음을 맞았고, 윌리엄스라는 남자가 우연히 죽이게 된 남자의 이름이 윌리엄슨이어서 마치 가족 살해처럼 보이기도 한다. 다시 말해 요정의 장난처럼 우연한 요소들이 우리 삶에는 분명 존재한다. 상상력이 부족한 사람은 영원히 깨닫지 못하겠지만 말이다. 에드거 앨런 포의 역설이 잘 드러내듯, 지혜는 뜻밖의 것을 예상해야 하는 법이다.

아리스티드 발랑탱은 철저한 프랑스인이었다. 프랑스의 지성은 특별하고 독자적이다. 그는 〈생각하는 기계〉는 아니었다. 이 말은 현대의 운명주의와 물질주의가 만들어 낸 어리석은 표현일 뿐이니까. 기계는 생각하지 못하기 때문에 기계인 것이다. 하지만 발랑탱은 생각하는 인간이자 동시에 한 인간이었다. 마술이라도 부리는 듯한 그의 놀라운 성공 이력은 집요한 추론, 명료하고 상식적인 프랑스식 사고에 힘입은 것이었다. 프랑스인들은 역설이 아닌, 자명한 이치로 세상을 깜짝 놀라게 한다. 그 자명한 이치는 프랑스 혁명에서도 드러났다. 하지만 발랑탱은 이성을 이해한다는 바로 그 이유 때문에 이성의 한계도 이해했다. 자동차에 대해 전혀 모르는 사람만이 휘발유 없이 자동차 이야기를 하듯, 이성에 대해 전혀 모르는 사람만이 논란의 여지 없는 강력한 기본 원칙 없이 이성에 대해 떠드는 법이었다. 현재 발랑탱에게는 강력한 기본 원칙이 없었다. 플랑보는 하리치에 없었다. 그럼에도 그가 런던에 들어왔다면, 윔블던 광장의 부랑자도, 메트로폴 호텔의 연회 진행자도 될 수 있었다. 이렇듯 아무것도 확실하지 않은 상태에 있을 때 발랑탱에게는 그 나름의 시각과 방법이 있었다.

　이럴 때 그는 뜻밖의 경우를 예상했다. 이성의 경로를 따라갈 수 없는 상황일 터이니 비이성의 경로를 냉정하고 조심스럽게 따라가는 것이었다. 은행, 경찰서, 밀약 장소 같은 타당한 곳 대신 엉뚱한 곳을 체계적으로 더듬어 갔다. 빈집마다 문을 두드려 보고, 막다른 골목마다 들어가 보고, 쓰레기로 막힌 길을 더듬어 가거나 엉뚱한 곳으로 연결된 우회로에 들어가는 식이었다. 그는 이 괴상한 방법을 매우 논리적으로 설명했다. 단서가 있다면 최악의 방법이겠지만, 단서가 전혀 없다면 최선의 방법이라는 것이었다. 추적하는 사람의 눈길을 끌 만큼 기이한 것은 추적당하는 사람의 눈길도 끌기 마련이라는 설명이었다. 어딘가에서 시작해야만 한다면, 상대방이 멈췄을 것 같은 장소가 최고다. 식당 입구까지 올라간 계단의 무언가, 고요하고 정취 있는 식당의 무언가가 발랑탱에게 흔치 않은 낭만적인 느낌을 갖게 해, 그는 일단 거기서 실마리를 풀어 보기로 했다. 그는 계단을 올라가 창가 자리에 앉아서 블랙커피를 주문했다.

　오전 시간이 절반쯤 지났지만 아직 아침 식사를 하지 못한 상태였다. 누군가 아침을 먹고 나간 흔적을 보자 허기가 느껴져 수란을 추가로 주문했다. 커피에 설탕을 넣으면서도 머릿속엔 플랑보 생각뿐이었다. 플랑보가 어떤 식으로 탈출해 왔었는지 되짚어 보았다. 손톱깎이를 이용하여 빠져나오기도 하고, 화재가 일어난 틈을 타기도 하고, 우표를 붙이지 않은 편지에 값을 지불해야 한다면서 둘러대기도 하고, 지구를 파괴할 수 있는 혜성을 모두가 망원경으로 관찰하게 만들기도 하고 등등. 발랑탱은 형사로서 자신의 두뇌가 플랑보 못지않다고 생각했다. 그건 사실이었다. 하지만 자신이 불리한 위치라는 점도 분명했다. 「범죄자는 창조적인 예술가지만 수사관은 비평가일 뿐이지.」 그는 쓴웃음을 지으며 중얼거리고는 커피 잔을 천천히 들어 입술에 가져갔다가 황급히 내려놓았다. 짠맛이 났던 것이다.

흰색 가루가 든 통을 살펴보았다. 분명히 설탕 통이었다. 샴페인 병에 샴페인이 들어갈 수밖에 없듯 이 통에도 설탕이 들어 있어야 했다. 어째서 소금을 넣어 놓은 것일까. 다른 통은 없나 살펴보니 소금 통이 있었다. 소금 통에는 특별한 점이 없을까. 찍어서 맛을 보니 설탕이었다. 갑자기 호기심이 생긴 그는 식당 안을 둘러보며 소금 통과 설탕 통의 내용물을 바꿔 넣은 독특한 예술적 취향의 다른 흔적은 없는지 살폈다. 흰색 벽지로 도배된 한쪽 벽에 이상한 검은 얼룩이 있을 뿐 전체적으로 깔끔하고 유쾌하며 평범한 느낌이었다. 발랑탱은 벨을 눌러 웨이터를 불렀다.

이른 시간이어서 그런지 눈빛이 멍하고 머리가 헝클어진 웨이터가 달려왔다. 발랑탱은 설탕 맛을 보게 한 뒤 이것이 식당의 명성에 걸맞은 일이냐고 (약간의 유머를 곁들여) 물었다. 웨이터는 갑자기 하품을 하더니 정신을 차렸다.

「아침마다 손님들을 상대로 이런 장난을 치는 건가? 소금과 설탕을 바꿔치기하는 것이 그렇게 재미있는 모양이지?」 발랑탱이 물었다.

상황을 파악한 웨이터는 절대 그런 의도는 없었다고, 도무지 이해할 수 없는 실수라고 변명을 늘어놓았다. 설탕 통을 집어 들어 들여다보다가 다시 소금 통을 집어 들어 들여다보는 그의 얼굴 표정이 점점 난감해졌다. 결국 웨이터는 양해를 구하고 물러나더니 잠시 뒤 지배인과 함께 나타났다. 지배인 역시 설탕 통과 소금 통을 살펴보고는 당황한 표정을 감추지 못했다.

갑자기 웨이터가 급한 마음에 더듬거리며 입을 열었다.

「저기, 그러니까, 그 성직자 두 명이었나 봅니다.」

「성직자 두 명이라니?」

「저 벽에 수프를 쏟은 성직자들 말입니다.」

「벽에 수프를 쏟았다고?」 발랑탱은 이탈리아식 은유인 모양이라고 생각하며 말을 받았다.

「그렇습니다.」 웨이터는 흰 벽지 위의 검은 얼룩을 가리켰다. 「저기 저 벽에 쏟았습니다.」

발랑탱이 지배인에게 묻는 듯한 시선을 던지자 지배인이 설명을 시작했다.

「사실입니다, 손님. 그 일이 지금 이 설탕과 소금에 관련 있어 보이지는 않습니다만, 어떻든 오늘 아침 문을 열자마자 성직자 두 명이 들어와 수프를 먹었습니다. 아주 조용하고 존경할 만한 분들이었습니다. 한 사람이 계산을 하고 나갔고 다른 사람은 행동이 좀 굼떠서 짐을 챙기느라 몇 분 더 지체했지요. 그런데 그 뒷사람이 문밖으로 나서는 순간 절반 정도 남은 수프 그릇을 들어 벽에 끼얹지 않겠습니까? 안쪽에 있던 저랑 웨이터가 놀라서 뛰어나왔을 때는 얼룩만 남고 손님들은 없었습니다. 특별히 큰 피해는 아니지만 고약한 장난이지요. 뛰어나가 붙잡으려고 했으나 이미 너무 멀리 갔더군요. 길모퉁이를 돌아 카스테어스 거리로 향하는 모습만 보았습니다.」

발랑탱은 어느새 모자를 쓰고 지팡이를 든 채 떠날 준비를 마쳤다. 머릿속이 온통 암흑 상태여서 처음 마주친 신호를 따라갈 수밖에 없다고 결정한 것이다. 신호는 충분히 기묘했다. 계산을 마치고 유리문을 빠져나온 그는 곧 길모퉁이를 돌았다.

그런 흥분된 순간에도 그의 시선이 여전히 냉정하고 날카롭다는 점이 다행이었다. 상점을 지나는데 어딘지 이상했다. 되돌아가서 살펴보니 채소와 과일을 바깥에 내놓고 이름과 가격이 적힌 푯말을 꽂아 둔 채 파는 상점이었다. 가장 눈에 띄는 상품은 높이 쌓인 오렌지와 호두였다. 그런데 호두 더미에는 푸른색 굵은 글씨로 〈맛좋은 오렌지, 두 개 1페니〉라는 푯말이, 오렌지에는 〈최상품 브라질 호두, 5백 그램 4페니〉라는 푯말이 꽂혀 있었다. 조금 전에 본 우스운 장난과 아주 비슷했다. 거리 이쪽저쪽을 살피던 붉은 얼굴의 상점 주인은 발랑탱의 시선을 따라가다 문제를 파악하고 말없이 푯말을 제대로 바꿔 놓았다. 형사는 지팡이에 우아하게 기대어 상점 곳곳을 살피다 마침내 입을 열었다. 「귀찮게 굴어 죄송합니다만, 실험심리학과 개념 연상에서 나온 질문을 좀 드려도 될까요?」

붉은 얼굴을 한 상점 주인의 위협적인 시선에도 아랑곳없이 발랑탱은 지팡이를 흔들며 유쾌하게 말을 이었다. 「진열대 풋말 두 개가 런던으로 휴가 온 성직자 모자처럼 잘못 꽂혀 있는 까닭은 무엇일까요? 아니, 좀 더 명확히 말씀드리자면, 오렌지 풋말을 단 호두를 보니 한 쪽은 키가 크고 다른 한 쪽은 작은 성직자 두 명이 연상되는군요?」

  상점 주인의 두 눈이 달팽이 눈처럼 튀어나오는 듯했다. 당장이라도 낯선 행인에게 달려들 기세였다. 마침내 그가 화난 목소리로 중얼거렸다. 「당신이 어떻게 관련되었는지 모르지만, 혹시라도 아는 사이라면 똑똑히 전하시오. 또다시 내 사과를 엎어 버렸다간 성직자건 아니건 그 자리에서 작살내 버릴 것이라고.」

  「아니, 정말입니까? 사과를 엎어 버렸다고요?」 발랑탱이 안타까움을 표했다.

  「둘 중 한 사람이 그랬다오. 온 거리로 사과가 굴러가 버렸지. 그놈들을 잡았어야 하는데, 사과를 줍느라 그만.」

  「그래서 그 둘은 어디로 갔습니까?」

  「왼쪽 두 번째 거리를 따라 올라가더니 광장을 가로지릅디다.」

  「고맙습니다.」 발랑탱은 재빨리 그 자리를 떠났다. 광장 맞은편에 경찰관이 서 있었다. 「긴급 상황이오. 모자를 쓴 성직자 두 사람을 보았소?」 발랑탱이 물었다.

  경찰관이 킥킥거리며 웃기 시작했다. 「보았습니다. 한 명은 취한 상태더군요. 도로 한가운데 서서 어쩔 줄 모르는 태도로…….」

「어느 쪽으로 갔소?」발랑탱이 말을 가로챘다.

「저기서 노란 버스를 탔습니다, 햄스테드행요.」

발랑탱은 신분증을 꺼내 보여 주며 〈바로 추적해야 하니 경찰관 두 명을 불러 주게〉라고 지시한 뒤 길을 건넜다. 그 기세가 전염되었는지 체구 큰 경찰관이 민첩하게 지시를 이행했다. 2분이 채 지나지 않아 경감 한 사람과 사복 형사 한 사람이 발랑탱에게 합류했다.

경감이 진지한 표정에 미소를 띠고 물었다.「청장님, 그럼 어떤 일을…….」

발랑탱이 갑자기 지팡이를 들어 버스를 가리켰다.「저기 탄 다음에 말해 주지.」그러고는 뒤엉킨 차들 사이를 뚫고 재빨리 걸어갔다. 세 사람이 노란 버스 안에 자리 잡았을 때 경감이 말했다.「택시를 타면 네 배는 빨리 갈 텐데요.」

「맞는 말이지. 어디로 가야 하는지 안다면 말일세.」발랑탱이 조용히 말했다.

「그럼 지금 어디로 가시는 겁니까?」사복 형사가 그를 응시했다.

발랑탱은 몇 초 동안 찡그리며 피우던 담배를 던져 버리고 말했다.「상대가 무얼 하는지 안다면 그 앞을 막아 서면 되지. 그러나 무얼 할지 추측만 할 수 있다면 뒤따라가야 하네. 상대가 샛길로 가면 우리도 샛길로 가고, 멈추면 우리도 멈추고. 상대의 속도에 맞춰 움직여야지. 그래야 상대가 보는 것을 볼 수 있고, 상대가 하는 행동을 할 수 있거든. 우리가 할 일은 뭔가 수상한 점을 놓치지 않고 찾아내는 걸세.」

「어떤 수상한 점을 말씀하시는 겁니까?」경감이 물었다.

「모든 수상한 점.」발랑탱은 굳게 입을 다물었다.

노란 버스는 북쪽 도로를 따라 몇 시간 나아갔다. 발랑탱은 더 이상 아무런 설명도 하지 않았고, 두 동행은 침묵 속에서 이것이 제대로 된 임무인지 의구심을 키웠다. 어쩌면 침묵 속에서 허기도 키웠을 것이다. 점심시간이 지난 지 한참 되었으니 말이다. 런던 북쪽 외곽의 길은 지긋지긋하게 끝없이 이어졌다. 우주의 끝에 도달한 것이 틀림없다고 생각하는 순간 겨우 투프넬 공원 입구에 도착했음을 알게 되는 그런 종류의 여행이었다. 런던은 지저분한 술집과 적막한 관목 숲으로 사라졌다가 번화한 거리와 요란한 호텔로 되살아나곤 했다. 잇닿아 있는 열세 개의 서로 다른 천박한 도시들을 지나가는 듯했다. 도로에는 이미 겨울 어스름이 내려앉았지만, 파리에서 왔다는 수사관은 여전히 말없이 앉아 양쪽 거리에 시선을 집중했다. 캠던 타운을 지날 무렵 두 사람은 거의 잠든 상태였다. 그런데 갑자기 발랑탱은 벌떡 일어나서 두 사람의 어깨를 손으로 치고는 운전사에게 멈추라고 고함을 질렀다.

두 사람은 영문도 모르고 갑자기 거리로 나섰다. 주변을 둘러보는 그들에게 발랑탱이 자랑스럽게 왼편의 유리창을 손가락으로 가리켰다. 호화롭고 널찍한 건물의 전면에 붙은 커다란 유리창이었다. 〈식당〉이라는 간판 아래 끼워진 반투명 무늬 유리창 한가운데가 마치 얼음 속 별 모양처럼 사방으로 커다랗게 갈라져 있었다.

「마침내 단서가 나왔소. 유리창이 깨진 건물.」발랑탱이 지팡이를 흔들며 외쳤다.

「창문이라뇨? 단서라뇨?」경감이 물었다. 「이게 그 두 사람과 관련 있다는 증거가 어디 있죠?」

발랑탱은 화가 나서 대나무 지팡이를 거의 부러뜨릴 뻔했다.

「증거라고?」그가 외쳤다. 「맙소사! 지금 증거를 찾는 건가! 물론 관련 없을 가능성도 많지. 하지만 달리 무엇을 할 수 있나? 이 정도 단서라도 따라가든가, 아니면 집에 가서 잠을 자든가 둘 중 하나라는 걸 모르겠나?」그는 서둘러 식당으로 들어섰고 동행들도 뒤를 따랐다. 늦은 식사를 위해 작은 테이블에 자리를 잡고 별 모양으로 갈라진 유리를 바라보았다. 그 모양에서는 실마리라고 할 만한 것이 없었다.

「창이 깨졌군요.」발랑탱이 계산을 하면서 종업원에게 물었다.

「그렇습니다, 손님.」몸을 굽히고 분주하게 잔돈을 세면서 종업원이 대답했다. 발랑탱이 슬쩍 넉넉한 팁을 얹어 주자 종업원이 활기를 띠며 몸을 일으켰다.

「그렇습니다. 참 이상한 일이었습니다, 손님.」

「그랬소? 이야기를 좀 해보시오.」발랑탱이 지나가는 말처럼 물었다.

「검은 옷의 남자 둘이 들어왔습니다. 떠돌아다니는 외국인 성직자들이었지요. 값싼 메뉴를 시켜 조용히 식사를 하고는 한 명이 계산을 하고 나갔습니다. 그러고는 다른 한 명이 뒤따라 나갔는데, 금액을 확인해 보니 세 배나 많지 않겠습니까? 문간까지 간 손님을 불러서 〈너무 많이 내셨습니다〉라고 말했더니 아무렇지 않다는 듯 〈아, 그랬나?〉라고 대답하더군요. 제가 계산서를 보여 주었는데 글쎄, 놀라 자빠질 일이 벌어졌습니다.」

「무슨 일이었나?」

「성경을 일곱 권이라도 걸고 맹세할 수 있습니다. 분명히 계산서에 4실링이라고 적었는데 다시 보니 너무도 분명하게 14실링이라고 쓰여 있는 겁니다.」

「그래서? 그다음에는?」 발랑탱은 태연한 몸짓으로, 하지만 눈빛을 빛내며 다음 얘기를 재촉했다.

「문간에 선 성직자가 차분하게 말했습니다. 〈계산을 복잡하게 만들어 미안하군. 하지만 이 창문 값을 치러야 해서 말이야.〉 제가 〈무슨 창문요?〉라고 물었더니, 〈내가 깨뜨릴 이 창문 말일세〉라고 대답한 뒤 우산을 들어 창문을 저렇게 만들어 버렸습니다.」

듣고 있던 세 사람은 순간 흠칫했다. 경감이 〈지금 정신병자를 뒤쫓는 건가?〉라고 중얼거렸다. 종업원은 기이한 이야기를 이어 나갔다.

「저는 잠시 넋이 나가서 아무런 행동도 하지 못했습니다. 손님은 밖으로 나가 저 골목 모퉁이에서 일행과 합류하더군요. 그제야 달려 나갔지만, 빠른 걸음으로 불록 거리로 올라가는 바람에 잡지 못했습니다.」

「불록 거리라.」 발랑탱은 아까의 성직자들처럼 재빨리 밖으로 뛰쳐나갔다.

추적자들은 터널처럼 황량한 벽돌 길로 접어들었다. 불빛도 창문도 몇 개 보이지 않는, 마치 모든 것의 뒷면으로만 채워진 거리 같았다. 어둠이 짙어 갔고, 런던 경찰관들조차 지금 향하는 곳이 어느 방향인지 종잡을 수 없었다. 그래도 경감은 걷다 보면 햄스테드 히스 어딘가가 나올 것이라 확신했다. 갑자기 푸른 어둠을 뚫고 어느 창문의 가스 불빛이 손전등처럼 비쳤다. 자그마한 사탕 가게 앞에 멈춰 잠깐 망설이던 발랑탱은 안으로 들어갔다. 색색의 사탕들 사이에서 진지한 표정으로 서 있다가 시가 모양 초콜릿 열세 개를 샀다. 막 말을 걸려는 참이었는데, 그럴 필요가 없었다.

발랑탱의 점잖은 모습에 기계적으로 응대하던 마른 체구의 중년 여인이 문 앞에 선 푸른 제복 차림의 경감을 보자 눈을 크게 떴다.

「아, 그 꾸러미 때문에 오신 거라면 이미 보냈습니다.」

「꾸러미요?」 이번에는 발랑탱이 눈을 크게 뜰 차례였다.

「그러니까 그 성직자분이 남기고 간 꾸러미 말입니다.」

「오, 이런! 자, 무슨 일이 있었는지 자세히 설명을 좀 해주시오.」 발랑탱이 처음으로 간절하게 부탁하며 몸을 앞으로 굽혔다.

여자가 살짝 주저하더니 말하기 시작했다. 「한 30분 전에 성직자들이 들어와서 박하사탕을 사고 잠시 이야기를 나누더니 히스 쪽으로 떠났어요. 잠시 후 한 명이 가게로 돌아와 꾸러미를 두고 갔다고 하더군요. 그런데 아무리 찾아도 나오지 않았어요. 그러자 〈괜찮습니다. 하지만 혹시라도 꾸러미가 나오면 이 주소로 보내 주십시오〉라면서 주소와 우편료를 주더군요. 사방을 다 찾아봤다고 생각했는데, 나중에 보니 정말로 갈색 종이 꾸러미가 있지 않겠어요. 그래서 일러 준 주소로 그걸 부쳤지요. 주소는 기억하지 못하지만 웨스트민스터 어디였어요. 뭔가 중요한 물건 같았어요. 저는 그것 때문에 경찰관이 온 거라고 생각했는데요.」

「바로 그렇습니다.」 발랑탱이 곧바로 대답했다. 「햄스테드 히스는 여기서 가까운가요?」

「곧장 15분만 가면 돼요. 그럼 바로 트인 곳이 나오지요.」 발랑탱은 가게 밖으로 튀어 나가 달리기 시작했다. 경찰관들도 마지못해 뒤를 따랐다.

워낙 좁고 그늘진 거리를 지난 탓에 하늘 아래 탁 트인 공간이 나오자 아직 그리 어둡지 않은 저녁 시간이라는 점이 순간 놀라울 정도였다. 어두운 진홍빛을 배경으로 나무들이 검은색으로 변해 가는 가운데 청록색 하늘이 황금빛 석양으로 가라앉고 있었다. 하늘의 청록빛은 아직 별 한두 개만 구별될 정도로 옅었다. 낮의 태양 빛은 햄스테드 가장자리, 그리고 히스의 베일이라 불리는 골짜기 언저리에 흔적을 남길 뿐이었다. 휴일을 맞아 야외로 나온 사람들이 아직 남아 있었다. 벤치에 앉은 남녀들이 보이고 그네를 타면서 신나게 소리를 지르는 소녀도 멀리 보였다. 천상의 영광이 인간의 천박함 주변으로 깊어지고 짙어지는 가운데, 경사진 길에 서서 골짜기를 살피던 발랑탱의 눈에 마침내 찾고 있던 모습이 들어왔다.

흩어져 이동하는 검은 그림자들 사이로 흩어지지 않는 검은 형상이 있었다. 성직자 옷을 입고 있는 두 사람이었다. 개미처럼 작아 보였지만, 발랑탱은 둘 중 한쪽 키가 상대보다 훨씬 작다는 것을 알아보았다. 큰 사람은 몸을 웅크리고 있었지만 180센티미터가 훌쩍 넘는 키였다. 발랑탱은 이를 악물고 앞으로 걸어갔다. 지팡이가 마구 흔들렸다. 거리를 상당히 좁혀 검은 두 형체가 마치 거대한 현미경으로 보듯 확대되었을 때, 발랑탱은 또 다른 것, 놀랍지만 언제부터인가 예상했던 것을 눈치챘다. 키 큰 성직자가 누구든 작은 쪽의 정체는 분명했다. 하리치에서 출발한 기차에서 만났던 에식스의 작달막한 신부, 발랑탱이 갈색 종이 꾸러미를 조심하라고 말해 준 바로 그 사람이었다.

멀리서부터 이어져 온 모든 일이 마침내 착착 맞아떨어졌다. 발랑탱은 그날 아침 조사를 통해, 에식스의 브라운 신부가 사파이어 박힌 은십자가, 그 값진 유물을 성체 대회 때 외국인 성직자들에게 보여 주기 위해 가져간다는 점을 이미 알고 있었다. 신부가 말하던 〈진짜 은과 푸른 보석으로 만든 귀한 물건〉이 바로 그것이었다. 그 천진한 촌뜨기가 바로 브라운 신부였던 것이다. 발랑탱이 알아낸 사실을 플랑보 또한 알고 있으리라는 것은 전혀 이상하지 않았다. 플랑보는 뭐든 알아내는 사람이니까. 사파이어 십자가 얘기를 들은 플랑보가 그것을 훔치려 했다는 점도 이상할 것이 없었다. 자연계에서도 가장 자연스러운 일이라고나 할까. 우산과 꾸러미를 든 멍청한 위인과 함께 플랑보가 여기까지 왔다는 사실이야말로 가장 이상할 것 없었다. 어리숙한 그 신부는 누구든 남극에라도 문제없이 끌고 갈 수 있을 만한 유령이 아닌가. 변신의 귀재 플랑보가 성직자 행세를 하며 그를 햄스테드 히스로 데려오는 것은 식은 죽 먹기였을 것이다. 지금까지 범죄는 완벽했다. 발랑탱은 무력한 신부에게 연민을 느낌과 동시에 그렇게 허술한 희생자를 상대로 삼은 플랑보에 대한 증오가 치밀었다. 하지만 지금까지 일어난 모든 일, 그를 이 승리까지 이끈 일들을 떠올리자 머릿속이 뒤엉켰다. 에식스 신부에게서 귀한 십자가를 훔쳐 내는 일과 벽지에 수프를 엎어 버리는 일이 무슨 상관이란 말인가? 호두에 오렌지 푯말을 붙이는 것은? 먼저 유리 값을 치르고 그다음에 깨뜨린 행동은? 추적이 끝난 단계였지만 여전히 영문을 알 수 없었다. (드물게) 실패하는 경우에도 늘 단서를 잡는 발랑탱이었지만, 이번에는 범인을 거의 잡았는데도 여전히 단서가 묘연했다.

추적당하는 두 사람은 마치 두 마리 파리처럼 언덕의 초록 경사로를 가로지르고 있었다. 대화에 열중해 있어서 어디로 향하고 있는지도 모르는 모양이었다. 하지만 히스의 더 험하고 더 조용한 고원으로 들어간다는 점은 분명했다. 거리가 가까워지면서, 뒤따라가는 세 사람은 마치 사슴 사냥꾼처럼 나무 뒤로 몸을 숨기기도 하고 깊은 풀숲으로 기어들어 가기도 하는 볼썽사나운 모습을 보여야 했다. 그런 재주를 부린 끝에 드디어 대화가 들릴 만한 거리까지 접근했다. 하지만 아이처럼 높은 목소리가 〈이성〉이라는 단어를 자주 반복하는 것 외에는 알아들을 수가 없었다. 한번은 갑자기 땅이 푹 꺼지고 덤불이 빽빽한 곳이 나와 두 사람을 놓치기도 했다. 10분 동안이나 흔적을 찾지 못해 애태운 끝에 일몰의 장관이 내려다보이는 거대한 언덕마루의 끄트머리에 닿았다. 경치가 좋지만 사람들은 잘 찾지 않는 그곳 나무 아래에 곧 망가질 것 같은 벤치가 있었다. 두 성직자는 거기 앉아 여전히 심각한 대화를 나누고 있었다. 어두워지는 지평선에는 청록빛과 황금빛이 아직 남아 있었지만, 언덕마루 위 하늘은 녹색에서 검푸른색으로 변해 갔고, 별들이 점점 더 또렷하게 모습을 드러냈다. 발랑탱은 두 경찰관에게 말없이 신호를 보낸 뒤 커다란 나무 뒤로 몸을 숨기고, 꼼짝 않고 선 채 비로소 그 괴상한 성직자들의 대화를 듣기 시작했다.

처음 1, 2분이 흘렀을 때 발랑탱은 의혹에 휩싸였다. 영국 경찰관 두 명을 이 밤에 히스로 끌고 온 일은 엉겅퀴에서 무화과 열매를 찾으라고 하는 것처럼 어처구니없는 짓일지도 몰랐다. 신학의 수수께끼에 대해 지적인 한담을 나누고 있는 두 사람은 진짜 성직자처럼 경건한 모습이었던 것이다. 작달막한 에식스 신부는 둥근 얼굴을 별 쪽으로 향한 채 단순한 문장으로 말했고, 다른 쪽은 별 따위는 쳐다볼 가치가 없다는 듯 고개를 숙인 채 말을 이었다. 이탈리아의 흰 수도원이나 스페인의 오래된 성당에서도 이보다 더 순수한 성직자들의 대화는 들을 수 없을 것 같았다.

발랑탱의 귀에 처음 들어온 것은 브라운 신부의 말이었다. 「중세 사람들이 변치 않는 천상이라고 한 것은 바로 그런 뜻이었지요.」

키 큰 신부는 숙인 고개를 끄덕이며 말했다. 「그렇습니다. 오늘날 믿지 않는 자들은 이성에 의지하죠. 하지만 세상의 수백만 가지 모습을 바라보면서 이성이 전혀 이성적이지 않은, 찬란한 천상이 존재한다는 점을 느끼지 못할 사람이 있을까요?」

「아닙니다, 이성은 늘 이성적입니다. 삼라만상이 끝나는 마지막 경계 지점에서도 마찬가지지요. 교회가 이성을 격하시킨다고들 하는데, 실은 반대입니다. 이성을 정말 최고의 존재로 만드는 것은 이 세상에서 오로지 교회뿐이지요. 신자신이 이성에 구속되었음을 확신하는 것도 이 세상에서 오로지 교회뿐입니다.」

키 큰 신부가 엄숙한 얼굴을 별이 총총한 하늘 쪽으로 들어 올렸다.

「하지만 누가 알까요? 저 무한한 우주에 만약…….」

「물리적으로만 무한합니다.」 작달막한 신부가 몸을 홱 돌렸다. 「진리의 법칙에서 빠져나가지는 못하니, 무한하지 않은 거지요.」

나무 뒤의 발랑탱은 애꿎은 손톱만 물어뜯었다. 자기 추측에 따라 여기까지 끌고 온 영국 경찰관들이 한가한 두 늙은 성직자의 형이상학적인 잡담을 들으면서 키득거리는 소리가 들리는 것만 같았다. 그 초조한 마음 때문에 키 큰 신부의 철학적인 답변을 듣지 못했다. 다시 귀를 기울이자 브라운 신부가 말하고 있었다.

「가장 멀고 외로운 별이라 해도, 이성과 정의를 피해 갈 수는 없습니다. 저 별을 보십시오. 하나하나가 다이아몬드와 사파이어 같지 않은가요? 식물학이나 지질학으로 비유해 볼까요. 이파리가 모두 보석인 숲을 생각해 보십시오. 달은 코끼리만큼 큰 사파이어이고 말입니다. 하지만 그런 광기의 천문학이라고 해도, 이성과 정의에는 털끝만 한 차이도 가져오지 못합니다. 진주로 만든 절벽 아래 오팔 들판이 펼쳐져 있다 해도, 〈도둑질하지 말지어다〉라는 표지판은 똑같이 서 있을 겁니다.」

발랑탱은 불편한 자세에서 벗어나 가능한 한 조용히 그 자리를 빠져나갈 작정을 했다. 인생 최악의 실수를 저지른 것이 분명했다. 하지만 키 큰 신부의 침묵 속 무언가가 그를 멈춰 기다리게 만들었다. 마침내 키 큰 신부가 입을 열었다. 고개를 숙이고 두 손을 양 무릎에 올린 채였다.

「글쎄요, 저는 어쩌면 이성보다 더 높은 다른 세상이 존재할 것이라는 생각이 듭니다. 천상의 수수께끼는 해독이 불가능하고, 저는 오직 한 가지 앞에 고개를 숙일 수밖에 없습니다.」

이어서 자세나 목소리에 아무런 변화도 없는 상태로 그가 덧붙였다. 「이제 사파이어 십자가를 내놓으시지? 여긴 우리 둘뿐이니. 당신 정도는 얼마든지 갈기갈기 찢어 버릴 수 있다고.」

자세와 목소리가 똑같다는 점 때문에 갑자기 변한 말투가 한층 폭력적으로 들렸다. 하지만 십자가의 보호자는 아주 살짝 고개를 돌렸을 뿐, 어딘지 바보스러운 얼굴로 여전히 별 쪽을 향하고 있었다. 무슨 말인지 알아듣지 못한 모양이었다. 아니면 공포에 질려 몸이 굳어 버린 것일까?

「그래, 맞아. 내가 플랑보야.」키 큰 신부는 여전히 같은 자세에 같은 목소리로 말했다.

잠시 침묵이 흐른 뒤 그가 다시 말했다.

「자, 이제 십자가를 내놓겠나?」

「아니.」짧게 대답하는 신부의 목소리가 살짝 갈라졌다.

플랑보가 갑자기 성직자 복장을 벗어 던졌다. 그러고는 벤치에 등을 기대고 낮은 소리로 한참 웃어 댔다.

「아니라고? 나한테 안 주겠다는 건가, 잘난 성직자 양반아! 하긴 줄 수가 없겠지. 왜 그런지 말해 줄까, 숙맥 얼간아? 그건 벌써 내 안주머니에 들어 있거든.」

작달막한 신부는 어둠 속에서 고개를 돌리더니 소심하게 되물었다. 「정말인가?」

플랑보가 재미있다는 듯 낄낄거렸다. 「당신이란 사람은 참말로 촌 동네 광대급인걸. 정말이냐고 물었나? 정말이고말고. 내가 똑같은 꾸러미를 만들었지. 지금 자네한테 있는 건 가짜 꾸러미이고, 보석은 나한테 있다네. 이건 오래된 수법이야, 브라운 신부. 아주 오래된 수법이지.」

「맞아.」브라운 신부가 손으로 머리를 쓸어 올리며 태연하게 말했다. 「나도 들어 본 적이 있다네.」

거물 범죄자는 갑자기 호기심이 생긴다는 듯 작달막한 시골 신부 쪽으로 몸을 굽혔다.

「들어 보았다고? 어디서 들었지?」

「이름을 말해 줄 수야 없지. 회개한 사람이니까 말이야. 갈색 종이 꾸러미를 가짜로 만드는 수법으로 20년 동안이나 호화롭게 살았지. 그래서 아까 자네를 의심하기 시작했을 때 바로 그 수법을 생각해 냈다네.」

「나를 의심하기 시작했다고?」 범죄자의 목소리에 힘이 들어갔다. 「이 황량한 히스 벌판에 데려왔다는 이유로 의심스럽다는 생각이 들었단 말인가?」

「아니, 아니지.」 브라운 신부는 미안하다는 투였다. 「처음 만났을 때부터 의심했네. 소매가 부풀어 있더군. 자네 같은 사람들이 쇠못 박힌 팔찌를 끼는 바로 거기 말일세.」

「그런 팔찌 얘기는 대체 어떻게 들은 건가?」

「아, 여러 명에게서 들었지. 하틀풀에서 본당 신부를 지낼 때 쇠못 팔찌를 낀 사람이 세 명 있었거든. 어쨌든 그래서 처음부터 자네를 의심했다네. 난 십자가를 안전하게 운반해야 했으니까. 자네를 주시하고 있자니 결국 꾸러미를 바꿔치기 하더군. 그래서 내가 다시 바꿔치기해서 진짜 꾸러미를 남겨 두고 왔네.」

「남겨 두고 왔다니?」 플랑보가 신부의 말을 따라 했다. 승리감에 가득했던 목소리가 처음으로 흔들리기 시작했다.

「이렇게 했다네.」 작달막한 신부의 말투는 바뀐 것이 없었다. 「그 사탕 가게에 다시 가서 꾸러미를 두고 왔다고 했지.

혹시 꾸러미가 나오면 보내 달라면서 주소를 줬네. 처음에 두고 온 것이 아니라 두 번째 갔을 때 두고 왔지. 가게 주인은 그 보따리를 웨스트민스터에 있는 내 친구에게 이미 보냈다네.」신부는 서글픈 어조로 덧붙였다.「이 방법도 하틀풀에서 배운 걸세. 기차역에서 훔친 가방을 이렇게 처리했다더군. 지금은 수도원에 있는 사람이야. 이런 건 다…….」그가 다시 미안해 죽겠다는 듯 이마를 문질렀다.「신부인 죄로 알게 된 걸세. 사람들이 와서 이야기를 해주니까.」

플랑보가 안주머니에서 갈색 종이 꾸러미를 꺼내더니 갈기갈기 찢었다. 안에 들어 있는 것은 종이와 구리 막대기뿐이었다. 그는 벌떡 일어서더니 고함을 질렀다.

「난 못 믿겠어. 당신 같은 시골뜨기가 그런 일을 했다고? 십자가는 아직 당신한테 있을 거야. 그걸 내놓지 않으면, 여긴 우리 둘뿐이니 힘으로 빼앗아 버리면 되지, 뭐.」

「아니.」브라운 신부도 자리에서 일어섰다.「힘으로도 빼앗을 수 없네. 첫째는 정말 나한테 지금 십자가가 없고, 둘째는 우리 둘만 있는 것이 아니거든.」

플랑보가 신부에게 다가가던 걸음을 멈추었다.

「저 나무 뒤에,」브라운 신부가 손짓을 했다.「경찰관 두 명과 오늘날의 가장 위대한 수사관이 계시다네. 어떻게 저 사람들이 여기로 왔는지 궁금한가? 물론 내가 모셔 왔지! 어떻게 했느냐고? 원한다면 말해 주지. 범죄자들 틈에서 일하고 살려면 이런 방법을 한 스무 가지는 알아야 한다네. 자, 처음에는 자네가 도둑이라는 확신이 없었어. 동료 성직자를 엉뚱하게 도둑으로 몰면 곤란한 일이어서 자네 정체를 밝혀내기 위해 실험을 했네. 자기 커피에 소금이 들어간 것을 알면 누구든 소란을 떨겠지. 아니라면 조용히 해야 할 이유가 있는 것이고. 내가 소금과 설탕을 바꿨는데도 자네는 가만히 있더군. 또 계산서 금액이 세 배나 많다면 항의해야 마땅하네. 군소리 없이 돈을 낸다면 남의 눈에 띄지 않아야 한다는 뜻이지. 내가 계산서 금액을 바꿨는데도 자네는 그냥 그 돈을 다 지불했어.」

세상은 플랑보가 호랑이처럼 날뛸 순간을 기다리는 듯했다. 하지만 그는 마법의 주문에라도 걸린 듯 꼼짝하지 않았다. 도대체 상황이 이해되지 않는 듯했다.

「자네가 경찰에게 아무런 단서도 남기지 않으려 하니,」 브라운 신부가 느릿느릿 설명을 이어 나갔다. 「다른 사람이 할 수밖에. 그래서 가는 곳마다 흔적을 남겨 우리 뒤를 따라오게 했다네. 큰 피해를 입히지는 않았어. 벽에 수프를 끼얹고, 사과 상자를 엎고, 창문을 깨는 정도였지. 덕분에 나는 십자가를 구했네. 앞으로도 늘 그렇게 십자가는 안전할 거야. 지금쯤 웨스트민스터에 있겠군. 자네가 어째서 당나귀 휘파람 수법으로 그걸 멈춰 세우지 않았는지 궁금하네만.」

「무슨 수법이라고?」

「그걸 모른다니 다행이야.」 브라운 신부는 침울한 표정을 지었다. 「비열한 짓이지. 자네가 그 정도는 아니라고 생각했네. 자네가 그렇게 나왔다면, 내가 얼룩 수법을 써도 맞서지 못했을 거야. 난 다리가 그렇게 튼튼하지 못해서 말이야.」

「대체 무슨 소리를 하는 거야?」

「아, 얼룩 수법은 알 거라고 생각했는데.」브라운 신부는 반갑다는 투로 말했다. 「자네, 아직 썩 잘못된 상태는 아니로군.」

「대체 어떻게 그런 수법들을 다 아는 거지?」플랑보가 비명을 질렀다.

둥글고 순진한 얼굴에 미소가 스쳤다.

「아마 숙맥 얼간이여서 그런 모양이지. 사람들이 어떤 죄를 지었는지 들어 주는 일을 하는 사람이 인간의 악을 전혀 모를 수 없다는 생각을 해보지 않았단 말인가? 내 직업의 또 다른 면에서도 자네가 성직자가 아니라는 걸 알 수 있었네.」

「뭐가 문제였지?」플랑보는 거의 넋이 나간 모습이었다.

「이성을 공격하지 않았나. 그건 잘못된 신학이라네.」

신부가 몸을 돌려 소지품을 챙기는 동안 나무 뒤에 숨어 있던 세 사람이 걸어 나왔다. 플랑보는 예술가이자 스포츠맨답게 한걸음 물러나더니, 발랑탱에게 고개를 깊이 숙여 인사했다.

「나한테 고개 숙이지 말게. 우리 사부님께 함께 인사드리도록 하지.」발랑탱이 낭랑한 목소리로 말했다.

두 사람은 모자를 벗고 잠시 경의를 표했다. 작달막한 에식스 신부는 그사이 우산을 찾느라 주위를 두리번거렸다.

비밀의 정원

파리 경찰청장 아리스티드 발랑탱이 만찬에 늦는 바람에 손님 몇 명이 먼저 그의 집에 도착했다. 하지만 충성스러운 하인 이반이 상황을 잘 처리했다. 이반은 흉터가 남은 얼굴이 콧수염만큼이나 회색빛인 노인으로, 늘 현관 홀의 탁자에 앉아 있었다. 홀의 벽에는 무기가 잔뜩 걸려 있었다. 발랑탱의 집은 주인처럼 독특하고 유명했다. 담장이 높고 키 큰 포플러들이 거의 센강까지 가지를 뻗은 오래된 집이었는데, 건축에서 독특한 점, 아마도 경찰이 중요하게 여길 만한 점은 이반과 무기들이 지키는 현관 홀을 제외하면 외부와 연결된 출입구가 전혀 없다는 것이었다. 정원은 넓고 잘 가꾸어져 있었으며 저택에서 정원으로 나가는 문이 많았다. 하지만 정원에서 바깥세상으로 나갈 방법은 없었다. 사방의 높은 벽은 매끄러워 기어오를 수가 없었고 벽 위에는 쇠못이 박혀 있었다. 수백 명의 범죄자가 죽여 버리겠다고 벼르는 사람이 사색에 잠기기엔 나쁘지 않은 정원이었다.

이반은 손님들에게 주인한테서 10분쯤 늦는다는 전갈이

왔다고 알렸다. 발랑탱은 사형 집행 마지막 절차를 처리하는 중이었다. 지독하게 싫어하는 일이긴 했지만 그는 늘 완벽을 기했다. 범죄자 추적에는 단호해도 처벌에는 꽤 너그러운 편이었다. 프랑스, 더 나아가 유럽 전반의 경찰 정책을 총괄하는 입장이었으니, 발랑탱은 형을 경감하고 감옥을 정화하는 데 큰 영향을 미치고 있었다. 그는 위대한 프랑스 인도주의 자유사상가 중 하나였다. 이들의 단 한 가지 문제라면, 이들이 베푸는 자비가 정의보다 한층 더 냉정하다는 점이었다.

발랑탱은 검은 정장에 붉은 장미를 꽂은 모습으로 집에 도착했다. 검은 턱수염에는 이미 회색빛이 섞여 있었다. 그는 곧장 1층 뒤쪽의 서재로 향했다. 정원으로 나가는 문이 열려 있었다. 서류 상자를 정해진 곳에 넣고 잘 잠근 뒤 잠시 문간에 서서 정원을 내다보았다. 선명한 달이 지저분한 누더기 같은 먹구름과 싸우고 있었다. 그가 그런 자연과학 현상을 자기 일처럼 바라보는 경우는 흔치 않았다. 어쩌면 그 자연 현상이 인간 삶의 가장 큰 문제를 드러내 보여 주는지도 몰랐다. 그는 미신적인 생각에서 서둘러 벗어났다. 이미 늦었고, 손님들이 도착해 있었다. 응접실로 들어가면서 둘러보니 주빈은 아직 오지 않았고, 그 밖의 손님은 모두 와 있었다. 사과같이 붉은 얼굴에 푸른 리본의 가터 훈장을 단 다혈질의 영국 대사 갤러웨이 경은 꼬챙이처럼 마른 체구에 예민하고 거만한 표정을 짓고 있는 은발의 부인과 갈색 머리에 약간 창백하지만 요정처럼 예쁜 딸 마거릿을 대동했다. 검은 눈에 몸매가 풍만한 몽생 미셸 공작부인은 똑같이 검은 눈에 풍만한 두 딸을 데리고 왔다. 안경을 끼고 갈색 턱수염을 뾰족하게 기른 전형적인 프랑스 과학자 모습인 의사 시몽도 보였다. 이마를 가로지르는 주름살은 늘 눈썹을 치켜올리는 거만함이 낳은 결과였다. 최근 영국에서 만난 에식스의 브라운 신부도 와 있었다. 다른 누구보다 발랑탱의 관심을 끈 사람은 제복을 입은 키 큰 남자였다. 갤러웨이 경 내외에게 정중하게 고개를 숙였지만 제대로 된 응대를 받지 못하고 집주인인 자기에게 인사하러 다가오는 그 남자는 프랑스 외인부대 오브라이언 사령관이었다. 검은 머리에 푸른 눈, 말끔하게 면도를 한 그는 말랐지만 당당한 체구를 지니고 있었다. 영광스러운 패배와 성공적인 승리로 유명한 부대 소속 장교가 그렇듯, 그는 저돌적이면서도 우울한 분위기를 풍겼다. 본래는 아일랜드 신사 집안 출신이어서 어렸을 때부터 갤러웨이 가족, 특히 마거릿와 잘 알고 지냈다. 빚에 시달리다 조국을 떠났으나, 지금은 군복에 군도, 박차 달린 군화를 신은 모습이 영국식 예법에서 완전히 자유로워진 것 같았다. 그가 고개를 숙였을 때 갤러웨이 경 내외는 냉랭하게 몸을 살짝 굽혔고, 마거릿은 고개를 돌렸다.

하지만 손님들 사이에 어떤 오래된 사연이 있든, 주인은 크게 관심이 없었다. 눈앞에 있는 그 누구도 그날 저녁의 중심인물은 아니었다. 발랑탱은 미국에 출장 수사를 가서 큰 업적을 내는 과정에서 우정을 쌓은 세계적인 유명 인사를 기다리고 있었다. 작은 종교 단체에 거액의 기부를 밥 먹듯이 해서 미국과 영국 신문에 오르내리는 대부호 줄리어스 브레인이었다. 브레인이 무신론자인지 모르몬교도인지 크리스천 사이언스교도인지는 아무도 몰랐다. 다만 그는 그 어떤 지적인 대상에든, 그것이 미지의 것인 한 돈을 쏟아부을 준비가되어 있었다. 그의 취미 중 하나는 미국의 셰익스피어를 기다리는 것이었는데, 이는 낚시보다 더 큰 인내를 요했다. 그는 월트 휘트먼의 팬이었지만 펜실베이니아 패리스 출신의 루크 태너가 그 어느 시기의 휘트먼보다 더 진보적이라고 생각했다. 그는 진보적이라고 생각되는 것을 좋아했다. 심지어 발랑탱도 진보적인 인물이라 여겼는데, 발랑탱 입장에선 유감스럽고 부당한 판단이었다.

줄리어스 브레인의 등장은 저녁 식사 벨만큼이나 단호했다. 있으나 없으나 마찬가지라고 생각할 수 없는 아주 특별한 유형이었던 것이다. 그는 체구가 컸는데, 키도 크고 살집도 있는 몸에 시곗줄이나 반지 하나 없이 온통 새까맣게 차려입고 있었다. 흰 머리카락을 독일인처럼 깔끔하게 뒤로 빗어 넘긴 모습에, 얼굴이 붉고 통통했으며 아랫입술 밑으로 검은 염소수염이 나 있었다. 아이처럼 천진하게 보일 수 있었을 얼굴이 수염 때문인지 연극적인, 더 나아가 악마 메피스토텔레스 같은 분위기를 풍겼다. 하지만 손님들이 이 유명한 미국인에게 시선을 집중하는 시간은 길지 않았다. 이미 식사 시간이 늦어진 상황이었다. 그는 갤러웨이 부인과 팔짱을 끼고 서둘러 식당으로 이동했다.

한 가지만 제외한다면, 갤러웨이 경 부부는 충분히 다정하고 편안했다. 딸 마거릿이 모험가 오브라이이언의 팔을 잡지 않는 한 갤러웨이 경은 만족이었다. 마거릿은 오브라이언 대신 시몽 선생과 함께 우아하게 이동했다. 그럼에도 갤러웨이 경은 불안해서 무례한 모습을 보였다. 식사 시간에는 예의를 차렸지만, 그 뒤 온실로 옮겨 가 자기보다 어린 남자 셋, 그러니까 시몽 선생, 브라운 신부, 외국 군복을 입은 추방자 오브라이언이 숙녀들과 뒤섞여 담배를 피우며 대화를 나누기 시작하자 이 영국 외교관은 몹시 외교적이지 못한 모습을 보였다. 말썽꾼 오브라이언이 마거릿에게 어떤 방법을 써서 신호라도 보낼지 모른다는 생각이 1분에 한 번씩 들었다. 갤러웨이 경은 모든 종교를 믿는 듯한 백발의 미국인 브레인과 아무것도 믿지 않는 반백의 발랑탱과 함께 커피를 마셨다. 여러 가지 대화가 오갔지만 그 무엇도 갤러웨이 경의 흥미를 끌지 못했다. 〈진보적〉 입씨름이 지루함의 절정에 달한 뒤, 갤러웨이 경은 자리에서 일어나 거실로 향했다. 그가 긴 복도에서 길을 잃고 6~8분 동안 헤매고 있는데, 마침 톤이 높고 가르치는 듯한 의사 선생의 목소리, 그리고 신부의 둔탁한 목소리에 이어 웃음소리가 들렸다. 〈과학과 종교〉에 대한 빌어먹을 논쟁이라도 벌이는 모양이었다. 거실 문을 여는 순간 누가 빠졌는지 바로 보였다. 오브라이언 사령관이 보이지 않았고, 딸 마거릿도 거기 없었다.

식당을 나설 때처럼 다급하게 거실을 나온 갤러웨이 경은 다시 긴 복도를 허둥지둥 지났다. 아일랜드계 알제리 군인이라는 저 엉터리 인간에게서 딸을 보호해야 한다는 생각이 미칠 듯이 그를 사로잡았다. 집 뒤쪽 발랑탱의 서재로 가는데,

갑자기 마거릿이 옆으로 지나쳐 갔다. 창백한 얼굴에 분노가 담겨 있었다. 또 다른 수수께끼가 생겨났다. 딸이 오브라이언과 함께 있었다면, 지금 그는 어디 있는 것일까? 오브라이언과 함께 있었던 게 아니라면, 대체 어디에서 오는 것일까? 의문과 의혹으로 제정신이 아닌 갤러웨이 경은 저택 뒤쪽의 어두운 공간을 더듬거리며 가다가, 결국 하인들이 정원으로 나가는 통로를 찾아냈다. 먹구름을 갈가리 찢어 멀리 흘려보낸 초승달이 훤히 빛났다. 정원의 네 모퉁이가 모두 은빛으로 빛나고, 키 큰 형상이 잔디밭을 지나 서재 문으로 향하고 있었다. 달빛이 살짝 비춘 그 얼굴은 오브라이언 사령관이었다.

오브라이언은 유리문을 통해 집 안으로 들어갔고, 남아 있던 갤러웨이 경은 형언할 수 없는 감정에 휩싸였다. 맹렬하기도 하고 희미하기도 한 감정이었다. 무대의 한 장면인 양 푸른 어둠과 은색 달빛이 어우러진 정원은 그의 세속적인 권위를 가차 없이 비웃는 것만 같았다. 보폭이 넓으면서도 우아한 아일랜드인의 걸음걸이는 그를 아버지가 아닌 연적인 양 분노하게 만들었다. 달빛마저 분노를 부채질했다. 마치 마법에 걸려 음유시인의 정원이나 화가 바토가 그린 환상의 나라에 들어오기라도 한 것 같았다. 그는 그 어처구니없는 상황에서 벗어나려고 혼잣말을 중얼거리며 오브라이언을 뒤쫓아 빠르게 걸음을 옮겼다. 그러다가 잔디밭의 나무인지 돌인지에 발이 걸려 넘어지고 말았다. 처음에는 짜증을 내며, 그다음에는 궁금증이 생겨 아래를 내려다보았다. 다음 순간 달과 키 큰 포플러들은 기이한 광경을 목격했다. 나이 지긋한 영국 대사가 비명인지 고함인지 모를 소리를 지르면서 전속력으로 달려가는 모습이었다.

그 고함 소리를 듣고 서재 문가에 창백한 얼굴이 하나 나타났다. 번쩍이는 안경 아래 눈썹을 찌푸린 시몽 선생이었다. 그는 대사가 처음으로 분명하게 내뱉은 〈잔디밭에 시체가 있소! 피 범벅된 시체요!〉라는 말을 들었다. 대사의 마음속에서 오브라이언의 존재는 마침내 완전히 사라져 버렸다.

「당장 발랑탱에게 알려야겠습니다. 그가 여기 있어 정말 다행이네요.」 떠듬떠듬 상황을 전하는 대사에게 의사 선생이 말했다. 그 말이 끝나기도 전에 비명 소리를 들은 형사가 서재로 들어왔다. 손님이나 하인 중 누가 아픈지 걱정하는 평범한 집주인의 모습이었다가, 피투성이 시체 이야기를 듣자마자 당장 명석하고 위엄 있는 전문가의 모습으로 돌변하는 장면은 감동적이기까지 했다. 그렇게 갑작스럽고 끔찍한 일이야말로 그의 전문 분야였던 것이다.

「수수께끼 사건을 찾아 전 세계를 돌아다녔는데, 제집 뒷마당에서 그런 사건이 일어나다니 참으로 묘합니다. 저기, 그 장소가 어디죠?」 서둘러 모두가 정원으로 향할 때 발랑탱이 말했다. 센강에서 피어오른 안개 때문에 잔디밭을 가로지르는 데 시간이 조금 걸렸지만, 온몸을 떨고 있는 갤러웨이 경의 안내로 풀숲에 파묻힌 시체를 찾을 수 있었다. 키가 아주 크고 어깨가 떡 벌어진 남자였다. 얼굴을 아래로 향하고 엎어진 자세여서, 보이는 것은 검은 옷을 입은 넓은 어깨와 갈색 머리카락이 한 줌 정도만 붙어 있는 커다란 머리통뿐이었다. 얼굴 아래에서 선홍빛 핏줄기가 흘러나왔다.

「적어도 우리 모임 손님은 아니군요.」시몽 선생이 낮고 침착한 어조로 말했다.

「의사 선생이 자세히 살펴보십시오.」발랑탱이 날카롭게 속삭였다.「아직 살아 있을지도 모르니까요.」

의사가 몸을 굽혔다.「아직 몸이 완전히 차가워지지는 않았지만, 죽은 것은 확실해 보입니다. 몸을 들어 올릴 수 있도록 좀 도와주십시오.」

사람들이 조심스레 시체를 몇 센티미터 들어 올리자 남자가 죽었다는 것이 더할 나위 없이 확실해졌다. 머리가 굴러떨어졌던 것이다. 머리는 몸통에서 완전히 분리된 상태였다. 남자의 숨통을 끊어 놓은 누군가가 목까지 끊어 낸 셈이었다. 발랑탱조차 약간 충격을 받은 듯했다.「고릴라처럼 힘센 사람이 분명합니다.」그가 중얼거렸다.

해부에 익숙한 의사였지만 머리통을 들어 올리는 시몽 선생의 손이 살짝 떨렸다. 목과 턱 근처를 깔끔하게 잘라 낸 얼굴에는 손상이 없었다. 움푹 들어가기도 하고 부어오른 부분도 있는 무거운 노란빛 얼굴이었다. 매부리코와 두꺼운 눈꺼풀은 사악한 로마 황제나 중국 황제를 연상시켰다. 모두가 냉정한 시선으로 그 얼굴을 바라보았다. 시체를 들어 올린 뒤 알게 된 것은 달빛에 드러난 셔츠 앞자락이 피로 물들었다는 것뿐이었다. 시몽 선생의 말대로 남자는 모임 참석자가 아니었다. 하지만 옷차림을 보면 참석할 작정이었던 것 같았다.

발랑탱은 무릎을 꿇고 전문가다운 꼼꼼함을 발휘하며 시체 주변의 잔디와 흙바닥을 살펴보았다. 숙련도가 좀 떨어지는 시몽 선생, 그리고 별 도움 안 되는 영국 대사가 그를 도왔다. 한참 동안 기어다녔지만, 잘게 잘린 나뭇가지 몇 개 외에는 소득이 없었다. 발랑탱은 나뭇가지를 들어 살펴보고는 던져 버렸다.

「잔가지 몇 개, 그리고 머리가 잘려 나간 낯선 남자. 이게 잔디밭에 있는 전부군요.」 그가 무거운 목소리로 말했다.

오싹한 정적이 흘렀다. 그때 갑자기 갤러웨이 경이 날카롭게 소리쳤다.

「저기 누가 있소! 저기 담장 근처요!」

우스꽝스럽게 머리만 큰 작은 형체가 달빛 안개를 헤치고 다가왔다. 언뜻 보기엔 도깨비 같기도 했지만 알고 보니 거실에 남아 있던 브라운 신부였다.

「이 정원으로 들어오는 문은 하나도 없다는 것을 확인했습니다.」 선량한 말투였다.

발랑탱이 검은 눈썹을 치켜올렸다. 성직자를 대할 때면 늘 그렇게 되곤 했다. 하지만 신부의 말에는 동조할 수밖에 없었다. 「맞습니다. 이 남자가 어떻게 살해되었는지 알아내기에 앞서 어떻게 여기 들어왔는지 알아야 합니다. 자, 이제 제 말을 들어 주십시오. 제 임무를 아무 편견 없이 수행하려면 여기 계신 분들을 특별 대우할 수 없다는 데 모두 동의해 주셔야 합니다. 여기에는 숙녀분들, 신사분들, 그리고 외국인 대사님도 계십니다. 범죄 사건으로 판단된다면 범죄 사건으로 수사가 이뤄져야 합니다. 그때까지는 제 재량껏 일 처리를 하겠습니다. 저는 경찰청장이니 재량을 발휘할 자격이 충분합니다. 일단 제가 손님들을 한 분씩 조사한 뒤 조사 팀을 불러 다른 사람들을 살펴보도록 하겠습니다. 내일 정오까지는 누구도 이 집을 나가지 못한다는 점을 양해해 주십시오. 침실은 충분합니다. 시몽 선생은 우리 집 충실한 하인 이반이 어디 있는지 아시지요? 현관 홀입니다. 다른 하인을 대신 앉혀 두고 당장 이리로 오라고 해주십시오. 갤러웨이 경, 경께서는 다른 숙녀분들에게 상황을 설명하고 진정시킬 최적임자이십니다. 부탁드립니다. 숙녀분들도 내일까지 남아 계셔야 하니까요. 여기 시체 옆에는 저와 브라운 신부만 남겠습니다.」

위엄 있는 발랑탱의 지시에 모두 일사불란하게 따랐다. 시몽 선생은 무기들이 전시된 현관 홀로 가서 공직 수사관의 개인 수사관인 이반을 불러왔다. 갤러웨이 경은 거실로 가서 끔찍한 사건에 대한 소식을 요령껏 잘 전해 다시 모였을 때는 숙녀들이 모두 진정된 상태였다. 그러는 동안 선량한 신부와 선량한 무신론자는 달빛을 받으며 시체의 머리 쪽과 발치에 말없이 서 있었다. 죽음에 대한 두 철학을 상징하는 조각상처럼 말이다.

흉터와 콧수염이 있는 충실한 하인 이반은 눈부시게 빠른 속도로 저택을 나서서 잔디밭을 가로질러 발랑탱에게 달려왔다. 집에서 사건이 발생한 것에 흥분하여 얼굴에 화색이 돌아서는, 시체를 살펴보게 해달라고 집요하게 부탁하기까지 했다.

「그러게, 원한다면 살펴보게. 하지만 너무 오래는 안 되네. 안으로 들어가서 사건을 조사해 봐야 하니.」

이반은 머리를 들어 올렸다가 놀라서 거의 떨어뜨릴 뻔했다.

「아니, 이럴 수가, 이럴 수가 있나요?」 그는 제대로 말을 잇지 못했다. 「아는 분입니까, 나리?」

「아니.」 발랑탱은 무심한 어조로 대답했다. 「이제 안으로 들어가세.」

두 사람은 시체를 서재의 소파로 옮긴 뒤 거실로 향했다.

발랑탱 청장은 지체 없이 침착한 태도로 책상에 앉았다. 눈빛이 법정에 나온 판사처럼 냉철했다. 앞에 놓인 종이에 재빨리 몇 가지 메모를 하더니 〈모두 여기 모이셨나요?〉라고 물었다.

「브레인 씨가 빠졌습니다.」 몽생 미셸 공작부인이 주변을 둘러보며 말했다.

「아니, 닐 오브라이언 씨도 없습니다.」 갤러웨이 경이 거친 소리로 덧붙였다. 「시체가 아직 따뜻할 때 그가 정원을 걸어가는 모습을 보았소.」

「이반, 가서 오브라이언 사령관과 브레인 씨를 찾아오게.」 발랑탱이 말했다. 「브레인 씨는 식당에서 시가를 피우고 있었고, 오브라이언 사령관은 온실 안을 돌아다니고 있었던 것 같군.」

충실한 하인은 즉각 방을 나섰다. 누군가 움직이거나 입을 열기 전에 발랑탱이 절도 있고 신속하게 다음으로 넘어갔다.

「모두 아시는 것처럼 정원에서 머리가 잘려 나간 남자의 시체가 발견되었습니다. 시몽 선생, 시체를 살펴보셨는데, 사람의 목을 그렇게 자르려면 대단한 힘이 필요하지 않을까요? 아니면 날카로운 단검이라면 가능할까요?」

「단검으로는 어림도 없습니다.」 창백한 얼굴의 의사 선생이 답했다.

「그럼 그럴 수 있는 도구가 무엇일지 생각해 보셨습니까?」

「요즘 쓰는 도구들로는 안 됩니다. 목을 몇 번에 걸쳐 치는 것도 쉽지 않은데, 이 경우는 아주 깨끗하게 잘렸어요. 전투용 도끼나 옛날 망나니의 칼, 아니면 양손 검 정도는 되어야 할 듯합니다.」 의사 선생이 눈썹을 찌푸렸다.

「맙소사! 양손 검이나 전투용 도끼 같은 것이 여기 있을 리가 있나요!」 공작부인이 신경질적으로 비명을 질렀다.

발랑탱은 앞에 놓인 종이에 분주하게 무언가 쓰면서 다시 물었다. 「프랑스 기병대의 긴 군도라면 어떨까요?」

문 두드리는 소리가 낮게 울렸다. 마치 맥베스의 노크 소리라도 되는 듯 모두 간담이 서늘했다. 얼음 같은 침묵을 뚫고 시몽 선생이 입을 열었다. 「이반, 들어오게.」

충실한 이반이 문을 열었고, 닐 오브라이언 사령관이 들어왔다. 정원을 거닐고 있었다고 했다.

아일랜드계 장교는 못마땅하다는 듯 문간에 서 있었다. 「저를 왜 찾으시는 겁니까?」

「여기 앉으십시오.」발랑탱이 다정하고 침착한 어조로 말했다.「군도를 차고 계시지 않군요. 어디 두셨습니까?」

「도서실 탁자에 두었습니다. 거추장스러워서요.」마음이 편치 않은 탓인지 아일랜드 사투리가 강했다.

「이반, 도서실에서 사령관님의 군도를 가져다주게.」발랑탱의 지시에 하인이 바로 방을 나섰다.「갤러웨이 경께서 시체를 발견하기 바로 전에 사령관님이 정원을 떠나는 모습을 보았다고 하십니다. 정원에서 무엇을 하셨나요?」

사령관이 의자에 털썩 앉았다.「아, 저는 달을 감상하고 있었습니다. 자연과 대화를 나눈 거죠.」

무거운 침묵이 흘렀다. 또다시 오싹한 노크 소리가 들리더니 이반이 철제 칼집을 들고 나타났다. 칼은 들어 있지 않았다.「제가 찾은 것은 이것뿐입니다.」

「탁자 위에 놓게.」발랑탱이 눈길도 주지 않고 말했다.

소름 끼치는 침묵이 이어졌다. 막 사형 선고를 받은 살인범 주변에서 흐르는 듯한 침묵. 공작부인의 비명 소리도 사라진 지 오래였다. 갤러웨이 경의 터질 듯한 증오도 가라앉아 차분함으로 바뀌었다. 그때 뜻밖의 목소리가 울렸다.

「제가 말씀을 드려야겠군요.」마거릿 갤러웨이였다. 살짝 떨리지만 또렷한 목소리로 용감하게 모두 앞에 나선 것이다. 「오브라이언 사령관님이 정원에서 무엇을 하고 있었는지 제가 말씀드리겠습니다. 본인은 침묵할 테니까요. 사령관님은 제게 청혼했고, 저는 거절했습니다. 저희 가족의 상황으로 인해 제가 드릴 수 있는 것은 그저 존경심뿐이라고 말씀드렸습니다. 사령관님은 화를 내셨어요. 제 존경심은 중요하게 생각하지 않으시는 듯했습니다.」마거릿은 힘없는 미소와 함께 덧붙였다. 「아직까지 그 존경심에 대해 생각하신다면 말입니다, 저는 지금 사령관님께 그 존경을 드립니다. 맹세컨대 범죄를 저지를 분이 아닙니다.」

갤러웨이 경이 딸에게 다가서더니 험악한 투로 말했다. 속삭이려고 한 모양이지만 천둥처럼 큰 소리였다. 「입 다물어라. 어째서 저 사람 편을 드는 거냐? 그럼 대체 저 사람 칼은 어디 있다는 거지? 그 빌어먹을 기병대 칼은…….」

자신을 향하는 딸의 시선에 아버지는 갑자기 말을 멈췄다. 모두가 주목할 수밖에 없는 섬뜩한 시선이었다.

「아버지, 정말 너무하세요!」공손함이라고는 찾아볼 수 없는 낮은 목소리였다. 「무엇을 증명해 내려고 하시나요? 사령관님이 저와 함께 있었던 시간 동안은 결백하다고 말씀드렸잖아요. 만약 결백하지 않다 해도 저와 함께 있었던 것은 분명하죠. 사령관님이 정원에서 사람을 죽였다면, 그걸 확실히 보았을 사람, 최소한 확실히 알고 있을 사람이 누굴까요? 아버지는 닐을 증오한 나머지 딸까지도…….」

갤러웨이 부인이 비명을 질렀다. 두 연인의 비극을 눈앞에서 목격한 다른 이들은 가슴이 먹먹해졌다. 그들은 자부심 넘치는 스코틀랜드 귀족의 하얀 얼굴과 그 연인인 아일랜드계 모험가의 모습을 마치 어두운 저택에 걸린 낡은 초상화인 양 바라보았다. 긴 침묵 속에서 모두들 살해당한 남편과 독기 오른 연인이 등장하는 역사적 이야기를 떠올렸다.

무거운 침묵을 뚫고 천진한 목소리가 울렸다. 「시가가 아주 길었던가요?」

갑자기 튀어나온 엉뚱한 소리에 모두 그쪽을 돌아보았다.

「그러니까.」 방구석에 있던 작달막한 브라운 신부였다. 「그러니까 브레인 씨가 피우고 있는 시가 말입니다. 아마 지팡이만큼이나 긴 모양입니다.」

엉뚱한 화제 전환이었지만, 고개를 든 발랑탱의 얼굴에는 가벼운 짜증과 함께 동조의 빛이 떠올랐다.

「정말 그렇군요.」 발랑탱이 날카롭게 말했다. 「이반, 가서 브레인 씨를 다시 찾아보게. 그리고 바로 이리 모셔 오게.」

곧바로 이반이 사라졌다. 발랑탱이 진지한 얼굴로 마거릿에게 말했다.

「마거릿 양, 스스로 나서서 사령관의 행동을 설명해 준 행동에 저희 모두 감사와 찬사를 보냅니다. 하지만 여전히 불분명한 부분이 있어요. 갤러웨이 경은 당신이 서재에서 거실로 가는 모습을 보았다고 합니다. 그리고 겨우 몇 분 뒤 정원에서 사령관이 산책하는 모습을 보았고요.」

「이미 말씀드렸습니다만,」 마거릿이 살짝 비꼬는 듯한 어조로 말했다. 「청혼을 막 거절한 상황이었으니, 팔짱을 끼고 돌아올 수는 없었겠죠. 어떻든 사령관님은 신사입니다. 그는 혼자 뒤에 남았고, 그래서 이젠 살인 누명을 쓰게 되었습니다.」

「그 짧은 순간에 어쩌면 정말로…….」 발랑탱의 어조는 무거웠다.

노크 소리와 함께 이반의 흉터 있는 얼굴이 등장했다.

「대단히 죄송합니다만, 나리, 브레인 씨는 떠나고 안 계십니다.」

「떠났다고!」 발랑탱이 외치면서 처음으로 자리에서 벌떡일어났다.

「떠났습니다, 사라져 버렸습니다. 모자와 코트도 없어졌습니다. 더 놀라운 일이 있습니다. 브레인 씨를 찾아 바깥으로 달려 나갔다가 한 가지 발견한 것이 있습니다. 대단한 발견입니다.」

「그게 뭔가?」

「가져오겠습니다.」 이반이 나갔다가 칼집 없는 기병대 군도를 들고 돌아왔다. 칼끝과 칼날에 피가 묻어 있었다. 모두 경악하며 칼을 바라보았다. 경험 많은 이반만은 매우 침착했다.

「파리 방향으로 40~50미터쯤 올라간 풀숲에 던져져 있었습니다. 브레인 씨가 뛰어가면서 내던진 것 같습니다.」

다시 침묵이 흘렀지만, 아까와는 다른 침묵이었다. 발랑탱이 군도를 집어 들어 살펴보고는 잠시 생각에 잠겼다가 오브라이언 사령관 쪽을 돌아보았다. 「사령관님, 경찰 조사가 필요할 때는 언제든 칼을 넘겨주실 것으로 믿습니다. 그동안은,」 그가 칼을 칼집에 소리 나게 꽂아 넣었다. 「칼을 돌려드리겠습니다.」

군인 정신을 보여 주는 것만 같은 그 행동에 사람들은 하마터면 박수를 보낼 뻔했다.

닐 오브라이언에게는 그 행동이 전환점이 되었다. 오전 동안 정원을 거니는 그의 모습에서 비극적인 공허함은 사라지고 없었다. 행복할 이유가 충분한 사람이었던 것이다. 갤러웨이 경은 신사답게 사과했다. 마거릿 양은 여성으로서 단순한 사과보다 한층 더 나은 무언가를 아침 식사 전 꽃밭 산책 때 그에게 해준 것 같았다. 모두 한결 마음이 가벼워지고 다정해졌다. 죽음의 수수께끼는 남아 있었지만, 혐의는 그들에게서 벗겨지고 낯선 이방인 백만장자와 함께 파리로 가버린 듯했다. 악마가 저택을 버리고 떠난 셈이었다.

물론 수수께끼는 풀리지 않았다. 정원 벤치에서 오브라이언이 시몽 선생 옆에 앉자 선생은 과학자답게 곧 그 이야기를 시작했다. 하지만 즐거운 생각에 잠긴 오브라이언에게서 많은 이야기를 끌어내지는 못했다.

「사실 큰 관심이 없습니다.」아일랜드 사람이 솔직하게 말했다.「더욱이 지금은 명백해 보이고요. 브레인은 어떤 이유인지 그 이방인을 싫어했던 겁니다. 그래서 정원으로 유인해 제 군도로 죽였지요. 파리로 달아나면서 칼은 던져 버렸고요. 참, 이반 말로는 죽은 남자 주머니에서 미국 달러가 나왔다고 합니다. 어쩌면 미국인일지도 모르죠. 잘 맞아떨어지지 않습니까? 제가 보기에는 별 이상한 점이 없군요.」

「무척 이상한 점이 다섯 개나 됩니다.」의사 선생이 침착하게 말했다.「마치 담장 안에 또다시 높은 담장이 서 있는 것 같아요. 오해는 하지 마십시오. 브레인 씨가 범인이라는 걸 의심하지는 않습니다. 달아난 걸 보면 분명하죠. 하지만 어떻게 살인했는지는 의문투성이입니다. 첫째, 주머니칼을 꺼내 찌르고 다시 주머니에 넣을 수도 있는데 굳이 그 커다란 군도를 사용한 이유는 무엇일까요? 둘째, 어째서 비명 소리가 없었을까요? 상대가 칼을 휘두르며 다가오는데 가만히 있을 사람이 있을까요? 셋째, 하인이 저녁 내내 현관문을 지키고 있었습니다. 발랑탱 저택의 정원으로는 쥐새끼 한 마리도 들어올 수 없고요. 그렇다면 죽은 남자는 어떻게 정원으로 들어왔을까요? 넷째, 같은 상황에서 브레인은 어떻게 정원을 빠져나간 것일까요?」

「마지막 다섯 번째는요?」오브라이언이 두 사람 쪽으로 천천히 걸어오는 영국 신부를 바라보며 물었다.

「사소한 일이지만, 이상해서요.」선생이 말했다. 「잘린 머리를 처음 보았을 때, 저는 범인이 몇 차례 검을 휘둘러 목을 잘라 냈을 거라고 생각했습니다. 그러나 자세히 살펴보니 잘린 부위 주변에 칼자국이 아주 많더군요. 머리가 떨어진 다음 다시 칼로 베었던 겁니다. 달빛 아래서 이미 죽은 상대를 다시 베어야 할 만큼 브레인 씨의 증오가 극단적이었을까요?」

「끔찍하군요.」오브라이언이 몸을 떨었다.

어느새 곁에 다가온 작달막한 브라운 신부는 늘 그렇듯 조용하게 두 사람의 대화가 끝나기를 기다렸다. 그러고는 어색하게 말을 시작했다.

「끼어들어 죄송합니다. 새로운 소식을 전하러 왔습니다.」

「새로운 소식요?」시몽 선생이 얼굴을 찡그리며 안경 너머로 신부를 바라보았다.

「네, 유감스럽지만 또 다른 살인이 드러났습니다.」브라운 신부가 부드럽게 말했다.

두 사람은 벤치가 흔들릴 정도로 동시에 벌떡 일어났다.

「더 이상한 것은 똑같이 끔찍한 방식이라는 겁니다.」 신부는 진달래꽃에 멍한 시선을 고정한 채 말을 이었다. 「또다시 머리가 잘렸어요. 두 번째 머리는 피가 흐르는 상태로 강에서 발견되었는데, 브레인 씨가 파리로 향한 길가랍니다. 그래서 아마도 그가…….」

「맙소사, 브레인이 편집증 살인마란 말인가요!」 오브라이언이 외쳤다.

「미국식 복수법인가 봅니다.」 신부는 침착하게 대꾸하고는 덧붙였다. 「도서실에서 두 분을 기다리고 있습니다.」

오브라이언 사령관은 두 사람을 따라 걸어가면서 속이 메슥거렸다. 군인으로서 그는 이런 식의 비밀스러운 학살이 질색이었다. 닥치는 대로 목을 잘라 버리는 이 상황이 언제 끝날까? 처음에 한 사람 목이 잘리고 그다음에 또 다른 사람의 목이 잘렸다. 이런 경우에는 머리 두 개가 하나보다 낫다고 할 수 없겠지. 서재를 가로지르던 오브라이언은 충격을 받고 거의 넘어질 뻔했다. 발랑탱의 책상 위에 피를 흘리는 세 번째 머리의 컬러 사진이 놓여 있지 않은가. 머리의 주인공은 바로 발랑탱이었다. 다시 살펴보고서야 그것이 『단두대』라는 극우파 신문이라는 것을 알았다. 이 신문은 매주 정적(政敵) 한 명을 선정하여 단두대 처형 직후 눈이 튀어나오고 얼굴이 일그러진 머리 사진을 실었는데, 때마침 발랑탱이 교권(敎權) 반대주의자로 등장한 것이었다. 죄를 저지를 때도 정결함을 염두에 두는 아일랜드인 오브라이언은 프랑스 지식인 특유의 야만성에 반감이 치솟았다. 고딕 성당의 그로테스크한 모습부터 일간지의 끔찍한 캐리커처에 이르기까지, 파리라는 도시 전체가 그러했다. 대혁명이라는 거대한 장난질도 떠올랐다. 파리라는 도시는 발랑탱의 책상 위 피비린내 나는 그림부터 괴물들이 사는 산과 숲을 지나 노트르담의 웃는 악마에 이르기까지 하나의 추악한 에너지로 여겨졌다.

도서실은 길고 낮고 어두웠다. 블라인드가 내려진 창에서 새어 들어오는 빛은 아직 아침나절의 불그스름한 느낌을 담고 있었다. 발랑탱과 하인 이반은 길고 약간 경사진 책상의 위쪽 끝에서 두 사람을 기다리고 있었다. 책상에 올려 둔 시체는 희미한 빛 아래에서 거대해 보였다. 정원에서 발견된 크고 검은 몸과 노란 얼굴은 전과 변함이 없었다. 그날 아침 강의 갈대 사이에서 끌어 올렸다는 두 번째 머리는 물을 뚝뚝 흘리며 옆에 놓여 있었다. 두 번째 머리의 몸통은 강에 떠 있을 것으로 보여 발랑탱의 부하들이 수색 중이었다. 브라운 신부는 오브라이언과 전혀 다른 침착한 태도로 두 번째 머리로 다가가 주의 깊게 살펴보았다. 젖은 흰머리가 붉은 아침 햇빛을 받아 은색으로 반짝였다. 자줏빛으로 변한 그 추악한 얼굴은 범죄자 유형이었는데, 물속에서 나무와 돌에 부딪힌 흔적이 많았다.

「잘 주무셨습니까, 오브라이언 사령관.」 발랑탱이 다정하게 말을 건넸다. 「브레인의 또 다른 살육 실험에 대한 얘기는 들으셨지요?」

브라운 신부가 여전히 흰머리 위로 몸을 굽힌 채 말했다.

「이 목을 자른 사람은 브레인으로 보이는군요.」

「상식의 문제죠.」발랑탱이 주머니에 손을 찔러 넣고 말했다. 「이전과 같은 방식으로 살해되었고, 앞선 사건 장소에서 몇 미터 떨어지지 않은 곳에서 발견되었으니까요. 그가 갖고 도망친 똑같은 무기를 사용해서 자른 겁니다.」

「아, 알겠습니다.」브라운 신부가 공손히 대답했다. 「하지만 정말로 브레인이 이 머리를 자를 수 있었을지 의문입니다.」

「어째서 말이죠?」시몽 선생이 따지듯이 쳐다보았다.

「글쎄요, 의사 양반. 사람이 자기 머리를 자를 수 있을까요? 전 잘 모르겠습니다.」신부가 눈을 깜박거리며 의사를 올려다보았다.

오브라이언은 온 우주가 미쳐 돌아가며 자기 귀를 때리는 듯한 느낌이었다. 의사는 당장 두 번째 머리로 다가가서 전문가다운 모습으로 젖은 흰머리를 넘겨 가며 살펴보았다.

「아, 이것이 브레인 씨라는 건 분명합니다.」신부가 조용히 말했다. 「왼쪽 귀 뒤에 정확히 저 상처가 있었습니다.」

신부에게서 시선을 떼지 않던 발랑탱이 마침내 입을 열었다. 「브레인에 대해서 많이 아시는 모양입니다, 브라운 신부님.」

「그렇습니다.」작달막한 신부가 대답했다. 「몇 주간 함께 보냈거든요. 저희 성당에 나올 생각을 하고 있었습니다.」

발랑탱의 두 눈에서 광기의 빛이 번쩍였다. 그는 두 손을 움켜쥐고 신부 쪽으로 다가갔다. 「그렇다면 신부님 성당에

전 재산을 남길 생각도 했겠군요.」

「그럴 수 있습니다, 가능한 일이지요.」브라운 신부가 덤덤하게 대답했다.

「자, 다시 말하면,」발랑탱이 섬뜩한 미소를 지었다. 「신부님은 이 사람에 대해서 아주 많이 알고 있는 셈입니다. 그의 삶과 그의…….」

오브라이언 사령관이 발랑탱의 팔을 잡았다. 「근거 없는 소리는 그만두시지요. 또 다른 비극이 일어날지도 모르니까요.」

발랑탱은 신부의 흔들림 없는 공손한 시선 앞에서 이미 감정을 추스른 후였다. 「사적인 의견은 잠시 보류합시다. 여러분이 여기 머물러야 한다는 점은 동일합니다. 자기 자신과 서로를 모두 감독해 주십시오. 더 궁금한 점이 있다면 이반이 설명해 드릴 겁니다. 저는 당국에 제출할 보고서를 써야 합니다. 더 이상은 이 상황을 비밀로 할 수 없습니다. 또 다른 소식이 없다면, 이만 서재로 가겠습니다.」

「다른 소식이 있나, 이반?」발랑탱이 방을 나선 뒤 시몽 선생이 물었다.

「딱 한 가지가 더 있습니다. 하지만 중요한 소식입니다.」이반이 회색빛 얼굴을 찡그렸다. 「잔디밭에서 발견된 시체 말입니다,」그가 책상 위의 커다란 검은 형체를 가리켰다. 「저 남자가 누군지 알아냈습니다.」

「정말인가!」의사가 탄성을 질렀다. 「그래, 누군가?」

「아널드 베커라는 사람입니다. 가명을 많이 쓰면서 다녔습니다. 떠돌이 악당으로, 미국에도 있었다고 합니다. 그래서 브레인 씨에게 칼을 맞은 거지요. 주로 독일에서 활동했으니, 저희와는 별 상관이 없었지요. 독일 경찰에는 물론 이미 연락했습니다. 그런데 묘하게도 쌍둥이 형제인 루이스 베커는 우리와 상관이 많습니다. 바로 어제 교수형을 당했거든요. 사실 저는 잔디밭에 뻗어 있는 시체를 보았을 때 놀라서 펄쩍 뛰어오를 뻔했습니다. 루이스 베커가 교수형당하는 모습을 직접 보지 못했다면 정원의 시체가 바로 그 사람이라고 생각했을 겁니다. 하지만 쌍둥이가 독일에 있다는 걸 떠올리고 단서를 찾아서……」

이반이 말을 멈췄다. 아무도 그의 말을 듣고 있지 않았기 때문이다. 오브라이언 사령관과 시몽 선생은 모두 브라운 신부를 응시했다. 신부는 벌떡 일어나 급작스러운 격렬한 두통에라도 시달리는 듯 관자놀이를 꽉 누르고 있었다.

「잠깐만, 잠깐만 멈춰 주시오. 절반은 파악했으니. 신께서 힘을 주실까? 내 두뇌가 도약해 모든 것을 볼 수 있을까? 신이여, 힘을 주소서. 전에는 생각을 꽤 잘하는 편이었지요. 토마스 아퀴나스 저서의 어느 페이지든 설명할 수 있었고요. 내 머리가 쪼개지면 알 수 있을까? 지금은 절반, 절반만 알 수 있습니다.」

신부는 머리를 두 손에 파묻고 고통스럽게 생각하는, 혹은 기도하는 모습으로 서 있었다. 나머지 세 사람은 지난 격동의 열두 시간에 대한 최종 종결이라도 보듯 그를 응시했다.

마침내 브라운 신부가 두 손을 아래로 떨어뜨리고 진지하면서도 밝은, 어린아이 같은 표정을 지었다. 그는 깊은 한숨을 내쉬고 나서 말했다. 「가능한 한 빨리 설명하고 해결하도록 합시다. 여기를 보십시오. 이게 여러분 모두가 진실을 파악하는 가장 빠른 길일 겁니다.」 신부가 의사를 돌아보았다. 「시몽 선생은 두뇌 회전이 빠르십니다. 오늘 아침에 이 사건의 다섯 가지 이상한 점을 말씀하셨지요. 다시 한번 그 내용을 말씀하시면, 제가 대답해 드리겠습니다.」

시몽은 코안경을 벗어 들고 의혹과 궁금증을 담아 말하기 시작했다. 「첫째는 단검으로도 될 일을 어째서 군이 무거운 군도를 사용해 사람을 죽였는가 하는 것이었습니다.」

「사람의 머리는 단검으로 떨어지지 않습니다. 그리고 이 살인에서는 머리를 자르는 것이 절대적으로 필요한 일이었습니다.」 브라운 신부가 조용히 대답했다.

「어째서요?」 오브라이언이 관심을 보였다.

「다음 질문은요?」 브라운 신부가 물었다.

「어째서 죽은 남자가 비명 소리를 전혀 내지 않았는가 하는 것입니다. 정원에 군도가 등장하는 것은 예삿일이 아닌데 말입니다.」

「나뭇가지, 나뭇가지에 주목해야 합니다.」 신부가 살인 현장 쪽 창으로 몸을 돌리며 음울한 말투로 대답했다. 「아무도 거기에 주의를 기울이지 않았습니다. 어째서 나무에서 상당히 떨어진 잔디밭에 나뭇가지가 떨어져 있었을까요? 나뭇가지는 손으로 부러뜨린 것이 아니라 칼로 베어진 상태였습니다. 살인자는 군도로 나뭇가지 자르는 묘기를 보여 주었습니다. 공중에 나뭇가지를 던지고 베어 버렸을 수도 있죠. 상대가 몸을 굽혀 잘린 나뭇가지를 살피는 동안 조용히 군도를 휘둘러 목을 친 것입니다.」

「가능한 일입니다.」 의사가 천천히 말했다. 「하지만 다음 두 질문은 답하기 쉽지 않을 겁니다.」

신부는 조용히 서서 창밖을 내다보며 기다렸다.

「정원은 사면이 막혀 있습니다. 마치 밀실과도 같지요. 낯선 남자가 어떻게 정원으로 들어왔을까요?」

고개도 돌리지 않고 작달막한 신부가 대답했다. 「정원에는 낯선 남자가 없었습니다.」

정적이 흐르다 갑자기 아이 같은 웃음소리가 터지면서 긴장한 분위기가 깨졌다. 이반이 어처구니없다는 듯 실소를 터뜨린 것이다.

「아니, 그럼 어젯밤 저희가 뚱뚱한 시체를 소파로 옮긴 적이 없단 말씀인가요? 그가 정원으로 들어온 게 아니라고요?」

「정원으로 들어왔느냐고요?」 신부가 생각에 잠긴 표정으로 말했다. 「아닙니다. 온전한 의미에서는 아닙니다.」

「이런 맙소사! 남자가 정원으로 들어왔거나, 들어오지 않았거나, 둘 중 하나 아닙니까.」 시몽이 외쳤다.

「반드시 그런 것은 아니지요.」 신부가 엷은 미소를 지었다. 「다음 질문은 뭡니까, 의사 선생?」

「신부님, 어디가 이상해지신 것 아닙니까?」 시몽 선생이 날카롭게 말했다. 「어쨌든 다음 질문으로 가보죠. 브레인은 어떻게 정원 밖으로 나간 겁니까?」

「그는 정원 밖으로 나가지 않았습니다.」 신부가 창밖을 내다보며 말했다.

「정원 밖으로 나가지 않았다고요?」시몽 선생이 외쳤다.

「네. 온전한 의미에서는 아닙니다.」

비논리적인 설명을 참지 못하겠다는 듯 시몽이 주먹을 불끈 쥐었다. 「남자가 정원 밖으로 나갔거나, 나가지 않았거나, 둘 중 하나가 아닌가요?」

「늘 그런 것은 아니지요.」브라운 신부가 말했다.

그는 참지 못하고 벌떡 일어섰다. 「저는 이런 무의미한 얘기에 낭비할 시간이 없습니다. 사람이 담장 안쪽에 있는지 바깥쪽에 있는지도 구별하지 못한다면, 더 이상 대화할 필요가 없지요.」

「의사 선생,」신부가 부드럽게 말했다. 「우리는 늘 잘 어울려 지내 오지 않았습니까. 오랜 우정을 생각해서라도 다섯 번째 질문을 던져 주시지요.」

시몽이 문간의 의자에 털썩 앉아 짤막하게 말했다. 「머리와 어깨에 괴상하게 베인 자국이 있었습니다. 죽은 뒤에 벤 것입니다.」

「맞습니다. 그건 여러분이 한 가지 거짓을 참이라 믿어 버리도록 만들기 위한 조치였습니다. 그 머리통이 그 몸에 붙어 있던 거라 믿게 하기 위해서요.」

두뇌의 경계, 모든 괴물이 만들어지는 그곳이 오브라이언의 머리 안에서 마구 요동쳤다. 반인반마나 인어 같은 기이한 환상이 떠올랐다. 최초의 선조보다 더 오래된 목소리가 귓전에서 〈두 과일이 열리는 나무가 자라는 정원을 멀리하

라. 머리가 두 개인 남자가 죽은 사악한 정원을 피하라〉라고 속삭이는 듯했다. 그런 상징적 형상들이 그의 아일랜드인 영혼의 오래된 거울을 스쳐 지나가는 와중에도, 프랑스식으로 바뀐 그의 지성은 여전히 살아 있었고, 괴상한 신부를 면밀히 주시하고 있었다.

브라운 신부가 마침내 몸을 돌려 창을 등지고 섰다. 얼굴에 그늘이 졌지만 백지장같이 창백해진 낯빛은 그대로 드러났다. 말투는 침착했다. 마치 아일랜드 영혼 따위는 존재하지 않는다는 듯.

「신사 여러분, 정원에서 발견된 시체는 베커의 것이 아닙니다. 낯선 이의 시체가 아니었습니다. 시몽 선생의 이성적 판단을 위해 덧붙이자면, 베커의 시체 일부가 여기 와 있긴 하지요. 자, 여기를 보십시오.」 신부는 검은색의 거대한 시체를 가리켰다. 「난생처음 보는 사람이지요. 그럼, 이 사람은 어떻습니까?」

신부는 노란 대머리를 옆으로 밀어 버리고 옆에 놓인 백인 남자의 머리통을 그 자리에 놓았다. 그러자 의심할 바 없이 완벽한 한 몸으로 줄리어스 브레인이 누워 있었다.

「살인범은 적의 머리를 베고는 군도를 담장 바깥으로 던졌습니다. 하지만 군도만 던질 정도로 멍청하지는 않았죠. 잘라낸 머리통도 함께 던진 뒤 다른 머리를 시체 옆에 두었습니다. 여러분 모두가 완전히 다른 사람으로 생각하게 한 것입니다.」

「다른 머리를 두다니요? 어떤 머리입니까? 사람 머리통이 정원 풀숲에서 자랄 리는 없지 않습니까?」 오브라이언이 물었다.

　「그럴 리 없지요.」 신부가 쉰 목소리로 바로 대답하며 신발 끝을 내려다보았다. 「머리통이 자라는 곳이 딱 한 군데 있습니다. 단두대 바구니요. 아리스티드 발랑탱 경찰청장은 살인이 일어나기 한 시간 전에 바로 거기 있었습니다. 자, 모두 달려들어 저를 물어뜯기 전에 잠시만 제 말을 들어 주십시오. 발랑탱은 정직한 사람입니다. 논쟁적인 문제에 광적으로 매달리는 것이 정직에 포함된다면 말입니다. 그 차가운 회색 눈을 보면서도 여러분은 그 광기를 알지 못했습니다! 이른바 〈십자가의 미신〉이라는 것을 무너뜨리기 위해 그는 어떤 짓이든 할 수 있는 사람이었습니다. 그것을 갈망하고 싸우다 이제 살인까지 저질렀습니다. 브레인이 여러 종교 분파에 수백만 달러를 골고루 나누는 동안에는 세상의 균형에 별문제가 없었습니다. 하지만 싫증을 잘 내는 회의론자들이 대개 그렇듯 브레인이 우리 쪽으로 돌아서고 있다는 소식이 상황을 완전히 바꾸었습니다. 브레인은 가난하고 호전적인 프랑스 가톨릭에 재원을 쏟아붓고 『단두대』와 같은 극우파 신문들도 지원하게 되었겠지요. 곧 전쟁이 벌어질 상황에서 광기에 불이 붙었습니다. 발랑탱은 백만장자를 없애 버리기로 작정했습니다. 자기 손으로요. 가장 위대한 수사관은 단 한 번의 범죄를 저지르는 법이니까요. 그래서 범죄 연구를 구실로 베커의 잘린 머리통을 서류 상자에 담아 집으로 가져왔습니다. 브레인과 마지막으로 논쟁도 벌였습니다. 갤러웨이 경은 듣지 못하신 논쟁입니다. 설득에 실패하자 발랑탱은 브레인을 정원으로 이끌었고, 검에 대해 이야기하면서 나뭇가지를 자르는 시범을 보이다가…….」

이반이 벌떡 일어섰다. 「이 정신 나간 놈 같으니라고, 당장 주인님 앞으로 끌고 가주마!」

「그러잖아도 가려던 참이오.」 브라운 신부가 무거운 어조로 말했다. 「모든 것을 고해하도록 해야 하니.」

우울한 표정의 브라운 신부를 인질이나 희생양인 양 앞세우고 일행은 발랑탱의 서재로 들어갔다.

위대한 수사관은 책상에 앉아 아무 소리도 듣지 못한 채 일에 열중하고 있는 모습이었다. 사람들은 순간 멈춰 섰고, 그 곧은 뒷모습에서 이상한 낌새를 눈치챈 의사가 앞으로 달려 나갔다. 발랑탱의 팔꿈치 아래에 작은 약 상자가 보였고, 그는 의자에 앉은 채 죽어 있었다. 자살한 이의 눈 감은 얼굴 위에는 카이사르와 맞붙었던 폼페이우스의 용장 카토보다 더 큰 자부심이 떠올라 있었다.

괴상한 발소리

가입하기 쉽지 않은 〈참된 어부 열두 명〉 클럽의 회원이 연례 만찬을 위해 버넌 호텔로 들어가는 모습을 보게 된다면, 그의 야회복 상의가 검은색이 아닌 녹색임을 알아차리게 될 것이다. (그 이유를 물을 만한 대단한 배짱이 있다는 가정하에) 왜 녹색 상의인지 묻는다면, 웨이터와 혼동되지 않기 위해서라는 대답이 돌아올 것이다. 이쯤 되면 그냥 물러날 가능성이 크다. 하지만 그렇다면 수수께끼를 풀지 못하고 흥미로운 이야기도 듣지 못한 셈이 된다.

(일어나지 않을 듯한 상황을 다시 가정해) 당신이 브라운 신부라는 작달막하고 성실한 인물을 만나 그의 삶 최고의 행운 하나가 무엇이냐고 묻는다면, 복도의 발소리를 듣는 것만으로 범죄를 막고 영혼을 구한 버넌 호텔에서의 일이라고 말할 것이다. 자신의 멋진 추리에 살짝 우쭐해져서 이야기를 풀어낼 수도 있다. 하지만 당신이 〈참된 어부 열두 명〉 클럽에 들어갈 만큼 지위가 높아질 가능성도, 빈민이나 범죄자 틈에 섞여 브라운 신부를 만날 만큼 인생이 추락할 가능성도

극히 희박한 만큼, 내가 아니라면 이 이야기를 들을 기회가 아마 영영 없을 것이다.

〈참된 어부 열두 명〉 클럽이 연례 만찬을 여는 버넌 호텔은 과두제 국가에서나 존재할 법한 장소로, 깍듯한 예의범절에 과도하게 집착하는 곳이었다. 〈폐쇄적인〉 상업 시설로서 상식과는 거꾸로 움직였다. 이를테면 사람을 끌어들이기보다는 내침으로써 돈을 벌었다. 금권정치의 중심부에서 장사꾼들은 고객보다 더 까다롭게 굴곤 한다. 차별화를 계속함으로써 돈 많은 고객들이 안달 내며 찾아와서 돈을 쓰게끔 하는 것이다. 런던에 키 180센티미터 넘는 사람만 들어갈 수 있는 멋진 호텔이 있다고 하자. 그러면 그곳에서 만찬을 벌이는 180센티미터 이상 남자들의 모임이 자연스럽게 만들어질 것이다. 주인장의 별난 성향 때문에 목요일 저녁에만 문을 여는 값비싼 식당이 있다고 하면, 목요일 저녁마다 그 식당은 만원을 이룰 것이다. 버넌 호텔은 마치 우연인 양 버킹엄궁 인근의 벨그라비아 광장 한쪽에 자리하고 있었다. 규모도 작고 시설도 몹시 불편했다. 하지만 그 불편함이 특정 계층을 보호하는 담장으로 여겨졌다. 함께 모여 저녁 식사를 할 수 있는 인원이 스물네 명뿐이라는 불편함은 특히 중요했다. 대형 만찬 테이블은 런던에서 가장 오래된 멋진 정원이 내려다보이는 베란다에 놓여 있었다. 야외 베란다인 만큼 날씨가 따뜻할 때만 스물네 명이 만찬을 즐길 수 있었다. 이렇게 힘든 기회이기 때문에 그 만찬은 한층 귀한 것이었다. 호텔의 현재 대표는 레버라는 유대인이었는데, 호텔을 들어가기 어러운 곳으로 만듦으로써 큰돈을 벌었다. 물론 그는 여러 제한 요소를 가장 세심한 서비스와 결합시키는 사업 수완을 발휘했다. 버넌의 포도주와 요리는 유럽 어디에 내놓아도 최고 수준이었고, 종업원들의 태도는 영국 상류 계층의 예법 그대로였다. 종업원은 다 합해 열다섯 명이었고, 소유주 레버는 그 한 명 한 명을 자기 손가락처럼 잘 알았다. 이 호텔의 종업원이 되는 것보다 국회의원 되기가 더 쉽다고 할 정도였다. 종업원은 귀족의 하인이라도 되는 듯 극도의 과묵함과 절제된 동작을 훈련받았다. 식사하는 손님 한 명마다 종업원 한 명이 따라붙는 것이 원칙이었다.

〈참된 어부 열두 명〉 클럽은 만찬 장소로 바로 이런 곳을 고집했다. 호화로움과 사생활 보호가 중요했기 때문이다. 다른 클럽이 같은 건물 안에서 만찬을 한다는 생각만으로도 화가 났으리라. 연례 만찬 때 회원들은 관례에 따라 자기 보물을 꺼내 놓았다. 손잡이에 커다란 진주가 하나씩 박혀 있는, 물고기 모양의 정교한 은제품인 생선 요리용 나이프와 포크 세트였는데, 그것은 회원의 상징이기도 했다. 생선 코스 요리를 먹을 때마다 이 나이프와 포크 세트가 사용되었고, 생선 요리야말로 그 화려한 만찬의 가장 화려한 부분이었다. 클럽에는 정해진 의식이 아주 많았지만, 전통이나 목적은 없는 그저 대단히 귀족적인 모임이었다. 이 클럽의 회원이 되기 위해 특별히 어떤 자격 조건을 갖추려고 할 필요는 없었다. 적절한 자격을 갖추지 못한 사람이라면 애초에 이런 클럽에 대해 들어 본 적도 없을 테니 말이다. 클럽은 12년 동안

이어졌고, 회장은 오들리 씨였으며 부회장은 체스터 공작이었다.

이 대단한 호텔의 분위기를 이 정도 전달했으니, 독자 여러분은 어떻게 내가 그런 것을 알게 되었는지, 내 친구 브라운 신부처럼 평범한 사람이 어떻게 그런 화려한 곳에 들어가게 되었는지 궁금할 것이다. 그에 대한 대답은 아주 단순하고 소박하다. 아무리 잘 숨겨진 은신처라 해도 세상 모든 이가 형제라는 주장을 내세우며 침투하는 폭도나 선동가는 있게 마련이고, 푸르스름한 말을 탄 선동가가 몰고 다니는 죽음을[1] 뒤따르는 존재가 브라운 신부이기 때문이다. 이탈리아 출신 종업원 한 명이 그날 오후 마비 발작 증세로 쓰러져 불안해하던 유대인 주인이 근처에서 신부를 불러오게 했다. 종업원이 브라운 신부에게 무엇을 고해했는지는 알 수 없다. 그런 내용은 신부 혼자 간직해야 하는 법이니까. 다만 신부는 메시지를 전달하기 위해서였는지, 아니면 무언가를 바로잡기 위해서였는지, 뭔가를 메모할 필요가 생긴 듯했다. 그리하여 브라운 신부는 아마 버킹엄궁이라 해도 마찬가지였을 당당한 태도로 빈방과 필기도구를 요청했다. 레버 대표는 두 가지 사이에서 갈등했다. 일단 그는 친절한 사람이었고 친절함을 꾸며 낼 능력도 갖췄으며 괜한 소동을 싫어했다. 하지만 다른 한편으로, 그날 저녁 호텔에 이방인이 남는 것

---

1 〈푸르스름한 말 한 필이 있고 그 위에 탄 사람은 죽음이라는 이름을 가진 사람이었습니다.〉「요한의 묵시록」 6장 8절. 이하 모든 주는 옮긴이의 주이다.

은 막 청소한 곳에 얼룩이 떨어지는 것과 같은 일이었다. 버넌 호텔에는 빈방이나 대기실이라는 것이 없었다. 홀에서 누군가 기다리는 사람도 없었으며, 우연히 손님이 들어오는 일도 없었다. 그날은 종업원 열다섯 명과 손님 열두 명만 있어야 했다. 새로운 손님이 들어온다는 것은 마치 새로운 형제가 집 안에 등장해 아침을 먹거나 차를 마시는 것만큼이나 당혹스러운 상황이었다. 더욱이 신부는 외모가 보잘것없고 옷차림도 변변치 않았다. 그런 사람이 멀리서 언뜻 보이기만 해도 클럽은 난리가 날 것이었다. 결국 레버 대표는 곤란한 일을 없애지는 못해도 감춰 버릴 계획을 짜냈다. (당신은 아마 그럴 일이 없겠지만) 버넌 호텔에 들어서면, 거무칙칙하지만 유명한 그림들이 걸린 짧은 복도를 지나 현관 홀이 나온다. 그 오른쪽으로는 연회 룸들로 향하는 복도가, 왼쪽으로는 주방과 사무실로 이어지는 복도가 있다. 현관 홀 바로 왼쪽은 유리로 된 사무실 끝부분이다. 예전에는 호텔 바가 자리 잡았을 법한 건물 안의 건물이다.

호텔 대표는 바로 그 사무실에 앉아 있었고(그런 지위에 있는 사람은 웬만해선 모습을 드러내지 않는 법이다) 사무실 바로 너머 직원 구역으로 가는 길에 신사들 구역의 마지막 경계인 외투 보관소가 마련되어 있었다. 사무실과 외투 보관소 사이에 출구가 따로 없는 작은 방이 하나 있는데, 호텔 대표가 은밀하고 중요한 일, 예를 들어 공작에게 천 파운드를 빌려준다거나 혹은 6펜스도 빌려주지 못하겠다고 거절할 때 쓰이는 공간이었다. 뭔가 종이에 끼적거릴 것이 있다는 한낱 신부에게 그 신성한 공간을 30분 동안 빌려준 것은 레버 대표로서는 엄청난 인내심을 발휘한 결과였다. 브라운 신부가 써 내려간 이야기는 지금 이것보다 훨씬 재미있겠지만, 물론 절대 공개되지 않을 것이다. 다만 아주 긴 이야기였다는 것, 그리고 마지막 두세 단락이 흥미나 몰입도에서 제일 떨어졌다는 점만 말해 두겠다.

마지막 문단들에 거의 다다랐을 무렵, 신부는 동물적인 감각에 생각의 흐름을 맡기기 시작했다. 그의 동물적 감각은 평소 늘 날카롭게 깨어 있었다. 점차 어두워져 만찬 시간이 다가오고 있었다. 밀실에는 조명이 없었다. 어둠 속에선 청각이 더 예민해지는 법이다. 마지막, 그리고 가장 덜 중요한 부분을 써 내려가면서, 브라운 신부는 마치 기차 소리에 맞춰 생각이 흘러가듯 바깥에서 들려오는 소음의 리듬에 행동을 맞추었다. 주의를 기울이니 무슨 소리인지 알 수 있었다. 문 앞으로 지나가는 발소리, 호텔에서 나게 마련인 소리였다. 그럼에도 그는 어두운 천장을 응시하며 소리에 귀를 기울였다. 몇 초 동안 들은 뒤 신부는 자리에서 일어나 고개를 한쪽으로 살짝 기울이고 집중했다. 이어 다시 자리에 앉아 얼굴을 두 손에 파묻었다. 이제는 들을 뿐 아니라 들으면서 생각하고 있었다.

바깥의 발소리는 한순간만 들으면 여느 호텔에서 들리는 소리와 다를 바 없었다. 하지만 전체를 두고 보면 무척 이상한 점이 있었다. 다른 발소리가 없었다. 아주 조용한 곳이었고, 지리에 익숙한 손님들은 곧바로 자기 자리를 찾아갔으며 잘 훈련된 종업원들은 부름을 받지 않는 한 거의 모습을 드러내지 않았다. 불규칙적인 일이 일어날 가능성이 이보다 적은 곳도 찾기 어려울 것이었다. 하지만 그 발소리는 규칙적이라고도, 불규칙적이라고도 하기 어려울 만큼 기묘했다. 브라운 신부는 발소리에 맞춰 손가락으로 책상 모서리를 두드렸다. 피아노를 배우는 사람처럼 말이다.

처음에는 빠른 속도의 종종걸음이 길게 이어졌다. 몸이 가벼운 사람이 경보라도 하는 느낌이었다. 그러다 어느 지점이 되면 천천히 몸을 흔들면서 쿵쿵 걷는 소리로 바뀌었다. 쿵쿵걸음의 수는 종종걸음의 4분의 1이 채 안 되었지만 지속 시간은 거의 비슷했다. 쿵쿵걸음 다음에는 다시 가볍고 서두르는 종종걸음이, 그다음에는 다시 무거운 쿵쿵걸음이 이어졌다. 같은 신발에서 나는 발소리라는 점은 분명했다. 달려오가는 사람이 없었고, 희미하긴 했지만 특징적인 삐걱 소리가 났기 때문이다. 브라운 신부는 의문을 풀지 않고는 못 배기는 두뇌의 소유자였다. 궁금한 점이 생기자 머리가 터질 것 같았다. 점프하기 위해 달리는 사람, 슬라이딩을 위해 달리는 사람은 본 적이 있었다. 하지만 걷기 위해 달리는 사람이라니? 아니, 달리기 위해 걷는 사람이라고 해야 하나? 대체 어찌 된 일일까? 보이지 않는 두 다리의 기묘한 움직임을 달리 설명할 길이 없었다. 복도의 절반을 천천히 걷기 위해 나머지 절반을 아주 빠르게 종종거리거나 아니면 서둘러 되돌아오기 위해 아주 천천히 걸어가는 것이었다. 둘 다 납득이 되지 않았다. 신부의 머릿속은 작은 방 안처럼 점점 더 어두워졌다.

차분하게 생각을 정리하기 시작하자 어두운 방 안이 생각을 더 선명하게 만들어 주었다. 부자연스럽거나 상징적인 몸짓과 함께 복도를 따라 이동하는 발들이 떠올랐다. 이교도의 종교적인 춤일까? 새로운 과학적인 운동일까? 브라운 신부는 발걸음의 의미를 파악하기 위해 보다 엄밀한 질문을 던지기 시작했다. 느린 걸음부터 보자. 대표의 발걸음은 절대 아니다. 그런 사람은 급하게 걷거나 아니면 조용히 앉아 있는 법이다. 지시를 기다리는 종업원이나 심부름꾼이 낼 만한 소리도 아니다. 계급이 낮은 사람들은 살짝 취했을 때 휘청거리며 걸을 수는 있지만 이런 호사스러운 곳에서는 경직된 태도로 앉거나 서 있게 마련이다. 무겁지만 탄력 있는 발걸음, 특별히 시끄럽지는 않지만 그렇다고 소리가 날까 봐 신경 쓰지도 않는 그 발걸음은 지구상 한 동물에게만 해당했다. 서유럽의 신사, 먹고살기 위해 노동해 본 적 없는 사람의 발걸음이었다.

그런 확신에 도달했을 때, 발걸음이 빠르게 바뀌었다. 마치 쥐새끼처럼 날쌔게 문 앞으로 지나갔다. 전보다 훨씬 빠르면서도 훨씬 더 조용한, 뒤꿈치를 들고 걷는 듯한 걸음이었다. 신부의 마음속에 무언가가, 비밀로 간직된 것까지는 아니지만 기억해 낼 수 없는 무언가가 연상되었다. 기억날 듯 말 듯 한 그것 때문에 신부는 미칠 것 같았다. 그 이상하게 날쌘 발걸음은 분명 어딘가에서 들어 본 종류였다. 갑자기 생각이 떠오른 신부는 벌떡 일어나 문가로 갔다. 방에는 복도로 나가는 문이 없었고, 통로는 유리 사무실로 연결된 하나, 그리고 반대쪽 외투 보관소로 연결된 또 하나가 있었다. 사무실로 연결된 문을 열려고 했지만 잠겨 있었다. 창문으로 내다보니 선홍색 구름 가운데로 해가 지는 중이었다. 순간 개가 쥐 냄새를 맡듯 신부는 죄악의 냄새를 맡았다.

곧 이성적인 면이(더 현명할 수도 있고 그렇지 않을 수도 있는 면이지만) 다시 우위를 점했다. 호텔 대표가 사무실 쪽 문을 잠가 둘 수밖에 없다고, 나중에 나가게 해주겠다고 한 말이 떠올랐다. 자기는 미처 생각해 내지 못했지만 기묘한 발걸음 소리를 설명할 이유는 수없이 많으리라고 신부는 마음을 가라앉혔다. 그러고는 하던 일을 마칠 딱 그만큼의 빛이 남아 있다는 점도 상기했다. 창가로 종이를 가져가 마지막 저녁 빛 아래에서 신부는 거의 끝나 가는 기록 작성에 다시 집중했다. 20분 정도 쓰는 동안 빛이 점점 희미해져 계속 종이 쪽으로 몸을 구부려야 했다. 그런데 갑자기 신부가 몸을 일으켜 세웠다. 다시 이상한 발소리가 들린 것이다.

이번에는 세 번째로 기묘한 점이 있었다. 전에는 느린 속도든 빠른 속도든 걷는 걸음이었는데, 이번에는 뛰고 있었다. 휙 뛰어올라 달아나려는 표범처럼 가볍고 부드러운 발소리가 복도를 따라 이어졌다. 아주 강하고 활동적인 사람이 잔뜩 신난 상태였다. 속삭이는 회오리바람처럼 사무실 앞에 다다른 소리는 다시 무겁고 느린 쿵쿵걸음으로 바뀌었다.

브라운 신부는 종이를 내던지고 닫힌 사무실 쪽 문 대신 다른 쪽 외투 보관소로 나갔다. 담당 직원은 마침 자리를 비운 참이었다. 유일한 손님들은 아직 만찬 중이었고 어차피 한가한 자리였으니 말이다. 외투들 틈을 비집고 나와 보니, 어두운 외투 보관소는 밝은 복도를 마주 보는 카운터 형태로 되어 있었다. 우산 따위를 맡기고 보관표를 받는 그런 평범한 카운터 말이다. 외투 보관소의 아치형 입구에 불빛이 있었다. 브라운 신부 쪽으로는 거의 비치지 않아 신부는 창밖의 석양을 배경으로 검은 형체로만 모습이 드러났다. 하지만 외투 보관소 밖 복도에 선 손님 쪽으로는 무대 불빛이라도 되는 양 밝았다.

손님은 평범한 야회복 차림의 우아한 남자였다. 키는 컸지만 몸피는 크지 않아 키 작은 사람들이 잔뜩 몰려 가로막더라도 그림자처럼 빠져나갈 수 있을 듯했다. 불빛에 비친 얼굴은 거무스름하고 생기 넘치는 외국인이었다. 몸매가 훌륭하고 태도도 당당해 나무랄 데 없었다. 트집을 잡는 사람이라면 검은 상의가 썩 훌륭하지 않다는 점, 게다가 이상하게 늘어지고 불룩하다는 점 정도를 꼬집을 것이었다. 남자는 브라운 신부의 형체를 보자마자 종이 번호표를 내놓으며 〈모자와 코트를 내주게. 당장 가야 할 일이 생겨서〉라고 점잖게 말했다.

브라운 신부는 말없이 번호표를 받아 외투를 찾으러 갔다. 그렇게 시중드는 일을 전에도 해보았던 것이다. 신부는 외투를 가져와 카운터에 올려 두었다. 낯선 신사는 조끼 주머니에 손을 넣고는 〈은화가 없군. 이것으로 받아 두게〉라고 웃으며 말하고는 반 파운드짜리 금화를 놓고 외투를 집어 들었다.

브라운 신부의 검은 형체는 고요했다. 하지만 그 순간 머릿속은 냉정을 잃은 상태였다. 그리고 그 두뇌는 냉정을 잃었을 때 가장 가치를 발휘했다. 2와 2를 더해 4백만을 만들어내는 식으로 말이다. (상식을 고집하는) 가톨릭교회는 이를 인정하지 않을 때가 많았다. 때로는 신부 자신도 인정하지 않았다. 하지만 이는 드문 위기의 순간에 진가를 발휘하는 진정한 영감으로, 냉정을 잃은 사람이 다시 냉정을 찾도록 해주었다.

「제 생각에는 그 주머니 안에 은이 있을 듯합니다, 손님.」 신부가 정중하게 말했다.

키 큰 남자가 상대를 노려보았다. 「아니, 금화를 받았으면 됐지 어째서 불평인가?」

「때로는 은이 금보다 더 가치 있기 때문입니다. 특히 양이 많을 때는요.」 부드러운 목소리였다.

낯선 신사는 신부에게 경계의 시선을 보냈다. 주 출입구로 이어지는 복도 쪽을 돌아보다 다시 신부를 보고는, 이어서 신부의 머리 뒤쪽에 있는 창문을 주의 깊게 쳐다보았다. 이윽고 작정한 모양이었다. 한 손으로 카운터를 짚고 곡예사처럼 가볍게 뛰어올라 다른 손으로 신부의 멱살을 잡았다.

「얌전히 계시지.」 그가 거칠게 속삭였다. 「자네를 위협할 생각은 없지만…….」

「나는 자네를 위협하고 싶군.」 브라운 신부가 큰 소리로 대답했다. 「영원히 죽지 않는 벌레와 꺼지지 않는 유황불로 자네를 위협하고 싶은데.」

「이런 미친 직원을 봤나.」

「난 신부일세, 무슈 플랑보. 자네의 고해를 들을 준비가 되어 있네.」브라운 신부가 말했다.

상대는 한동안 숨을 헐떡이며 서 있다가 의자에 털썩 주저앉았다.

〈참된 어부 열두 명〉 클럽 만찬의 첫 두 코스는 성공적이었다. 나는 메뉴를 갖고 있지 않지만, 메뉴가 있다 해도 별 도움은 안 되었을 것이다. 요리사들이 만든 프랑스어 메뉴는 프랑스인이 읽어도 생소하기 짝이 없을 테니 말이다. 이 클럽은 전채 요리를 광기 수준으로 다양하게 많이 준비하는 것이 전통이었다. 전채 요리는 그 만찬, 더 나아가 그 클럽 자체가 그렇듯 아무 쓸모 없는 잉여분이라는 의미에서 중요했다. 수프는 가볍고 간소하게 하는 것이 전통이었다. 이어지는 생선 요리의 향연을 위해 절제된 단순함이 필요했던 것이다. 대화는 대영 제국의 막후 통치를 주제로 기묘하고도 가볍게 흘러 갔는데, 혹시 평범한 영국인이 엿듣더라도 거의 알아듣지 못할 정도였다. 양당의 장관들은 성을 빼고 이름으로 거명되었다. 부당 이득을 취하고 있어 토리당 전체에 악명이 드높은 급진파 재무장관은 시를 잘 지었다거나 사냥터에 멋진 말 안장을 선보였다는 이유로 칭찬을 받았다. 자유주의자들이 폭군으로 여겨 싫어하는 토리당 당수는 자유주의자라는 칭찬을 들었다. 정치인들은 아주 중요한 존재인 듯했다. 다만 정책 외 다른 요소들이 중요했다. 클럽 회장 오들리는 다정한 노인으로, 목깃이 높이 올라오는 19세기 말 스타일 셔츠 차림이었다. 그는 허깨비 같지만 공고하게 존재하는 이 클럽의 상징이나 마찬가지였다. 평생 일을 해본 적 없으니 나쁜 짓도 저지르지 않았다. 일 처리가 빠르지도 않고 특별히 부유하지도 않았다. 그저 그 사람 자체가 전부였다. 어느 쪽 정당도 그를 무시하지 못했다. 원하기만 했다면 입각도 문제없었을 것이다. 클럽 부회장 체스터 공작은 떠오르는 젊은 정치인이었다. 다시 말해 적절한 지성과 막대한 재산을 지니고 있고 밝은색 곧은 머리카락에 얼굴엔 주근깨가 있는 유쾌한 젊은이라는 뜻이었다. 공석에서 그의 외모는 늘 성공적이었고, 그의 원칙은 대단히 단순했다. 농담이 생각나면 내뱉었고, 그러면 똑똑하다는 평을 받았다. 농담이 생각나지 않으면 사소한 이야기로 낭비할 시간이 없다고 말했고, 그러면 유능하다고들 했다. 같은 계층 사람들과 어울리는 클럽 같은 사적인 자리에서는 초등학생처럼 솔직하고 실없는 모습을 보였다. 정치 경험이 없는 오들리 회장은 정치에 대해서는 살짝 진지한 모습이었다. 자유당과 보수당 사이에 차이가 있다는 말로 모인 사람들을 당황하게 만드는 일도 종종 있었다. 오들리 자신은 보수파였고, 이는 사적인 자리에서도 그러했다. 그는 높은 옷깃 뒤로 회색 머리카락을 둥글게 말아 붙여 구시대 정치인 같았고, 뒷모습은 제국이 원하는 인물처럼 보였다. 앞모습은 런던 중심부의 올버니 지역에서 마음 내키는 대로 사는 독신자로 보였는데, 실제로도 그러했다.

앞서 설명했듯 테라스 테이블은 24인용이었고, 그날의 손님은 〈참된 어부 열두 명〉 클럽의 열두 명뿐이었다. 회원들은 모두가 테이블 안쪽 자리에 한 줄로 앉아 정원을 마음껏 감상하는 호사를 누렸다. 계절을 감안하면 석양빛이 강렬한 편이었다. 회장이 가운데 자리, 부회장은 오른쪽 끝에 앉았다. 열두 명의 회원이 처음으로 만찬 자리에 앉을 때는, 뚱뚱한 호텔 대표가 마치 생전 처음 만난다는 듯 놀라움을 표시하며 정중하게 인사하고 종업원 열다섯 명이 전부 벽 앞에 마치 왕 앞의 군대처럼 도열하는 것이 (이유를 알 수 없는) 관례였다. 나이프와 포크가 처음으로 부딪치는 소리를 내기 전에 군대는 어느새 사라졌고, 한두 명만 남아 침묵 속에서 접시를 치우거나 내려놓으며 능숙하게 움직였다. 레버 대표는 물론 예법에 맞춰 모습을 감춘 지 오래였다. 다시 그가 등장한다면 이는 과도하고 불필요한 일이 아닐 수 없었다. 하지만 가장 중요한 순서인 생선 요리가 들어올 때면, 레버 대표가 만찬을 지휘하고 있음을 알려 주듯 그의 성격이나 취향이 드러났다. 성스러운 생선 코스는 (무지한 시선으로 보기에는) 거의 웨딩 케이크만큼 큰 괴물 같은 푸딩으로, 그 안에 아주 다양한 생선들이 신께서 내려 주신 본래 모습을 잃은 채 뒤섞여 있었다. 회원들은 화려한 생선용 나이프와 포크를 꺼내 마치 푸딩의 한 입 한 입이 그걸 입으로 옮겨 주는 은제 포크만큼의 가치가 있다는 듯 진지한 태도로 먹기 시작했다. 아마 정말로 그만한 가치가 있었을 것이다. 모두 말없이 생선 요리에 집중했다. 접시가 거의 비었을 때에야 젊은 체스터 공작이 〈이런 요리는 다른 어디에서도 만들지 못하지요〉라고 의례적인 한마디를 했다.

「다른 어디에서도.」오들리 회장이 부회장 쪽을 돌아보며 여러 번 고개를 끄덕였다. 「다른 어디에서도 없고말고요. 카페 앙글레에서도…….」

그 순간 접시가 치워지면서 방해를 받았지만, 회장은 곧 하던 말을 생각해 냈다. 「카페 앙글레에서도 같은 요리를 할 수 있으리라 생각했는데, 전혀 아니었습니다. 단연코 아니었단 말씀입니다.」그는 교수형 판결이라도 내리듯 가차 없이 고개를 저었다.

「과대평가된 곳입니다.」파운드 대령이라는 사람이 몇 달 만에 처음으로 입을 뗀다는 표정으로 말했다.

「꼭 그렇지는 않습니다.」낙천주의자 체스터 공작이 말을 받았다. 「몇 가지는 꽤 괜찮습니다. 비난만 하기에는…….」

종업원 한 명이 가벼운 걸음으로 움직이다 멈춰 섰다. 걸음만큼이나 멈추는 동작도 고요했다. 하지만 주변에서 시중 드는 사람의 보이지 않는 기계처럼 부드러운 동작에 평생 익숙해 있는 신사들에게는 이런 의외의 행동이 충격으로 다가왔다. 우리 식으로 말하면, 마치 의자가 혼자 멀리 달려가는 것처럼 사물 세계가 복종하지 않는다는 느낌이라고 할까.

종업원은 몇 초 동안 손님들을 바라보며 서 있었고, 테이블에 앉은 신사들의 얼굴에서는 우리 시대의 산물인 낯선 부끄러움이 깊이 배어 나왔다. 빈자와 부자 사이의 끔찍한 심연이 인본주의와 결합했다고나 할까. 진짜 옛 귀족이었다면 그 웨이터에게 빈병부터 시작해 물건을 마구 집어 던지다가 마지막에는 돈을 던져 주었을 것이다. 진짜 민주당원이라면 마치 동료처럼 친근하게 무슨 일이냐고 말을 붙였을 것이다. 하지만 이들 현대 금권정치가들은 가난한 사람이 가까이 있다는 것 자체를 참을 수 없어 했다. 노예로서든 친구로서든 말이다. 그 종업원이 무언가 잘못했다는 것은 그저 멍청하고 당황스러울 뿐이었다. 손님들은 거칠게 굴고 싶지 않았고, 은혜를 베풀어야 한다는 것이 거추장스러웠다. 무슨 일이든 어서 끝났으면 하는 마음뿐이었다. 다행히 곧 끝났다. 마비라도 된 듯 몇 초 동안 뻣뻣하게 서 있던 종업원이 돌아서더니 곧 방을 나섰다.

그 종업원이 다시 방에, 더 정확히 문간에 나타났을 때는 다른 종업원과 함께였다. 그는 동료에게 격렬한 몸짓과 함께 귓속말을 하더니 사라졌다. 두 번째 종업원을 남겨 두고 사라졌던 그는 다시 세 번째 종업원과 함께 나타났다. 이런 식으로 네 번째 종업원까지 나타났을 때, 오늘리 회장은 침묵을 깨야 한다고 생각했다. 의장의 망치 대신 긴 기침으로 주목을 끈 뒤 말을 시작했다. 「무셔라는 청년이 버마에서 굉장한 일을 해냈다더군요. 세계 어느 나라도 그러한⋯⋯.」

다섯 번째 종업원이 급히 다가와 회장의 귀에 대고 속삭였다. 「죄송합니다, 중요한 일입니다! 대표님께서 직접 말씀을 드려도 괜찮을까요?」

회장은 당황한 채 몸을 돌렸고, 육중한 몸을 재빨리 움직이며 다가오는 레버 대표를 보았다. 걸음걸이는 평소와 같았지만 얼굴은 전혀 아니었다. 구릿빛이었던 얼굴이 누렇게 떠 있었다.

「용서하십시오, 오들리 회장님.」레버 대표가 숨이 턱에 차서 말했다. 「큰 문제가 생겼습니다. 생선 접시와 함께 나이프와 포크가 치워졌습니다.」

「당연한 일 아닌가?」회장이 부드럽게 말했다.

「혹시 보셨습니까?」대표가 물었다. 「치운 종업원을 보셨습니까? 아는 사람이었습니까?」

「종업원을 아느냐고?」회장이 화난 투로 대답했다. 「내가 알 리가 있겠소!」

레버 대표가 어찌할 바 모르겠다는 듯 양손을 들어 보이며 설명했다. 「저희 종업원이 아닙니다. 언제 어떻게 여기 들어왔는지 모르겠습니다. 종업원이 접시를 치우러 들어와 보니 이미 다 가져간 뒤였다고 합니다.」오들리 회장은 제국이 원하는 인물이 되기엔 너무나 당황한 모습이었다. 회원 누구도 입을 열지 못하는 가운데, 목석같던 파운드 대령이 갑자기 전기라도 통한 듯 움직였다. 혼자 벌떡 일어나 안경을 쓰고는 말하는 법을 잊은 사람처럼 낮고 거친 목소리로 말했다. 「그러니까 누가 우리 은제 나이프와 포크를 훔쳐 갔단 말인가?」

대표가 다시 한번 양손을 들어 보였다. 그 순간 모든 회원이 자리에서 일어섰다.

「당신 종업원들은 다 여기 있습니까?」대령이 여전히 낮고 거친 소리로 물었다.

「네, 다들 여기 있습니다. 확인했습니다.」젊은 체스터 공작이 소년 같은 얼굴을 들이밀며 말했다. 「늘 들어오면서 세어 보거든요. 벽 앞에 일렬로 서 있을 때 모습이 참 기묘해서요.」

「기억이 확실하지 않을 수도 있네.」 오들리 회장이 주저하면서 끼어들었다.

「정확히 기억합니다. 이곳 종업원은 늘 열다섯 명이었습니다. 오늘도 그랬고요. 확실히 말씀드리지만 딱 열다섯 명이었습니다.」

레버 대표가 충격을 받아 몸을 떨며 공작을 바라보았다. 「분명히, 분명히 열다섯 명이었습니까?」

「평소대로였습니다. 무슨 문제가 있나요?」

「아니, 그럴 수가 없습니다. 종업원 하나가 갑자기 죽어서 위층에 있거든요.」

일순간 소름 끼치는 침묵이 흘렀다. 죽음이라는 단어가 너무도 초자연적이어서, 이곳의 한가한 손님들이 잠시나마 자기 영혼이 말라빠진 콩알에 불과함을 보게 된 탓이리라. 한사람(아마도 공작이었다고 생각한다)은 부자의 친절함을 드러내며 〈우리가 할 수 있는 일이 있을까요?〉라고 묻기도 했다.

「이미 신부님이 오셨습니다.」 레버 대표가 대답했다.

그러자 운명의 문이 덜컹 닫히듯 모두 자기 자리로 돌아갔다. 몇 초 동안 열다섯 번째 종업원이 어쩌면 죽은 사람의 영혼일지 모른다고 생각했던 것이다. 유령은 거지만큼이나 당혹스러운 존재여서 잠시 어안이 벙벙할 수밖에 없었다. 하지만 은제 나이프와 포크를 떠올리자 마법의 주문이 풀렸다. 갑자기 거친 반응이 나오기 시작했다. 대령은 의자를 밀어젖히고 문 쪽으로 걸어갔다. 「열다섯 번째 종업원이 여기 있다면 그 사람이 도둑입니다. 당장 내려가서 입구와 뒷문을 잠그시오. 그다음에 이야기합시다. 우리 클럽의 진주 스물네 개는 아주 값나가는 것이오.」

오들리 회장은 이렇게 서두르는 것이 신사다운 행동인지 잠시 머뭇거리는 듯했지만, 공작이 젊은이답게 계단을 뛰어 내려가는 모습을 보고는 보다 성숙한 동작으로 따라갔다.

그때 여섯 번째 종업원이 방으로 달려 와서, 생선 요리 접시들은 주방 탁자에서 발견되었는데 은제 나이프와 포크는 없다고 보고했다.

손님과 종업원들은 서둘러 복도를 지나 두 무리로 갈라졌다. 회원 대부분은 대표를 따라 현관 홀로 가서 나간 사람이 없는지 알아보았고, 파운드 대령과 회장, 부회장은 직원 구역으로 이어지는 복도로 향했다. 범인이 도망쳤을 가능성이 더 큰 쪽이었다. 일행은 외투 보관소를 지나치면서 어둠침침한 안쪽에 검은 옷을 입은 작달막한 남자가 서 있는 모습을 보았다.

「거기 자네! 누구 지나가는 사람 못 보았나?」부회장이 물었다.

종업원으로 보이는 남자가 질문에 답하는 대신 말했다. 「찾고 계신 물건을 제가 갖고 있을지도 모르겠습니다.」

그러고는 모두가 말을 잊고 어리둥절해하는 사이 외투 보관소 뒤쪽으로 가만히 들어가더니, 양손 가득 빛나는 은제품을 들고 나와 마치 판매원인 양 카운터 위에 늘어놓았다. 열두 벌의 화려한 은제 나이프와 포크였다.

「자네, 자네가…….」 대령이 분노하며 말을 시작했다. 하지만 어두운 작은 방 안을 들여다본 뒤 두 가지를 깨달았다. 하나는 작달막한 검은 옷 남자가 성직자라는 것이었고, 다른 하나는 남자 뒤쪽 창문이 누군가 그리로 도망친 듯 깨져 있다는 것이었다. 「외투 보관소에 맡기기엔 너무 비싼 물건입니다. 그렇지요?」 신부가 재미있다는 듯 말했다.

「당신이 이걸 훔친 거요?」 오들리 회장이 쏘아보며 물었다.

「뭐, 그렇다 해도 이렇게 다시 돌려드리지 않습니까.」 여전히 즐거운 말투였다.

「하지만 당신이 아니군요.」 대령이 깨진 창문을 바라보며 말했다.

「솔직히 말씀드리면 저는 아닙니다.」 신부가 의자에 앉았다.

「누가 그랬는지 알고 있군요.」 대령이 다시 말했다.

「그 사람의 진짜 이름은 모릅니다. 하지만 힘이 얼마나 센지는 조금 알고, 영적 고통에 대해서는 꽤 많이 압니다. 육체적인 면은 제 멱살을 잡았을 때 알았고, 도덕적인 면은 회개했을 때 알았지요.」

「회개라고?」 체스터 공작이 너털웃음을 웃으며 외쳤다.

브라운 신부가 자리에서 일어나 뒷짐을 졌다. 「참으로 이상한 일이 아닙니까. 부유하고 안락하면서도 신이나 인간을 위해 아무런 결실도 내지 않고 하찮게 사는 사람이 이토록 많은데, 도둑놈과 부랑자는 회개를 해야 한다니 말입니다. 감히 부탁드리건대, 제 영역을 침범하지는 말아 주십시오. 실제로 회개했는지 의심스럽다면 여기 있는 나이프와 포크를 보십시오. 〈참된 어부 열두 명〉 클럽의 은제 물고기는 모두 여기 있습니다. 하지만 그는 저를 사람 낚는 어부로 만들어 주었습니다.」

「당신이 그 사람을 잡은 겁니까?」 대령이 얼굴을 찌푸렸다.

브라운 신부가 대령의 찡그린 얼굴을 바라보았다. 「그렇습니다. 보이지 않는 낚싯줄과 낚싯바늘로 잡았습니다. 그 줄은 그가 세상 끝까지 방황해도 될 만큼 길이가 길지만, 언제든 잡아채면 다시 돌아오게 할 수 있습니다.」

오랜 침묵이 흘렀다. 함께 있던 사람들은 되찾은 은제 나이프와 포크를 동료 회원에게 돌려주기 위해, 혹은 레버 대표에게 기이한 상황을 알리기 위해 돌아갔다. 하지만 음울한 얼굴의 대령은 외투 보관소 카운터 한편에 앉아 길고 가는 다리를 흔들면서 검은 콧수염을 물어뜯었다.

마침내 그가 신부에게 가만히 말했다. 「그 사람은 아주 똑똑한 게 분명한데, 내가 보기엔 더 똑똑한 사람이 있군요.」

「똑똑한 친구지요. 하지만 또 다른 사람은 누구를 말하는지 모르겠습니다.」

「신부님 말입니다.」 대령이 짧게 웃었다. 「그자를 감옥에 보낼 생각은 없으니 걱정 마십시오. 하지만 신부님이 어떻게 이 사건에 끼어들었는지, 또 어떻게 저희 보물을 그 사람에게

서 빼앗았는지 알 수 있다면 은제 포크를 몇 벌이라도 내놓겠습니다. 여기 있는 사람 중에서 신부님만이 그 얘기를 해줄 수 있을 것 같군요.」

브라운 신부는 대령의 솔직함이 마음에 든 것 같았다. 「그 남자의 정체나 개인적 이야기는 말해 드릴 수 없습니다. 하지만 제가 발견해 낸 사실 정도는 말하지 못할 이유가 없겠군요.」

신부는 외투 보관소 바깥쪽으로 훌쩍 뛰어나와 짧은 두 다리를 흔들며 파운드 대령 옆에 앉았다. 그리고 성탄절 벽난로 앞에서 오랜 친구에게 이야기를 들려주듯 편안하게 말하기 시작했다.

「저는 저 안의 작은 방에 틀어박혀 뭔가 쓰고 있었는데, 기묘한 발소리가 들렸습니다. 이 복도를 지나며 죽음의 춤이라도 추는 듯 기묘했지요. 처음에는 발끝으로 걷는 듯 빠른 종종걸음이었다가, 다음에는 시가를 문 몸집 큰 남자처럼 느릿느릿 무심한 걸음이 되었습니다. 둘 다 한 사람이 내는 소리였는데, 그렇게 뛰듯이 종종거리는 것과 무겁게 쿵쿵거리는 소리가 교대로 들리더란 말입니다. 무심코 이상하다고만 여기다가 대체 왜 저렇게 두 가지로 걸어야 하는지 궁금해졌습니다. 한 가지는 제가 아는 걸음이었습니다. 바로 대령님 같은 걸음이죠. 부족한 것 없는 신사가 무언가 기다릴 때, 심리적으로 불안해서가 아니라 신체적으로 긴장했을 때 그렇게 걷습니다. 다른 걸음도 알 것 같은데 도무지 생각이 나지 않았습니다. 저처럼 이상하게 발끝으로 걷는 사람이 누굴까,

어디서 만났을까 고민하는데, 그릇 부딪치는 소리가 들렸습니다. 명쾌하게 답이 나왔지요. 종업원의 걸음이었습니다. 몸을 앞으로 굽히고 시선은 아래를 향한 채 재킷의 제비꼬리와 냅킨을 휘날리며 발끝이 바닥에 닿을 듯 말 듯 하게 걷는 종업원의 걸음 말입니다. 이어서 저는 잠시 생각을 정리했습니다. 그러자 마치 제가 범죄를 저지르는 듯 분명하게 그 범죄 방식을 알게 되었습니다.」

파운드 대령은 신부를 응시했지만 신부의 부드러운 회색 눈은 멍하니 천장에 못 박혀 있었다.

「범죄는 예술 작품과 다를 것이 없습니다. 놀라지 마십시오. 지옥 같은 작업실에서 나오는 예술이 물론 범죄만은 아니지요. 하지만 성스럽든 악마적이든 모든 예술 작품들에는 꼭 한 가지 특징이 있습니다. 아무리 복잡해 보여도, 그 핵심은 단순하다는 것입니다. 『햄릿』을 예로 들어 볼까요. 무덤 파는 사람의 기괴함, 미친 소녀의 꽃, 간신배 오스릭의 화려한 의상, 귀신의 파리한 모습, 해골의 미소 등은 검은 옷을 입은 한 남자의 비극적인 형상 주변에 뒤엉킨 장식물들에 불과합니다. 그러고 보니,」 브라운 신부가 미소를 띠며 자리에서 천천히 일어났다. 「이번 사건 역시 검은 옷을 입은 남자의 단순한 비극이라고 할 수 있지요. 이번 사건은 모두 검은 옷 주변에서 일어난 것입니다. 여기서도 『햄릿』에서처럼 필요 이상의 화려한 주변 인물들, 그러니까 신사 여러분이 등장합니다. 그리고 죽은 종업원이 있지요. 있을 수 없는 자리에 그가 있었습니다. 값비싼 은제 나이프와 포크를 싹 쓸어 담은 뒤 사라져 버린 보이지 않는 손도 있고요. 하지만 아무리 영리한 범죄라 해도, 결국은 아주 단순한 사실, 그 자체로는 전혀 신비로울 것이 없는 사실에 토대를 두고 있기 마련입니다. 신비로움은 그것을 감추고, 사람들의 생각을 그로부터 멀리 떨어뜨림으로써 생기는 거지요. 대담하면서도 교묘한, 동시에 대단히 수확이 큰 이번 범죄는 신사 여러분의 야회복 상의가 종업원들의 옷과 똑같다는 단순한 사실에서 출발했습니다. 나머지는 모두 연기, 혀를 내두를 정도의 능수능란한 연기였고요.」

「아직도 저는 잘 모르겠습니다.」 대령이 일어서면서 얼굴을 찌푸렸다.

「대령님, 여러분의 식기를 훔친 대담한 악당은 불이 훤히 켜져 있고 모두가 지켜보는 이 복도를 스무 번이나 왔다 갔다 했습니다. 어두운 구석으로 가거나 몸을 숨겨서 오히려 의심받게 되는 상황을 만들지 않았지요. 밝은 복도로만 다녔고, 어디서나 거기 마땅히 있을 사람으로 보였던 것입니다. 생김새가 어떠냐고 제게 묻지는 마십시오. 오늘 밤 대령님이 예닐곱 번은 직접 보셨을 겁니다. 대령님은 다른 신사분들과 함께 복도 끝 테라스가 있는 방에 앉아 계셨습니다. 손님들 틈에서 그는 고개를 숙이고 냅킨을 휘날리며 종업원처럼 가볍게 종종걸음을 걸었습니다. 그렇게 테라스의 테이블로 가서는 식탁보를 매만지거나 하고 되돌아 나와서, 사무실과 종업원 구역이 가까워지면 완전히 다른 사람이 되었습니다. 자세 하나, 몸짓 하나까지 손색없는 신사가 되어 직원들과 다른 종업원들의 시선을 피했습니다. 무심한 듯 오만한 모습으로 하인들 사이를 어슬렁거리는 신사의 모습은 종업원들에게 무척 익숙하니까요. 만찬장에서 나온 손님 하나가 사방을 어슬렁거리는 것은 동물원에 동물이 있는 것만큼이나 자연스러웠을 겁니다. 마음 내키는 대로 아무 데나 걷는 습관만큼 최상류 계층의 특징을 잘 보여 주는 것도 없지요. 어슬렁거리며 걷다가 싫증이 나면, 뒤돌아서 사무실 앞을 다시 지나갔습니다. 아치형 천장의 그림자를 통과하면서 마법이라도 부린 듯 굽실거리는 종업원으로 변신하여 종종걸음으로 클럽 회원들에게 달려갔습니다. 신사들은 어차피 곁눈질로도 종업원을 보지 않으니까요. 마찬가지로 상류층 신사가 복도를 걸어다닌다고 해서 수상하게 여기는 종업원도 없습니다. 한두 번은 세련된 연기도 섞어 넣었습니다. 레버 대표의 구역으로 가서 목이 마르다며 소다수를 달라고 외쳤지요. 자기가 가져가겠다고 다정하게 말하며 잔을 들고 움직였습니다. 신사들 테이블 근처에서 물 잔을 들고 움직이는 모습은 영락없는 종업원이었고요. 물론 오래 지속할 수는 없는 속임수지만, 생선 요리가 끝날 때까지만 이어지면 충분하니까요.

가장 힘들었던 순간은 종업원들이 벽 앞에 일렬로 늘어섰을 때였습니다. 하지만 그때도 구석진 곳에 기대서서 종업원들한테는 손님으로, 손님들한테는 종업원으로 보이게끔 했습니다. 나머지는 식은 죽 먹기였지요. 테이블에서 조금 떨어져 서 있는 그의 모습을 종업원이 보았다면 대화에 끼이기 귀찮은 귀족 나리로 여겼을 것입니다. 생선 접시가 치워지기

2분 전쯤 순식간에 노련한 종업원으로 변신하여 접시를 내가기만 하면 되었지요. 찬장에 접시를 놓고 주머니에 은제 나이프와 포크를 쑤셔 넣은 뒤, 그는 토끼처럼 뛰어(제가 그 소리를 들었습니다) 외투 보관소로 갔습니다. 거기서는 다시 금권정치가 행세를 했습니다. 급한 볼일이 생긴 척 옷 보관 번호표를 내밀고 옷을 받아 우아한 모습으로 문을 나서면 그만이었을 겁니다. 다만 제가 여기 외투 보관소에 있었던 게 문제였습니다.」

「신부님이 대체 무엇을 어떻게 한 건가요?」 대령이 전에 없이 관심을 드러내며 외쳤다. 「그 사람이 신부님한테 뭐라고 하던가요?」

「죄송합니다만, 제 이야기는 여기까지입니다.」 신부가 조용히 말했다.

「하지만 재미있는 이야기는 여기서부터인데요.」 대령이 투덜거렸다. 「범인의 전문적인 수법은 이해가 갑니다. 하지만 신부님이 그걸 알아낸 방법을 모르겠군요.」

「이제 가봐야겠습니다.」

복도를 지나 현관 홀로 나온 두 사람은 자신들을 향해 달려오는 혈색 좋은 체스터 공작의 얼굴과 마주쳤다.

「자, 갑시다, 대령님. 온 사방을 찾아다니는 중이었습니다.」 공작이 숨을 헐떡거렸다. 「만찬이 재개되었고, 오들리 회장님이 되찾은 식기들을 기리는 연설을 했습니다. 이번 사건을 기념하여 새로운 의식을 시작해야 한다고들 합니다. 대령님도 식기를 되찾은 입장에서 어떤 제안을 하시겠습니까?」

「나는,」 대령이 냉소적인 눈빛으로 공작을 바라보았다. 「나는 앞으로 우리가 검은색 말고 녹색 상의를 입자고 제안해야겠네. 우리가 종업원과 똑같아 보일 때 또 어떤 문제가 생길지 몰라서 말이야.」

「무슨 말씀이신가요? 신사가 종업원과 똑같아 보일 리가 있나요?」

「물론 종업원도 신사와 똑같아 보일 수는 없겠지.」 파운드 대령이 웃음을 참으며 대답했다. 「신부님, 신사 행세를 할 수 있다니 친구분은 아주 똑똑한 사람인가 봅니다.」

브라운 신부는 비바람 치는 날씨에 대비해 검소한 외투를 목까지 잠그고 검소한 우산을 집어 들었다.

「그렇습니다. 신사가 되는 건 아주 힘든 일이 분명합니다. 하지만 종업원이 되는 것도 마찬가지로 힘들 거라는 생각을 때때로 하곤 한답니다.」 마지막 인사말을 남긴 신부는 무거운 문을 밀치고 그 즐거움의 공간을 나섰다. 황금 문이 등 뒤에서 닫혔고, 신부는 축축하고 어두운 거리를 가벼운 걸음으로 걸어 합승 마차를 타러 갔다.

날아다니는 별들

「내가 저지른 가장 아름다운 범죄는, 우연찮게 나의 마지막 범죄이기도 했습니다. 어느 성탄절이었지요.」나이가 들고 순한 인간이 된 후의 플랑보는 어쩌면 이런 회고를 했을 수도 있다. 「예술가로서 나는 늘 계절이나 풍경에 딱 어울리는 범죄를 만들고자 했습니다. 조각상을 세울 장소를 찾듯 비극에 걸맞은 테라스나 정원을 선택하는 것입니다. 대지주에게 사기를 친다면 참나무로 벽을 댄 긴 방이어야 하고, 유대인의 돈을 털 때는 카페 리슈의 조명과 커튼 사이가 제격입니다. 영국에서 주임 사제의 재산을 슬쩍했을 때는(이건 생각처럼 쉬운 일이 아닙니다) 푸른 잔디밭과 회색 탑을 배경으로 삼았습니다. 프랑스에서 돈 많고 사악한 농부의 돈을 뜯어냈을 때는(이건 거의 불가능한 일이었습니다) 화가 밀레의 영혼이 드리워진 갈리아의 장엄한 평원에 잘 다듬어진 포플러들이 회색으로 늘어서 있는 풍경을 배경으로 그 농부가 펄펄 뛰는 모습이 퍽 만족스러웠습니다.

내 최후의 범죄는 성탄절에 이루어졌습니다. 쾌활하고 다정한 영국 중산층의 범죄, 찰스 디킨스풍의 범죄였지요. 장소는 퍼트니 인근의 오래된 중산층 저택으로, 초승달 모양의 마차 진입로가 있고 옆에 마구간을 갖추었으며 대문 두 개에 이름이 새겨진, 칠레 소나무 한 그루가 서 있는 집이었습니다. 이 정도면 충분히 소개한 겁니다. 그날 저는 디킨스의 방식을 아주 솜씨 좋게 문학적으로 흉내 냈다고 생각합니다. 그날 저녁에 회개했다는 것이 안타까울 정도로 말입니다.」

이어 플랑보는 내면에서부터 이야기를 풀어 갈 것이다. 내면에서부터 듣는다고 해도 기이하기 짝이 없는 이야기지만, 외부에서 바라보면 절대로 이해할 수 없다. 외부인이 들여다볼 때는 외부에서 들어갈 수밖에 없는 노릇이지만 말이다. 이렇게 하여 그의 이야기는, 마구간 딸린 집의 앞문이 칠레 소나무가 서 있는 정원 쪽으로 열리며 젊은 처녀가 새에게 먹일 빵을 들고 나오던 성탄절 다음 날 오후부터 시작될 것이다. 당찬 갈색 눈에 예쁜 얼굴이었지만 어디가 머리카락이고 어디가 털인지 분간하기 어려운 갈색 털옷으로 온몸을 감싸고 있어 몸매는 드러나지 않았다. 그래도 매력적인 얼굴 덕분에 작은 곰이 아장아장 걷는 듯했다.

벌써 저녁으로 접어드는 겨울 오후, 붉은 노을빛이 내려앉은 텅 빈 화단은 마치 죽은 장미들의 영혼으로 채워진 듯한 느낌을 주었다. 마구간 반대편으로는 월계수 길이 뒤쪽 큰 뜰까지 이어졌다. 새들에게 빵을 뿌려 주던 젊은 처녀는(개가 빵을 먹어 버려 그날만 해도 네 번째인가 다섯 번째 나온 참이었다) 천천히 월계수 길을 지나 상록수들이 늘어선 뒤뜰로 들어갔다. 그곳에서 높은 담장을 올려다본 처녀는 진짜인지 예의인지 알 수 없는 비명 소리를 냈다. 담장 위에 다리를 벌리고 앉은 멋진 인물을 보았던 것이다.

「아, 뛰어내리지 마세요, 크룩 씨.」 처녀가 주의를 주었다. 「너무 높아요.」

말이라도 탄 듯 담장에 올라앉은 사람은 키가 크고 여윈 청년이었다. 검은 머리카락이 브러시처럼 삐죽삐죽 곤두서 있고 얼굴은 지적이고 품위도 있었지만 피부가 병적으로 누런빛이었다. 옷차림 중에서 유일하게 신경을 쓴 듯 고른 것이 강렬한 붉은 넥타이였기 때문에 얼굴색이 한층 두드러졌다. 어쩌면 그것은 상징일지도 몰랐다. 청년은 처녀의 경고에도 아랑곳하지 않고 다리가 부러질 만한 높이에서 메뚜기처럼 날쌔게 뛰어내려 처녀 옆에 섰다.

「저는 도둑놈이 될 운명이었나 봅니다.」 청년이 차분한 투로 말했다. 「옆의 저 멋진 집에서 태어나지 않았다면 틀림없이 그랬을 겁니다. 도둑질이 나쁘다는 생각도 없고요.」

「어떻게 그런 말을 하세요!」 처녀가 반박했다.

「담장의 안 좋은 쪽에서 태어났다면 기어오르는 것이 나쁘다고 볼 수 없지 않습니까.」

「다음으로는 무슨 말을 하실지, 어떤 행동을 하실지 모르겠네요.」

「그건 저도 모를 때가 많습니다. 하지만 지금은 담장의 좋은 쪽에 있습니다.」

「어느 쪽이 좋은 쪽이죠?」 처녀가 미소 지으며 물었다.

「당신이 계신 쪽입니다.」

크룩이라는 청년과 처녀가 다시 월계수 길을 통과해 집 앞 정원으로 향하는데, 자동차 경적이 세 번 울렸다. 점점 소리가 가까워지더니 연녹색의 멋진 자동차가 빠른 속도로 달려와 현관 앞에 멈춰 서며 새처럼 몸을 떨었다.

「오, 좋은 쪽에서 태어난 사람이 또 있군요.」청년이 말했다.「미스 애덤스, 당신네 산타클로스가 이렇게 현대적일 줄은 몰랐습니다.」

「제 대부님인 레오폴드 피셔 경이에요. 성탄절 다음 날이면 늘 방문하신답니다.」

솔직함을 드러내는 잠깐의 침묵 이후 담담한 속마음을 무심코 내보이며 루비 애덤스가 덧붙였다.

「아주 친절한 분이시지요.」

거물급 인사가 크룩이라는 사내에 대해 들은 바 없다고 해도 어쩔 수 없는 일이었지만, 기자인 존 크룩은 도시의 거물급 인사인 레오폴드 경에 대해 들은 바가 있었다.『클래리언』인지『뉴에이지』에 글을 실으면서 레오폴드 경을 통렬히 비판했기 때문이다. 하지만 청년은 아무 말 없이 그 거물이 차에서 내리는 긴 절차를 지켜보기만 했다. 체구가 크고 초록색으로 단정하게 차려입은 기사가 앞문으로 내리고, 회색 옷의 작고 말끔한 남자 하인이 뒷좌석에서 내려 레오폴드 경을 양쪽에서 부축해 현관 계단으로 안내했다. 이어 파손 주의 제품 포장이라도 되는 듯 두르고 감은 것들을 풀어내기 시작했다. 시장 좌판을 채우고도 남을 만큼의 무릎덮개, 숲속 온갖 짐승의 털, 모든 무지갯빛 색깔을 망라하는 스카프들을 하나하나 풀어내자 비로소 인간의 형상이 나타났다. 다정하지만 외국 인처럼 보이는 나이 든 신사로, 회색 염소수염이 나 있었다. 그는 미소를 지으며 커다란 털장갑 낀 손을 마주 비비댔다.

신사가 완전히 모습을 드러내기도 전에 현관의 문이 활짝 열리더니, 처녀의 아버지 애덤스 대령이 귀한 손님을 맞으러 나왔다. 키가 크고 햇볕에 그을린 아주 과묵한 남자로, 이국 적인 붉은 모자를 쓰고 있어 이집트의 영국 통치자처럼 보였 다. 대령 옆에는 최근 캐나다에서 왔다는 노란 턱수염의 처 남이 서 있었는데, 체구가 크고 활기 넘치는 젊은 농장주로 제임스 블라운트라는 사람이었다. 그 옆에 있는 보잘것없는 인물은 근처 교구에서 온 신부였다. 대령의 죽은 아내가 가 톨릭 신자였고, 자녀들도 어머니를 따라 신자가 되었던 것이 다. 신부는 특별한 점이 하나도 없었는데, 심지어 브라운이 라는 이름까지도 그랬다. 그래도 대령은 늘 신부와 잘 어울 렸고 가족 모임에 자주 초대하곤 했다.

집의 커다란 입구 홀은 레오폴드 경과 그가 감고 있다가 풀어 놓은 것들이 충분히 들어갈 만큼 공간이 넓었다. 집에 비해 현관과 홀이 너무 커서 현관문부터 계단까지만으로도 큰 방이라고 할 만했다. 대령의 큰 칼이 걸려 있는 현관 벽난 로 앞에 모든 사람이 모여, 침울한 크룩을 포함해 다들 레오 폴드 경과 인사를 나누었다. 이 유명한 대부호는 맵시 좋은 옷을 이곳저곳 분주하게 뒤진 끝에 연미복 가장 안쪽 주머니 에서 검은색 타원형의 작은 상자를 꺼냈다. 그리고 얼굴을 환히 빛내며 대녀에게 줄 성탄 선물이라고 설명했다. 모두가 보는 앞에서 상자를 꺼내는 그 행동은 과시적이었지만 꾸밈이 없어 미워하기 어려웠다. 탁 하고 건드리자 상자가 열리고 갑자기 눈이 부셨다. 수정 분수가 솟아오르는 듯했다. 오렌지색 벨벳 천 위에 알 세 개처럼 놓인 다이아몬드 세 개가 마치 주변 공기를 불타오르게 만드는 느낌이었다. 레오폴드 경은 자애로운 미소를 지으며 처녀의 탄성, 대령의 감사와 찬미, 모든 이의 놀라움을 충분히 즐겼다.

「이제 다시 집어넣어야겠습니다.」 레오폴드 경이 상자를 연미복 주머니에 넣으며 말했다. 「가져오느라 몹시 조심해야 했답니다. 아프리카산인 이 다이아몬드는 워낙 자주 도난당해서 〈날아다니는 별들〉이라는 별명까지 붙었습니다. 이름난 범죄자가 모두 이걸 뒤쫓고 있지만, 거리나 호텔의 부랑자라 해도 욕심내지 않을 수 없을 겁니다. 그러니 오는 길에 잃어버리지 않으리라는 보장이 없었습니다. 얼마든지 일어날 수 있는 일이었지요.」

「얼마든지 그럴 만하다고 말씀드려야겠네요.」 크룩이 중얼거렸다. 「훔쳐 가는 사람을 욕하지 못하겠는데요. 빵을 청해도 돌멩이 하나 주지 않으실 테니, 스스로 그 돌멩이를 가져갈 수밖에요.」

「그렇게 말하지 말아요.」 루비가 상기된 얼굴로 외쳤다. 「말씀하시는 게 꼭 그 괴상한 사람 같아요. 왜 있잖아요, 굴뚝 청소부까지 모두 포용하고 싶다는 그 사람 말이에요.」

「성자군요.」 브라운 신부가 말했다.

「제가 보기엔 사회주의자를 말하는 것 같은데요.」레오폴드 경이 거만한 미소를 지으며 말했다.

「과격주의자가 음식을 과격하게 먹고, 보수주의자가 보관하면서 먹는 것은 아닙니다.」크룩이 참지 못하고 대꾸했다. 「마찬가지로 사회주의자는 굴뚝 청소부와 저녁 모임을 함께 하자는 것이 아니랍니다. 그저 모든 굴뚝 청소부가 일한 것에 대한 보수를 받기를 바라는 거지요.」

「하지만 직접 검댕을 묻힐 생각은 없군요.」신부가 낮은 목소리로 끼어들었다.

크룩이 호기심, 더 나아가 존경심을 담아 신부를 바라보았다. 「숯 검댕을 묻히려는 사람이 누가 있겠습니까?」

「있습니다. 정원사들이 검댕을 사용한다고 들었습니다. 한번은 저도 성탄절에 마술사가 오지 않는 바람에 숯 검댕을 뒤집어쓰고 여섯 아이를 행복하게 만든 적이 있답니다.」

「대단하네요!」루비가 외쳤다. 「저희 앞에서도 해주시면 좋겠어요.」

캐나다에서 왔다는 활기 넘치는 블라운트 씨가 목소리를 높이며 박수를 치고 레오폴드 경이 (반대의 의미로) 소리를 높이는 순간, 현관문에서 노크 소리가 났다. 신부가 문을 열었다. 그러자 장엄한 보랏빛 석양을 배경으로 상록수 정원과 칠레 소나무가 어둠에 잠긴 풍경이 펼쳐졌다. 무대 배경인 양 너무도 선명하고 진기한 그 풍경에 사로잡힌 사람들은 한참 후에야 문간에 선 사람에게 눈길을 주었다. 해진 코트를 입고 먼지를 뒤집어쓴 심부름꾼이었다. 〈블라운트 씨라는 분께 전갈이 있습니다〉라며 심부름꾼이 편지를 내밀었다. 블라운트 씨가 나서서 편지를 받았다. 당황한 얼굴로 봉투를 열고 편지를 꺼내 읽은 그가 잠시 표정이 어두워지더니 다시 밝아졌다. 그리고 집주인인 매형에게 말을 건넸다.

「귀찮게 해드려 죄송합니다만, 제 오랜 친구가 오늘 밤 사업 문제 때문에 저를 방문한다면 폐가 될까요? 플로리앙이라는 사람인데 유명한 프랑스 곡예사이자 희극 배우입니다. 몇 년 전 서부에서 알게 되었지요. 무슨 사업 문제인지는 전혀 모르겠고요.」

「폐가 되다니, 무슨 소린가? 자네 친구라면 누구든 환영이야. 그 재주를 증명만 해준다면 말일세.」

「그러니까 얼굴에 검댕을 시커멓게 바르라는 뜻이군요.」 블라운트가 소리 내어 웃었다. 「아마 다른 분들 눈을 까맣게 만들지 않을까 싶습니다. 뭐, 저야 어차피 점잖은 사람이 아니니 상관없습니다만. 모자를 깔고 앉는 옛날식 코미디도 좋아하거든요.」

「내 모자는 놔두세요.」 레오폴드 경이 정색하고 말했다.

「자, 자, 여기까지만 하시지요. 모자를 깔고 앉는 것보다 더 저속한 코미디도 얼마든지 있지 않습니까.」 크룩이 쾌활하게 끼어들었다.

과격한 의견을 서슴없이 말하는 데다 아름다운 대녀와 유난히 친하게 지내는 듯한 이 붉은 넥타이의 젊은이가 마음에 들지 않았던 레오폴드 경이 냉소적이고 고압적인 말투로 물었다. 「모자를 깔고 앉는 것보다 더 저속한 코미디를 아는 모양인데, 그게 무언가?」

「모자가 귀하를 깔고 앉는 것 아닐까요.」 사회주의자가 응수했다.

「자, 이제 그만, 그만합시다.」 블라운트가 투박하게 외쳤다. 「즐거운 저녁 시간을 망쳐서야 되겠습니까. 오늘 밤 우리 함께 무언가 해보면 어떨까요. 얼굴에 검댕을 묻히거나 모자를 깔고 앉는 건 마음에 들지 않으니, 그것 말고 비슷한 것으로요. 옛날 영국식 무언극을 해보면 어떻겠습니까? 할리퀸, 콜럼바인 등의 역할을 나눠서 맡는 겁니다. 열두 살 때 영국을 떠나면서 봤던 공연이 뇌리에서 지워지지 않습니다. 작년에 돌아와서 보니 그런 건 다 없어지고 그저 눈물을 자아내는 요정 이야기뿐이더군요. 시뻘겋게 달궈진 부젓가락이나 소시지로 변하는 경찰을 보고 싶었는데, 기껏 달빛 아래에서 도덕을 논하는 공주와 파랑새 뭐 그런 것만 나오더라고요. 푸른 수염이 그나마 마음에 들었습니다. 푸른 수염이 늙은 아버지로 변할 때가 제일 좋았지요.」

「경찰을 소시지로 만드는 건 저도 찬성입니다.」 존 크룩이 말했다. 「그게 아까 말한 것보다 훨씬 더 나은 사회주의의 개념 정의가 될 겁니다. 그런데 의상이 문제군요.」

「전혀 문제없습니다.」 이미 들뜬 모습의 블라운트가 재빨리 대답했다. 「무언극은 우리가 가장 빨리 준비할 수 있는 공연이니까요. 이유는 두 가지입니다. 하나는 누구든 어느 정도 남을 웃길 수 있기 때문이고, 또 하나는 탁자와 수건걸이, 세탁 바구니 등 집 안에 있는 물건들을 활용할 수 있기 때문입니다.」

「맞습니다.」크룩이 열심히 고개를 끄덕였다. 「하지만 경찰관 제복은 어쩌죠? 최근에 제가 경찰관을 죽인 일이 없어서요.」

블라운트가 얼굴을 찌푸리고 생각에 잠겼다가 무릎을 쳤다. 「방법이 있습니다! 플로리앙의 주소가 여기 있군요. 그 친구는 런던의 의상실을 다 알고 있으니 전화를 걸어 경찰관 제복을 한 벌 챙겨 오라고 하겠습니다.」그는 곧 전화기로 달려갔다.

「아, 멋져요.」루비가 춤추듯 움직이며 말했다. 「제가 콜럼바인을 맡을 테니, 대부님은 늙은 아버지 역을 하세요.」

백만장자는 꼿꼿하게 몸을 세우고 앉아서 말했다. 「아니다. 그 역할 맡을 사람을 따로 찾아보려무나.」

「그럼 제가 늙은 아버지 역을 하지요.」애덤스 대령이 입에서 시가를 빼며 처음이자 마지막으로 한마디 했다.

「매형은 조각상을 하셔야 합니다.」전화를 걸고 돌아온 블라운트가 활기차게 외쳤다. 「자, 그럼 다 정해졌습니다. 크룩은 광대가 되어야지요. 기자니까 오래된 유머도 다 알 겁니다. 저는 할리퀸을 하지요. 다리가 길고 뛰어다니기만 하면 되는 인물이니까요. 제 친구 플로리앙이 경찰관 제복을 준비해서 아예 갈아입고 오겠답니다. 공연은 여기 현관 홀에서 하면 되겠네요. 관객은 반대편 층계에 앉고요. 출입문은 열든 닫든 무대 뒷배경으로 훌륭합니다. 닫으면 영국식 인테리어가 되고, 열면 달빛이 비치는 정원이 되니까요. 마법 같지 않습니까.」주머니에서 당구 큐대용 초크를 꺼낸 그는 현관 홀 여기저기를 뛰어다니며 현관문과 층계 사이 중간쯤에 줄을 그었다. 조명을 설치할 위치였다.

그렇게 엉뚱한 공연이 어떻게 그토록 짧은 시간 안에 준비되었는지 정말 알 수 없는 일이었다. 집 안에 젊음이 머물 때면 분별없음과 근면성이 섞여 나타나게 마련이고, 그 덕분에 어찌어찌 준비가 끝났다. 그날 밤 그 집에는 젊음이 넘쳤다. 젊음을 내뿜는 두 얼굴과 마음을 모두가 제대로 알아본 것은 아니었지만 말이다. 늘 그렇듯 결과물은 점점 더 과격해졌다. 시작점인 부르주아 관습에서 서서히 벗어났던 것이다. 콜럼바인은 거실에 놓인 커다란 램프 갓과 묘하게 닮은 커다란 치마를 입고 매력을 뿜냈다. 광대와 늙은 아버지는 부엌에서 밀가루를 얻어 와 얼굴을 하얗게 칠하고, (기독교의 진정한 기부는 본래 그런 법인 만큼) 이름을 밝히지 않은 집 안의 누군가에게서 붉은 입술연지를 얻어 발랐다. 시가 상자에서 나온 은박지를 옷에 붙인 할리퀸은 오래된 빅토리아풍 샹들리에를 박살 내 그 유리 장식을 사용해야겠다고 고집을 피우는 바람에 힘들게 뜯어말려야 했다. 루비가 예전에 가장무도회에서 다이아몬드 여왕으로 분장하느라 입었던 드레스의 인조 보석들을 떠올리지 못했다면, 정말로 그랬을지도 모른다. 루비의 외삼촌 블라운트는 어린 소년처럼 흥분이 극에 달해 어떻게 해도 진정시키지 못할 지경이었다. 갑자기 브라운 신부에게 종이 당나귀 대가리를 씌우기까지 했다. 신부는 참을성을 발휘해 견뎌 냈고, 당나귀 귀를 움직이는 자기만의 방법으로 웃음을 안겼다. 블라운트는 또한 레오폴드 경의 연미복 꼬리에 종이로 당나귀 꼬리를 만들어 붙이려고 했다. 하지만 레오폴드는 신부와 달리 온 얼굴을 찌푸렸다.「외삼촌은 장난이 지나쳐요.」루비가 크룩의 어깨에 소시지 엮은 줄을 꼼꼼하게 얹은 뒤 말했다.「왜 저렇게 소란을 피우시는 걸까요?」

「외삼촌이 맡은 역할이 당신의 연인 할리퀸이지 않습니까. 저야 낡은 웃음이나 주는 광대고요.」크룩이 말했다.

「당신이 할리퀸이었으면 했어요.」루비가 소시지 엮은 줄에서 손을 뗐다.

브라운 신부는 무대 뒤의 모든 세세한 사항을 다 파악하고 베개를 극중 아이로 꾸며 주어 박수까지 받았지만, 곧 물러나 관객석에 앉아서, 처음으로 마티니를 마셔 보는 아이처럼 기대에 차 있었다. 관객은 친척, 동네 사람 한두 명, 하인 등 몇 명에 불과했다. 신부 바로 앞에 레오폴드 경이 앉았는데, 털이 풍성하게 달린 옷을 입은 탓에 작달막한 신부의 시야를 많이 가렸다. 이런 상황이 신부에게 얼마나 불리했는지는 예술 전문가들이 결코 결론 지을 수 없는 문제였다. 무언극은 극도의 혼란상이었지만, 그래도 영 못 볼 정도는 아니었다. 광대 역의 크룩이 다양한 즉흥 연기로 극을 끌고 나갔다. 본래 똑똑한 사람이었지만, 그날 밤은 특히 전지전능한 모습이었다. 특정 얼굴에 순간적으로 떠오르는 특정 표정을 잡아낼 줄 아는 청년만이 해낼 수 있는, 온 세상보다 더 똑똑한 바보 광대였던 것이다. 맡은 역할은 광대였지만 실상은 작가(작가가 있다는 가정하에), 프롬프터, 무대 설치, 무대 감독, 더 나아가 오케스트라 역할까지 필요한 모든 일을 해냈다. 난장판 공연에서 갑작스럽게 비는 시간이 생기자 입은 의상 그대로 피아노 앞에 앉아 엉뚱하면서도 잘 어울리는 유행곡을 신나게 연주했던 것이다.

공연의 절정은 무대 뒤쪽의 현관문이 활짝 열리면서 달빛이 아름다운 정원이 드러나고 그 유명한 전문가라는 플로리앙이 경찰관 차림으로 등장한 것이었다. 피아노에 앉은 광대가 오페라 「펜잔스의 해적」에 나오는 경찰 코러스를 연주했지만 환호성에 묻혀 들리지 않을 정도였다. 위대한 희극 배우의 동작 하나하나는 경찰관의 절제된 모습을 너무도 잘 보여 주었다. 할리퀸이 뛰어올라 헬멧 쓴 머리를 때렸다. 피아노 앞의 광대는 「어디서 그런 모자를 구했니?」라는 곡을 연주하며 깜짝 놀랐다는 표정을 지었고, 다음 순간 할리퀸이 경찰관을 한 번 더 공격했다. 할리퀸은 경찰관에게 돌진해 쓰러뜨린 뒤 우레와 같은 박수를 받았다. 위대한 배우는 죽은 사람 흉내를 멋지게 냈다. 살아 있는 사람이 그렇게 뻣뻣하게 누워 있을 수 있다고 믿기 어려울 정도였다.

운동선수처럼 몸이 탄탄한 할리퀸은 경찰관을 자루처럼 빙빙 돌리기도 하고 곤봉 운동을 하듯이 던지기도 했다. 그러는 내내 피아노에서는 익살맞은 연주가 신나게 이어졌다. 할리퀸이 경찰관 복장의 코믹 배우를 바닥에서 무겁게 들어 올릴 때는 「나는 그대의 꿈에서 깨어나네」가, 경찰관을 등에 짊어졌을 때는 「내 어깨 위에 짐을 얹고」가, 경찰관을 쿵 소리 나게 바닥에 내려놓을 때는 「내 사랑에게 편지를 보내러 가는 길에 떨어뜨리고 말았네」가 경쾌하게 연주되는 식이었다.

　이러한 대혼란 중에 브라운 신부의 시야가 완전히 가려졌다. 앞에 앉았던 거물이 벌떡 일어서서 주머니마다 손을 넣느라 부산을 떨었기 때문이다. 그는 다시 앉았다가 안절부절못하고 일어서기를 반복했다. 조명을 넘어 무대에라도 걸어 나갈 듯한 기세였지만, 피아노 치는 광대를 흘긋 보고는 말없이 나가 버렸다.

　신부는 몇 분 동안 누워 있는 적수 위에서 할리퀸이 추는, 우습지만 그럭저럭 봐줄 만한 아마추어 춤을 구경했다. 할리퀸은 춤을 추면서 서서히 뒤로 물러서 달빛과 정적이 가득한 정원으로 나갔다. 조명을 받을 때는 지나치게 번쩍거리던 은박지와 가짜 보석들이었지만, 달빛을 받으니 신비롭고 찬란했다. 관객들이 환호와 박수를 보내는 가운데, 브라운 신부는 누군가가 그의 팔을 건드리며 대령의 서재로 가달라고 속삭이는 소리를 들었다.

　부르러 온 사람을 뒤따르던 신부는 점점 의구심을 느꼈고, 서재의 엄숙하면서도 우스꽝스러운 분위기에 들어선 후에도 의구심은 사라지지 않았다. 애덤스 대령은 늙은 아버지 의상을 그대로 입고 있고 눈썹 위에서 손잡이 달린 고래 뼈가 흔들리는 우스꽝스러운 모습이었지만, 축제 분위기에 찬물을 끼얹기 충분할 만큼 슬픈 눈빛을 하고 있었다. 벽난로 앞에 기대선 레오폴드 경은 폭발하기 일보 직전으로 보였다.

　「몹시 유감스러운 일이 발생했습니다, 브라운 신부님.」애덤스 대령이 입을 열었다.「아까 오후에 보셨던 그 다이아몬드가 제 친구의 연미복 주머니에서 사라져 버렸습니다. 신부님께서…….」

「제가 레오폴드 경 바로 뒤에 앉았던 것이 맞습니다.」신부가 빙그레 비소를 지었다.

〈그런 말씀을 드리려는 것이 아니었습니다〉라고 말하며 레오폴드 경을 바라보는 애덤스 대령의 표정에는 바로 그런 말씀을 드리려 했다는 속마음이 드러나 있었다. 「신사로서 해주실 수 있는 정도의 협조를 요청하는 것뿐입니다.」

「제 주머니를 확인하시겠다는 거지요.」브라운 신부는 주머니에서 7실링 6펜스, 왕복 차표, 작은 은십자가와 기도서, 그리고 막대 초콜릿 한 개를 꺼냈다.

대령은 한참 동안 신부를 쳐다보다 말했다. 「전 신부님 주머니 속보다는 신부님 머릿속을 보고 싶습니다. 딸아이가 신자 아닙니까. 그 아이는 최근에…….」

레오폴드 경이 끼어들었다. 「그 아이는 최근에 그 빌어먹을 사회주의자를 집 안에 들여놓았습니다. 부자한테서는 뭐든 훔쳐도 된다고 대놓고 떠들고 다니는 인간입니다. 이것이 그 결과로군요. 오늘 여기에 그 누구보다 부자인 사람이 왔으니 말입니다.」

「제 머릿속을 들여다보고 싶으시다면 그렇게 하시지요.」브라운 신부가 진저리 난다는 투로 말했다. 「그게 어떤 가치가 있는지는 나중에 아실 테지만요. 다만 사용되지 않은 머릿속 주머니에서 제가 찾아낸 첫 번째는 이겁니다. 다이아몬드를 훔칠 작정인 사람은 사회주의 이야기를 하지 않습니다.

그보다는 사회주의를 비난할 가능성이 크지요.」

두 신사는 날카로운 시선을 던졌고, 신부는 말을 이었다. 「자, 오늘 모인 사람들은 대체로 잘 아는 인물입니다. 전혀 모르는 한 사람을 살펴봐야겠군요. 경찰관 역할을 한 플로리앙 말입니다. 지금 그 사람이 어디 있을까요?」

대령은 곧바로 일어나 방을 나갔다. 기다리는 동안 백만장자는 신부를 응시했고, 신부는 기도서를 보고 있었다. 대령이 돌아와서 툭툭 끊어지는 소리로 말했다. 「경찰관은 여전히 무대에 누워 있습니다. 막이 여섯 번이나 오르락내리락했는데 계속 거기 누워 있다는군요.」

브라운 신부가 기도서를 떨어뜨리고는 벌떡 일어섰다. 멍한 표정이었다. 서서히 회색 눈에 빛이 돌아오더니 들릴락 말락 하게 질문을 던졌다.

「실례를 용서하십시오. 부인께서는 언제 돌아가셨나요?」

「제 아내는 두 달 전에 세상을 떠났습니다. 처남은 일주일 뒤에 도착해 안타깝게도 만나지 못했고요.」

작달막한 신부가 토끼처럼 뛰어나갔다. 「어서! 어서 갑시다! 경찰관을 살펴봐야 합니다.」

세 사람은 막이 내려진 무대로 달려가 콜럼바인과 광대를 밀쳐내고(둘은 다정하게 뭔가 속삭이는 중이었다) 경찰관에게 다가갔다. 브라운 신부가 엎드린 자세의 경찰관 위로 몸을 굽혔다.

「클로로포름입니다. 이제야 알겠군요.」

충격 속에 정적이 찾아왔다. 대령이 천천히 말했다. 「대체 이게 다 무슨 일인지 설명을 좀 해주십시오.」

브라운 신부가 상황을 파악했다는 듯 갑자기 웃음을 터뜨렸다가 급히 눌러 참으며 말했다. 「여러분, 지금은 말할 시간이 없습니다. 범인을 뒤쫓아야 합니다. 경찰관 역할을 한 이 위대한 프랑스 배우는, 할리퀸이 돌리고 던지고 함께 왈츠를 추었던 이 사람은…….」

「이 사람은요?」 레오폴드 경이 물었다.

「진짜 경찰관입니다.」 브라운 신부는 말하면서 어둠 속으로 달려 나갔다.

이파리가 무성한 정원의 한쪽 끝에는 나무 그늘과 움푹 팬 구멍들이 있었다. 월계수와 사철 푸르른 관목들이 짙푸른 하늘과 은색 달빛을 배경으로 늘어선 정원은 한겨울인데도 남쪽의 따뜻한 분위기를 풍겼다. 흔들리는 월계수 가지, 자주색과 남색이 섞인 하늘, 거대한 수정과 같은 달이 낭만 넘치는 풍경을 그려 냈다. 반면 정원 나무들 사이에서 가지를 기어오르고 있는 수상한 사람의 형상은 그리 낭만적이지 않았다. 무수히 많은 달을 몸에 두르기라도 한 듯, 그의 머리부터 발끝까지 온몸이 번쩍이고 있었다. 진짜 달빛이 그의 동작 하나하나를 비춰 주었다. 남자는 이쪽 정원의 작은 나무에서 옆 정원의 키 크고 울창한 나무로 솜씨 좋게 옮겨 간 다음 그 자리에 멈췄다. 작은 나무 그림자에서 누가 그의 이름을 불렀던 것이다.

「플랑보, 정말이지 날아다니는 별처럼 보이는군. 하지만 그건 결국 떨어지는 별이 된다는 뜻이네.」

은색으로 빛나는 남자는 월계수에서 몸을 앞으로 굽혔고, 탈출하는 데 문제가 없음을 확인한 뒤 다시 아래쪽의 작달막한 형상에게 귀를 기울였다.

「플랑보, 자네가 이보다 더 훌륭하게 해낸 적은 없을 걸세. 애덤스 부인이 사망한 지 일주일 만에 캐나다에서 왔다는 것도(물론 파리에서 표를 끊었겠지만 말이야) 훌륭했어. 누구도 무얼 물어볼 상황이 아니었을 테니. 날아다니는 별들의 소재를 파악하고 레오폴드 경이 찾아오는 날을 정확히 알아낸 건 더 훌륭했고. 하지만 그다음부터는 훌륭하다기보다 그저 뛰어났을 뿐이네. 다이아몬드를 빼내는 일쯤이야 자네한테 아무것도 아니지. 연미복에 종이로 만든 당나귀 꼬리를 붙이는 척하는 것 외에도 손을 슬쩍 넣을 방법이 아마 백 가지는 될걸.」

푸른 이파리에 파묻힌 은빛 형상은 도주로가 이미 마련되었음에도 최면에 걸린 듯 움직이지 않았다. 그는 아래쪽의 남자를 응시했다.

「그래, 난 다 알고 있어. 무언극을 생각해 내 이중으로 활용한 것도 알고 있네. 자네는 조용히 보석을 훔쳐 낼 작정이었어. 한데 공범이 찾아와서, 자네가 이미 쫓기고 있으며 그날 밤 유능한 경찰관이 잡으러 올 거라고 알려 주었지. 평범한 도둑 같으면 경고를 받고 바로 도망쳤겠지만, 자네는 시인 아닌가. 그래서 무대 의상의 가짜 보석들 속에 다이아몬드를 숨겨 가지고 나온다는 생각을 해낸 거지. 그 의상이 할리퀸의 것인 만큼 경찰관의 등장은 딱 어울리는 일이었어.

퍼트니 경찰서를 출발해 자네를 찾으러 온 유능한 경찰관은, 세상에서 가장 기묘한 덫으로 걸어 들어온 셈이지. 현관문이 열리자 경찰관은 곧바로 성탄 공연 무대에 서게 되었고, 거기서 발로 차이고 얻어맞고 기절한 채 춤추는 할리퀸에게 질질 끌려다닌 거지. 그것도 퍼트니의 유력 인사들이 보내는 폭소와 함성 속에서 말이야. 정말 이보다 더 잘 해낼 수는 없었을 거야. 그러니 이제 다이아몬드를 돌려주게.」

빛나는 형상이 매달린 초록빛 나뭇가지가 놀란 듯 흔들렸다. 하지만 목소리는 계속 이어졌다.

「플랑보, 다이아몬드를 돌려주게. 그리고 이런 생활은 여기서 그만두게. 자네 안에는 아직도 젊음과 명예, 유머가 있지 않나. 이런 일을 하면서도 그것들이 영원할 수 있을 거라는 환상을 버리게. 선함의 수준은 일정하게 유지할 수 있지만, 악함의 수준을 일정하게 유지할 수 있는 사람은 없다네. 그 길은 계속 내리막이야. 친절한 사람도 술을 마시면 잔인해지고, 친절한 사람도 살인을 하면 거짓말을 하게 되네. 내가 아는 많은 사람이 자네처럼 정직한 범법자로, 부자의 돈을 훔치는 의적으로 시작했다가 결국 진흙탕에 뒹구는 신세가 되고 말았네. 모리스 블룸은 빈민들의 아버지가 되겠다는 원칙을 지닌 무정부주의자로 출발했지만, 양측 모두에게 이용당하고 경멸받는 스파이로 끝냈네. 해리 버크는 돈이 자유롭게 흐르도록 하겠다는 신념을 지녔지만, 지금은 굶어 죽을 판인 여동생한테 술값이나 뜯어내는 신세가 되었지. 앰버 경은 기사도 정신으로 범죄의 세계에 뛰어들었지만, 런던에서 제일 저급한 무뢰한들에게 협박이나 당하고 돈을 뺏기고 있지 않나. 또 자네 앞선 세대의 위대한 신사 강도였던 바리용 대위는 배신당하고 버려진 끝에 정신 병원에서 공포의 비명을 지르며 생을 마감했어. 플랑보, 자네 뒤의 숲이 얼마나 자유로워 보일지 아네. 순식간에 원숭이처럼 사라질 수 있는 사람이라는 것도 알지. 하지만 언젠가는 자네도 늙은 회색 원숭이가 되고 말 거야. 그리고 자유로운 숲에서 쓸쓸하게 죽음을 맞이하겠지. 앙상한 나무 위에서 말이야.」

나무 아래 작달막한 남자가 나무 위의 상대를 보이지 않는 긴 끈으로 묶어 두기라도 한 듯, 모든 것이 고요히 멈추어 있었다. 신부가 계속했다.

「자네의 내리막은 이미 시작되었어. 자네는 비열한 짓은 하지 않는다고 장담해 왔지만, 오늘 밤에 그런 짓을 했네. 정직한 한 청년이 의심받도록 만들었지. 상황이 아주 불리하게 돌아가고, 청년은 사랑하는 처녀와 헤어질 판일세. 하지만 앞으로 자네는 죽기 전에 더 비열한 짓들을 저지를 거야.」

반짝이는 다이아몬드 세 개가 나무 위에서 아래로 떨어졌다. 작달막한 남자가 몸을 구부려 그것을 집어 들고 다시 올려다보았을 때, 은빛 형상은 이미 나무에서 사라지고 없었다.

보석을 되찾으면서(그것도 다름 아닌 브라운 신부가 찾아내면서) 그날 밤은 시끌벅적한 승리담으로 마무리되었다. 한껏 마음이 누그러진 레오폴드 경은 신부를 붙잡고, 자신의 시각이 더 넓은 건 사실이지만, 그래도 속세와 담을 쌓고 사는 종교인들을 존경할 수는 있다고 말하기까지 했다.

보이지 않는 사람

캠던 타운의 경사진 골목에 차갑고 푸른 저녁 어스름이 깔리고, 모퉁이 제과점은 시가의 불빛처럼 반짝였다. 아니, 불꽃놀이처럼 반짝였다고 하는 편이 더 정확할 수도 있겠다. 예쁜 색으로 장식된 케이크와 과자들 위에서 춤추는 불빛이 창문에 반사되어 온갖 빛깔로 어우러졌기 때문이다. 붉은빛이나 황금빛, 초록빛으로 반짝이는 초콜릿 포장은 초콜릿 자체보다 오히려 더 멋져 보였고, 새하얀 웨딩 케이크는 마치 북극 지역을 몽땅 옮겨온 듯 거대했다. 그 화려한 진열창 앞에 많은 구경꾼이 모여들었다. 열두세 살 먹은 동네 아이들이 그 무지갯빛 유혹 앞에 코를 박고 서 있는 것은 당연했다. 하지만 나이를 더 먹은 청년도 마찬가지였다. 최소한 스물네 살은 된 듯한 청년이 그 진열창을 바라보고 있었다. 그에게도 그 제과점은 매력적인 곳이었다. 초콜릿 때문만은 아니었다. 물론 초콜릿을 싫어하지는 않았지만 말이다.

그는 키가 크고 건장하며 머리카락이 붉었다. 얼굴 표정은 결연했지만 행동은 주저주저했다. 옆구리에 흑백 스케치가 담긴 납작한 회색 가방을 끼고 있었다. 사회주의 경제 이론을 공격하는 강의를 하고 숙부(해군 장성이었다)에게 사회주의자로 낙인찍혀 의절당한 뒤 출판사에 스케치를 팔아 그럭저럭 생계를 해결하는 상황이었다. 그의 이름은 존 턴불 앵거스였다.

마침내 제과점에 들어선 그는 가게 안을 가로질러 뒤쪽 테이블이 있는 곳으로 가면서 젊은 여종업원에게 모자를 살짝 들어 인사했다. 가무잡잡하고 우아하며 민첩한 그 여성은 검은 옷을 입고 있었다. 혈색이 좋고 눈은 검은색이었다. 얼마의 시간이 흐른 뒤 여성이 주문을 받으러 왔다.

주문 내용은 평소와 같았다. 〈0.5페니 번 하나와 블랙커피 작은 컵으로 하나 주십시오〉라고 또박또박 말하던 청년은 여성이 돌아서려는 순간 〈그리고 저와 결혼해 주십시오〉라고 덧붙였다.

젊은 여성은 순간 표정이 굳어 〈그런 농담은 받아 줄 수 없습니다〉라고 대답했다.

붉은 머리 청년이 진지한 표정으로 회색 눈을 들어 올렸다. 「진담이고 진심입니다. 0.5페니 번처럼 말입니다. 이 빵처럼 비싼 가격을 치러야 하는 것이고, 이 빵처럼 소화하기 힘든 것이지요. 고통스러운 것이고요.」

젊은 여성은 검은 눈으로 계속 청년을 응시하며 가혹하다 싶을 만큼 상대를 뜯어보았다. 그렇게 검사를 끝낸 뒤 살짝 미소를 지으며 맞은편 의자에 앉았다.

앵거스가 입을 열었다. 「아니, 이 0.5페니짜리 번을 먹는

게 더 힘든 일일 수도 있지요. 이대로 가다가는 1페니짜리 번을 먹게 될지도 모릅니다. 우리가 결혼하면 더 이상 이런 짓을 하지 않아도 됩니다. 잔인하다고 생각하지 않으시나요?」

가무잡잡한 여성은 자리에서 일어나더니 창가로 갔다. 마음이 살짝 흔들려 생각을 정리하고 싶었던 것이다. 결심한 듯 돌아섰을 때, 여성은 깜짝 놀랐다. 청년이 진열창에서 테이블로 이것저것들을 옮기고 있었다. 피라미드 모양으로 쌓아 올린 색색의 사탕, 샌드위치 접시, 제빵사들이 사용하는 포트와 셰리주가 담긴 유리 용기까지. 그 가운데 자리는 진열창 중심에 있던 커다란 흰색 케이크가 차지했다.

「대체 무슨 짓이에요?」

「의무를 다하는 중입니다, 사랑하는 로라 양.」

「세상에, 잠깐 멈춰 봐요. 저를 그렇게 부르지도 마시고요. 대체 무얼 하시는 겁니까?」

「피로연입니다, 호프 양.」

「저건 대체 뭐죠?」

「물론 우리 웨딩 케이크지요, 앵거스 부인.」

여종업원은 테이블로 다가가 청년이 옮겨 온 것들을 다시 진열창에 가져다 놓았다. 그러고는 자리로 돌아와서 팔꿈치를 괴고 청년을 바라보았다. 화가 나면서도 싫지는 않은 기색이었다.

「저한테 생각할 시간도 주시지 않는군요.」

「제가 그렇게 바보는 아닙니다. 제 기독교적 겸손이지요.」

여종업원은 여전히 청년을 응시했다. 미소 짓는 표정이 점점 심각해졌다.

「앵거스 씨, 이렇게 어이없는 행동을 더 하시기 전에 제 말씀을 들으셔야겠네요. 저에 대해 아셔야 할 사항을 가능한 한 짧게 말씀드리죠.」

「좋습니다.」 앵거스도 진지하게 대답했다. 「말씀 중에 저에 대한 이야기도 나올지 모르겠군요.」

「그만하시고, 이제 제 말을 들어 주세요. 이건 부끄러운 일도, 특별히 후회스러운 일도 아닙니다. 하지만 저랑 상관도 없는데 악몽이 되어 버린 일이라고 하면 될까요?」

「그런 일이라면,」 청년이 정색을 했다. 「웨딩 케이크를 이리로 다시 가져오라고 하겠습니다.」

「일단 이야기부터 들으시고요. 제 아버지가 러드베리에서 〈붉은 물고기〉라는 여관을 운영하셨다는 이야기부터 시작해야겠군요. 전 여관의 바에서 일했답니다.」

「어쩐지 이상하다 했습니다. 이 제과점에 기독교 분위기가 감도는 것 같았거든요.」

「러드베리는 풀만 무성한 작은 분지에 자리 잡은 지루한 동네지요. 〈붉은 물고기〉에 오는 사람은 대부분 장사하러 돌아다니는 이들이고, 나머지는 당신이 아는, 아니 당신은 그런 치들을 만나 본 적이 없을지도 모르겠군요, 어쨌든 가장 끔찍한 부류였어요. 딱 생계를 해결할 정도의 재산만 있는 속물들, 아무 할 일이 없어 바를 기웃거리고 경마를 하며 소일하는 이들, 아무리 엉망으로 옷을 입어도 그 차림새가 과분해 보이는 그런 사람들이었지요. 그나마 이런 한량들조차 자주 찾아오지 않았어요. 반면 지나칠 정도로 자주 들르는 사람이 두 명 있었답니다. 가진 돈을 쓰며 사는, 한심하게 게으르고 겉멋만 든 남자들이었지요. 그래도 조금은 불쌍하다는 생각이 들었어요. 작고 한산한 우리 바에 오는 이유가 신체적 결함 탓으로 보였거든요. 왜 시골에서는 대놓고 놀리잖아요. 큰 결함이나 장애라기보다는 살짝 이상하다는 게 정확하겠네요. 한 사람은 키가 아주 작았어요. 난쟁이 같기도 하고 경마 기수 같기도 했죠. 겉모습은 기수와 전혀 달랐지만요. 머리가 둥글고 검었는데, 검은 수염을 잘 다듬고 다녔어요. 옅은 색 두 눈은 새처럼 생겼고요. 주머니에서는 늘 동전이 짤그랑 소리를 냈고 금시곗줄도 짤랑거렸어요. 항상 과도하게 신사처럼 차려입은 모습이었지요. 하릴없이 빈둥거리긴 했지만 바보는 아니었어요. 아무짝에도 쓸모없는 일들에는 재주가 비상했죠. 즉흥 마술이라든지, 성냥개비 열다섯 개로 벌이는 불꽃 쇼라든지, 바나나로 춤추는 인형을 만든다든지……. 이시도어 스미스라는 남자였어요. 시가 다섯 개로 뛰어다니는 캥거루 모양을 만들면서 카운터로 다가오던 그 사람의 작고 검은 얼굴이 지금도 눈에 선해요.

두 번째 사람은 더 조용하고 평범한 편이었어요. 하지만 키 작은 스미스보다 오히려 경계심이 들었답니다. 키가 아주 크고 몸매가 호리호리하고 머리 색이 옅었어요. 코도 오뚝해 미남이라고 할 수 있었죠. 하지만 제가 보거나 들어 본 중에 제일 심한 사팔뜨기였어요. 그가 똑바로 바라보면 상대는 그가 어디를 보는지는 물론이고 자기가 어디 있는지조차 모를 정도였답니다. 그 눈 때문에 성격도 좀 우울해진 것 같았어요. 스미스는 어디서든 재주를 부리곤 했지만, 제임스 웰킨(사팔뜨기 남자의 이름이에요)은 우리 바에 죽치고 앉아 있든지, 회색빛 황량한 풍경 속을 혼자 오래 걸어다닐 뿐이었거든요. 그보다는 조금 더 잘 지내는 것처럼 보이는 스미스도 물론 작은 키에 대해서는 자격지심이 있는 것 같았지요. 두 사람이 마치 약속이라도 한 듯 같은 주에 제게 청혼했을 때, 저는 정말 놀라고 당황스럽고 난처했어요.

결국 저는 지금까지도 정말 바보 같았다고 생각하는 행동을 하고 말았지요. 두 사람은 한편으로 제 친구였으니, 겉모습 때문에 청혼을 거절한다는 걸 들키고 싶지 않았거든요. 그래서 자기 힘으로 세상을 개척하지 않는 사람과는 결혼할 수 없다는 핑계를 댔어요. 물려받은 돈으로 먹고사는 건 제 원칙과 맞지 않는다고 했죠. 그런데 이틀 뒤 일이 터졌어요. 두 사람이 마치 동화책의 주인공이라도 된 양 보물을 찾아서 떠난 거예요. 이후 오늘날까지 두 사람을 만나지 못했어요. 스미스라는 키 작은 남자는 놀라운 내용을 담은 편지를 두 번 보내왔지만요.」

「다른 사람 소식은요?」 앵거스가 물었다.

「그쪽은 편지도 없었어요.」 로라가 약간 주저하더니 말을 이었다. 「스미스가 보내온 첫 번째 편지 내용은 이랬어요. 웰킨과 함께 런던으로 출발했지만, 웰킨의 걸음이 워낙 빨라 자기는 뒤처져 길가에서 쉬다가 지나가던 공연단에 들어갔다고요. 키가 난쟁이처럼 작기도 하고 재주도 많은 사람이었으니까요. 공연에서 금방 두각을 나타내 극장 무대에서 마술을 선보인다고 했어요. 두 번째 편지는 지난주에 왔는데, 훨씬 더 충격적이었죠.」

앤거스는 커피를 다 마시고 부드러운 미소로 로라를 바라보았다. 다시 말을 시작하는 로라의 입이 살짝 일그러졌다. 「〈스미스의 조용한 하인〉이라는 광고를 보신 적 있나요? 아니라면 아마 그걸 못 본 유일한 사람일걸요. 저도 잘은 모르는데, 집안일을 해주는 무슨 태엽 기계 장치인가 봐요. 〈버튼만 누르세요. 술 마실 일 없는 집사가 대기합니다〉라든가 〈핸들만 돌리세요. 딴짓할 줄 모르는 하녀 열 명이 준비됩니다〉 같은 광고 문구를 보셨을 거예요. 하여튼 그런 기계 장치들이 크게 돈벌이가 된대요. 그걸로 돈을 번 사람은 제가 러드베리에서 알고 지낸 바로 그 키 작은 남자고요. 그 사람이 자립해서 성공한 것은 기쁜 일인데, 언제 갑자기 나타나서 제가 요구한 대로 자기 힘으로 세상을 개척했다고 할까 봐 걱정이에요.」

「두 번째 사람은요?」 앤거스가 다시 아까의 질문을 반복했다.

갑자기 로라 호프가 자리에서 일어났다. 「당신은 마법사 같군요. 정말 그러네요. 두 번째 사람은 편지 한 장 없었고, 어디서 뭘 하는지 전혀 듣지 못했어요. 하지만 전 정말 두려워요. 내 앞을 막아서는 것도, 저를 미친 사람처럼 만드는 것도 그 남자거든요. 어쩌면 제가 정말 미쳤는지도 모르겠어요. 그가 보이지 않아도 그 존재를 느끼고, 그가 말하지 않아도 그 목소리가 들리거든요.」

「이제 괜찮습니다.」 앵거스가 밝은 어조로 말했다. 「그자가 악마라 해도, 당신이 다른 사람에게 그 말을 했으니 이제 힘이 없을 겁니다. 혼자 끌어안고 있을 때 미치는 거랍니다. 그런데 그 사팔뜨기 남자의 존재를 느끼고 목소리를 듣는다고 생각된 것이 언제였죠?」

「제임스 웰킨의 웃음소리를 마치 당신 말소리처럼 또렷하게 들었어요. 가게 앞 양쪽 길이 다 보이는 곳에 혼자 서 있을 때였죠. 거의 1년 동안 그 사람 생각을 한 적도 없고, 사팔뜨기만큼이나 괴상한 그 사람 웃음소리도 다 잊어버렸다고 생각했는데, 그 웃음소리를 들은 지 몇 초 만에 스미스의 첫 편지가 도착했어요.」

「그 유령이 무슨 소리를 내거나 말을 한 적은요?」 앵거스가 궁금하다는 표정으로 물었다.

로라가 몸을 부르르 떨고는 이어서 또렷한 목소리로 말했다. 「있었어요. 이시도어 스미스가 성공을 알리며 보낸 두 번째 편지를 막 읽고 났을 때였어요. 그 순간 웰킨이 〈그래 봤자 그 사람은 당신을 차지하지 못해〉라고 말하더군요. 마치 같은 공간에 있는 듯 분명한 소리였어요. 너무 무서웠어요. 내가 미친 거라고 생각될 정도였죠.」

「정말로 미쳤다면 자기가 멀쩡하다고 생각한답니다. 그래도 보이지 않는 그 남자는 확실히 뭔가 이상하군요. 머리 두 개는 하나보다 나은 법이지요. 자, 그 생각을 잠시 잊고 이 튼튼하고 실용적인 사람이 웨딩 케이크를 다시 가져오도록 허락해 주시…….」

그때 바깥 거리에서 끼익 하는 소리가 들려왔다. 무시무시한 속도로 달려오던 작은 자동차가 제과점 문 앞에서 급정거한 것이다. 동시에 반짝거리는 중절모를 쓴 키 작은 남자가 가게 안으로 들어섰다.

지금까지 정신적 안정을 잘 유지해 온 앵거스가 갑자기 바짝 긴장하더니 걸어 나가 새로 등장한 남자와 대면했다. 흘깃 봐도 상대가 누군지 충분히 짐작할 수 있었다. 말쑥하지만 난쟁이처럼 작은 체구, 뾰족한 끝부분이 앞쪽으로 뻗어 나오도록 매만진 턱수염, 쉴 새 없이 움직이는 총기 넘치는 눈, 매끈하지만 불안하게 움직이는 손가락 등 조금 전 로라가 설명해 준 이시도어 스미스가 틀림없었다. 바나나 껍질과 성냥갑으로 인형을 만들었다는, 술 안 마시는 집사와 딴짓할 줄 모르는 하녀를 기계로 만들어 큰돈을 벌었다는 바로 그 사람 말이다. 두 남자는 본능적으로 연적임을 깨닫고 경쟁의 핵심인 냉정한 호기심으로 서로를 바라보았다.

하지만 스미스는 둘 사이의 적대감에 대해서는 한마디도 하지 않고 불쑥 질문을 던졌다. 「창가에 있는 저것을 호프 양은 보셨나요?」

「창가요?」 앵거스가 상대를 노려보며 되물었다.

「다른 것을 설명할 시간은 없습니다.」 키 작은 백만장자가 짧게 말했다. 「뭔가 어이없는 일이 벌어지고 있는 것 같으니, 조사해 봐야 합니다.」

그가 윤나는 지팡이로 창문을 가리켰다. 좀 전에 앵거스가 결혼 준비물을 가져온 진열창이었다. 유리 앞에 종이가 길게 붙어 있었다. 좀 전에는 확실히 없던 종이였다. 에너지 넘치는 스미스를 뒤따라 밖으로 나가서 살펴보니, 1미터 정도 되는 우표 테두리 종이가 유리창에 딱 붙어 있었다. 그 위에는 제멋대로 쓴 글씨체로 〈스미스와 결혼하면 그는 죽을 것이다〉라고 쓰여 있었다.

「로라, 당신은 미친 것이 아니군요.」 앵거스가 붉은 머리를 가게 안으로 들이밀며 말했다.

「웰킨이라는 작자가 쓴 겁니다.」 스미스가 퉁명스럽게 말했다. 「몇 년 동안 본 적은 없지만 계속 나를 괴롭히고 있어요. 지난 두 주 동안 그자의 협박 편지가 집으로 다섯 번이나 날아들었지요. 그런데 편지를 누가 두고 가는지, 웰킨이 직접 들고 오는지 아닌지도 모릅니다. 아파트 경비원은 수상한 사람이 아무도 없었다고 했어요. 그런데 이젠 상점 유리창에 이런 것까지 붙이고 갔군. 안에 사람이 있는데도 말이……」

「안에서 사람이 차를 마시고 있는데도 말입니다.」 앵거스가 침착한 말투로 끼어들었다. 「이 문제를 직접 조사하시겠다는 태도에 경의를 표합니다. 다른 문제는 나중에 논의하기로 하죠. 웰킨이라는 사람이 멀리 가진 못했을 겁니다. 10분인가 15분 전에 제가 창가로 갔을 때는 종이가 붙어 있지 않았으니까요. 하지만 어느 쪽인지 방향조차 모르는 상황이니, 쫓아가기에는 너무 멀다고 할 수 있죠. 제가 조언을 해도 괜찮다면 스미스 씨, 이 일을 경찰보다 유능한 사립 탐정에게 맡기는 편이 좋겠습니다. 여기서 차로 5분 거리에 사무실을 열어 놓은 아주 뛰어난 탐정을 마침 제가 압니다. 플랑보라고 하는데, 젊은 시절에는 어두운 세계에 있었지만 지금은 아주 정직한 사람이죠. 머리도 잘 돌아가고요. 햄스테드에 있는 러크나우 맨션에 삽니다.」

「재미있군요.」키 작은 남자가 검은 눈썹을 치켜올리며 말했다. 「저도 거기서 모퉁이만 돌면 나오는 히말라야 맨션에 살거든요. 괜찮다면 함께 갑시다. 나는 집에서 웰킨이 보낸 편지들을 정리하고 있을 테니, 당신은 그 탐정 친구를 데리고 오십시오.」

「좋습니다, 서두를수록 좋겠네요.」

두 사람은 묘하게 서로를 깍듯이 대하며, 또한 로라에게도 깍듯한 인사를 남기고 작은 차에 서둘러 올라탔다. 스미스가 운전하는 차가 거리 모퉁이를 돌자 〈스미스의 조용한 하인〉이라고 쓰인 커다란 포스터가 보였다. 머리 없는 커다란 철제 인형이 프라이팬을 든 그림 옆에 〈절대 복종하는 요리사〉라는 문구가 적혀 있었다.

「제집에서도 기계들을 사용한답니다.」키 작은 남자가 껄껄 웃었다. 「광고 목적도 있지만, 정말로 편리하거든요. 이 커다란 태엽 인형들은 살아 있는 그 어떤 하인보다 재빠르게 석탄을 가져다 때고 포도주나 일정표를 가져오지요. 버튼만 누르면 됩니다. 우리끼리 얘기지만, 물론 단점도 있어요.」

「그래요? 태엽 인형이 못 하는 일도 있나요?」

「그래요.」스미스가 낮은 소리로 대답했다. 「누가 협박 편지를 집에 두고 갔는지는 말해 줄 수 없지요.」

남자의 자동차는 주인처럼 작고 날쌨다. 자동차 또한 태엽 인형과 마찬가지로 그의 발명품이었다. 광고를 지나치게 많이 하긴 했지만, 그는 직접 만든 물건에 확신이 있었다. 저녁 황혼의 쥐죽은 듯한 고요함 속에서 하얀 곡선의 오르막길을 한참 동안 따라가자니, 작고 빠른 차의 느낌이 한층 강해졌다. 하얀 길은 점점 굴곡이 심해져 어지러울 지경이었다. 현대 종교에서 말하는 상승하는 나선 위에 있는 듯했다. 이들이 지나가는 런던 외곽 길은 경치는 뒤떨어질지 몰라도 경사만큼은 에든버러 못지않았다. 언덕 위에 다시 언덕이 나오고, 두 사람이 향하는 아파트 건물은 석양 속에서 마치 이집트 피라미드처럼 솟아 있었다. 모퉁이를 돌아 히말라야 맨션이라는 초승달 모양 동네로 들어서자, 갑자기 창문이라도 열어젖힌 듯 풍경이 급변했다. 아파트들이 마치 녹색 슬레이트 지붕의 바다 위에 떠 있는 듯 런던을 굽어보고 있었던 것이다. 자갈이 깔린 초승달 모양 동네 맞은편은 정원이라기보다는 방벽이나 제방처럼 보이는 관목 울타리가 둘러쳐져 있었고, 그 아래 인공 수로는 마치 성을 둘러싼 해자 같았다. 차가 모퉁이를 돌아설 때 군밤을 파는 노점상이 보였다. 다음 모퉁이에서 앵거스는 연푸른색 제복의 경찰관을 보았다. 그 높은 외곽 지역에서 보이는 사람이 그 둘뿐이었다. 하지만 묘하게도, 이들이 말없이 런던이라는 시를 읊고 있다는 느낌이 들었다. 이야기 속 등장인물들 같았다.

목적지에 다다르자 작은 차가 탄환처럼 멈춰 서더니 주인이 탄피처럼 튀어나왔다. 그는 즉각 금술 달린 제복 차림의 수위와 셔츠 차림의 키 작은 경비원에게 수상한 사람이나 물건이 없었는지 물었다. 스미스가 마지막으로 확인한 이후 그 누구도, 그 무엇도 지나가지 않았다는 대답을 들은 다음, 그는 약간 당황스러워하는 앵거스를 데리고 로켓처럼 빠른 엘리베이터를 타고 꼭대기 층으로 올라갔다.

「잠깐 들어와요.」스미스가 급하게 말했다. 「웰킨이 보낸 편지들을 보여 주겠습니다. 그다음에 모퉁이만 지나 뛰어가면 친구 집일 겁니다.」그가 벽에 감춰 놓은 버튼을 누르자 현관문이 열렸다.

길고 널찍한 현관 홀이 나왔는데, 거기서 눈에 띄는 것은 재단사의 마네킹처럼 생긴 키 큰 기계들이 줄지어 선 모습이었다. 마네킹처럼 머리가 없고, 마네킹이 그렇듯 어깨가 쓸데없이 떡 벌어지고 가슴이 불거져 있었다. 하지만 이 점을 뺀다면 그 기계들은 기차역의 사람 키만 한 자동판매기만큼도 사람과 닮지 않은 느낌이었다. 팔 대신 커다란 갈고리를 달아 쟁반을 옮기게 되어 있었고, 연두색, 주황색, 혹은 검은색으로 칠해 서로 구분되도록 해두었다. 어느 면에서 봐도 기계였고, 이를 확인하기 위해 두 번 쳐다볼 일도 없을 것이었다. 최소한 이 순간 그런 사람은 없었다. 가사 노동을 담당하는 태엽 인형들이 앞뒤로 늘어선 사이로 기계보다 훨씬 흥미로운 무언가가 있었기 때문이다. 낡아 빠진 흰 종이에 붉은 잉크로 무언가 쓰여 있었다. 발명가는 현관문이 열리자마자 종이를 주워 들었다. 그리고 말없이 앵거스에게 건네주었다. 붉은 잉크는 아직 완전히 마르지도 않은 상태였다. 〈오늘

그녀를 만났다면 너는 내 손에 죽을 것이다.〉

잠깐 침묵이 흘렀다. 이시도어 스미스가 조용히 말했다. 「위스키 한잔 하겠습니까? 난 마셔야 할 것 같은데.」

「감사합니다만, 위스키보다 플랑보가 더 급한 것 같습니다.」 걱정스러운 투로 앵거스가 말했다. 「상황이 심각해지네요. 당장 가서 데려오겠습니다.」

「맞습니다. 가능한 한 빨리 데려오십시오.」 스미스의 여전한 쾌활함은 존경할 만했다.

현관문을 닫으면서 앵거스는 스미스가 버튼을 누르는 모습, 그리고 태엽 인형 하나가 쟁반에 술병과 술잔을 받쳐 들고 미끄러지듯 움직이는 모습을 보았다. 기계 하인들 틈에 키 작은 남자 혼자 남겨 두는 것이 마음에 걸렸다.

스미스의 아파트에서 여섯 계단 내려왔을 때, 셔츠 차림의 경비원이 양동이를 들고 일하는 모습이 보였다. 앵거스는 자기가 탐정과 함께 돌아올 때까지 그 자리를 떠나지 말고, 낯선 이가 계단을 오르지 못하도록 해달라고 부탁하면서 충분한 보수를 약속했다. 건물 현관으로 내려와서는 정문을 지키는 수위에게 똑같은 부탁을 했다. 그리고 뒷문이 없다는 것도 확인했다. 그것으로도 성에 차지 않은 그는 순찰하는 경찰관에게 입구 맞은편에 서서 주변을 지켜 달라고 했다. 마지막으로 군밤 1페니어치를 사면서 노점상에게 거기 얼마나 있을 것인지 물어보았다.

군밤 장수는 외투 깃을 세우면서 눈이 올 것 같아 곧 자리를 뜨려는 참이라고 말했다. 정말로 하늘이 잿빛으로 변하면서 추워지고 있었다. 앵거스는 노점상에게 자리를 지켜 달라고 온갖 말로 설득했다.

「군밤을 먹으면서 몸을 따뜻하게 하고 계십시오. 다 드셔도 좋습니다. 돈은 제가 낼 테니까요. 제가 돌아올 때까지 여기 있으면서 남자든, 여자든, 아이든, 저기 저 수위가 지키는 건물로 들어간 사람이 없는지 말해 주시면 금화 1파운드를 드리겠습니다.」

여러 보초를 붙여 둔 건물을 마지막으로 한번 쳐다보고 나서 앵거스는 걸음을 재촉했다. 「그 집을 완전히 포위한 셈이야. 네 사람 모두 웰킨과 공범일 수는 없잖아.」

히말라야 맨션은 꼭대기인 데 반해 러크나우 맨션은 집들의 언덕에서 아래쪽이었다. 플랑보의 사무실 겸 주택은 1층이었는데, 태엽 기계들이 조용한 서비스를 제공하는 스미스의 호사스러운 아파트와는 모든 면에서 대조적이었다. 플랑보는 친구 앵거스를 사무실 뒤쪽 아늑한 공간으로 안내했다. 군도, 구식 화승총, 동방의 골동품, 이탈리아 포도주병, 원주민의 요리 냄비 등으로 장식된 방 안에 털이 북슬북슬한 페르시아고양이와 작달막하고 보잘것없는 가톨릭 신부 한 사람이 있었다. 신부는 특히 그 자리에 어울리지 않아 보였다.

「이쪽은 내 친구 브라운 신부님일세. 자네가 이분과 만나면 좋겠다고 자주 생각했는데. 날씨가 참 좋군. 나 같은 남쪽 출신한테는 약간 춥지만 말이야.」

「그래, 계속 이렇게 맑을 것 같아.」 앵거스가 보라색 줄무늬 쿠션 의자에 앉으면서 말했다.

「아닙니다, 눈이 내리기 시작했어요.」신부가 조용히 말했다.

그 말이 끝나기도 전에 군밤 장수가 예상했던 대로 어두워진 창밖에 눈송이가 떨어져 내렸다.

「사실은 사건 때문에 왔네.」앵거스가 무거운 말투로 이야기를 시작했다.「골치 아픈 사건일세. 여기 이 집에서 아주 가까운 곳에 자네의 도움이 절실히 필요한 사람이 있네. 보이지 않는 적에게 끊임없이 쫓기고 협박당하는 상황인데, 아무도 그 적의 모습을 보지 못했네.」앵거스는 로라와 자신의 이야기부터 시작해, 스미스와 웰킨의 사연을 설명해 나갔다. 텅 빈 거리에서 들려온 기이한 웃음소리, 빈방에서 들려온 말소리에 이르기까지. 플랑보는 점점 더 이야기에 빠져드는 모습이었지만, 작달막한 신부는 마치 방 안의 가구인 양 초연했다. 제과점 진열창 밖에 긴 종이가 붙은 대목에 이르자 플랑보가 벌떡 일어섰다. 떡 벌어진 어깨 때문에 방이 좁아 보였다.

「괜찮다면 나머지 이야기는 그 사람 집으로 가면서 듣는 게 좋겠어. 어쩐지 한시가 급하다는 생각이 드는군.」

「좋아.」앵거스도 일어섰다.「내가 그 사람 아파트로 들어가는 입구를 네 사람에게 감시하도록 부탁해 두었으니, 당분간은 안전할 테지만 말이야.」

세 사람은 거리로 나섰다. 작달막한 신부는 얌전한 작은 강아지처럼 뒤에서 따라왔다. 〈눈이 벌써 많이 쌓였군요〉라고 명랑한 투로 한마디 했을 뿐이다.

은색으로 변한 가파른 길을 오르는 동안 앵거스는 이야기를 끝냈다. 고층 건물이 늘어선 초승달 모양 동네로 들어선 뒤 앵거스는 보초 네 명에게 상황을 확인했다. 군밤 장수는 금화를 받기 전에나 받은 다음에나 자기가 계속 출입문을 감시했으며 아무도 들어가지 않았다고 단언했다. 경찰관은 더욱 단호했다. 자신은 중절모 쓴 신사부터 넝마를 걸친 거지에 이르기까지 온갖 악당을 상대한 경험이 있고, 수상한 인물이 겉보기에도 수상할 것으로 생각하는 풋내기가 아니라고, 그런 자신이 눈을 크게 뜨고 살폈지만 아무도 없었다고 말했다. 여전히 웃는 얼굴로 현관문 앞을 지키고 서 있던 금술 달린 제복 차림의 수위는 세 사람을 한층 더 안심시켜 주었다.

「저는 공작님이든, 청소부든, 이 건물에 들어가려는 그 어떤 사람에게든 용무를 물어볼 권한이 있습니다. 여기 이 신사분이 나간 이후 그럴 일이 전혀 없었습니다.」

상관없는 사람인 양 뒤로 물러서 있던 브라운 신부가 바닥을 쳐다보며 조용히 말했다. 「그러니까 눈이 내리기 시작한 이후 아무도 이 계단을 올라가거나 내려온 적이 없다는 말이군요? 플랑보 집에 있을 때부터 눈이 내리기 시작했으니.」

「네, 아무도 오지 않았습니다. 확실합니다.」 수위가 자신 있게 말했다.

「그럼 이건 뭘까요?」 신부가 멍하니 바닥을 쳐다보았다.

다른 사람들도 아래를 내려다보았다. 플랑보가 과장된 몸짓으로 놀라움을 표하면서 소리를 질렀다. 수위가 지키는 입구 한가운데, 더 정확히 말하면 금술 달린 제복의 튼튼한 두 다리 사이에 회색 발자국이 또렷이 찍혀 있었던 것이다.

「맙소사!」앵거스가 외쳤다. 「보이지 않는 사람이다!」

그는 곧바로 계단을 달려 올라갔고, 플랑보도 뒤를 따랐다. 하지만 브라운 신부는 관심 없는 듯 그 자리에서 눈 덮인 거리만 바라보았다.

플랑보는 탄탄한 어깨로 출입문을 곧장 부숴 버릴 기세였지만, 약간 더 침착한 앵거스가 문 옆을 더듬어 버튼을 찾아서 눌렀다. 천천히 출입문이 열렸다.

좀 전과 똑같이 태엽 기계들이 들어찬 내부가 나타났다. 현관 홀은 더 어두워지고 황혼의 붉은빛이 비쳐 드는 가운데 머리 없는 태엽 기계 한두 개가 본래 자리를 벗어나 업무를 마친 뒤 여기저기 멈춰 서 있었다. 녹색과 붉은색으로 칠해진 기계는 어스름 녘이라 시커멓게 보였고, 볼품없는 모습 때문에 오히려 살짝 더 사람처럼 여겨지기도 했다. 태엽 기계들의 한가운데, 붉은 잉크로 쓰인 협박문이 놓여 있던 바로 그 자리에 붉은 잉크가 쏟아진 듯한 자국이 있었다. 하지만 잉크가 아니었다.

플랑보는 이성과 폭력을 프랑스식으로 조화시켜 〈살인이다!〉라고 한마디 내뱉은 뒤, 아파트 구석구석을 5분 만에 살펴보았다. 시체는 발견되지 않았다. 살았는지 죽었는지 모를 이시도어 스미스는 거기 없었다. 흩어져 집 안을 수색하던 두 사람이 다시 현관 홀에서 마주쳤을 때, 플랑보가 프랑스어로 탄식하듯 말했다. 「친구여, 이 살인범은 자기가 보이지 않을 뿐 아니라 죽은 사람도 보이지 않게 만드는군.」

태엽 기계로 가득한 어두운 방을 돌아보면서 앵거스는 스코틀랜드 출신의 켈트 본능 때문인지 순간 오싹했다. 스미스가 쓰러지기 직전에 불러낸 듯한 사람 크기의 태엽 기계 하나가 핏자국 위에 그림자를 드리우며 서 있었던 것이다. 팔을 대신하는 갈고리 중 하나가 약간 올라간 상태였다. 앵거스는 순간 스미스가 자신이 만든 금속 기계에 공격당한 것 아닌가 하는 끔찍한 상상을 했다. 기계가 반란을 일으켜 주인을 죽여 버린 것일까? 만약 그렇다면 죽은 스미스를 어디로 치웠단 말인가?

〈먹어 버리기라도 했을까?〉 악몽이 아닐 수 없었다. 앵거스는 마구 찢긴 인간의 시체가 머리 없는 태엽 기계들 속으로 빨려 들어가며 으깨지는 장면이 떠오르자 구역질이 났다.

애써 평정심을 회복한 앵거스가 플랑보에게 말했다. 「그러게 말이야. 불쌍한 스미스는 바닥에 자국만 남긴 채 증발해 버렸군. 세상에 이런 일이 또 있을까?」

「세상에 이런 일이 또 있든 없든 지금 해야 할 일은 딱 하나일세. 내려가서 신부님과 이야기를 해보세.」

두 사람은 내려오면서 양동이 든 경비원을 다시 만났다. 그는 그 어떤 사람도 들이지 않았다고 다시 한번 확언했다. 수위도, 아직 자리를 떠나지 않은 군밤 장수도 똑같은 말을 반복했다. 네 번째 보초는 보이지 않았다. 앵거스는 조금 불안해졌다. 「경찰관은 어디 있지요?」

「미안합니다만, 제가 저 아래로 내려가서 뭘 좀 조사해 달라고 부탁했습니다. 조사할 만한 일이어서 말이지요.」브라운 신부가 말했다.

「경찰관이 어서 돌아오면 좋겠습니다.」앵거스가 대답했다.「저 위에 살던 남자가 살해되었는데, 시체가 사라졌거든요.」

「어떻게?」신부가 물었다.

「신부님,」플랑보가 잠깐 쨈을 두고 말했다.「제 생각에 이건 저보다 신부님의 영역인 것 같습니다. 친구든 적이든 이건물에 들어간 사람이 없다는데, 스미스는 사라졌습니다. 요정이 데려가기라도 한 것처럼요. 이게 초자연적인 현상이 아니라면…….」

그 순간 예사롭지 않은 장면이 모두의 시선에 들어왔다. 거구의 경찰관이 골목을 돌아서 달려오고 있었다. 그는 곧장 브라운 신부에게 다가왔다.

「말씀대로입니다. 아래쪽 운하에서 방금 스미스의 시체를 발견했습니다.」

앵거스는 머리를 쥐어뜯었다. 「스미스가 달려 나와 몸을 던진 것일까요?」

「그는 밖으로 나오지 않았습니다. 확실합니다. 또한 익사한 것도 아닙니다. 가슴이 크게 찔려 죽었습니다.」경찰관이 설명했다.

「그런데 들어간 사람이 없었다는 거지요?」플랑보가 낮은 소리로 물었다.

「자, 거리를 따라 조금만 걸어서 내려가 봅시다.」신부가 제안했다.

길 끝에 닿았을 때 신부가 갑자기 외쳤다. 「아니, 멍청한 실수를 했군요. 경찰관에게 물어봐야 했는데. 혹시 밝은 갈색 가방을 찾았는지 말이죠.」

「어째서 밝은 갈색 가방이죠?」 앵거스가 어리둥절해하며 물었다.

「다른 색깔 가방이 나왔다면, 이 사건을 처음부터 다시 시작해야 하기 때문입니다.」 브라운 신부가 대답했다. 「하지만 밝은 갈색 가방이라면 다 끝난 셈이지요.」

「반가운 말씀입니다. 제가 보기에는 아직 시작도 안 된 것 같아서요.」 앵거스가 비꼬듯이 말했다.

「이제 저희한테 다 설명해 주시지요.」 플랑보가 아이처럼 순진한 어조로 청했다.

어느새 세 사람은 긴 내리막길을 빠른 걸음으로 한참 내려갔다. 브라운 신부는 말없이 가벼운 걸음으로 앞장을 섰다. 마침내 신부가 모호한 서두로 입을 열었다. 「다 듣고 나면 두 사람은 너무 시시하다고 생각할걸요. 우리는 늘 추상적인 측면에서부터 시작하는 버릇이 있지요. 두 사람도 이 사건에서 마찬가지였고.

사람들은 상대가 묻는 말에 대답하는 게 아니라는 걸 생각해 보았나요? 사람들은 상대의 말이 의미하는 것, 혹은 자신이 보기에 상대의 말이 의미하는 것에 대답하는 법이지요. 시골집에 사는 부인에게 〈같이 사는 분이 있나요?〉라고 물으면 〈네, 집사랑 마부 세 명, 하녀 한 명이 같이 삽니다〉라고는 절대 대답하지 않을 겁니다. 하녀가 같은 방에 있거나 집사가 의자 뒤에 서 있다 해도 〈같이 사는 사람이 없습니다〉라는 대답이 나오죠. 여기서 사람이 없다는 것은 묻는 사람이 의미한 바로 그런 사람이 없다는 뜻입니다. 그렇지만 전염병 조사를 나온 의사가 〈같이 사는 분이 있나요?〉라고 묻는다면, 그 부인은 곧바로 집사랑 마부, 하녀들을 떠올릴 겁니다. 언어는 늘 그렇게 사용됩니다. 문자 그대로의 질문에 답이 나오는 일은 없다는 거죠. 정직한 사람 네 명이 맨션에 아무도 들어가지 않았다고 대답했지만, 그건 정말로 누구 하나 들어가지 않았다는 의미가 아닙니다. 의심할 만한 사람이 들어가지 않았다는 뜻이지요. 그 집에 들어갔다가 나온 사람은 실제로 있었습니다. 다만 누구도 주목하지 않았을 뿐이죠.」

「보이지 않는 사람 말씀인가요?」 앵거스가 붉은 눈썹을 치켜올렸다.

「심리적으로 보이지 않는 겁니다.」 브라운 신부가 대답했다.

몇 분 흐른 뒤 신부는 다시 혼잣말처럼 무심하게 이야기를 계속했다.「일부러 그 생각을 해내지 않는 한, 그런 사람은 떠오르지 않을 겁니다. 그 점에서 범인은 아주 영리했죠. 앵거스 씨가 들려준 이야기 속 단서 두세 개를 통해 나는 그 사람을 생각하게 되었습니다. 첫째, 웰킨은 아주 오랜 시간 걸어다녔다고 했습니다. 또 진열창에는 우표 테두리 종이가 붙어 있었고요. 로라라는 아가씨가 말해 준 두 사건이 다른 무엇보다 결정적이었지요. 있을 수 없는 일이거든요. 잠깐, 화내기 전에 먼저 들어 보십시오.」 브라운 신부는 앵거스가 고개를 휙 돌리는 모습을 보고 덧붙였다. 「물론 그 아가씨는 그게 진짜라고 생각했습니다. 하지만 편지를 받기 몇 초 전 아가씨가 거리에 홀로 있을 수는 없습니다. 막 받은 편지를 읽기 시작했을 때도 혼자 있을 수는 없지요. 누군가 근처에 있어야 합니다. 심리적으로는 보이지 않겠지만 말입니다.」

「어째서 누군가 근처에 있어야 한다는 건가요?」 앵거스가 물었다.

「통신 비둘기가 전해 준 것이 아니라면, 편지를 전해 준 사람이 있어야 하기 때문이지요.」

「그렇다면 웰킨이 직접 연적의 편지를 아가씨에게 전했다는 말씀인가요?」 플랑보가 성급하게 물었다.

「맞아, 웰킨이 직접 편지를 전한 것이네. 그래야 하지 않았겠나.」

「아, 더 이상은 못 참겠습니다.」 플랑보가 큰 소리를 냈다. 「대체 그 사람은 누구인가요? 어떤 모습일까요? 심리적으로 보이지 않는 그 사람은 대체 어떻게 하고 다니는 겁니까?」

「빨강, 파랑, 금색으로 잘 차려입고 있다네. 이렇게 눈에 확 띄는 복장으로 여덟 개 눈이 지켜보는 가운데 히말라야 맨션에 들어간 걸세. 그리고 냉혹하게 살인을 저지르고 다시금 시체를 아래로 내려서…….」

「신부님, 어느 쪽이 정신이 나간 겁니까? 접니까, 아니면 신부님입니까?」 앵거스가 걸음을 멈추고 소리를 질렀다.

「당신 정신은 멀쩡합니다. 다만 관찰력이 약간 부족할 뿐이지요. 예를 들면 이런 사람을 당신은 알아차리지 못할 겁니다.」

신부가 몇 걸음 앞으로 나가더니 나무 그늘 아래로 지나가던 우편배달부 어깨에 한 손을 얹었다.

「우편배달부를 알아차리는 사람은 아무도 없지요. 이 역시 열정을 가진 인간이고, 게다가 몸집이 작은 시체쯤은 쉽게 넣을 수 있을 커다란 가방을 메고 다니는데 말입니다.」

우편배달부는 자연스럽게 뒤를 돌아보는 대신 몸을 웅크리고 도망치려다 정원 담장에 걸려 넘어졌다. 옅은 색 수염을 기른 호리호리한 남자였다. 하지만 그가 얼굴을 드러냈을 때, 기괴한 사팔뜨기 눈을 보고 세 사람은 순간 얼어붙었다.

플랑보는 쌓인 일거리를 해결하기 위해 군도, 보라색 쿠션 의자, 페르시아고양이가 있는 장소로 되돌아갔다. 존 턴불 앵거스는 제과점의 아가씨에게 갔다. 그 아가씨와 함께 있을 때 마음이 가장 편안했던 것이다. 브라운 신부는 살인자와 함께 총총한 별들 아래 눈 쌓인 언덕길을 여러 시간 동안 걸었다. 두 사람이 어떤 이야기를 나눴는지는 영원히 밝혀지지 않을 것이다.

이즈리얼 가우의 명예

비바람이 부는 황록색과 은색 저녁이 다가오고 있었다. 회색 격자무늬 천을 두른 브라운 신부는 회색빛 스코틀랜드 계곡 끝에 다다라 글렌가일성을 바라보았다. 협곡에 면해 있는 괴상한 그 성은 마치 세상의 끝인 것처럼 보였다. 경사 급한 지붕과 녹색 석판 탑이 솟아 있는 옛 프랑스 양식 건물이었는데, 동화 속 사악한 마녀의 뾰족 모자를 연상시켰다. 녹색 성을 둘러싼 소나무 숲은 수많은 까마귀처럼 검게 보였다. 이런 사악한 느낌은 풍경 때문만이 아니었다. 이 스코틀랜드 귀족 저택에는 자부심과 광기, 수수께끼 같은 슬픔의 그림자가 다른 어떤 곳보다 짙게 내려앉아 있었던 것이다. 스코틀랜드에는 전통이라는 이름의 독극물이 이중으로 존재한다. 귀족 계층의 혈통 개념과 칼뱅교도의 종말 개념이 그것이다.

신부는 글래스고 출장길에 하루를 내어 아마추어 탐정인 친구 플랑보를 만나러 온 것이었다. 플랑보는 공식 수사관과 함께 글렌가일 가문 최후의 백작에 대한 조사를 하기 위해 그 성에 와 있었다. 삶과 죽음이 베일에 싸인 수수께끼 백작은 용기와 광기, 폭력성과 교활함으로 16세기의 사악한 귀족 중에서도 단연 악명 높았던 혈통의 마지막 계승자였다. 스코틀랜드 메리 여왕 시절에 세워져 온갖 거짓으로 얼룩졌던 그 성의 비밀은 깊고도 깊었다.

그 지역에 전해져 오는 말에서도 이 가문의 권모술수가 무엇을 위함이었는지 잘 드러났다.

여름 나무에 초록 수액이 있다면
오길비 가문에는 핏빛 황금이 있다네.

수 세기 동안 글렌가일성에서는 품위 있는 성주가 나오지 않았다. 빅토리아 시대쯤 되자 더 이상 괴상한 인물은 나오기 어려울 거라고 여겨질 정도였다. 마지막 글렌가일 후손은 선조들이 하지 못했던 유일한 일을 해냄으로써 혈통을 증명했다. 사라져 버린 것이다. 외국으로 갔다는 뜻이 아니다. 어느 모로 보나 백작은 성안에 있어야 했다. 어딘가에 존재한다면 말이다. 교회 등록부나 귀족 명부에는 백작의 이름이 여전히 남아 있었지만, 그를 보았다는 사람은 태양 아래 아무도 없었다.

누군가 백작을 보았다면 그건 마부 겸 정원사로 성에 살고 있는 하인일 수밖에 없었다. 그는 귀머거리라고 여겨질 만큼 귀가 아주 어두웠다. 더 나아가 정신 박약으로 보이기도 했다. 붉은 머리에 몸이 몹시 여윈 이 일꾼은 늘 입을 굳게 다물고 푸른 눈을 멍하게 뜨고 다녔다. 이즈리얼 가우라는 이 사람이 그 버려진 영지를 돌보는 유일한 하인이었다. 하인이 감자를 파내어 규칙적으로 부엌에 들어가는 보습을 보면 주인을 위해 음식을 준비하는 것으로, 그러니 괴상한 백작은 여전히 성안에 숨어 사는 것으로 여겨졌다. 하지만 백작이 거기 있다는 증거를 요구하면 하인은 늘 주인이 집에 없다고 대답했다. 그러던 어느 날 아침, 본당 신부와 목사가(글렌가일 가문은 장로교 신자였다) 성으로 불려갔다. 그리고 마부 겸 정원사 겸 요리사인 이즈리얼 가우가 장의사 역할까지 맡아 주인의 관에 못을 치는 장면을 목격했다. 이 기이한 상황에 대한 후속 조사가 얼마나 많이 혹은 적게 이루어졌는지는 아직 분명하지 않은 상태였다. 어떻든 2, 3일 전에 플랑보가 도착할 때까지 법적 조사는 전혀 진행된 바가 없었다. 글렌가일 백작의 몸(그의 몸이 맞다는 가정하에)은 언덕 위 작은 교회 묘지에 이미 묻힌 상태였다.

브라운 신부가 어둑한 정원을 지나 성 그림자 아래 들어갔을 때는 벌써 구름이 두껍고 공기가 축축했다. 천둥소리도 들렸다. 금녹색 석양이 남긴 마지막 자취 속에 한 사람의 윤곽이 검게 드러났다. 높이 솟은 실크해트를 쓰고 어깨에 커다란 삽을 둘러메고 있었다. 도무지 어울리지 않는 조합이었지만, 브라운 신부는 감자를 캐는 귀머거리 하인을 떠올린 뒤 충분히 자연스럽다고 생각했다. 스코틀랜드 농민의 특성을 알고 있는 덕분이었다. 공식적인 조사를 위해 검은 옷을 차려입는 예의는 갖춰야 하지만, 이를 위해 한 시간의 노동을 포기할 수는 없었으리라. 지나가는 신부에게 던지는 놀람과 의혹의 시선도 그런 유형 사람들의 경계심과 시기심에 충분히 부합했다.

커다란 출입문은 플랑보가 나와서 직접 열어 주었다. 그 옆에 서류를 손에 든 회색 머리카락의 여윈 남자가 있었다. 런던 경찰국의 크레이븐 경감이었다. 입구 홀은 텅 비어 있다시피 했다. 거무스름해진 캔버스 속 검은 가발을 쓴 사악한 오길비 선조 한두 명이 창백한 얼굴로 방문객들을 내려다보았다.

안쪽 방으로 들어가자 두 사람이 앉아 있던 긴 떡갈나무 탁자가 나타났다. 탁자 위 한쪽에는 뭔가 휘갈겨 쓴 종이들이 위스키, 시가와 함께 놓여 있고, 탁자의 나머지 부분에는 뜬금없는 물건들이 드문드문 놓여 있었다. 도무지 설명이 불가능한 것들이었다. 반짝거리는 깨진 유리 조각들을 모아 놓은 것 같은 한 무더기, 높이 쌓인 갈색 먼지 같은 무더기, 평범한 나뭇가지로 보이는 무언가까지.

「지질학 박물관이라도 차린 것 같군요.」브라운 신부는 자리에 앉으며 갈색 먼지와 반짝이는 조각들을 잠깐 바라보았다.

「지질학이 아니라, 굳이 말하자면 심리학 박물관입니다.」 플랑보가 대답했다.

「그런 전문적인 단어는 제발 쓰지 맙시다.」경감이 웃으면서 외쳤다.

「심리학이 무슨 뜻인지 모르시나요?」플랑보가 짐짓 놀란 척했다. 「심리학이란 제정신이 아니라는 뜻입니다.」

「그래도 잘 모르겠는걸요.」경감이 대답했다.

「자, 그러니까 제 말은 우리가 글렌가일 백작에 대해 아직 딱 한 가지만 알아냈다는 거죠. 그는 미치광이였습니다.」플랑보가 단호하게 말했다.

어두워지는 하늘을 배경으로 실크해트에 삽을 둘러맨 이즈리얼 가우의 희미한 형체가 창밖을 지나갔다. 브라운 신부가 그 모습을 바라보다가 말했다.

「저 사람한테 이상한 면이 있다는 건 이해가 되네. 아니라면 이렇게 갇혀 살지도, 그토록 급하게 직접 주인을 땅에 묻지도 않았을 테지. 그런데 왜 백작이 미치광이였다고 생각하지?」

「크레이븐 경감이 이 집에서 찾아낸 물건들의 목록만 들어보셔도 알 겁니다.」

「초를 켜야 합니다.」크레이븐이 말했다.「폭풍우가 일 기세고, 벌써 어두워져서 아무것도 읽을 수가 없군요.」

「물건 중에 초가 있었나요?」브라운 신부가 미소를 지었다.

플랑보가 진지한 표정으로 고개를 들더니 검은 눈으로 신부를 응시했다.

「그것도 이상한 점입니다. 밀랍초가 스물다섯 개나 되는데 촛대는 그림자도 없답니다.」

방 안은 급속히 어두워졌고, 바람도 금세 거세졌다. 브라운 신부는 기묘한 전시품들이 놓인 탁자 위의 밀랍초들 쪽으로 다가갔다. 그러다가 우연히 붉은빛이 도는 갈색 먼지 더미의 냄새를 맡게 되었다. 곧 커다란 재채기 소리가 조용한 방 안에 울렸다.

「이런, 코담배였군요.」

신부는 초 하나를 집어 들어 조심스레 불을 붙이고는 자리로 돌아와서 위스키 병에 꽂았다. 쉴 새 없이 바람이 불어 창문이 심하게 흔들렸고 촛불은 깃발처럼 펄럭였다. 성에서 사방으로 수백 미터 이어진 검은 솔숲이 바위 주변의 검은 바다인 양 우르릉우르릉 소리를 냈다.

「목록을 읽어 드리겠습니다.」크레이븐이 종이 한 장을 집어 들고 진지하게 말을 시작했다. 「성안에 흩어져 있는, 설명하기 어려운 물건들의 목록입니다. 이곳이 전체적으로 관리가 안 되고 버려진 상태였다는 걸 신부님도 곧 아실 겁니다. 하지만 방 한두 개는 누군가 소박하게, 하지만 누추하지 않게 살았던 흔적이 있습니다. 이즈리얼 가우는 아닙니다. 목록은 이렇습니다.

첫째 품목, 상당량의 보석류. 대부분 다이아몬드인데, 아무런 세팅도 없는 낱개 상태다. 물론 오길비 가문은 보석을 소장했을 것이다. 이런 보석은 특별한 장신구로 만들어지기 마련인데, 오길비 사람들은 보석을 마치 동전처럼 주머니에 넣어 가지고 다녔던 것으로 보인다.

둘째 품목, 여기저기 쌓여 있는 코담배 더미. 통이나 주머니에 담겨 있지 않고 벽난로 선반, 찬장, 피아노 위 등 온 사방에 무더기로 쌓여 있다. 백작은 주머니에 손을 넣기도, 통 뚜껑을 열기도 귀찮아했던 것 같다.

셋째 품목, 여기저기 쌓인 작은 금속 조각 더미. 강철 스프

링 같은 것도 있고 아주 작은 바퀴 모양도 있다. 마치 장난감 기계에서 떼어 낸 듯하다.

넷째 품목, 밀랍초. 하지만 꽂을 곳이 없어 빈 병을 이용해야 한다.

이 목록의 모든 물건이 우리 예상을 뛰어넘는 기묘한 것이었음을 알아주십시오. 핵심적인 수수께끼에 대해서는 우리도 마음의 준비가 되어 있습니다. 흘깃 보기만 하더라도 이 마지막 백작에게 뭔가 문제가 있었다는 게 드러나니까요. 백작이 정말로 여기서 살았는지, 정말로 여기서 죽었는지, 백작을 묻은 저 허깨비 같은 붉은 머리카락 하인이 그 죽음과 무슨 관련이 있는지 알아내는 것이 우리 일입니다. 최악의 상황, 가장 끔찍하고 극적인 장면을 상상해 볼까요. 하인이 백작을 죽였을 수도 있습니다. 백작이 실은 죽지 않고 하인 옷을 입고 있는지도 모릅니다. 하인이 백작을 대신해 땅에 묻히고 말입니다. 이런 식으로 윌키 콜린스[1] 식의 살인극을 꾸며 낸다 해도, 멀쩡한 혈통의 노백작이 촛대 없이 초를 켜고 피아노 위에 코담배를 쏟아 놓은 상황은 설명이 안 됩니다. 이야기의 핵심은 상상할 수 있지만, 그 주변 요소는 수수께끼입니다. 아무리 상상력을 발휘한다 해도 코담배와 다이아몬드, 초와 기계 부품들을 연결할 수가 없군요.」

「연결될 것도 같은데요.」 신부가 말했다. 「글렌가일 가문은 프랑스 혁명을 극도로 혐오했습니다. 구체제 옹호자로서

1 William Wilkie Collins(1824~1889). 영국 소설가. 『흰 옷을 입은 여자』, 『월장석』 등 영국 추리 소설의 원조라고 평가받는 작품들을 발표하였다.

부르봉 왕가의 삶을 그대로 재현하고자 했죠. 그래서 18세기 사치품이었던 코담배를 사용했던 겁니다. 밀랍초 역시 18세기의 조명 수단이어서 사용했고요. 기계 부품은 자물쇠 만지는 취미가 있던 루이 16세를 본뜬 거죠. 다이아몬드는 마리 앙투아네트의 다이아몬드 목걸이를 기리는 것이고요.」

두 사람은 눈을 휘둥그레 떴다. 「정말 완벽하게 기발한 연결이군요. 정말로 그게 맞는 얘기입니까?」 플랑보가 물었다.

「전혀 아닐세.」 신부가 대답했다. 「아무리 상상력을 발휘해도 연결이 안 된다고 하기에 즉석에서 연결해 본 걸세. 진실은 더 깊숙한 곳에 숨어 있겠지.」

신부는 말을 멈추고 탑에서 들려오는 요란한 바람 소리에 귀를 기울였다. 「글렌가일의 마지막 백작은 도둑이었습니다. 남의 집을 터는 도둑으로 이중생활을 해온 거죠. 초를 짧게 잘라 휴대용 초롱에 넣고 다녔기에 촛대가 필요 없었습니다. 코담배는 프랑스 범죄자들이 후추를 쓰듯이 사용했습니다. 추적자의 얼굴에 갑자기 뿌려 대는 거죠. 마지막 증거는 다이아몬드와 작은 철 조각이라는 흥미로운 조합입니다. 모든 것이 명백해지지 않나요? 유리창을 자를 수 있는 도구는 다이아몬드와 철제 조각, 딱 두 가지뿐이니까요.」

부러진 소나무 가지가 창문에 세게 부딪히더니 날아갔다. 강도의 침입을 상징하는 듯했다. 두 사람은 돌아보지 않았다. 브라운 신부에게 시선이 고정되어 있었다.

「다이아몬드와 철 조각이라.」 경감이 생각에 잠겨 되뇌었다. 「신부님 설명이 옳다는 것을 보여 주는 건 그 두 가지가 다인가요?」

「저도 그 설명이 옳다고 생각하지 않습니다.」신부가 차분하게 말했다.「네 가지를 연결할 가능성이 없다고 하시기에 생각해 본 겁니다. 진실은 이보다 단순할 겁니다. 글렌가일 백작은 영지에서 보석을 발견했거나, 발견했다고 믿었습니다. 누군가 다이아몬드 알맹이들을 보여 주면서 동굴에서 찾았다고 한 거죠. 작은 철 바퀴는 다이아몬드를 자를 때 필요한 도구입니다. 백작은 양치기나 거친 사내 몇 명의 도움을 받아 은밀하게 이 일을 해내야 했죠. 코담배는 스코틀랜드 양치기에게 대단한 사치품이니, 매수할 때 사용되었습니다. 촛대는 필요 없었습니다. 초를 손에 들고 동굴에 들어갔으니까요.」

「거기까지입니까?」한참 침묵이 흐른 뒤 플랑보가 물었다. 「드디어 단순한 진실에 도달한 건가요?」

「아니, 그렇지 않네.」브라운 신부가 대답했다.

가장 먼 솔숲에서 바람이 잦아들고 부엉이가 울음소리를 냈다. 브라운 신부가 무표정한 얼굴로 입을 열었다.「코담배와 기계 부품, 초와 다이아몬드를 연결할 가능성을 또 하나 만들어 본 걸세. 엉터리 철학 열 개가 모두 우주를 설명해 내듯, 엉터리 이론 열 개도 글렌가일성의 수수께끼에 들어맞을 수 있지. 물론 이 성과 우주에 대한 진짜 설명을 찾아야겠지만. 자, 다른 물품은 없었나요?」

크레이븐이 소리 내어 웃었다. 플랑보도 미소 지으며 일어나 긴 탁자를 따라 걸어갔다.

「다섯, 여섯, 일곱째 품목은 별 의미 없어 보이는 잡다한 것들입니다. 연필이 아니라 연필심들만 모은 더미가 있고, 위쪽이 쪼개진 대나무 지팡이도 하나 나왔습니다. 지팡이는 범죄 도구가 될 수 있지만 이 사건에는 범죄가 없지요. 그 외에 오래된 미사 경본 몇 권과 가톨릭 성화들을 찾았는데, 오길비 가문이 중세 때부터 소장했던 것으로 보입니다. 청교도 신앙보다는 가문의 자부심이 강했던 거지요. 그런데 부분부분 잘려 나가고 손상된 상태입니다. 그래서 목록에 집어넣었습니다.」

브라운 신부가 책을 집어 들어 채색된 부분을 살펴보려는 순간, 다시 폭풍이 몰아치며 구름이 몰려와 기다란 방은 어둠에 잠겼다. 신부는 어둠이 물러가기도 전에 입을 열었다. 하지만 이번에는 아주 다른 사람이 된 것 같은 목소리였다. 열 살은 젊어진 듯했다.

「크레이븐 경감님, 무덤을 조사할 수 있는 영장을 갖고 오셨죠? 서두를수록 좋겠습니다. 그래야 이 끔찍한 사건의 바닥까지 닿을 것 같습니다. 제가 여러분이라면 당장 시작하겠습니다.」

「지금이라고요? 어째서 지금 해야 합니까?」 놀란 경감이 물었다.

「아주 중요한 일이기 때문입니다. 코담배가 쌓여 있고 다이아몬드가 흩어져 돌아다니는 데는 백 가지 이유가 있을 수 있습니다. 하지만 이런 일이 일어나는 이유는 딱 하나뿐입니다. 세상의 근원까지 내려가는 이유죠. 이 종교화는 아이나 개신교도가 괜히 심심해서, 혹은 종교적 반감에서 훼손하거나 망가뜨린 것이 아닙니다. 아주 조심스럽게, 그리고 아주 기묘하게 손을 댔습니다. 신의 이름이 장식 문자로 나타나는 부분을 모두 잘라 냈어요. 그 밖에는 아기 예수의 머리 주변 후광들이 사라졌을 뿐입니다. 그러니 어서 영장과 삽, 손도끼를 갖고 묘지로 가서 관을 열어야 합니다.」

「그게 대체 무슨 소립니까?」경감이 어리둥절해했다.

「제 말은,」신부의 목소리가 사나운 바람 소리 때문에 약간 높아진 듯했다.「지금 이 순간 이 성의 탑 꼭대기에 코끼리 백 마리만큼 큰 우주 최대 악마가 앉아 묵시록을 외치고 있을지 모른다는 겁니다. 이 사건 밑바닥에는 흑마술이 숨어 있어요.」

「흑마술이라.」플랑보가 낮은 소리로 반복했다. 박식한 사람인 만큼 흑마술도 모를 리 없었다.「하지만 여기 있는 이런 것들은 다 뭐란 말입니까?」

「글쎄, 저주받을 물건들이겠지.」신부는 초조한 말투였다. 「어떻게 알겠나? 지하 세계의 미로를 어떻게 다 추측할 수 있느냔 말일세. 코담배와 대나무로 뭔가 고문을 할 수도 있겠지. 미치광이가 밀랍과 철 조각에 집착했을 수도 있고, 연필심으로 사람을 미치게 하는 약을 만들었을지도 모르지! 어떻든 이 수수께끼를 해결하는 최고의 지름길은 묘지로 가는 걸세.」

어느새 두 사람은 신부에게 복종해 매서운 밤바람이 얼굴을 때리는 정원에 벌써 나와 있었다. 자동인형이라도 된 듯 크레이븐은 손에 돌도끼를 들고 주머니에 영장을 집어넣었다. 플랑보는 괴상한 정원지기가 사용하던 무거운 삽을 둘러 멨다. 브라운 신부는 신의 이름이 잘려 나간 작은 금박 미사 경본을 손에 들었다.

묘지로 오르는 길은 구불구불했지만 길지 않았다. 다만 바람이 워낙 강해 힘들고 길게 느껴졌다. 오르는 내내 눈에 보이는 것은 끝없이 펼쳐진 소나무의 바다뿐이었다. 그 바다는 바람 때문에 일제히 한쪽으로 기울어 있었다. 그 우주적인 몸짓은 광대한 만큼 공허하게, 사람이 살지 않고 목적도 없는 행성 위를 바람이 쓸고 가는 듯 공허하게 보였다. 끝없이 펼쳐지는 회청색 숲 전체에서 이교도적인 것들의 바탕에 깔린 고대의 슬픔이 비명을 지르며 노래하고 있었다. 깊은 숲속에서 들려오는 소리는 길을 잃고 떠도는 이교도 신들의 울부짖음 같기도 했다. 미궁 같은 숲속으로 들어간 신들은 두 번 다시 천상으로 올라가는 길을 찾지 못하는 것이다.

「스코틀랜드가 세워지기 전, 이곳 사람들은 퍽 흥미로운 존재였지요.」 브라운 신부가 낮지만 가벼운 목소리로 말했다. 「실은 아직도 흥미로운 존재입니다. 선사 시대에는 정말로 이들이 악마를 숭배한 것 아닐까 하는 생각이 듭니다. 그래서 사악한 청교도 신앙으로 바로 뛰어들 수 있었던 거죠.」

「신부님,」 플랑보가 화난 듯 몸을 돌렸다. 「코담배는 무얼 뜻합니까?」

「플랑보,」 신부도 진지하게 대답했다. 「진짜 종교에는 공통적인 특징이 있네. 물질주의지. 그러니까 악마 숭배는 완벽한 진짜 종교일세.」

세 사람은 오르막 꼭대기 풀숲에 다다랐다. 마구 흔들리며 비명 소리를 내는 소나무들에 둘러싸인 작은 공간이었다. 묘지 경계를 나타내는 나무와 철사 울타리가 폭풍 속에서 달그락거렸다. 크레이븐 경감이 묘지 한구석에서 발걸음을 멈추고 플랑보가 삽을 땅에 박아 넣고 기대설 때까지, 두 사람 역시 울타리처럼 온몸을 떨고 있었다. 묘 가장자리에는 엉겅퀴가 크게 자라 있었지만 회색과 은색으로 시들어 가고 있었다. 바람에 꺾인 엉겅퀴 관모 부분이 한두 번 경감 옆을 스치고 날아갔는데, 그때마다 경감은 화살이라도 피하듯 살짝 몸을 움직였다.

플랑보는 바람 소리 내는 풀을 헤치고 아래쪽 젖은 흙에 삽을 박아 넣었다. 하지만 곧 멈추고는 삽에 몸을 기댔다.

「계속하게.」 신부가 부드럽게 말했다. 「우리는 진실을 찾으려는 것뿐이야. 무엇이 두려운가?」

「그 진실을 찾는 것이 두렵습니다.」 플랑보가 말했다.

크레이븐 경감이 갑자기 높은 톤으로 말하기 시작했다. 경쾌한 분위기를 만들려는 노력이었다. 「어째서 백작이 그렇게 갑자기 사라졌는지 궁금합니다. 뭔가 고약한 일이 일어나지 않았을까요? 혹시 문둥병일까요?」

「그건 아닐 것 같은데요.」 플랑보가 말했다.

몇 분 동안 플랑보는 말없이 삽질을 계속했다. 「시체가 제대로 된 모양이 아닐까 봐 두렵습니다.」 목멘 소리였다.

「다른 사건의 종이도 제대로 된 모양이 아니었지.」[2] 브라

2 다음 작품 「잘못된 모양」에 단서로 등장한 종이를 말한다. 「잘못된 모

운 신부가 조용히 말했다.「그래도 우리는 사건을 해결하지 않았나.」

플랑보는 묵묵히 삽질을 이어 나갔다. 어느새 언덕에 걸려 있던 회색 구름이 멀찍이 물러나고 희미한 별빛이 나타났다. 거친 목재 관이 모습을 드러냈다. 풀밭으로 관을 끌어 올리자, 크레이븐이 도끼를 들고 나섰다. 엉겅퀴가 몸에 닿자 움찔 물러섰다가 다시 결심한 듯 다가서서, 좀 전에 플랑보가 그랬던 것처럼 열심히 도끼를 휘둘러 관 뚜껑을 열었다. 관 안쪽이 회색 별빛 아래 드러났다.

「뼈, 사람 뼈입니다.」크레이븐이 예상 밖이라는 듯이 말했다.

「시체가,」플랑보의 목소리가 이상하게 오르락내리락했다.「시체가 온전합니까?」

「그런 것 같습니다.」경감이 몸을 굽혀 관 안에서 썩어 가는 시체를 내려다보며 말했다.「아, 잠깐만요.」

플랑보의 커다란 몸 위쪽으로 거대한 하늘이 펼쳐졌다. 「지금 생각해 보니 미치광이라 해도 시체가 온전하지 못할 이유는 없지 않습니까. 이 저주받은 차가운 산은 왠지 사람의 정신을 혼미하게 만드는군요. 검은 숲, 그리고 무의식에 내재된 고대의 공포가 문제 아닐까요. 무신론자의 꿈 같아요. 소나무, 더 많은 소나무, 수백만 개의 소나무……..」

「맙소사! 머리가 없어요!」경감이 소리쳤다.

양」은「이즈리얼 가우의 명예」보다 먼저 발표됐지만 작품집에는 뒤에 실렸다.

두 사람은 그대로 못 박힌 듯 멈춰 섰다. 신부는 성에 온 이후 처음으로 놀랍다는 반응을 보였다.

「머리가 없다고! 머리가 없다고요?」 마치 다른 부분이 없을 거라고 예상했다는 투였다.

글렌가일 가문에 머리 없는 아이가 태어나 젊은 시절 내내 성안에 숨어 살고, 머리 없는 상태로 오래된 저택 홀이며 멋진 정원을 돌아다니는 말도 안 되는 상상이 세 사람의 머릿속을 스쳤다. 그렇지만 아무리 충격으로 몸이 굳은 그 순간이라 해도 터무니없고 납득이 안 되는 이야기였다. 그들은 힘이 다 빠진 듯 멍하니 숲과 하늘의 소란스러운 소리를 듣고 있었다. 생각이라는 것이 갑자기 손아귀에서 휙 빠져 버린 것 같았다.

「머리 없는 사람이라면, 이 파헤쳐진 무덤 주변에도 세 명이나 서 있군요.」 브라운 신부가 말했다.

경감은 무슨 말인가 하려다가 소리를 내지 못하고, 그저 하늘을 찢을 듯한 바람의 굉음을 들으면서 입만 딱 벌리고 있었다. 손에 든 도끼를 마치 처음 보는 것처럼 내려다보더니 떨어뜨리고 말았다.

「신부님, 이제 어떻게 해야 합니까?」 플랑보가 그에게는 극히 드문 유치한 말투로 물었다.

신부의 대답은 총알이 발사되듯 신속했다.

「자야지! 잠을 자야 하네. 이제 우리는 막다른 곳에 도달했네. 잠이 무엇인지 아나? 잠자는 사람은 누구나 신이 다음 날을 내려 줄 거라고 믿지. 잠은 성찬식일세. 신앙의 행동이자 음식이지. 지금 우리는 바로 그 성찬식, 자연의 성찬식이 필요하네. 인간에게는 거의 닥치지 않는 일, 아마도 최악이라 할 만한 일이 우리에게 닥친 것일세.」

벌어졌던 크레이븐의 두 입술이 마침내 만났다. 「무슨 말씀입니까?」

신부가 고개를 성 쪽으로 돌리면서 대답했다. 「진실을 찾아냈습니다. 하지만 그 진실이 말이 안 되는군요.」

신부는 평소답지 않게 허둥지둥한 걸음으로 두 사람보다 앞서 걸어 내려갔다. 그리고 성에 도착하자 정말로 강아지처럼 금방 잠들어 버렸다.

신비롭게 잠을 찬양한 것과 달리, 브라운 신부는 말 없는 정원사 다음으로 일찍 일어났다. 그러고는 커다란 파이프 담배를 피우면서 채소밭에서 말없이 일하는 하인을 지켜보았다. 동이 틀 무렵 비바람이 폭우로 끝맺음한 뒤라 날이 아주 상쾌했다. 정원사는 신부와 몇 마디 이야기를 나누는 것 같았지만, 경감과 플랑보가 모습을 보이자 삽을 땅에 박아 두고는 아침 식사에 대해 몇 마디 중얼거린 뒤 줄지어 자라는 양배추를 지나 부엌으로 들어가 버렸다. 「참 유능한 사람입니다.」 브라운 신부가 말했다. 「감자를 정말 잘 캐요. 그렇지만,」 냉정한 말투였다. 「나름의 한계가 있네요. 이쪽 감자는 제대로 캐지 않는군요.」 신부가 그 부분을 발로 툭툭 찼다. 「여기 감자가 몹시 수상쩍습니다.」

「왜 그렇죠?」 크레이븐이 작달막한 신부의 다양한 관심사에 호기심을 느낀 듯 물었다.

「여기 감자가 수상쩍은 이유는, 이즈리얼 가우라는 저 하인이 여기서 수상쩍게 굴었기 때문입니다. 모든 곳에 삽질을 했는데 여기만 빼놓았어요. 분명히 아주 크고 좋은 감자가 있을 겁니다.」

플랑보가 땅에 박아 놓은 삽을 빼내 맹렬하게 파 내려가기 시작했다. 감자와 전혀 다른 거대하고 둥근 버섯 같은 무언가가 있었다. 삽날이 닿자 틱 소리를 내며 공처럼 몇 바퀴 구르다가 세 사람을 향해 웃는 얼굴을 드러냈다.

「글렌가일 백작입니다.」 브라운 신부가 서글프게 말하며 해골을 내려다보았다.

잠깐 명상의 시간을 가진 뒤 그는 〈다시 감춰 둬야 합니다〉라고 하면서 플랑보에게서 삽을 받아 해골을 땅속에 묻었다. 그러고는 삽자루에 작달막한 몸과 커다란 머리를 기댔다. 두 눈은 멍했고, 이마에는 주름이 가득했다. 「이 마지막 기괴함의 의미를 누가 좀 알려 주었으면.」 그가 중얼거렸다. 커다란 삽자루에 기댄 채 신부는 얼굴을 두 손에 묻었다. 사람들이 교회에서 하듯이 말이다.

하늘이 푸른색과 은색으로 밝아 왔다. 나무에서 새들이 지저귀는 소리가 어찌나 큰지 마치 나무가 떠들어 대는 것 같았다. 하지만 세 사람은 말이 없었다.

「전 포기입니다.」 플랑보가 거칠게 말했다. 「제 머리와 이 세상은 잘 맞지 않는군요. 이게 마지막인가 봅니다. 코담배, 훼손된 기도서, 기계 부품들, 도대체가…….」

브라운 신부는 고개를 들고 삽 손잡이를 톡톡 두드렸다.

그에게서 보기 힘든 초조한 행동이었다. 「쯧쯧, 모든 것은 아주 명백하네. 코담배와 기계 부품들은 아침에 눈을 떴을 때 알게 되었네. 그리고 정원사와 이야기를 매듭지었지. 그 사람은 보이는 것만큼 귀머거리도 정신 박약도 아니야. 그런 척할 뿐이지. 그 각각의 물건들에는 이상할 것이 없어. 훼손된 미사 경본에 대해서는 내가 틀린 소리를 한 거고. 거기엔 아무 문제도 없네. 하지만 이 마지막은 문제군. 무덤을 파헤치고 죽은 자의 머리를 훔쳐 내다니, 이건 정말 엄청난 일 아닐까? 정말로 흑마술인 걸까? 코담배니 밀랍초니 하는 단순한 이야기에는 들어맞지 않아.」 그는 담배를 피우면서 주변을 돌아다녔다.

「신부님, 제가 한때 범죄자였다는 걸 잊지 말고 조심하십시오.」 플랑보가 농담조로 말했다. 「그때는 제가 직접 이야기를 만들어 내고, 선택하자마자 행동할 수 있다는 점이 가장 좋았습니다. 하지만 탐정 일은 기다리는 시간이 길다 보니 제 성급한 프랑스 기질에 맞지 않습니다. 지금껏 살아오면서 저는 좋은 일이든 나쁜 일이든 즉각 해버렸거든요. 결투는 다음 날 아침에, 계산은 즉석에서 했습니다. 치과 약속조차 한 번도 미룬 적이 없었어요…….」

브라운 신부의 파이프 담배가 바닥에 떨어져 자갈길에 부딪혀선 세 동강 났다. 그는 진짜 바보처럼 눈을 굴리며 서 있었다. 「아, 난 정말 얼마나 바보멍청이인지!」 그는 이 말만 반복했다. 그러고는 허리가 끊어질 정도로 웃기 시작했다.

「치과!」 그가 외쳤다. 「여섯 시간 동안 심연을 헤맨 것은 치과 생각을 하지 못했기 때문이야! 이렇게 간단할 수가! 이토록 아름답고 평화로울 수가! 여러분, 우리는 지난밤을 지옥 속에서 보냈지만, 지금은 태양이 떠오르고 새가 지저귀는 군요. 치과라는 광채가 세상을 위로합니다.」

「종교 재판의 고문이라도 동원해야 말이 되는 소리를 들을 수 있으려나요.」 플랑보가 앞으로 나섰다.

브라운 신부는 햇살이 비치는 풀밭에서 춤이라도 추고 싶은 기색이었지만, 아이처럼 불쌍한 소리로 외쳤다. 「조금만 더 바보짓을 하게 놔두게. 정말 얼마나 힘들었는지 몰라. 이제야 이 사건에 그 어떤 큰 죄악도 없다는 걸 알게 되었네. 약간의 광기는 없지 않지만, 그게 무슨 문제가 되겠나?」

그는 다시 몸을 돌리더니 진지한 표정을 지었다.

「이것은 범죄 사건이 아닙니다. 오히려 기이할 정도로 정직한 이야기입니다. 우리는 자기 몫 이상은 절대 가져가지 않는 사람을 만난 겁니다. 이런 유형이 믿는 종교의 야만적 논리를 접하는 기회이기도 하죠.

글렌가일성에 대해 오래전부터 전해 내려오는 말이 있습니다.

여름 나무에 초록 수액이 있다면
오길비 가문에는 핏빛 황금이 있다네.

이 말은 문자 그대로의 의미이기도 하고 은유이기도 합니다. 글렌가일 가문이 부를 추구했다는 뜻만은 아닙니다. 말 그대로 금을 모은 것은 사실입니다. 금 장신구와 기구가 어마어마하게 많았습니다. 금 모으는 데 집착한 수전노들이었지요. 이 사실을 바탕으로 성에서 찾아낸 물품들을 생각해 봅시다. 금 세팅이 안 된 다이아몬드, 황금 촛대가 없는 밀랍초, 금제 담배 상자가 없는 코담배, 금박 몸체가 없는 연필심, 황금 손잡이가 없는 지팡이, 금 시계판이 없는 부속들. 괴상하게 들리겠지만 오래된 미사 경본의 장식 글자와 후광은 진짜 금이었습니다. 이것도 떼어 간 거죠.」

기묘한 진실이 드러나면서 정원은 더 밝아지고 풀은 햇살 아래에서 더 즐겁게 흔들리는 듯했다. 플랑보가 담뱃불을 붙였다.

「떼어 간 것입니다, 훔친 것이 아니고요.」 브라운 신부가 말을 이었다. 「도둑이라면 이런 수수께끼를 남기지 않습니다. 금제 담배 상자를 코담배가 든 채로 다 가져갈 테니까요. 금박 연필도 마찬가지지요. 아주 독특한 양심이긴 하지만, 어떻든 양심이 있는 사람이라는 건 분명합니다. 오늘 아침 채소밭에서 이 괴상한 도덕주의자를 만나 이야기를 들었습니다.

죽은 아치볼드 오길비 백작은 글렌가일 가문 사람 중에서 가장 선한 편이었습니다. 하지만 덕의 기준이 과도한 탓에 염세주의자가 되었지요. 선조들의 부덕함에 실망한 그는 결국 모든 사람이 부덕하다고 생각한 겁니다. 특히 그냥 나눠 주는 자선을 몹시 싫어했습니다. 그래서 자기 몫만 정확히 가져가는 사람을 만나면 글렌가일의 금을 모두 주겠다고 맹세했습니다. 인류 앞에 이런 과제를 던지고 그는 은둔의 삶을 살았습니다. 자기 조건에 맞는 사람을 만날 가능성이 전혀 없다고 생각했죠. 그러던 어느 날, 귀머거리에 머리도 모자라 보이는 한 청년이 뒤늦은 전보를 가져다주었습니다. 백작은 사례로 1파싱[3]을 주었습니다. 그런데 나중에 지갑을 보니 1파운드 금화를 준 것이었습니다. 염세주의자 백작은 두 가지 상황을 예측했습니다. 둘 다 인간의 탐욕을 드러내는 것이었죠. 하나는 그 청년이 그대로 돈을 챙겨 사라지는 것이었고, 다른 하나는 정직한 사람인 척 되돌아와서 상금을 바라는 것이었습니다. 한밤중에 문 두드리는 소리를 듣고 백작이 나가 보니 귀머거리 바보가 와 있었습니다. 1파운드를 건네는 대신 정확하게 19실링 11펜스 3파싱이라는 거스름돈을 내밀면서 말입니다.

그 정확한 계산은 미치광이 백작의 마음을 사로잡았습니다. 오랫동안 기다려 온 정직한 사람을 마침내 발견한 셈이었지요. 그는 유언장을 새로 썼습니다. 그건 제가 아까 살펴보았습니다. 그리고 귀머거리 청년을 방치된 성안에 받아들여 유일한 하인이자 상속인으로 만들었습니다. 괴상한 하인은 다른 건 몰라도 주인의 두 가지 결정을 명확히 이해했습니다. 첫째, 유언장이 가장 중요하다는 것. 둘째, 글렌가일 가문의 황금은 자기가 갖는다는 것. 이게 다입니다. 간단하지요. 하인은 집 안의 모든 금을 챙겼습니다. 코담배 등 금이 아닌 것에는 전혀 손을 대지 않았지요. 옛날 책에서도 금박만

3 영국의 옛 화폐 단위로, 4분의 1페니에 해당한다.

떼어 내고 나머지는 온전히 두었습니다. 여기까지는 다 이해했는데, 두개골이 문제였습니다. 어째서 사람 머리가 감자들 사이에 묻혀 있는 건지 수수께끼를 풀 수 없었는데, 플랑보가 한마디 해준 덕분에 골치 아프던 문제가 사라졌습니다.

이제 다 되었습니다. 하인은 두개골의 치아에서 금만 빼낸 뒤 다시 무덤에 가져다 놓을 테니까요.」

그날 아침 언덕을 가로질러 걸어가던 플랑보는 정말로 그 이상한 하인이 무덤을 파내는 모습을 보았다. 산에서 불어오는 바람 때문에 목에 두른 격자무늬 천이 펄럭였다. 머리에는 여전히 실크해트가 올라앉아 있었다.

잘못된 모양

런던에서 북쪽으로 뻗은 대로 중에는 시골까지 계속 이어지는 길이 있다. 좁아지기도 하고 가로막히기도 하며 한참을 가야 다시 건물이 나오기도 하지만, 어떻든 끊어지지 않고 이어지는 길이다. 상점 몇 개가 보인 뒤 울타리를 친 들판이나 목장이 나오고 유명한 술집 겸 여관, 농원과 묘목장, 커다란 개인 주택, 또 다른 들판과 또 다른 여관이 띄엄띄엄 이어진다. 이런 길을 걸어가다 보면 이유는 설명할 수 없지만 눈에 확 들어오는 집이 나올 것이다. 길에 길게 면한 나지막한 이 집은 전체적으로 흰색과 연두색이고, 베란다와 차양을 갖췄으며, 옛날식 집에 종종 보이는 나무 우산 모양 둥근 지붕이 덮인 현관 포치가 딸려 있다. 한마디로 오래되고 부유한 영국 외곽 동네 양식의 집이다. 한편으로는 더운 날씨를 고려해서 지은 것처럼 보인다. 흰 페인트칠이나 차양을 보면 인도의 햇빛 막이 스카프나 야자수가 떠오른다. 이런 느낌을 주는 근본적인 이유는 알 수 없다. 어쩌면 영국계 인도인이 지은 집인지도 모른다.

다시 말하지만, 이 집을 지나치는 사람은 왠지 마음이 끌릴 것이다. 무슨 이야기를 품은 곳이라고 느낄 수도 있다. 다음 이야기를 들어 보면 그 느낌이 틀리지 않음을 알게 될 것이다. 이 이야기는 18××년 성령강림절에 실제로 일어난 기묘한 사건이다.

성령강림절을 앞둔 화요일 오후 4시 반쯤, 이 집의 현관문이 열리고 성 멍고 성당의 브라운 신부가 커다란 파이프 담배를 물고 거리로 나왔다. 플랑보라는 키 큰 프랑스인은 아주 작은 궐련을 피우고 있었다. 두 사람이 독자 여러분에게 관심의 대상이 될지 아닐지는 모르겠다. 하지만 흰색과 연두색 집의 현관문이 열렸을 때 드러난 흥미로운 대상은 이 두 사람만이 아니었다. 일단 미리 설명해 두어야 하는 이 집의 몇 가지 특징이 있다. 비극적 이야기를 이해하려면, 또한 현관문이 열렸을 때 무엇이 보이는지 알려면 이런 설명이 필요하다.

집은 T 자 형태로 지어졌는데, T 자의 위쪽 가로선은 아주 길고 아래쪽 세로선은 아주 짧은 모양이었다. 긴 가로선은 길을 따라 길게 이어진 2층짜리 본채 건물로, 한가운데에 현관문이 나 있었다. 중요한 방은 거의 다 본채에 있었다. 짧은 세로선은 현관문 바로 반대편에서 뒤로 연결되었는데, 단층이고 기다란 방 두 개가 이어지는 구조라서 한 방을 지나야 다음 방이 나왔다. 첫 번째 방은 유명한 작가 퀸턴이 동양적인 시와 소설을 쓰는 서재였다. 그 안쪽 방은 열대 식물로 들어찬 유리 온실이었는데, 햇살이 좋은 이런 오후 시간에는 대단히 독특한, 마성적이라고까지 할 만한 아름다움을 내뿜었다. 그리하여 현관문이 열렸을 때 행인들은 말 그대로 걸음을 멈추고 탄성을 지르며 바라보게 마련이었다. 동화 속의 한 장면인 듯한 호화스러운 풍경이었으니 말이다. 보랏빛 구름, 황금빛 태양, 새빨간 별들이 그 선명한 모습을 한꺼번에 드러내면서도 투명하고 아득했다.

이런 효과는 작가 레너드 퀸턴 자신이 치밀하게 연출한 것이었다. 오히려 작품 속에서는 자신의 개성을 이토록 완벽하게 표현하지 못한 듯했다. 그는 색채를 마시고 색채로 목욕하며 색채에 대한 갈망을 충족시키기 위해서라면 형태, 심지어 훌륭한 형태라도 다 포기할 사람이었던 것이다. 이 천재적인 사람이 동양의 예술과 이미지에 빠져든 것도 이 때문이었다. 모든 색채가 녹아든 카펫과 눈이 멀어 버릴 듯 환상적인 자수 등 정형화할 수도, 가르칠 수도 없는 그 행복한 혼란에 압도된 것이다. 그는 폭력적인, 더 나아가 잔혹한 색채의 반란을 반영하는 서사시와 사랑 이야기를 빚어내고자 했고, 예술적으로 완벽한 성공을 거두지는 못했을지 몰라도 그 상상력과 창의력은 인정받았다. 불타는 황금빛과 핏빛 구리색으로 채워진 열대의 천국 이야기, 열두 번 감은 터번을 쓰고 보라색이나 초록색으로 칠해진 코끼리를 탄 동방의 영웅 이야기, 흑인 노예 백 명도 운반하지 못할 정도로 거대한 보석들이 고대의 기묘한 불길에 불타 버리는 이야기…….

짧게 말해 (보다 보편적인 관점에서 볼 때) 퀸턴은 서양의 지옥보다도 못한 동양의 천국을, 미치광이라 불릴 만한 동방의 군주들을, 본드가(街) 보석상에 가져가면(아마 흑인 노예 백 명이 이고 가야겠지만) 모두 가짜로 감정될 동방의 보석들을 주로 다루었다. 퀸턴은 천재였지만 병적인 천재였고, 병적인 면은 작품보다 삶에서 더 두드러졌다. 성격은 나약하고 까다로웠으며, 건강은 아편이라는 동양적 실험으로 크게 나빠진 상태였다. 아름답고 근면한, 정확히 말하면 지나치게 근면한 그의 아내는 아편에 반대했다. 남편이 동방의 천국과 지옥으로 자기 영혼을 인도하는 베르길리우스[1]라며 몇 달째 곁에 두고 있는 흰색과 노란색 긴 옷차림의 인도인 은둔자에 대해서는 더더욱 반대였다.

브라운 신부와 플랑보가 나온 집은 바로 그런 예술적인 공간이었다. 두 사람의 표정을 보면 그 집에서 나오게 되어 안심이 되는 듯했다. 플랑보는 파리에서 보낸 거친 학창 시절에 퀸턴과 알고 지낸 사이였고, 이번 주말에 다시 만난 참이었다. 하지만 최근에 보다 책임감 있는 모습으로 거듭났음에도 플랑보는 퀸턴과 잘 어울리지 못했다. 아편으로 스스로의 목을 조르면서 양피지에 에로틱한 시를 쓴다는 것은 아무리 타락한 신사라 해도 보여서는 안 되는 모습이라고 여겼기 때문이다. 두 사람이 정원 쪽으로 방향을 틀기 전 계단에 잠시 멈췄을 때, 앞쪽의 정원 문이 벌컥 열리더니 한 청년이 황급히 계단을 걸어 올라왔다. 중절모가 머리 뒤로 다 넘어가고 붉은 넥타이는 매고 자기라도 한 듯 온통 뒤틀린 것이 엉망

---

1 Publius Vergilius Maro(B.C. 70~B.C. 19). 고대 로마의 시인. 단테의 『신곡』에서 사후 세계로 인도하는 안내자로 등장한다.

이었다. 청년은 마디가 있는 지팡이를 계속 휘두르며 안절부절못했다.

「저는, 퀸턴 씨를 만나러 왔습니다.」다급한 말투였다. 「꼭 만나야 합니다. 외출하셨나요?」

「안에 계십니다.」브라운 신부가 파이프를 털어 내며 말했다. 「하지만 만날 수 있을지는 모르겠습니다. 의사가 와 있어서요.」

아직 술기운이 남아 있는 듯한 청년이 현관 홀로 들어갔다. 그 순간 의사가 퀸턴의 서재에서 나오면서 문을 닫고 장갑을 끼기 시작했다.

「퀸턴 씨를 만나려고요?」의사가 냉정하게 말했다. 「미안하지만 안 됩니다. 어떤 이유로든 불가능합니다. 지금은 아무도 만날 수 없습니다. 방금 수면제를 주고 나오는 길입니다.」

「아니, 어떻게 좀 안 될까요?」청년은 의사의 외투 자락을 붙잡으며 부탁했다. 「저도 지쳤습니다, 제발 좀…….」

「소용없습니다, 앳킨슨 씨.」의사가 청년을 뒤로 밀어냈다. 「약 효과를 바꿀 수 있다면 저도 결정을 바꾸겠지만요.」그는 모자를 쓰고 다른 두 사람이 서 있는 바깥으로 나왔다. 목이 굵고 콧수염을 짧게 기른 키 작은 의사는 성격 좋은 평범한 사람이었지만 유능하다는 인상을 주었다.

외투 자락을 붙잡는 수준 이상으로는 사람 다루는 법을 타고나지 못한 듯한 중절모 청년은 우두커니 선 채 세 사람이 정원을 가로질러 걸어가는 모습을 바라보았다.

「방금 한 말은 쾌씸한 마음에서 나온 거짓이었습니다.」의사가 껄껄 웃었다. 「퀸턴 씨가 수면제를 먹으려면 30분은 더 있어야 하죠. 하지만 돈이나 빌리려는, 그리고 돈이 생겨도 갚지 않을 저런 사람이 퀸턴 씨를 괴롭히지 못하게 할 겁니다. 퀸턴 부인의 동생이긴 하지만 정말 망나니니까요. 부인은 더없이 훌륭한데 말입니다.」

「맞습니다, 훌륭한 부인이지요.」 브라운 신부가 맞장구를 쳤다.

「저 망나니가 갈 때까지 정원을 좀 거닐도록 하죠. 그다음에 약을 주러 가면 됩니다. 문을 잠갔기 때문에 앳킨슨은 들어가지 못합니다.」

「그렇다면 뒤로 돌아가서 온실까지 걷도록 하죠, 해리스 선생님.」 플랑보가 말했다. 「그쪽에서 들어가는 입구는 없지만 바깥에서도 충분히 구경할 만합니다.」

「네, 환자도 살짝 들여다볼 수 있고요.」 의사가 웃었다. 「퀸턴 씨는 온실 끝 쪽, 피처럼 붉은 포인세티아들 중간에 놓인 쿠션 의자를 좋아하거든요. 그 모습이 좀 오싹하긴 합니다만. 근데 뭘 하시는 거죠?」

그 순간 브라운 신부가 걸음을 멈추고 키 큰 풀숲에 숨겨져 있었던 듯한 동양식 단검을 집어 들었던 것이다. 구부러진 모양으로, 보석과 금속이 정교하게 세공된 기묘한 단검이었다.

「퀸턴 씨 물건이겠죠.」 해리스 선생이 아무렇지 않게 말했다. 「온 집 안에 중국 물건 천지니까요. 아니면 그가 붙잡아 두고 있는 얌전한 힌두인 것일 수도 있고요.」

「힌두인요?」브라운 신부가 단검을 살펴보며 물었다.

「인도의 마법사랍니다. 물론 사기꾼이겠지만요.」 가벼운 말투였다.

「선생님은 마법을 믿지 않으시는군요.」브라운 신부가 고개도 들지 않고 말했다.

「마법이라니, 터무니없지 않습니까!」

「아주 아름다운, 정말 아름다운 색깔입니다.」신부의 목소리는 꿈꾸는 듯 낮았다.「하지만 모양은 잘못되어 있습니다.」

「왜 그렇게 만들었을까요?」플랑보도 단검을 들여다보았다.

「무슨 이유가 있겠지. 잘못된 모양은 추상적이네. 동양 예술에서 그런 느낌을 받은 적 없나? 색채는 유혹적으로 아름답지만, 형태는 좋지 않거나 나쁘지. 의도적으로 그렇게 만드는 걸세. 나는 터키 카펫에서 사악한 무늬를 본 적도 있네.」

「그럴 리가요!」플랑보가 웃었다.

「내가 모르는 언어의 문자와 상징이었지만, 악마의 말이라는 건 분명했네.」신부의 목소리가 점점 더 낮아졌다.「의도적으로 선을 잘못 그었더군. 달아나려고 꿈틀거리는 뱀처럼 말이야.」

「어떤 악마를 말씀하시나요?」의사가 껄껄 웃었다.

「신부님은 가끔 이렇게 신비로운 구름에 싸인 모습이 된답니다. 진실을 말씀드리자면, 그건 악이 근처에 다가왔을 때만 일어나는 일이죠.」플랑보가 조용한 소리로 답했다.

「말도 안 됩니다.」과학자인 의사 선생이 말했다.

「자, 보십시오.」 브라운 신부가 구부러진 단검을 번쩍이는 뱀이라도 되는 양 앞으로 내밀었다. 「잘못된 모양이라는 걸 아시겠습니까? 어떤 용도에도 맞지 않습니다. 창처럼 겨눌 수도 없고 낫처럼 벨 수도 없습니다. 무기로는 보이지 않습니다. 고문 도구 정도는 될 것 같습니다만.」

「그렇게 마음에 안 드는 물건이니,」 해리스 선생이 밝게 말했다. 「주인에게 돌려주는 편이 좋겠습니다. 아직 온실 끝이 안 나온 건가요? 이 집도 잘못된 모양이겠지요?」

「이해를 못 하시는군요.」 브라운 신부가 고개를 저었다. 「이 집의 모양은 기묘하고 약간 우습긴 합니다만, 잘못된 것은 없습니다.」

이야기를 나누다 보니 세 사람은 온실 끝부분인 둥글게 구부러진 유리면에 다다랐다. 문도 창문도 없이 유리만 매끄럽게 이어졌다. 유리가 깨끗하고 막 지기 시작하는 햇살도 아직 밝아 온실 안쪽의 화려한 식물뿐 아니라 갈색 벨벳 코트를 입고 힘없이 소파에 누운 작가의 병약한 모습까지 볼 수 있었다. 책을 읽다 반쯤 잠든 것 같은 그는 창백하고 말랐으며 갈색 머리가 헝클어진 채였다. 턱수염도 있었는데 이것이 역설적인 효과를 냈다. 턱수염 때문에 오히려 덜 남성적으로 보였던 것이다. 밖에 선 세 사람은 이러한 작가의 특징을 잘 알고 있었다. 아니, 설사 그렇지 않았다 해도 그 순간에 이들이 퀸턴을 바라보았을지는 의문이다. 세 사람의 시선은 다른 곳을 향해 있었다.

세 사람이 걷던 길, 유리 온실의 둥그런 끝부분 근처에 발

목까지 내려오는 티 없이 하얀 옷을 입은 키 큰 남자가 서 있었던 것이다. 저녁 햇살 아래서 모자를 쓰지 않은 갈색 머리, 얼굴, 목이 청동색으로 빛났다. 유리를 통해 잠자는 작가를 바라보고 있는 그는 자연물인 양 아무런 움직임이 없었다.

「저 사람은 누굽니까?」 브라운 신부가 헉 하고 숨을 들이쉬며 물러섰다.

「그 힌두 은둔자입니다.」 해리스 선생이 못마땅하다는 투로 대답했다. 「저자가 여기서 무슨 엉뚱한 짓을 하는 건지 모르겠군요.」

「최면술 같은데요.」 플랑보가 검은 콧수염을 씹으며 말했다.

「의료계 바깥 사람들은 대체 왜 늘 최면술이니 뭐니 하는 허튼소리를 해대는 겁니까? 강도라는 말이 훨씬 어울립니다만.」 의사가 씩씩거렸다.

「어쨌든 말을 걸어 봅시다.」 플랑보가 이미 발을 떼며 말했다. 그가 한걸음 성큼 내딛자 벌써 그 인도인 옆이었다. 키 큰 인도인보다도 한층 위로 솟은 키를 구부려 인사를 하고 플랑보는 다짜고짜 물었다.

「안녕하세요? 뭐 필요하신 게 있습니까?」

큰 배가 항구로 들어올 때처럼 서서히 커다란 노란색 얼굴이 방향을 돌리더니 마침내 흰옷 입은 어깨 너머로 이쪽을 돌아보았다. 노란 눈꺼풀이 마치 잠자는 듯 완전히 감겨 있는 모습에 세 사람은 깜짝 놀랐다. 「고맙습니다만,」 유창한 영어였다. 「필요한 것은 없습니다.」 그는 이어 눈꺼풀을 반쯤 올려 회백색 눈이 살짝 드러나게 한 뒤 다시 반복했다. 「필요한 것은 없습니다.」 그런 다음 눈을 크게 떠 당황스러울 정도로 빤히 쳐다보면서 〈필요한 것은 없습니다〉라고 한 번 더 말한 뒤 어두워지는 정원 쪽으로 서둘러 가버렸다.

「아까 본 기독교도 청년이 훨씬 겸손한 셈이네요.」 브라운 신부가 중얼거렸다. 「그 사람한테는 필요한 것이 있었으니.」

「저 사람은 대체 뭘 하고 있었던 거지요?」 플랑보가 검은 눈썹을 찡그리며 낮은 목소리로 물었다.

「나중에 말해 주겠네.」 브라운 신부가 말했다.

아직 태양 빛이 남아 있긴 하지만 저녁의 붉은빛이었고, 이를 배경으로 정원의 나무와 덤불은 점점 더 검게 변해 갔다. 세 사람은 온실 끝을 따라 돌아 다시 현관문으로 이어지는 반대 방향 길을 말없이 걸었다. 그 걸음이 서재와 본채 사이 깊은 구석에 있는 무언가를, 마치 새를 놀라게 하듯 깨운 것 같았다. 흰옷 입은 인도인이 창가에서 슬그머니 나오더니 현관 쪽으로 사라졌다. 놀랍게도 그는 혼자가 아니었다. 숱 많은 금발에 각지고 창백한 얼굴의 퀸턴 부인이 등장하자, 세 사람은 갑자기 걸음을 멈추고 애써 당황한 빛을 감추었다. 부인은 약간 엄격해 보였지만 예의범절은 나무랄 데가 없었다.

「안녕하세요, 해리스 선생님?」 부인의 말은 이것뿐이었다.

「안녕하세요, 퀸턴 부인?」 키 작은 의사가 다정하게 답했다. 「남편분께 이제 수면제를 주려고 합니다.」

「네, 저도 시간이 되었다고 생각합니다.」 부인이 또렷한 목소리로 말하고는 미소를 지으며 집 안으로 들어갔다.

「저 부인은 과로 상태군요.」 브라운 신부가 말했다. 「저런 여성은 20년 동안 의무를 다하다가 끔찍한 일을 저지르게 되죠.」

해리스 선생이 처음으로 신부에게 흥미로운 시선을 던졌다. 「의학 공부를 하신 적이 있나요?」

「의사라면 신체뿐 아니라 마음에 대해서도 어느 정도 알아야 하지요. 저희 또한 마음뿐 아니라 신체에 대해 어느 정도 알아야 합니다.」 신부가 대답했다.

「자, 이제 퀸턴 씨에게 약을 주러 가야겠습니다.」

세 사람은 건물 정면으로 돌아서 현관문 쪽으로 걸어갔다. 현관문으로 돌아설 때 흰옷 입은 인도인의 모습이 세 번째로 보였다. 그는 안쪽에서 곧바로 현관문을 향해 걸어왔다. 마치 서재에서 나온 것처럼 말이다. 하지만 서재 문이 잠겨 있었으니 그건 불가능한 일이었다.

브라운 신부와 플랑보는 이 이상한 모순을 일단 마음속에 담아 두기로 했다. 해리스 선생은 불가능한 일에 생각을 낭비하는 유형이 아니었다. 의사 선생은 신출귀몰해 보이는 인도인이 지나가게 길을 내준 뒤 경쾌한 걸음으로 현관 홀에 들어섰다. 그곳에는 벌써 잊어버린 인물이 남아 있었다. 망나니 앳킨슨이 콧노래를 흥얼거리고 마디가 많은 지팡이로 물건들을 쿡쿡 찌르며 돌아다니고 있었다. 경멸감과 단호함으로 의사의 얼굴이 꿈틀거렸다. 그는 동행인들에게 〈다시 문을 잠가 저놈이 들어오지 못하게 하겠습니다. 2분 정도면 될 겁니다〉라고 빠르게 속삭였다.

그는 신속하게 문을 열고 들어가서 다시 잠가 버려 중절모 쓴 청년이 주춤주춤 따라 들어가지 못하게 했다. 청년은 초조한 모습으로 의자에 털썩 앉았다. 플랑보는 벽에 걸린 페르시아 조명을 구경했고, 브라운 신부는 멍한 시선으로 방문을 바라보았다. 4분쯤 뒤 다시 방문이 열렸다. 이번에는 앳킨슨이 더 빨랐다. 그는 몸을 날려 열린 방문을 잡고 외쳤다.

「퀸턴 씨, 제발 부탁입니다…….」

서재 안쪽에서 퀸턴의 목소리가 울렸다. 하품인가 쓸쓸한 웃음이 섞인 목소리였다. 「자네가 뭘 원하는지 내 알지. 자, 이걸 가져가고 날 조용히 내버려 두게. 공작새에 대한 노래를 쓰려고 하니.」

방문이 닫히기 전에 반 파운드짜리 금화가 날아왔다. 앳킨슨은 몸을 날려 동전을 받아 냈다.

「이제 해결되었군.」 의사 선생이 방문을 잠그면서 중얼거리고는 앞장서서 정원으로 나갔다.

「이제야 레너드가 좀 쉴 수 있게 되었습니다.」 의사가 브라운 신부에게 말했다. 「한두 시간은 혼자 있을 겁니다.」

「그래서인지 목소리도 퍽 즐거운 느낌이더군요.」 신부는 진중한 시선으로 정원을 둘러보았고, 이어 주머니에 넣은 금화를 짤랑거리며 서 있는 앳킨슨, 그리고 보랏빛 석양을 배경으로 잔디 둔덕에 곧은 자세로 앉아 지는 태양을 바라보고 있는 인도인을 쳐다보았다. 갑자기 그가 〈퀸턴 부인은 어디 있지요?〉라고 물었다.

「자기 방으로 올라갔습니다. 저기 블라인드에 그림자가 보이는군요.」의사가 대답했다.

브라운 신부가 고개를 들더니 가스 불빛이 흘러나오는 창문 안의 검은 윤곽을 유심히 살펴보았다.

「그렇군요, 부인의 그림자군요.」신부는 앞으로 1, 2미터 걸어 나가 정원 의자에 앉았다.

플랑보도 신부 옆에 앉았다. 하지만 자기 다리로 움직여야만 직성이 풀리는 유형인 의사는 두 사람을 남겨 두고 담배를 피우며 혼자 석양 속으로 걸어갔다.

「신부님, 왜 그러십니까?」플랑보가 프랑스어로 물었다.

브라운 신부는 30초 동안 꼼짝 않고 침묵을 지키더니 입을 열었다. 「미신은 비종교적인 것이지만, 이곳 분위기가 어쩐지 묘하군. 최소한 그 일부는 저 인도인 때문인 것 같고.」

신부는 다시 침묵하며 멀리 보이는 인도인의 형상을 바라보았다. 인도인은 기도라도 올리는 듯 여전히 꼿꼿한 자세로 앉아 있었다. 언뜻 보기엔 움직임이 없는 것 같았지만, 신부가 계속 지켜보고 있자니 양옆으로 아주 살짝 몸을 일정하게 흔들고 있었다. 어두운 정원 길을 지나면서 낙엽을 건드리며 부는 바람 때문에 나무 꼭대기가 살짝 흔들리듯이 말이다.

비바람이 다가오는지 주변이 급속히 어두워졌지만, 두 사람은 여러 명의 형상을 여전히 볼 수 있었다. 무기력한 표정의 앳킨슨은 나무에 기대 있었고, 퀸턴 부인은 여전히 창가에 있었으며, 의사는 온실 끝부분을 돌아가는 중이었다. 의사의 시가 불빛이 도깨비불 같았다. 인도인은 여전히 꼿꼿하게 앉아 몸을 흔들었고, 그 위쪽 나무들은 이제 마구 흔들리며 거센 소리를 냈다. 비바람이 닥칠 것이 분명했다.

「저 인도인이 아까 말할 때,」 브라운 신부가 말을 시작했다. 「난 어떤 환영, 그와 그의 우주에 대한 환영을 보았네. 그는 똑같은 말을 세 번 반복했을 뿐이지만 말이야. 처음으로 〈필요한 것은 없습니다〉라고 말했을 때, 그건 자신이 불가해한 존재이고, 동양은 스스로를 결코 다 내보여 주지 않는다는 뜻이었어. 다음으로 다시 〈필요한 것은 없습니다〉라고 말했을 때, 나는 그가 마치 우주처럼 스스로 충족된 상태이며 신도 필요 없고 죄를 고백할 이유도 없다는 걸 알았지. 세 번째로 〈필요한 것은 없습니다〉라고 말할 때는 그의 눈이 빛나더군. 이건 문자 그대로의 의미였네. 즉 무(無)야말로 그의 갈망이자 고향이며, 우리가 포도주를 원하듯 그는 무(無)를 갈망하네. 모든 것의 소멸, 그리고 파괴라고나 할까⋯⋯.」

빗방울이 두 개 떨어졌다. 빗방울에 맞아 아프기라도 한 듯 플랑보가 위를 쳐다보았다. 그 순간 온실 끝 쪽을 걷던 의사가 두 사람 쪽으로 달려오며 뭐라고 소리 질렀다.

총알같이 빠르게 의사가 다가왔을 때, 앳킨슨은 집 현관문 쪽으로 돌아서 가려던 참이었다. 의사가 그의 멱살을 움켜잡았다. 「이 망나니 같으니라고, 대체 무슨 짓을 한 거야?」

신부가 벌떡 일어서 명령을 내리는 군인처럼 단호한 투로 말했다.

「싸움은 안 됩니다. 누구든 원하는 만큼 붙잡아 둘 수 있으니까요. 무슨 일입니까?」

「퀸턴 씨가 이상합니다.」 의사의 얼굴이 창백했다. 「온실

172

유리로 들여다보았는데, 누워 있는 모습이 이상했습니다. 어쨌든 제가 마지막으로 보았을 때와 다릅니다.」

「어서 들어가 살펴봅시다.」 브라운 신부가 단호하게 말했다. 「앳킨슨 씨를 놓아주십시오. 퀸턴 씨의 목소리를 들은 이후 제가 계속 눈을 떼지 않고 있었습니다.」

「제가 이 사람을 지키고 있을 테니 어서 들어가 보십시오.」 플랑보가 서둘러 말했다.

의사와 신부는 서재 문 앞으로 달려가 잠긴 문을 열고 뛰어 들어갔다. 다급하게 들어가느라 서재 한가운데에 놓인 커다란 마호가니 책상에 걸려 넘어질 뻔했다. 환자의 안정을 위해 작은 등 하나만 켜두었기 때문이다. 작가가 집필할 때 늘 앉아 있던 그 책상 위에 종이 한 장이 놓여 있었다. 의도적으로 놓아둔 것이 분명한 그 종이를 의사가 집어 올려 읽고 신부에게 건네준 뒤, 〈맙소사, 저기를 좀 보십시오!〉라고 외치면서 안쪽의 온실로 달려갔다. 온실의 열대 식물들은 여전히 황혼의 진홍빛 기억을 간직하고 있는 듯 보였다.

브라운 신부는 세 번이나 읽어 본 뒤 종이를 아래쪽으로 내렸다. 〈나는 내 손으로 죽는다. 하지만 이것은 살인이다〉라고 쓰여 있었다. 읽기가 쉽지 않고 흉내 내기도 퍽 어려운 레너드 퀸턴의 필체가 분명했다.

브라운 신부는 종이를 손에 쥔 채 온실로 갔다. 의사 선생이 단호하면서도 비통한 표정으로 걸어 나오고 있었다. 「사망했습니다.」

두 사람은 함께 부자연스러울 정도로 화려하게 아름다운

선인장과 진달래 사이를 뚫고 들어가 쿠션 의자에 누운 레너드 퀸턴을 보았다. 머리가 아래쪽으로 떨어져 밤색 곱슬머리가 땅에 닿아 있었다. 왼쪽 옆구리에 정원에서 보았던 기묘한 단검이 꽂혀 있었는데, 왼쪽 손이 아직도 그 손잡이를 잡은 채였다.

바깥에서는 비바람이 몰아쳤다. 시인 콜리지의 작품에 등장하는 밤 같았다. 비가 쏟아져 정원과 온실의 유리 지붕이 컴컴했다. 브라운 신부는 시체보다 종이가 더 관심을 끈다는 듯 눈 가까이 들어 올렸다. 희미한 빛으로 읽으려고 애쓰는 듯했다. 이어 종이를 들어 불빛에 비춰 보았다. 순간 번갯불이 번쩍하면서 종이는 검은 윤곽만 보였다.

천둥소리가 연이어 울리는 어둠이 닥쳤다. 천둥소리에 이어 브라운 신부의 목소리가 울렸다. 「의사 선생님, 이 종이는 잘못된 모양입니다.」

「무슨 말씀입니까?」 의사가 얼굴을 찌푸리며 물었다.

「사각형이 아닙니다. 귀퉁이마다 살짝 잘려 있습니다. 이게 무슨 뜻일까요?」

「그걸 제가 어떻게 알겠습니까?」 의사는 못마땅하다는 투였다. 「이 사람을 옮겨야 하지 않겠습니까? 확실히 사망한 상태니까요.」

「아닙니다, 그대로 두고 경찰을 불러야 합니다.」 말은 이렇게 하면서도 신부는 여전히 종이를 살피고 있었다.

두 사람은 서재로 돌아왔다. 신부는 책상 옆에 멈춰서 작은 손톱깎이를 집어 들었다. 「아, 이걸로 잘랐군요.」 안심된다는 말투였다.「하지만…….」신부가 다시 눈썹을 찡그렸다.

「그 종잇조각에는 더 이상 신경 쓰지 마십시오.」의사가 단호하게 말했다.「퀸턴 씨의 별난 취미였습니다. 그렇게 잘라 놓은 종이가 수백 장은 될 겁니다.」의사는 작은 탁자에 쌓아 둔 새 종이 더미를 가리켰다. 똑같이 귀퉁이가 잘려 나간 모양이었다.

「그렇군요, 잘린 귀퉁이들도 여기 있네요.」신부는 조각들을 하나씩 헤아리기 시작해 의사의 화를 돋우었다.

「귀퉁이가 잘린 종이는 스물세 장입니다만 잘린 귀퉁이는 스물두 장 몫뿐입니다. 한데 선생님은 어서 밖으로 나가고 싶으신 모양이군요.」

「누가 부인에게 소식을 알리지요? 신부님께서 말씀해 주시지요. 전 경찰에 사람을 보내겠습니다.」

「그럽시다.」신부는 무심하게 대답하고 현관 홀로 나갔다.

그곳에서도 극적인 장면이 펼쳐지고 있었다. 기묘하긴 한층 더했다. 거대한 체구의 플랑보가 오랫동안 취하지 않았던 자세로 서 있었고, 현관문 바깥 계단 아래에 앳킨슨이 두 다리를 하늘로 쳐든 채 뻗어 있었다. 중절모와 지팡이는 반대쪽으로 날아가 떨어진 상태였다. 플랑보의 엄중한 감시에 진력이 난 앳킨슨이 상대를 때려눕히려고 했던 것이다. 범죄에서 손을 떼었다 해도 왕년의 거물 플랑보에게 앳킨슨은 한주먹 거리도 안 되는 수준이었다.

플랑보가 다시 달려들어 한 번 더 본때를 보이려는 순간 신부가 그의 어깨를 가볍게 두드렸다.

「이제 앳킨슨 씨와 화해하게. 서로 사과하고 인사를 나누지. 더 이상 붙잡아 둘 필요가 없거든.」앳킨슨은 조심스럽게 몸을 일으켜 모자와 지팡이를 챙기더니 정원 문 쪽으로 걸어 갔다. 브라운 신부가 진지한 목소리로 물었다. 「그 인도인은 어디 있나?」

의사까지 합세해 세 사람은 잔디 둔덕으로 시선을 돌렸다. 보랏빛 석양을 배경으로 꼿꼿이 앉아 몸을 살짝 흔들며 기묘한 기도를 하던 인도인이 마지막까지 있던 곳이었다. 인도인은 그 자리에 없었다.

「그 사람을 잡아야 합니다.」의사 선생이 화가 나서 발을 굴렀다. 「이제 알겠습니다, 그놈이 저지른 짓이군요.」

「선생님은 마법을 믿지 않는 줄 알았는데요.」브라운 신부가 조용히 말했다.

「지금은 다릅니다.」의사가 눈을 굴렸다. 「엉터리 마법사로 여겼을 때는 그 노란 악마가 싫다는 생각만 했는데, 진짜 마법사라는 걸 알게 되었으니 정말로 싫어해야겠습니다.」

「그가 사라진 건 문제가 안 됩니다.」플랑보가 말했다. 「우리가 아무것도 증명할 수 없고 처벌할 수도 없으니 말입니다. 마법이나 자기 암시로 살인이 일어났다는 얘기를 경찰이 믿어 줄 리 없습니다.」

브라운 신부는 어느새 집 안으로 들어가고 있었다. 부인에게 남편의 죽음을 전하러 가는 길이었다.

다시 밖으로 나온 신부는 약간 창백하고 슬퍼 보이는 표정이었다. 물론 신부와 부인 사이에 어떤 얘기가 오갔는지는 절대 밝혀질 수 없는 일이었다.

　의사와 조용히 이야기를 나누던 플랑보는 신부가 이렇게 빨리 다시 나타난 것에 놀랐다. 하지만 신부는 모른 척하고 의사를 옆으로 불러냈다. 「경찰을 부르러 보냈습니까?」

　「네, 10분만 있으면 도착할 겁니다.」

　「부탁 하나 드려도 될까요?」 신부가 침착하게 말했다. 「실은 제가 이런 기묘한 이야기들을 모으고 있습니다. 이번 일의 그 인도인처럼 경찰 보고서에는 들어갈 수 없는 요소들도 자주 등장하죠. 제 개인적 용도를 위해 이 사건의 기록을 좀 써주실 수 있을까요? 의사는 총명한 사람이지요.」 신부가 의사의 얼굴을 진지하게 바라보았다. 「선생님은 입 밖으로 내놓지 못하는 속사정을 알고 계시다는 생각이 자꾸만 듭니다. 제 직업도 선생님 직업 못지않게 비밀 유지가 필요합니다. 선생님이 써주신 내용은 절대 비밀에 부치겠습니다. 그러니 모든 내용을 써주십시오.」

　고개를 한쪽으로 기울인 채 생각하면서 듣고 있던 의사가 잠깐 신부를 쳐다보았다. 「좋습니다.」 그는 서재로 들어가 문을 닫았다.

　「플랑보, 저기 베란다에 긴 의자가 있군. 비를 피하면서 담배를 피울 수 있는 곳이야.」 신부가 말했다. 「세상에서 내 유일한 친구인 자네에게 이야기를 좀 하고 싶네. 아니, 어쩌면 자네 곁에서 침묵하고 싶은지도 모르고.」

　두 사람은 베란다 의자에 편히 앉았다. 브라운 신부는 평소 습관과 달리 플랑보에게서 고급 시가를 받아 들고 말없이 피웠다. 세찬 비가 베란다 지붕을 요란하게 두드렸다.

「참으로 기묘한 사건이네, 참으로 기묘해.」마침내 신부가 말했다.

「저도 그렇게 생각합니다.」플랑보는 살짝 몸을 떠는 듯했다.

「자네도 기묘하다고 하고 나도 기묘하다고 하지만,」신부가 말을 받았다. 「우리는 정반대의 뜻으로 말하고 있네. 오늘날 사람들은 완전히 다른 두 가지를 늘 섞어 버리지. 놀랍다는 의미의 수수께끼와 복잡하다는 의미의 수수께끼를 말이야. 기적이 어려운 이유의 절반은 거기 있지. 기적은 놀랍지만 단순한 것이거든. 기적이기 때문에 단순한 걸세. 자연이나 인간 의지에서 간접적으로 오는 것이 아닌, 신으로부터 (혹은 악마로부터) 직접 오는 것이거든. 자네가 이번 일을 놀랍다고 여기는 것은 기적이기 때문이고, 사악한 인도인의 마법이기 때문일세. 이번 일이 영적이거나 악마적인 것이 아니라고 말하려는 건 아닐세. 주변의 영향이 어떻게 작용해 기묘한 죄악이 인간의 삶에 끼어드는지는 천국과 지옥만이 아는 거지. 하지만 지금 내 관점은 이렇다네. 자네 생각처럼 이 사건이 순수한 마법이라면, 놀라운 일이지만 수수께끼라고 할 수는 없네. 즉 복잡하지 않다는 말이지. 기적은 수수께끼로 보이지만 실은 단순하거든. 그러나 이 일은 단순함과 거리가 멀어.」

잠깐 잦아드나 싶던 비바람이 다시 강해지고 천둥이 치듯 우르릉거렸다. 브라운 신부는 담뱃재가 그대로 떨어지도록 내버려 둔 채 말을 이었다. 「이번 사건에는 뭔가 뒤틀리고 흉측하고 복잡한 면이 있어. 천국이나 지옥에서 똑바로 떨어지는 벼락과는 다르네. 달팽이가 지나간 길에 구불구불한 흔적이 남듯, 사람이 지나간 길에도 흔적이 남는 법이지.」

번갯불이 한순간 거대한 눈을 깜박이더니 하늘이 다시 닫혔다.

「구불거리는 흔적 중 가장 구불거리는 것이 바로 그 종이 모양이야. 퀸턴 씨를 죽인 단검보다도 더 구불거리지.」

「퀸턴이 자살을 고백한 그 종이 말씀이군요.」 플랑보가 말했다.

「그가 〈나는 내 손으로 죽는다〉라고 쓴 종이를 말하는 걸세. 그 종이는 잘못된 모양이었어. 이 사악한 세상에서 본 걸 감안하더라도 잘못된 모양이네.」

「귀퉁이가 잘렸을 뿐인걸요. 퀸턴 씨의 종이는 다 그렇게 잘려 있었다면서요.」

「아주 이상한 식이라니까. 내 취향으로 봤을 때는 아주 나쁜 식이지. 생각해 보게, 플랑보. 퀸턴 씨는, 주께서 그의 영혼을 받아 주시길, 어떤 면에서는 질이 나쁘기도 했지만 예술가임에 틀림없었네. 그의 필체는 알아보기 힘들었지만 대담하고 아름다웠어. 내 말을 증명할 수는 없네. 하긴 아무것도 증명할 수 없지. 하지만 그가 그런 식으로 조악하게 종이를 잘라 낼 리 없다는 건 단언할 수 있어. 어딘가 끼워 맞추거나 철하기 위해 종이를 자르고 싶었다면, 손톱깎이를 썼다고해도 전혀 다르게 했을 걸세. 그 모양을 기억하나? 보기 싫은 모양, 잘못된 모양이었어. 이렇게 말이야. 기억하나?」

신부는 어둠 속에서 불붙은 시가로 그 불규칙한 모퉁이 모양을 재빨리 그렸다. 불로 그려 낸 그 모양은 플랑보가 보기에 언젠가 신부가 말한, 해독 불가능하지만 사악하다고 느꼈다는 그 무늬 같았다.

신부는 다시 시가를 입에 물고 뒤로 기대어 지붕 쪽을 바라보았다. 플랑보가 말했다. 「하지만 누구 다른 사람이 손톱깎이를 사용했다고 치더라도, 종이 귀퉁이를 잘라 낸 그 사람은 어째서 퀸턴이 자살하도록 만들었을까요?」

여전히 뒤로 기대어 위를 쳐다보던 브라운 신부가 입에서 시가를 빼고는 대답했다. 「퀸턴은 자살하지 않았네.」

플랑보는 신부를 응시했다. 「아니, 무슨 말씀입니까? 자살을 고백하지 않았습니까?」

신부는 몸을 앞으로 굽혀 팔꿈치를 무릎에 대고 아래를 내려다보았다. 「그는 자살을 고백한 적이 없어.」

플랑보는 시가를 아래로 떨구었다. 「그렇다면 누가 가짜로 썼단 말입니까?」

「아니, 퀸턴이 쓴 것이 맞네.」

「그러니까 말입니다.」 플랑보의 어조가 높아졌다. 「퀸턴이 자기 손으로 〈나는 내 손으로 죽는다〉라는 글을 멀쩡한 종이에 쓴 것이…….」

「모양이 잘못된 종이지.」 신부가 침착하게 말했다.

「도대체 왜 그놈의 모양 타령이십니까! 모양이 무슨 상관이라고요?」

「귀퉁이가 잘린 종이는 스물세 장인데 잘린 조각은 스물두 장 몫뿐이었어. 한 장의 조각이 없어진 걸세. 아마 문제의 그 종잇조각이겠지. 뭔가 짚이는 게 없나?」

갑자기 플랑보의 얼굴이 밝아졌다. 「퀸턴이 쓴 다른 것, 다른 단어가 있었군요. 〈나는 내 손으로 죽는다고 그들이 말할 거요〉 혹은 〈나는 내 손으로 죽는다고 믿지 마시오〉와 같은 그런…….」

「기발하긴 하네만 잘린 모퉁이는 1센티미터 남짓이야. 단어 하나 들어가기도 어려울 정도지. 자, 생각해 보게. 사악함이 가득한 사람이 불리한 증거가 될까 봐 찢어 버려야 했던 것, 쉼표 정도 크기를 넘지 않을 그것이 대체 무엇일까?」

한참 생각하던 플랑보가 백기를 들었다. 「모르겠습니다.」

「물음표는 어떤가?」 신부가 시가를 마치 별똥별처럼 어둠 속에 던지면서 말했다.

플랑보가 계속 입을 다물고 있자, 브라운 신부가 차근차근 설명을 시작했다. 「레너드 퀸턴은 작가였네. 마법과 최면술에 대한 동양적인 소설을 집필 중이었고. 그는…….」

그 순간 뒤쪽에서 문이 열리더니 의사가 모자를 쓰고 나왔다. 그는 기다란 봉투를 신부 손에 쥐여 주었다.

「말씀하셨던 기록입니다. 저는 이제 집으로 가야겠습니다. 안녕히 계십시오.」

「안녕히 가십시오.」 신부도 인사를 했다. 의사는 힘차게 대문으로 걸어갔다. 의사가 현관문을 열어 두어 신부는 가스 불빛으로 기록을 읽을 수 있었다.

브라운 신부님께

당신의 주님이 승리하셨습니다. 아니, 신부님의 그 혜안을 원망해야 할까요. 결국 당신이 믿는 것들에 뭔가 의미가 있었다고나 할까요?

저는 어릴 때부터 자연을 믿어 온 사람입니다. 인간이 도덕적 혹은 비도덕적이라 부르는 모든 자연적 기능과 본성을 믿었습니다. 의사가 되기 훨씬 전, 쥐와 거미를 키우던 학생 때부터 저는 선한 동물이 되는 것이 최고의 일이라 믿었습니다. 하지만 지금 저는 흔들리고 있습니다. 자연을 믿었는데, 지금은 자연이 인간을 배신할 수 있다고 여겨집니다. 당신은 뭐라고 조롱하실까요? 저는 점점 미쳐 가고 있습니다.

저는 퀸턴의 아내를 사랑했습니다. 그게 뭐 잘못된 일입니까? 사랑은 자연이 제게 허락한 일이고, 또한 세상은 사랑으로 돌아가지 않습니까. 그 여인이 퀸턴 같은 미치광이 때문에 괴로워하는 것보다 저처럼 깨끗한 동물과 함께 있는 편이 더 행복하다고 진심으로 믿었습니다. 그게 뭐 잘못된 일인가요? 저는 과학도답게 현실을 직시했습니다. 그 여인은 분명 더 행복해질 거라 생각했습니다.

이런 신념에 따라 저는 얼마든지 퀸턴을 죽일 수 있었습니다. 모두에게, 심지어 퀸턴 자신에게도 그것이 최선이었을 겁니다. 하지만 건전한 동물인 제가 파멸을 자초할 수는 없었습니다. 그래서 제게 혐의가 돌아오지 않게 해줄 완벽한 기회를 기다리기로 했습니다. 그리고 오늘 아침, 드디어 그 기회를 잡았습니다.

저는 오늘 퀸턴의 서재에 세 번 들어갔다 나왔습니다. 처음에 들어갔을 때 그는 현재 쓰고 있는 괴상한 작품인 『성자의 치유』에 대한 이야기만 떠들어 대더군요. 인도의 은둔자가 생각만으로 영국 대령이 자살하도록 만드는 이야기였습니다. 마지막 부분을 보여 주고 마지막 문단을 제게 읽어 주기까지 했지요.「펀자브의 정복자, 뼈만 남았지만 여전히 거대한 노란 영웅은 팔꿈치를 괴고 간신히 몸을 일으키더니 조카의 귀에 대고 속삭였다. 〈나는 내 손으로 죽는다. 하지만 이것은 살인이다.〉」그 마지막 말이 새 종이 첫 줄에 쓰여 있다는 건 백 번에 한 번 있을까 말까 한 기회였습니다. 저는 드디어 완벽한 기회가 왔다는 생각을 하며 방을 나와 정원으로 갔습니다.

우리가 함께 집 주변을 걷는 동안 제게 유리한 일이 두 가지 더 일어났습니다. 신부님이 인도인을 의심하게 된 것, 그리고 인도인이 사용했을 것 같은 단검을 찾아낸 것입니다. 저는 기회를 보아 단도를 주머니에 넣었고 퀸턴의 서재로 가서 문을 잠그고 수면제를 먹였습니다. 퀸턴은 앳킨슨을 상대하고 싶어 하지 않았지만, 그냥 한마디 해서 조용히 시키는 게 좋겠다고 제가 권했습니다. 제가 방을 나설 때 퀸턴이 살아 있었다는 증거가 필요했으니까요. 퀸턴은 온실에 누웠고, 저는 서재를 통과하면서 필요한 일을 했습니다. 손이 빠른 편이어서 1분 30초 만에 필요한 일을 끝냈습니다. 퀸턴의 소설을 마지막 장만 남기고 모두 벽난로에 넣어 재가 되도록 했고 마지막 장의 인용부호를 없애야 해서 귀퉁이를 잘라 냈습니다. 퀸턴이 자른 것처럼 보이도록 옆 탁자의 종이에서도 귀퉁이를 잘라 냈지요. 그리고 자살 고백을 담은 종이를 책상에 올려 두었습니다. 그가 종이를 올려 두고 온실로 가서 누운 것처럼 보이게 한 겁니다.

마지막으로 방에 들어갔을 때는 정말 긴박했습니다. 저는 퀸턴이 이상하다고 연기하며 방으로 뛰어 들어갔습니다. 신부님에게 종이를 넘겨주어 그걸 읽는 동안 서둘러 퀸턴을 해치웠습니다. 약에 취해 잠든 상태여서 그의 손에 단검을 들게 한 뒤 몸에 찔러 넣었습니다. 워낙 모양이 이상한 단검이라 외과 의사가 아니라면 정확히 심장을 찌르도록 각도를 잡을 수 없을 겁니다. 신부님께서 이 점도 눈치채셨는지 모르겠군요.

일을 끝낸 뒤 괴이한 상황이 벌어졌습니다. 자연이 저를 버렸고, 저는 고통을 느꼈습니다. 뭔가 잘못된 일을 저지른 것 같은 느낌이었습니다. 머리가 깨질 것 같았고, 누군가에게 털어놓아야 한다는 절박한 심정이었습니다. 이 비밀을 혼자 간직하고 결혼해서 아이를 낳을 수는 없다는 생각이 들었습니다. 저한테 뭐가 문제일까요? 미쳐 버린 것 같습니다. 바이런의 시에 나오는 인물처럼 후회하는 것일까요? 더 이상은 쓸 수가 없군요.

제임스 어스킨 해리스

브라운 신부는 조심스레 편지를 접어 윗주머니에 집어넣었다. 대문의 벨이 요란하게 울렸다. 바깥에서 들어오는 경찰관들의 젖은 우비가 번쩍였다.

사라딘 대공의 죄

웨스트민스터의 사무실을 떠나 한 달간 휴가를 보내게 된 플랑보는 작은 보트에 몸을 실었다. 돛단배인데 워낙 작아서 노를 저어야 하는 시간이 많았다. 그는 이 보트를 동부 지역의 작은 강들로 몰았다. 강들이 너무 작아서 보트가 마치 목초지와 곡물 밭을 지나다니며 땅 위에서 마법의 항해를 하는 듯했다. 보트는 두 사람이 타기에 꼭 알맞은 크기로, 공간은 필수품만 겨우 실을 정도였다. 플랑보는 특유의 철학을 바탕으로 필수품을 선별해 이 공간을 채웠다. 총 네 가지였다. 배고플 때를 대비한 연어 통조림, 싸워야 할 때를 대비한 장전된 총, 정신을 잃어야 할 때 필요한 브랜디 한 병, 그리고 마지막으로 죽게 될 경우를 대비한 신부 한 사람이었다. 이렇게 짐을 간단하게 싣고 그는 노퍽의 작은 강들을 따라 내려가 브로즈 습지에 이를 작정이었다. 지금 그는 강변의 정원과 목초지, 수면에 비친 저택과 마을을 유유히 감상하고, 깊은 물이나 물굽이에서는 낚시질도 하면서 강변을 따라 항해하는 중이었다.

진짜 철학자처럼 플랑보는 아무 목적 없이 휴가를 즐겼지만, 역시 진짜 철학자가 그렇듯이 핑계는 하나 있었다. 절반 정도의 목적은 있었던 것이다. 성공한다면 휴가를 빛내 주겠지만 실패한다 해도 휴가를 망치지는 않을 정도의 목적이었다. 수년 전 범죄계의 거물로 파리에서 가장 유명한 사람이던 시절 그는 지지나 협박 내용을 담은, 심지어 사랑을 고백하는 편지를 자주 받곤 했다. 그중 하나는 아직도 기억에 또렷했다. 영국 소인이 찍힌 봉투에서 달랑 명함 한 장이 나왔던 것이다. 명함 뒷면에는 초록색 잉크로 〈당신이 은퇴해 존경할 만한 사람이 된다면, 저를 찾아와 주십시오. 저는 이 시대의 명사들을 모두 만나 봤으니 당신도 만나고 싶습니다. 형사가 동료 형사를 체포하게 만든 계략은 프랑스 역사에 길이 남을 것입니다〉라는 프랑스어가 씌어 있었다. 명함 앞면에는 〈노펙 리드 섬, 리드 저택, 사라딘 대공〉이라고 새겨져 있었다.

당시 플랑보는 이 대공이 남부 이탈리아에서 인기가 높은 영리한 인물이라는 점만 확인했을 뿐, 크게 신경 쓰지 않았다. 대공은 젊은 시절 지체 높은 유부녀와 사랑의 도피를 벌였다. 그 자체로는 사교계에서 썩 놀라운 일이 아니었지만, 모욕을 못 이긴 그 남편이 시칠리아의 어느 절벽에서 뛰어내려 자살하는 비극이 터지면서 사람들의 기억에 깊이 남게 되었다. 대공은 한동안 빈에서 살았는데, 최근 몇 년 동안 계속 이곳저곳 여행하는 것 같았다. 대공과 마찬가지로 유럽에서의 명성을 버리고 영국에 정착한 플랑보는 노펙의 브로즈로 가서 이 유명 인사를 기습 방문하면 어떨까 하는 생각이 들었다. 물론 대공의 집을 찾을 수 있을지도 확신할 수 없었다. 아주 작고 거의 잊혀 가는 곳이었으니 말이다. 하지만 우연 찮게 예상보다 훨씬 빨리 그곳을 찾게 되었다.

어느 날 밤 두 사람은 키 큰 풀과 가지를 쳐낸 키 작은 나무들이 있는 강둑에 보트를 정박시켰다. 힘들게 노를 젓고 난 뒤라 둘 다 일찌감치 잠들었고 날이 밝기 전에 깨어났다. 더 정확히 말하자면 새벽빛이 들기 전에 깨어난 것이다. 커다란 레몬색 달이 머리 위의 키 큰 풀숲으로 막 지기 시작하고, 밤하늘은 선명한 보랏빛과 푸른빛을 띠었다. 신부와 플랑보는 키 큰 잡초가 숲처럼 거대해 보였던 어린 시절로, 요정과 모험의 추억으로 동시에 빠져들었다. 낮게 걸린 커다란 달을 등지고 선 데이지는 거대한 데이지로, 민들레는 거대한 민들레로 보였다. 어린이 방의 벽지가 떠오르기도 했다. 강의 수면이 덤불과 꽃, 모습의 아래쪽에 있었기 때문에, 보트에 탄 두 사람은 아래에서 그 모습을 올려다보게 되었다.

「놀랍지 않습니까! 마치 요정의 나라에 와 있는 것 같군요.」플랑보가 말했다.

브라운 신부는 보트에서 몸을 일으켜 똑바로 앉더니 성호를 그었다. 너무나 갑작스러운 그 동작에 플랑보가 무슨 일이냐고 물었다.

「중세 발라드를 썼던 사람들은 자네보다 요정에 대해 더 많이 알고 있었지. 요정의 나라라고 좋은 일만 일어나는 건 아닐세.」

「무슨 말씀입니까? 이렇게 순수한 달빛 아래서는 좋은 일만 일어날 겁니다. 계속 더 들어가서 어떤 일이 생기는지 알아보죠. 이런 달과 이런 분위기는 죽기 전에 두 번 다시 못 볼지도 모릅니다.」

「그러세, 요정의 나라에 들어가는 것이 항상 나쁜 일이라고 말하지는 않았네. 늘 위험이 따른다고 했을 뿐이지.」

그들은 밝아 오는 강으로 서서히 나아갔다. 반짝이는 보랏빛 하늘과 창백한 황금빛 달이 점점 희미해지면서 여명의 색깔들을 예비하는 광대한 무색 우주로 사라졌다. 붉은빛과 황금빛, 그리고 회색빛의 희미한 줄무늬가 처음 지평선에 나타났을 때 두 사람 바로 앞에 강변 마을의 검은 형체가 드러났다. 길게 내려온 지붕이며 다리 밑을 지나갈 때는 이미 여명이 밝아 온 뒤라 주변의 모든 것을 알아볼 수 있었다. 지붕이 낮게 드리워진 집들은 강가로 물 마시러 내려온 거대한 잿빛과 붉은색 소 떼처럼 보였다. 조용한 마을의 다리와 선창에 누군가 모습을 드러내기도 전에 새벽빛은 한낮의 빛으로 바뀌었다. 좀 전에 사라진 달만큼 얼굴이 둥글고 아래쪽에 붉은 구레나룻이 난 셔츠 차림의 한 남자가 강물 위로 솟아 있는 기둥에 몸을 기대고 서 있는 모습이 보였다. 차분하고 유복해 보이는 사람이었다. 플랑보는 충동적으로 흔들리는 보트에서 벌떡 일어서 혹시 리드 섬이나 리드 저택을 아느냐고 소리쳐 물었다. 남자가 미소를 지으면서 다음 물굽이 쪽을 가리켰다. 플랑보는 더 이상 묻지 않고 보트를 저었다.

보트는 풀이 무성한 물굽이를 여러 번 지나 갈대가 우거진 강을 따라 흘러갔다. 여정이 지루해지기도 전에, 유난히 크게 휘어진 곳을 돌아 나가자 호수처럼 잔잔한 곳이 나왔다. 그리고 시선을 사로잡는 매혹적인 풍경이 펼쳐졌다. 탁 트인 넓은 강 한중간에 사방이 갈대로 덮인 낮고 긴 작은 섬이 있고, 그 위로 대나무나 열대의 질긴 나무로 지은 낮고 기다란 집이 보였다. 벽을 이루는 대나무 장대들은 옅은 노랑으로, 지붕이 되는 기울어진 장대들은 어두운 빨강 혹은 갈색으로 칠해져 있었다. 그런 색깔이 없었다면 기다란 집은 그저 반복적이고 단조로운 형태였을 것이다. 이른 아침의 미풍이 불자 갈대가 바스락 소리를 내고 골이 진 집이 마치 커다란 팬 파이프처럼 울렸다.

「훌륭하군요! 여기가 바로 거긴가 봅니다. 리드 섬, 그러니까 갈대 섬은 바로 이런 모습 아니겠습니까. 리드 저택도 바로 이런 모습일 것 같고요. 구레나룻을 기른 뚱뚱한 그 사내가 요정이었나 봅니다.」

「그럴지도 모르지.」 신부가 덤덤하게 말했다. 「그랬다면 나쁜 요정이었을 걸세.」

신부의 말이 채 끝나기도 전에 성미 급한 플랑보는 바스락거리는 갈대숲 강가에 보트를 댔고, 두 사람은 기묘하고 고요한 저택이 있는 길고 이상한 섬에 올랐다.

저택은 강과 하나뿐인 선착장을 등지고 서 있어 출입문이 반대쪽 기다란 정원 위에 위치해 있었다. 두 방문객은 낮은 처마 아래로 난 좁은 길을 따라 집의 삼면을 돌아야 했다. 삼면에 있는 세 개의 창문으로 안을 들여다보았지만, 옅은 색 나무로 벽을 대고 거울이 수없이 많은 기다란 방 하나만 보일 뿐이었다. 방에는 불이 환하게 켜져 있고 멋진 점심상이 준비되어 있었다. 마침내 현관에 도착해 보니 청록색 화분 두 개가 양쪽에 놓여 있었다. 현관문을 열어 준 것은 음울한 분위기의 집사(회색빛 머리에 키가 크고 마른 체구였는데 힘이 없었다)였다. 그는 사라딘 대공이 부재중이지만 한 시간 정도 지나면 돌아오실 거라고 중얼거렸다. 그래도 대공과 손님들을 맞이하기 위한 준비는 다 되어 있다고 설명했다. 플랑보가 초록색 잉크로 글씨가 씌어 있는 명함을 내밀자 침울하고 창백하던 집사의 얼굴에 잠깐 생기가 도는 듯하더니 약간 긴장한 모습으로 손님들을 붙잡았다. 「대공님께서 곧 돌아오실 겁니다. 초대하신 손님들이 그냥 돌아가신다면 매우 실망하실 겁니다. 대공님과 친구분들을 위한 조촐한 점심은 늘 준비하도록 되어 있습니다. 대공님께서는 분명 손님들께 대접해 드리고 싶으실 겁니다.」

작은 모험에 호기심이 생긴 플랑보는 흔쾌히 승낙하고 집사를 따라 안으로 들어간 뒤 옅은 색 나무로 벽을 댄 기다란 방으로 안내되었다. 길고 낮은 창문들과 길고 낮은 직사각형 거울이 번갈아 배치되어 뭔가 가볍고 비현실적인 분위기를 풍긴다는 점 외에는 특별한 것이 없었다. 마치 야외에서 식사하는 기분이었다. 그림 몇 점이 구석에 걸려 있었다. 하나는 제복을 입은 아주 젊은 사내의 사진이고, 다른 하나는 머리가 긴 소년 두 명을 붉은색 크레용으로 스케치한 것이었다. 플랑보가 제복 입은 사내가 대공이냐고 묻자 집사는 아니라고, 그 사내는 대공의 동생 스티븐 사라딘 대위라고 대답했다. 그러고는 더 이상 대화를 하고 싶지 않다는 듯 입을 굳게 다물어 버렸다.

훌륭한 커피와 술까지 곁들인 점심 식사를 마친 뒤 집사는 정원과 서재를 보여 주고 가정부까지 소개시켜 주었다. 가정부는 피부가 가무잡잡한 미인으로, 당당한 모습이 마치 신화속 마돈나 같았다. 알고 보니 대공의 해외 저택에서 예전부터 일해 온 사람은 집사와 가정부뿐이고 나머지는 모두 노픽에서 가정부가 고용한 하인들이라고 했다. 가정부는 앤서니 부인이라고 했는데, 말투에 이탈리아 억양이 살짝 묻어났다. 플랑보는 앤서니라는 이름이 라틴 계통 이름을 노픽식으로 바꾼 것이 틀림없다고 생각했다. 집사인 폴은 약간 이국적으로 생겼으나, 말투와 행동이 영국식이어서 세계적인 귀족을 섬기는 세련된 하인이라는 인상을 주었다.

아름답고 독특하긴 하지만 묘한 슬픔이 감돌아 거기서 보낸 몇 시간이 며칠처럼 느껴졌다. 길고 빛이 잘 드는 방들은 햇살로 가득했지만, 어쩐지 죽은 빛 같았다. 말소리, 유리그릇 부딪치는 소리, 하인들 발소리 등 일상적인 소리들 가운데서도 집을 둘러싼 강물의 서글픈 물소리가 들려왔다.

「우리는 물굽이를 잘못 돌아 잘못된 장소로 오고 말았네.」 브라운 신부가 잿빛 도는 초록 식물과 은빛 강물을 창밖으로 내다보면서 말했다. 「괜찮네, 옳은 사람이 잘못된 장소에 있음으로써 좋은 일을 할 수도 있는 법이니 말일세.」

브라운 신부는 평소 조용하지만 묘한 공감을 느끼게 하는 사람이었다. 얼마 안 되지만 영원처럼 느껴지는 이 몇 시간 동안에도 브라운 신부는 플랑보보다 리드 저택의 비밀들 속으로 더욱 깊숙이 들어갔다. 쑥덕거리는 소문을 듣는 데 필수적인 친근한 과묵함을 지닌 신부는, 거의 말을 하지 않으면서도 새로 만난 사람들이 말해 줄 수 있는 모든 것을 주워들었다. 집사는 말하기를 좋아하지 않는 사람이었다. 주인이 매우 불운한 일을 당했다고만 말하는 집사에게서는 주인에 대한 거의 동물적이라고 할 만한 무거운 애정이 묻어났다. 주인을 주로 괴롭힌 사람은 그의 동생인 듯했다. 동생 이름만 나와도 집사가 턱을 아래로 늘이고 앵무새 같은 코로 조소를 내뱉을 정도였던 것이다. 건달인 스티븐 대위가 선량한 형에게서 수백, 수천 파운드의 재산을 빼내는 바람에 대공이 사교계의 삶을 접고 이런 칩거 생활을 할 수밖에 없었다고 했다. 이것이 집사인 폴이 말한 이야기의 전부였다. 폴은 명백히 편향적이었다.

이탈리아 가정부 쪽은 말이 조금 더 많았지만 브라운 신부가 보기엔 무언가 불만이 있는 것 같았다. 주인에 대해 말하는 어조에 경외심이 담겨 있긴 해도 살짝 신랄한 구석이 있었다. 가정부가 무언가 볼일이 있어 갑자기 방 안으로 들어왔을 때, 플랑보와 브라운 신부는 두 소년을 붉은색으로 그린 스케치를 살펴보고 있었다. 방에 거울이 워낙 많이 걸려 있어서 사람이 들어오면 그 모습이 거울 네댓 개에 한꺼번에 비쳤다. 그래서 브라운 신부는 뒤를 돌아다보지 않고도 이 집 가족들에 대해 하던 이야기를 중단했다. 그러나 그림에 얼굴을 바짝 대고 있던 플랑보는 여전히 커다란 목소리로 말을 이어 갔다. 「이게 사라딘 형제인 모양인데, 제 눈에는 둘 다 순진해 보이는군요. 누가 선한 쪽이고 누가 악한 쪽인지 말하기 힘든데요.」 그제야 앤서니 부인의 존재를 알아차린 플랑보는 얼른 화제를 돌렸다가 정원을 산책한다면서 나가 버렸다. 그러나 브라운 신부는 계속 붉은색 크레용으로 그린 스케치를 바라보았고, 앤서니 부인은 그런 브라운 신부를 조용히 지켜보았다.

부인의 커다란 갈색 눈은 슬퍼 보였고, 올리브색 얼굴에는 고통스러운 의문과 궁금증이 떠올라 있었다. 낯선 이의 정체와 목적을 의심스러워하는 듯했다. 작달막한 신부의 옷과 신앙이 남유럽에서 행했던 참회의 기억을 건드렸는지, 아니면 신부가 실제로 알고 있는 것보다 더 많은 것을 안다고 생각했는지, 여인은 공모자를 대하듯 낮은 목소리로 말을 꺼냈다. 「한편으로는 친구분의 말씀이 옳아요. 형제 중 선한 쪽과 악한 쪽을 골라내기 힘들다고 하셨죠? 그건 정말 힘들 거예요. 선한 쪽을 골라내기는 대단히 힘듭니다.」

「무슨 말씀을 하시는 건지 모르겠군요.」 브라운 신부는 슬그머니 자리를 피하려 했다.

그러자 여인이 신부에게 바짝 다가섰다. 눈썹을 치켜세우고 상체를 확 숙인 모습이 마치 뿔로 들이받으려는 황소 같았다.

「선한 쪽은 없어요. 돈을 몽땅 가져간 대위도 분명 나쁘지만 돈을 내준 대공 쪽도 선하진 않다고 생각해요. 대공에게 원한이 있는 사람이 대위만은 아니에요.」

외면하고 있는 성직자의 얼굴에 불빛이 비쳤다. 신부는 소리 없이 〈협박〉이라는 입 모양을 만들어 보였다. 그것만으로 부인의 얼굴이 하얗게 질렸고, 뒤를 돌아보는 순간 거의 쓰러질 뻔했다. 어느새 소리 없이 문이 열리고 창백한 얼굴의 폴이 유령처럼 서 있었던 것이다. 벽에 걸린 거울들의 반사 때문에 문 다섯 개에서 다섯 명의 폴이 동시에 들어오는 것처럼 보였다.

「대공님께서 방금 돌아오셨습니다.」

바로 그때 한 남자가 마치 조명을 밝힌 무대처럼 햇살 가득한 첫 번째 창문 밖을 지나갔다. 잠시 후 두 번째 창문 밖을 지나가는 그의 독수리 같은 옆얼굴과 걷는 모습이 많은 거울을 통해 연속적으로 비쳤다. 자세는 곧고 민첩했지만 머리카락은 희끗하고 피부는 묘한 상아색이었다. 코는 로마인처럼 낮고 약간 굽었는데, 거기 어울리는 길고 갸름한 볼과 턱은 콧수염과 뾰족한 황제 수염으로 가려져 있었다. 콧수염이 턱수염보다 훨씬 더 짙은 색이어서 살짝 연극적인 느낌을 주었다. 흰색 실크해트, 난초 한 송이를 꽂은 외투, 노란색 조끼, 걸음을 옮길 때마다 흔들리거나 펄럭거리는 노란 장갑 차림도 근사했다. 대공이 현관문 앞에 이르자 무뚝뚝한 폴이 문 여는 소리가 들렸다. 〈이제 돌아왔네〉라는 활기찬 인사말도 들렸다. 폴이 허리를 굽혀 인사하며 알아들을 수 없는 소리로 대답했다. 몇 분 동안 이어진 두 사람의 대화는 제대로 들리지 않았다. 마침내 집사가 〈원하는 대로 하십시오〉라고 말한 뒤 사라던 대공이 장갑을 펄럭이며 경쾌한 걸음으로 방에 들어섰다. 문 다섯 개에서 다섯 명의 대공이 들어오는 장관이 다시 한번 펼쳐졌다.

대공은 흰색 실크해트와 노란 장갑을 벗어 탁자 위에 두고 다정하게 악수를 청했다.

「만나 뵙게 되어 기쁩니다, 플랑보 씨. 명성은 익히 들어 알고 있습니다. 실례되는 말은 아니겠지요?」

「전혀 아닙니다. 저는 별로 예민하지 않은 편입니다. 유명인 중에 욕먹지 않는 사람이 어디 있던가요.」 플랑보가 웃으며 대답했다.

대공은 그 말이 개인적인 일을 꼬집는 것이 아닌지 판단하려는 듯, 순간 날카로운 시선을 던졌다. 이어 웃으면서 모두에게 의자를 권하고 자신도 자리에 앉았다.

「여긴 작지만 즐거운 곳입니다.」 대공이 편안하게 말했다. 「할 일이 많지 않긴 합니다. 낚시를 하기엔 정말 좋지요.」

아기처럼 진지하게 대공을 응시하던 신부는 뭐라 표현할 수 없는 환상에 사로잡혔다. 그는 대공의 정성 들여 손질한 회색 머리, 하얀 얼굴, 마르고 맵시 있는 몸을 쳐다보았다. 극장 관람석에 나타난 유명 인사처럼 눈에 확 띄는 것은 사실이었으나, 그렇다고 부자연스럽지도 않았다. 관심을 끄는 것은 다른 곳, 바로 얼굴의 윤곽이었다. 브라운 신부는 어디선가 본 듯한 이 얼굴 윤곽의 기억을 떠올리려 애썼다. 오랫동안 알고 지낸 누군가가 옷을 잘 차려입은 것 같아 보였다. 하지만 곧 그는 한 얼굴을 여럿으로 비쳐 보이게 하는 거울이 만들어 낸 심리적 효과 때문이라 여기며 생각을 중단했다.

사라딘 대공은 아주 유쾌하고 재치 있게 브라운 신부와 플랑보를 대했다. 플랑보가 낚시에 열심이라는 것을 알고는 플랑보의 보트를 낚시질하기에 가장 좋은 장소로 직접 안내한 뒤, 자신은 카누를 저어 20분 만에 돌아와 서재에 있는 브라운 신부와 함께 철학적인 대화를 나누었다. 낚시와 책 둘 다에 지식이 많아 보였지만 가장 박식한 분야는 아닌 듯했고, 외국어를 대여섯 개나 구사했지만 대부분 속어였다. 도박장이나 아편굴, 오스트레일리아의 산적 소굴이나 이탈리아의 도적 떼에 대해 유쾌한 이야기를 늘어놓는 것을 보면 다양한 도시에서 천차만별의 사람들과 어울려 지낸 것이 분명했다. 브라운 신부는 한때 그토록 유명했던 사라딘 대공이 마지막 몇 년을 끊임없이 여행을 하며 보냈다는 것은 알았지만, 그 여행이 그만큼 점잖지 못하고 동시에 그만큼 유쾌했으리라고는 짐작하지 못했다.

　사라딘 대공은 세속적인 위엄을 갖추긴 했지만 신부와 같이 예리한 관찰자가 보기에는 어쩐지 침착하지 못하고, 더 나아가 신뢰하기도 어려운 분위기였다. 얼굴은 섬세했으나 눈은 거칠었다. 알코올이나 마약 중독자처럼 살짝 신경 경련이 있었고, 집안 운영에는 신경을 쓰지도, 신경 쓴다고 말하지도 않았다. 그 일은 모두 나이 든 하인 두 명, 특히 누가 봐도 이 집안의 기둥이라 할 만한 집사가 맡고 있었다. 폴은 집사라기보다는 일종의 재산 관리인 혹은 의전 담당이라 할 만했다. 그는 혼자 식사를 했는데, 식사 내용은 대공과 거의 다름이 없었다. 하인들은 모두 그를 두려워했다. 대공과 의견을 나눌 경우, 그는 공손하긴 해도 자기 뜻을 굽히는 법이 없었다. 마치 대공의 변호사 같은 태도였다. 이에 반해 가정부는 그저 그림자였다. 자기 의견이라고는 없이 집사의 지시만을 따랐다. 그래서인지 브라운 신부는 형을 협박 갈취한 동생에 대해 흥분해서 속삭이던 이야기의 나머지를 듣지 못했다. 대공이 정말로 한심한 동생에게 재산을 갈취당한 것인지 아닌지는 확신할 수 없었지만, 믿기 어려운 이야기를 늘어놓는 사라딘 대공에게는 뭔가 석연찮고 비밀스러운 것이 있어 보였다.

두 사람이 다시 창문과 거울이 있는 기다란 방으로 돌아왔을 때는, 황금빛 석양이 수면 위에, 그리고 버드나무 둑 위로 내려앉고 있었다. 멀리서 울리는 알락해오라기 소리는 마치 꼬마 요정이 작은북을 치는 듯했다. 슬프고 사악한 요정 나라에 대한 기묘한 생각이 마치 회색 구름처럼 신부의 마음에 갑자기 밀려왔다. 「플랑보가 어서 돌아오면 좋겠군.」 신부가 중얼거렸다.

「종말을 믿으십니까?」 사라딘 대공이 갑자기 불안한 투로 물었다.

「아니요, 최후 심판의 날을 믿습니다.」

대공이 창가에서 몸을 돌려 신부를 묘한 눈길로 바라보았다. 석양을 배경으로 얼굴에 그늘이 져 있었다. 「무슨 말씀이십니까?」 대공이 물었다.

「우리가 지금 양탄자의 잘못된 쪽에 있다는 뜻입니다. 여기서 일어나는 일들은 아무런 의미도 없습니다. 다른 쪽에서 일어나야 무언가 의미를 지닐 수 있지요. 진짜 범인에게는 여기가 아닌 다른 곳에서 징벌이 내려질 것입니다. 여기서는 때로 엉뚱한 사람이 벌을 받는 것처럼 보이지요.」

대공이 마치 짐승 같은 괴성을 질렀다. 그림자 진 얼굴에서 두 눈만 괴상하게 빛났다. 신부의 머릿속에 새로운 생각이 번쩍였다. 명석함과 충동이 뒤섞인 사라딘 대공의 모습에 무언가 다른 의미가 있는 것일까? 대공은, 대공은 완벽하게 제정신일까? 「엉뚱한 사람이라, 엉뚱한 사람……」 의례적인 맞장구로 보기에는 너무 여러 번 같은 말을 반복했다.

그 순간 브라운 신부는 두 번째 진실을 뒤늦게 깨달았다. 조용히 열린 문으로 집사 폴이 평소처럼 창백하고 무표정한 얼굴로 들어와 서 있는 모습이 신부 앞의 거울들에 비쳤다.

「즉시 알려 드리는 것이 좋을 것 같아서요.」 가문의 전속 변호사에게 어울릴 듯한 절제되고 정중한 어조로 그가 말했다. 「사내 여섯 명이 노를 젓는 보트가 선착장에 도착했습니다. 선미에는 신사 한 분이 타고 있습니다.」

「보트라고! 신사라고 했나?」 대공이 벌떡 일어섰다.

풀숲의 새가 지저귀는 소리만 들릴 뿐 정적이 흘렀다. 이어 누군가 미처 입을 열기도 전에 새로운 인물이 햇살 비치는 창문 세 개를 지나 걸어왔다. 한두 시간 전에 대공이 그랬던 것처럼. 하지만 둘 다 우연히도 옆얼굴이 독수리 같다는 점 외에는 공통점이 거의 없었다. 사라딘 대공의 새로운 흰색 실크해트 대신 이 남자는 낡은, 혹은 이국적인 검정 모자를 쓰고 있었다. 그 아래로 보이는 얼굴은 아주 젊고 심각한 표정이었다. 말끔하게 면도를 해 푸르스름한 턱을 단호하게 다물고 있었다. 그 모습이 젊은 나폴레옹을 살짝 연상시켰다. 예스럽고 기묘한 옷차림도 이런 연상을 불러일으켰다. 아버지 세대의 옷을 바꿔 입을 필요가 전혀 없다고 생각하는 듯, 그는 낡아빠진 푸른색 프록코트, 군인처럼 보이는 붉은색 조끼, 그리고 빅토리아 시대 초기에 유행했지만 지금과는 영 어색한 느낌을 주는 올 굵은 흰 바지를 입고 있었다. 이런 구식 차림새 때문에 올리브색 얼굴은 이상하게도 젊고 몹시 진실해 보였다.

「제기랄!」 사라딘 대공은 흰색 실크해트를 머리에 쓰고 직접 현관으로 나가더니, 석양의 정원을 향해 문을 활짝 열어젖혔다.

새로 도착한 신사와 수행원들은 작은 군대인 양 잔디 위에 열을 지어 서 있었다. 사공 여섯 명은 보트를 강가로 끌어 올린 뒤, 각자 마치 창을 든 것처럼 노를 수직으로 세워 들고 거의 위협적으로 보트를 지키고 있었다. 피부가 가무잡잡한 사내들로 귀고리를 한 사람도 있었다. 한 명이 앞으로 나서서 붉은 조끼 입은 올리브색 얼굴의 젊은이 옆에 섰다. 낯선 모양의 큼지막한 검은 상자를 들고 있었다.

「당신이 사라딘이오?」 젊은이가 물었다.

사라딘 대공이 되는대로 고개를 끄덕였다.

젊은이의 강아지처럼 순한 갈색 눈은 불안하게 빛나는 대공의 회색 눈과 극단적으로 달랐다. 다시 한번 브라운 신부는 그 젊은이의 얼굴을 어디선가 본 것 같다는 고민에 빠졌다. 하지만 이번에도 거울이 둘러쳐진 방에서 반복해서 비치는 모습 때문이라고 생각해 버렸다. 「유리 궁전은 정말 혼란스러워. 모든 것이 몇 배로 늘어나 버리니 마치 꿈을 꾸는 것 같군.」 신부가 중얼거렸다.

「당신이 사라딘 대공이라면, 내 이름은 안토넬리라고 말해 주겠소.」 젊은이가 말했다.

「안토넬리라. 들어 본 이름 같은데…….」 대공이 맥없이 말했다.

「내 소개를 하겠소.」 젊은 이탈리아인이 말했다.

왼손으로 정중하게 구식 모자를 벗어 든 그는 오른손으로 대공의 뺨을 찰싹 소리가 날 정도로 세게 후려쳤다. 대공이 쓰고 있던 흰색 실크해트가 계단으로 굴러떨어졌고, 푸른색 화분 하나가 받침대 위에서 흔들거렸다.

대공은 어쨌든 겁쟁이는 아니었다. 그는 곧장 상대에게 달려들어 멱살을 잡고 뒤로 넘어뜨리려 했다. 젊은이는 살짝 몸을 빼내더니 급히 예의를 갖추었다.

「그것으로 되었소.」 젊은이가 숨을 헐떡이며 더듬거리는 영어로 말했다. 「내가 당신을 모욕했으니, 기회를 드리겠소. 마르코, 상자를 열게.」

옆에 서 있던 귀고리를 한 사내가 커다란 검은색 상자를 열었다. 그리고 철제 손잡이와 칼날이 멋진 이탈리아의 결투용 긴 칼 두 개를 꺼내 잔디에 꽂았다. 복수심에 불타는 노란 얼굴로 현관을 향해 선 젊은이와, 묘지의 십자가인 양 바닥에 꽂혀 있는 칼 두 개, 그리고 뒤쪽으로 노를 들고 한 줄로 선 뱃사공들의 모습은 마치 야만스러운 법정처럼 기묘한 장면을 연출했다. 그러나 다른 모든 것은 변함이 없었다. 그만큼 이들의 등장은 갑작스러웠다. 석양의 황금빛 태양이 잔디 위에서 여전히 반짝였고, 알락해오라기는 끔찍한 운명을 예고하듯 계속 울어 댔다.

「사라딘 대공,」 안토넬리라는 사내가 입을 열었다. 「내가 강보에 싸인 아기일 때 당신은 내 아버지를 죽이고 내 어머니를 빼앗아 갔소. 그래도 내 아버지는 운이 좋은 편이었지. 당신은 아버지를 정정당당하게 죽이지 않았지만, 나는 그렇게 할 거요. 당신과 사악한 내 어머니는 아버지를 차에 태우고 시칠리아의 절벽으로 데려가 밀어 버린 뒤 떠났소. 나도 똑같은 방법을 쓸 수 있지만 비열한 당신을 흉내 내지 않기로 했소. 당신을 찾아 전 세계를 누볐는데, 잘도 피해 다니더군. 이제 이곳이 세상의 끝이자 당신의 무덤이오. 이제 난 당신을 찾았고, 당신이 내 아버지에게 절대 주지 않았을 기회를 당신에게 주려 하오. 자, 칼을 고르시오.」

사라딘 대공은 눈썹을 찡그리며 잠시 망설였다. 한 대 맞은 충격으로 귀가 울리는 탓인지도 몰랐다. 곧 그는 앞으로 달려 나가 칼자루 하나를 낚아챘다. 브라운 신부도 싸움을 말릴 생각에 앞으로 튀어 나갔으나 자기가 나서면 사태가 더 악화된다는 점을 곧 깨달았다. 사라딘 대공은 프랑스의 프리메이슨 소속으로 강력한 무신론자였기 때문에 신부는 그를 자극할 뿐이었다. 젊은이 쪽도 신부든 평신도든 그 마음을 돌릴 수 없을 것 같았다. 보나파르트의 얼굴에 갈색 눈을 지닌 이 젊은이는 청교도보다 훨씬 더 단호한 이교도였다. 그는 세상의 여명기로부터 온 살해자이며, 돌처럼 완고한 석기 시대의 인간이었다.

유일한 희망은 집 안의 하인들을 불러 모으는 것이었다. 브라운 신부는 집 안으로 뛰어 들어갔지만, 독재자 집사 폴이 모든 하인에게 하루 휴가를 주어 내보냈다고 했다. 앤서니 부인 혼자 불안하게 기다란 방에서 서성거리고 있었다. 파랗게 질린 부인의 얼굴을 본 순간, 신부는 이 거울의 집이 지닌 수수께끼 하나를 풀어냈다. 안토넬리의 저 진한 갈색 눈은 다름 아닌 앤서니 부인의 눈이었던 것이다. 순간 신부는 사건의 절반을 알아냈다.

「당신 아드님이 밖에 와 있습니다.」 신부가 거두절미하고 다급하게 말했다. 「아드님과 대공 중 한 사람이 죽게 될 겁니다. 폴 씨는 어디에 있습니까?」

「폴은 선착장으로 갔어요. 그 사람은, 그 사람은 도움을 청하러 갔어요.」 부인이 머뭇거리며 대답했다.

「앤서니 부인, 그런 말도 안 되는 말을 할 시간이 없습니다. 내 친구는 강으로 낚시를 갔고, 당신 아드님의 배는 그 동료들이 지키고 있습니다. 남은 배라고는 카누 한 척뿐인데, 그걸로 폴 씨가 도대체 무엇을 할 수 있단 말입니까?」

「오, 맙소사! 저도 모르겠어요.」 부인은 카펫이 깔린 바닥에 쓰러지고 말았다.

브라운 신부는 여인을 들어 소파로 옮긴 뒤 단지의 물을 얼굴에 뿌려 주었다. 큰 소리로 도와달라고 외치고 나서 선착장으로 달려 내려갔다. 그러나 카누는 이미 강을 중간쯤 지난 상태였고, 폴은 나이가 믿기지 않을 정도로 세차게 노를 젓고 있었다.

「주인님을 구할 겁니다. 아직은 그를 구할 수 있어요.」미치광이 같은 눈빛으로 그가 외쳤다.

브라운 신부는 물살을 거슬러 올라가는 카누를 지켜보며 폴이 제시간에 마을 사람들을 불러오기를 기도할 수밖에 없었다.

「결투는 나쁜 일이야.」신부는 헝클어진 연갈색 머리카락을 쓸어 올리며 중얼거렸다. 「하지만 그걸 넘어 이 결투는 무언가 잘못되어 있어, 분명 느껴져. 대체 뭐가 잘못된 걸까?」

강의 수면에 비치는 석양을 바라보며 서 있는 신부의 귀에 작지만 분명한 소리, 강철이 맞부딪치는 차가운 소리가 반대쪽 정원에서 들려왔다. 신부는 고개를 들었다.

기다란 섬의 가장 끝, 줄지어 핀 장미들 너머 잔디밭에서 결투자들은 이미 검을 겨루고 있었다. 그 머리 위로 황금빛 석양이 밝게 비쳐 멀리서도 모든 것이 또렷하게 보였다. 둘다 외투를 벗어 던졌지만, 사라딘 대공의 노란 조끼와 백발, 안토넬리의 붉은 조끼와 하얀 바지는 마치 춤추는 태엽 인형처럼 선명했다. 두 사람의 칼이 마치 다이아몬드 핀처럼 손잡이부터 칼끝까지 번쩍거렸다. 그토록 작고 그토록 즐거워 보이는 두 사람의 모습이 어딘지 섬뜩했다. 서로를 코르크판에 핀으로 찔러 두려는 두 마리 나비 같았다.

브라운 신부는 짧은 다리를 열심히 놀리며 있는 힘을 다해 달렸다. 그러나 막상 현장에 다다라 보니 너무 늦은 동시에 너무 이른 상황이었다. 노에 기대선 험상궂은 시칠리아 사내들을 뚫고 싸움을 말리기에는 너무 늦었고, 이 싸움의 비극적 결말을 예상하기에는 너무 일렀다. 두 사람은 막상막하였다. 대공은 냉소적인 자신감에 차서 칼 솜씨를 발휘했고, 젊은이는 살기를 내뿜으며 칼을 휘둘렀다. 갈대 가득한 강 한 중간의 잊힌 섬에서 벌어지는 이 불꽃 튀는 결투보다 더 훌륭한 펜싱 경기는 구경꾼 가득한 그 어느 원형 경기장에서도 볼 수 없을 것 같았다. 양쪽의 팽팽한 대결이 오래 이어지자 신부의 마음속에 다시 희망이 생겨났다. 폴이 곧 경찰과 함께 도착할 것이었다. 플랑보만 낚시에서 돌아오더라도 안심이었다. 플랑보는 남자 네 명 몫은 충분히 해낼 체력이니까 말이다. 하지만 플랑보는 돌아올 기미가 보이지 않았고, 더욱 이상하게 폴이나 경찰도 소식이 없었다. 강을 건널 방법이라고는 뗏목 하나 막대기 하나도 남아 있지 않았다. 이 광활한 물 위의 버려진 섬에서 그들은 태평양에 뜬 암초처럼 고립된 상태였다.

신부가 이런 생각을 하는 동안 두 칼날이 부딪치는 소리가 빨라지고, 대공의 팔이 위로 올라간 순간 날카로운 칼끝이 그의 견갑골 사이를 꿰뚫었다. 순간 대공은 재주넘기를 하듯 몸으로 커다란 원을 그렸고, 그 손에서 날아간 칼은 저 먼 강물 속으로 유성처럼 날아가 떨어졌다. 대공은 키 큰 장미를 부러뜨리면서 고꾸라졌는데, 그 서슬에 땅이 흔들리는 듯하고 붉은 흙먼지 구름이 피어올랐다. 이교도들이 희생물을 바칠 때 피어오르는 연기처럼 말이다. 시칠리아 젊은이가 아버지의 영전에 비로소 피의 제물을 바친 셈이었다.

신부는 곧 달려가 무릎을 꿇고 앉았지만 이미 사망한 상태임을 확인했을 뿐이었다. 그래도 마지막 소생 시도를 하고 있을 때 멀리서 사람 목소리가 들리더니 경찰 보트가 선착장으로 들어왔다. 경찰관들이 폴을 비롯한 여러 사람과 함께 타고 있었다. 신부는 몹시 미심쩍은 표정으로 일어섰다.

「어째서, 도대체 어째서 조금 더 일찍 도착하지 못했단 말인가?」

7분쯤 지나자 섬은 마을 사람들과 경찰관들로 가득 찼다. 경찰관들은 결투 승리자의 양팔을 잡고 묵비권 행사가 가능하다는 피의자의 권리를 말해 주었다.

「나는 아무 말도 하지 않을 거요. 더 이상 아무 말도 하지 않겠소. 나는 아주 행복하오. 이제 교수형을 당하고 싶을 뿐이오.」 복수만을 꿈꾸었던 안토넬리는 평화롭고 행복한 표정이었다.

그는 입을 굳게 다물고 이끄는 대로 끌려갔다. 이후 재판정에서 〈유죄〉라고 한마디 한 것을 빼고는 그가 이 세상에서 두 번 다시 입을 열지 않았다는 점은 이상하면서도 틀림없는 사실이다.

브라운 신부는 갑작스럽게 사람으로 붐비는 정원, 살인자가 체포되는 모습, 의사의 검시 후 시체가 옮겨지는 광경을 바라보았다. 추악한 꿈이 깨지는 장면을 보는 사람처럼 말이다. 악몽을 꾸는 사람인 양 신부는 미동도 하지 않았다. 목격자로서 이름과 주소를 적어 주고는, 마을까지 보트를 태워

주겠다는 제안을 거절한 채 홀로 섬에 남아 부러진 장미 덤불과 비극이 휩쓸고 지나간 잔디 무대를 바라보았다. 강을 따라 빛이 사라져 가고, 축축한 둑에서 안개가 피어올랐다. 미처 보금자리를 찾아들지 못한 새 몇 마리가 하늘을 가르며 날아갔다.

무언가 아직 설명되지 않았다는 알 수 없는 확신이 신부의 무의식(이 무의식은 예외적으로 활발히 움직이고 있었다)을 단단히 붙잡고 있었다. 하루 종일 그를 떠나지 않은 그 느낌은 〈거울 나라〉가 만든 환상으로는 완전히 설명될 수 없었다. 신부가 본 것은 실제가 아닌, 게임 혹은 가면극이었다. 하지만 가면극을 위해 상대의 몸을 찌르거나 교수형을 당하려는 사람이 어디 있겠는가.

신부가 생각에 잠겨 선착장 계단에 앉아 있는데, 크고 검은 물살이 반짝이는 강물을 가르며 조용히 다가왔다. 신부는 금방이라도 울어 버릴 듯 감정이 북받쳐 벌떡 일어났다.

「플랑보!」 신부는 양팔을 들고 흔들어 대며 외쳤다. 낚시 도구를 들고 배에서 내린 플랑보가 어리둥절해했다. 신부가 물었다. 「플랑보, 자네는 죽임을 당하지 않았구먼.」

「죽다니요? 아니, 그게 무슨 말씀입니까?」 플랑보가 더욱 놀라서 되물었다.

「다른 사람들은 대부분 그렇게 되었다네. 사라던 대공이 살해당했고, 안토넬리는 교수형을 당할 것이고, 그 어머니는 기절하고, 그리고 나는, 나는 말일세, 지금 여기가 이 세상인지 저 세상인지 도무지 모르겠네. 어쨌든 감사하게도 자네가 나와 같은 세상에 있네그려.」신부는 플랑보의 팔을 잡았다.

두 사람은 처음 왔을 때처럼 선착장에서 올라와 낮은 처마를 따라 집 주변을 돌아 걸으며 창문 안쪽을 들여다보았다. 환하게 밝혀진 방 안 풍경이 눈을 의심케 했다. 사라딘 대공을 살해한 안토넬리가 벼락같이 섬에 들이닥쳤을 때 기다란 방 식탁에 차려졌던 만찬이 그대로 있었다. 그리고 지금은 아무 일 없었다는 듯 저녁 식사가 진행 중이었다. 앤서니 부인이 약간 부은 얼굴로 식탁 끝 쪽에 앉았고 맞은편 상석엔 집사 폴이 앉아서 최고급 식사를 하고 있었다. 그의 흐릿하고 푸르스름한 눈은 기묘하게 튀어나와 있고 여윈 얼굴엔 알 수 없는 표정이 떠올라 있었지만 분명 만족스러운 기색이었다.

참을 수 없다는 듯 플랑보가 창문을 비틀어 열고는 화난 얼굴을 방 안으로 들이밀었다.

「이보시오! 아무것도 먹지 않을 필요까진 없겠지만, 그래도 집주인이 정원에서 살해된 마당에 대공의 만찬을 슬쩍하는 것이 말이 된다고…….」

「길고 유쾌한 인생을 살면서 나는 아주 많은 것을 훔쳐 왔소.」노신사 폴이 침착하게 대꾸했다. 「하지만 이 저녁 식사는 내가 훔치지 않은 몇 안 되는 것 중 하나요. 이 만찬과 이 집과 정원은 모두 내 것이란 말이오.」

플랑보의 머리에 한 가지 생각이 스쳐 지나갔다. 「그러니까 당신 말은 사라딘 대공의 유언에 따라…….」

「내가 사라딘 대공이오.」소금 뿌린 아몬드를 우적우적 씹으면서 폴이 대답했다.

밖에서 새들을 바라보던 브라운 신부가 총에라도 맞은 듯 펄쩍 뛰어올랐고, 창백한 얼굴을 창문 안으로 들이밀었다. 「지금 뭐라고 하셨소?」 떨리는 목소리였다.

「내가 폴 사라딘 대공입니다, 잘 부탁드립니다.」 폴이 품위 있게 셰리주 잔을 들었다. 「나는 이곳에서 아주 조용하게 가정적으로 살아왔습니다. 불운한 동생 스티븐과 구별되기 위해 폴이라고만 불렸고요. 지금 들으니 그가 죽었다더군요. 저 정원에서 말입니다. 동생의 원수가 이곳까지 쳐들어온 것이 물론 제 잘못은 아닙니다. 그건 동생 인생이 유감스럽게도 난잡했기 때문이죠. 그는 가정적인 성향이 아니었거든요.」

그는 다시 입을 다물더니 침울하게 고개 숙인 여인의 머리 뒤쪽 벽을 응시했다. 플랑보와 신부는 여기 앉은 폴 사라딘 대공과 죽은 동생이 많이 닮았다는 것을 확인했다. 잠시 뒤 폴의 어깨가 마치 흐느끼듯 조금씩 들먹거리고 흔들리기 시작했지만, 표정은 전혀 변하지 않았다.

「세상에! 웃고 있잖아!」 플랑보가 외쳤다.

「어서 가세. 이 지옥 같은 집을 빠져나가 조용한 보트로 돌아가세.」 브라운 신부가 말했다.

두 사람이 섬에서 빠져나올 즈음 강과 풀숲은 완전히 어둠에 잠겨 있었다. 마음을 달래려 피워 문 시가 불빛 두 개가 배의 빨간 등불처럼 어둠 속에서 반짝였다. 브라운 신부가 담배를 입에서 떼며 말했다.

「이제 자네도 이야기의 전말을 알 수 있겠지? 결국 단순한 일이었네. 한 사람에게 적이 둘 있었지. 현명한 그는 적 두 명이 한 명보다 낫다는 걸 알아차린 걸세.」

「잘 모르겠는데요.」 플랑보가 대답했다.

「아니, 정말로 간단하다니까. 순수함과는 거리가 멀지만 단순한 이야기지. 사라딘 형제는 둘 다 망나니였네. 형은 꼭 대기에 오르는 유형의 망나니였고, 동생인 그 대위는 저 밑바닥으로 떨어지는 유형이었어. 이 비열한 장교는 돈을 구걸하던 데서 협박하고 빼앗는 쪽으로 타락했고, 언젠가부터 형에게도 그 방법을 쓰게 되었지. 대위가 형을 협박한 문제는 분명 가벼운 게 아니었을 걸세. 사라딘 대공은 자신의 방탕함에 대해 솔직했을뿐더러 사교계의 명성도 이미 잃은 상태였으니까. 세상에 알려지면 교수형을 받을 만한 죄였으니, 스티븐은 말 그대로 형의 목에 올가미를 건 거지. 시칠리아 사건의 진상을 알아내고 폴이 산중에서 연인의 남편을 살해했다는 증거도 확보한 걸세. 이를 빌미로 대위는 10년 동안이나 돈을 뜯어냈고, 결국 대공의 막대한 재산도 쪼그라들었어.

그런데 사라딘 대공에게는 흡혈귀 같은 동생 말고도 또 다른 문제가 있었다네. 바로 안토넬리였지. 살인을 저지른 당시엔 어린아이에 불과했던 그가 시칠리아의 거친 사내로 성장해 아버지의 복수만을 꿈꾸며 살아가고 있다는 사실을 알게 된 것이네. 그 복수란 교수대가 아니라(안토넬리에게는 스티븐이 가진 법적 증거가 없었으니까) 칼이었지. 소년이 검술을 완벽하게 연마하고 나이도 충분히 먹자, 대공은 사교계 신문이 이미 보도했듯 여행을 다니기 시작했네. 사실은 쫓기는 범죄자처럼 목숨을 부지하러 여기저기 도망 다닌 거지. 늘 그 뒤를 끈질기게 따라다니는 사람이 있었고. 대공의 상황은 진퇴양난이었어. 안토넬리를 피해 다니는 데 돈을 많이 쓰면 동생 스티븐의 입을 막을 돈이 줄어들고, 반대로 동생 입을 막는 데 돈을 많이 쓰면 안토넬리를 피할 가능성이 적어졌으니. 바로 여기서 사라딘 대공은 나폴레옹과 같은 천재성을 발휘했네.

두 명의 적 모두에게 저항하는 대신, 두 명 모두에게 항복한 거지. 그는 스모 선수처럼 한 걸음 뒤로 물러섰고, 결국 적들을 자기 앞에 굴복시켰어. 그는 세계를 누비는 도주 행각을 포기하고, 안토넬리에게 자기 주소를 알렸어. 그리고 자신이 가진 모든 걸 동생에게 넘겨주었네. 스티븐에게 좋은 옷을 사입고 편안히 여행할 수 있을 만큼 충분한 돈을 보내면서 편지를 썼지. 〈이 돈이 남은 전부다. 네가 내 모든 것을 가져갔다. 이제 있는 것은 노퍽의 작은 집뿐이다. 원한다면 이것도 네게 주마. 와서 주인으로 살아. 나는 친구든 하인이든 좋으니 조용히 살겠다.〉 대공은 안토넬리가 사진 외에 실제로 사라딘 형제를 본 적이 없다는 걸 알고 있었네. 형제는 둘 다 회색 턱수염을 뾰족하게 길렀고 서로 닮았지. 사라딘 대공은 자기 수염을 깎아 버리고 청년을 기다렸어. 계획은 제대로 먹혔네. 불행한 대위는 새 옷을 입고 저 집에서 대공 노릇을 하며 신나게 살다가 시칠리아 사내의 칼에 맞아 죽게 된 거지.

그런데 한 가지 문제가 생겼어. 명예로운 인간의 본성으로 인한 문제였지. 사라딘 같은 악의 화신은 인간의 미덕을 고려하지 않기 때문에 종종 실수를 저지른다네. 그는 청년의 복수가 자신이 가했던 일격처럼 어둡고 폭력적이며 은밀한 방식이리라 예상했네. 밤중에 단검에 찔리거나 덤불 뒤에서 저격을 당하거나 해서 한마디 할 틈도 없이 죽임을 당할 거라고 말이야. 그런데 안토넬리가 모든 것을 설명하며 정정당당하게 결투를 제안하는 낭패스러운 상황이 닥쳤지. 그래서 모자도 쓰지 못하고 황급히 보트에 몸을 싣고 섬을 떠나는 폴의 모습을 내가 본 것이네. 안토넬리가 자신의 정체를 알기 전에 도망쳐야 했던 거지.

낭패를 당하긴 했지만 사라딘 대공에게 희망이 아주 없지는 않았어. 모험가 동생과 복수에 미친 안토넬리의 특성을 알고 있었으니까. 모험가 스티븐이 입을 다물 가능성도 꽤 높았지. 중요한 인물인 척 연기하는 걸 재미있어했고, 안락한 집에 계속 눌러앉아 있고 싶은 마음이 큰 데다, 악당답게 자기 운과 칼 솜씨를 믿고 있었으니까. 안토넬리는 복수에 성공하더라도 자기 가족의 이야기는 한마디도 하지 않은 채 조용히 교수형을 당할 것이 분명했어. 그래서 폴은 결판이 날 때까지 강 위에서 떠다니다 뒤늦게 마을로 가서 경찰을 데려왔고, 두 명의 적이 모두 눈앞에서 영원히 사라지는 장면을 본 거라네. 그러고는 저렇게 앉아서 웃으며 만찬을 즐기고 있는 거야.」

「웃고 있었죠, 하느님 맙소사! 그런 생각은 악마에게서 얻어 낸 것일까요?」플랑보가 몸을 떨었다.

「그건 자네한테 배운 방법이야.」신부가 대답했다.

「뭐라고요?」플랑보가 버럭 소리를 질렀다. 「제게 배웠다니, 그게 도대체 무슨 말씀이십니까?」

신부가 주머니에서 명함을 꺼내 희미한 담배 불빛에 비췄다. 초록색 잉크로 쓴 글귀가 보였다.

「그자가 자네를 처음 초대하면서 했던 말을 기억하지 못하나? 자네의 계략을 칭찬하지 않았나? 〈형사가 동료 형사를 체포하도록 만든 계략〉이라고 하지 않았나? 그자는 자네 방법을 흉내 냈을 뿐이야. 양쪽에 두 적을 두고 살짝 빠져나옴으로써 둘이 서로 맞붙어 죽이게끔 한 거지.」

플랑보는 신부의 손에서 사라던 대공의 명함을 빼내 갈기갈기 찢어 버렸다.

「이것이 저 악한의 마지막입니다.」 플랑보는 찢은 조각들을 어두운 강물에 뿌렸다. 「물고기한테 독이 될지도 모르겠군요.」

초록색 글씨가 쓰인 흰 명함의 마지막 조각이 가라앉아 사라졌다. 아침 하늘이 시작되면서 희미하지만 생기 있는 색깔이 나타났고, 풀숲 뒤의 달빛은 조금씩 사라져 갔다. 침묵 속에서 배가 흘러갔다.

「신부님,」 플랑보가 갑자기 불렀다. 「이 모든 것이 꿈이었을까요?」

그렇지 않다는 뜻인지, 알 수 없다는 뜻인지, 신부가 고개를 저었다. 입은 열지 않았다. 산사나무와 과수나무의 냄새가 어둠을 타고 날아왔다. 바람이 살아난 것이다. 다음 순간 보트가 흔들리더니 돛이 잔뜩 부풀었고, 배는 구불거리는 강 아래쪽, 선량한 사람들이 사는 조금 더 행복한 곳으로 나아갔다.

신의 철퇴

보언 일가가 살아온 작은 마을 보언 비컨은 아주 가파른 언덕 위에 자리 잡고 있어서, 교회의 높은 첨탑이 작은 산의 봉우리처럼 보였다. 교회 아래쪽에는 붉은 불길이 타오르고 있고 망치며 쇳조각들이 사방에 널린 대장간이 있었다. 그 맞은편 자갈 깔린 골목이 교차하는 곳에는 마을의 유일한 여관인 〈푸른 멧돼지〉가 자리 잡고 있었다. 납빛과 은빛이 뒤섞인 새벽 시간에 두 형제가 마주쳐 이야기를 시작한 곳이 바로 이 교차로였다. 한쪽은 하루를 시작하고 다른 한쪽은 하루를 마치는 상황이었다. 신심이 매우 깊은 목사 윌프레드 보언은 기도와 명상을 위해 일찍 나선 참이었다. 형인 노먼 보언 대령은 신심과 거리가 먼 위인으로, 〈푸른 멧돼지〉 야외 벤치에 야회복 차림으로 앉아서 술잔을 기울이는 중이었다. 보는 사람에 따라서는 화요일의 마지막 잔이라고 할 수도 있고 수요일의 첫 잔이라고 부를 수도 있었다. 어찌 부르든 대령은 상관하지 않을 테지만 말이다.

보언 가문은 그 역사가 중세 시대까지 거슬러 올라가는 드문 귀족 집안으로, 그 문장이 팔레스타인에까지 남아 있을 정도였다. 하지만 그러한 집안이 기사도적인 전통을 드높이 유지하리라 생각한다면 큰 오해다. 가난한 사람들을 제외한다면 전통을 간직하는 경우는 거의 없다. 귀족들은 전통이 아니라 유행에 따라 살아간다. 보언 집안은 앤 여왕 시절에는 저 흉포한 귀족 도당인 모호크의 일원이었고, 빅토리아 여왕 시절에는 천하의 난봉꾼들이었다. 유서 깊은 집안에서 흔히 볼 수 있듯이 이 집안은 지난 두 세기에 걸쳐 술주정뱅이나 방탕아만 배출하면서 몰락의 길을 걸었고, 결국 미치광이의 피가 흐르는 모양이라는 수군거림까지 듣게 되었다. 탐욕스럽게 쾌락만 좇는 대령의 모습은 확실히 인간의 도를 넘어섰고, 걸핏하면 아침까지 집에 들어가지 않는 모습은 끔찍한 불면증의 뚜렷한 징후였다. 그는 키가 크고 인물이 좋았으며, 나이가 꽤 들었는데도 머리카락이 놀라울 정도로 변함없이 노란빛이었다. 단순히 당당한 금발 미남이라고 할 수도 있겠지만, 움푹 들어간 푸른 눈은 검은색으로 보였고 눈 사이가 지나치게 좁았다. 노란 콧수염을 길게 길렀는데, 그 양쪽으로 콧구멍에서부터 턱까지 길게 주름이 잡혀 늘 조롱하는 듯한 표정이었다. 야회복 위로 걸친 연노란색의 묘한 외투는 외투라기보다 실내용 가운처럼 보였다. 모자는 지나치게 테가 넓은 연두색이었다. 동양적인 진기한 옷가지를 마구잡이로 사 모으는 듯했다. 그는 이렇게 서로 어울리지 않는 옷 입는 걸 자랑스러워했다. 실은 어울리지 않는 옷들을 자신이 어울리게 입어 낸다는 걸 자랑스러워하는 것이었다.

동생인 목사 역시 노란색 머리에 우아한 모습이었다. 검은 옷의 단추를 턱까지 채우고 깨끗하게 면도한 얼굴은 교양 있고 약간 신경질적으로 보였다. 그는 종교만을 위해 사는 사람 같았다. 그러나 혹자는(특히 장로교 신자인 대장장이는) 이것이 신에 대한 사랑이기보다는 고딕 건축에 대한 사랑이라고, 또한 교회 여기저기를 돌아다니는 유령 같은 모습은 그 형이 아름다움에 대한 거의 병적인 갈망을 보이며 여자와 술에 매달려 사는 것과 다를 바 없으며 기껏해야 약간 더 순수한 표출일 뿐이라고 했다. 하지만 이 비판을 그대로 받아들이긴 어려웠다. 목사의 경건함에는 의심의 여지가 없었기 때문이다. 이 비판은 홀로 남몰래 기도하려는 성향을 이해하지 못한 무지의 결과였으며, 제단 앞이 아닌 지하실이나 신도석, 심지어 높은 종루에서 무릎 꿇고 기도하는 모습을 보인 탓에 나온 말이었다. 목사는 대장간 앞을 지나 교회로 들어가려다가, 걸음을 멈추고 얼굴을 찌푸렸다. 형의 움푹한 눈이 같은 방향을 바라보고 있다는 점을 알아차린 것이었다. 형이 교회에 관심을 보일지도 모른다는 헛된 기대 따위는 아예 없었다. 그렇다면 대장간밖에 없었다. 대장장이는 청교도 신자여서 윌프레드 보언 목사 교회의 신도가 아니었지만, 아름답기로 유명한 대장장이 아내에 대한 소문은 들은 바 있었다. 목사가 대장간 쪽으로 의심 어린 시선을 돌렸을 때, 대령이 웃으면서 자리에서 일어나더니 말을 걸었다.

　「좋은 아침이구나, 윌프레드. 나는 훌륭한 영주처럼 불철주야 내 백성들을 지켜보고 있단다. 이제 저 대장간을 방문할 생각이다.」

윌프레드 목사는 땅을 내려다보며 말했다. 「대장장이는 지금 없어요. 그린퍼드에 간걸요.」

「나도 알아.」 형이 미소를 지었다. 「그러니까 대장간을 방문하려는 거다.」

「형님, 하늘의 불벼락이 두려웠던 적 없나요?」 목사의 시선은 여전히 길바닥의 자갈에 고정되어 있었다.

「그게 무슨 말이냐? 네 취미가 기상학이었냐?」

「내 말은, 주님께서 형님 머리에 벼락을 내리실 거라고 생각해 본 적 없느냔 말입니다.」

「아차, 미처 몰랐구나. 네 취미가 민속학인 모양이구나.」

「형님 취미가 신성 모독이라는 건 익히 알고 있습니다.」 핵심적인 부분을 찔린 목사가 발끈했다. 「형님이 신을 두려워하지는 않는다 해도, 인간을 두려워할 이유는 충분합니다.」

형이 눈썹을 치켜올렸다. 「인간을 두려워한다고?」

「대장장이 반스는 이 근방에서 누구보다 덩치가 크고 힘도 셉니다. 형님이 겁쟁이나 약골이 아니라는 것은 알지만, 반스는 형님을 얼마든지 담장 너머로 던져 버릴 수 있을 겁니다.」 목사가 단호하게 말했다.

급소를 찌르는 진실이었다. 대령의 콧구멍에서 입으로 이어진 주름이 더 깊어지고 어두워졌다. 잠시 동안 조소를 머금고 서 있던 보언 대령은 곧 특유의 유쾌한 유머와 웃음을 되찾았고, 노란 콧수염 아래로 앞니 두 개를 드러냈다. 「그럴 경우에 대비해서 말이다, 사랑하는 동생아, 보언 가문의 이

후계자는 지혜롭게도 부분 갑옷을 입고 나왔단다.」

대령은 기묘한 초록 모자를 벗어 강철이 둘러진 안쪽을 보여 주었다. 그때야 윌프레드 목사는 그 모자가 집에 보관되어 있던 오래된 전리품에서 뜯어낸 동양의 가벼운 투구라는 것을 알아차렸다.

「제일 먼저 손 닿는 곳에 이게 있더구나. 모자는 가장 가까운 곳에서, 여자도 가장 가까운 곳에서 구하는 거지.」대령이 쾌활하게 설명했다.

「대장장이는 그린퍼드에 갔습니다. 언제 돌아올지 모릅니다.」목사가 조용히 말했다.

목사는 부정한 영혼을 상대하지 않겠다는 듯 성호를 그으면서 교회로 들어갔다. 고딕 양식 교회의 차가운 여명 속에서 모든 상스러움을 잊고 싶은 마음뿐이었다. 그러나 그날 아침에는 그의 고요한 기도와 묵상이 어디서든 방해받을 운명이었나 보다. 그 시간이면 항상 비어 있던 교회 안에서 누군가 무릎을 꿇고 있다가 목사의 기척에 황급히 일어나 아침볕이 가득한 입구로 나왔던 것이다. 누군지 알아본 목사는 놀라서 우뚝 멈춰 섰다. 새벽같이 기도하고 있던 그 사람은 교회는 물론이고 그 무엇에도 관심이 없는 마을의 바보이자 대장장이의 조카였다. 제대로 된 이름도 없는 듯 〈미치광이 조〉라고만 불리며 늘 구부정한 모습으로 다니는 힘센 그 사내는 검은 머리카락에 크고 하얀 얼굴을 하고 있었고, 늘 멍하니 입을 벌리고 있었다. 신부의 옆을 스쳐 지나가는 그 백치 같은 표정으로는 그가 무엇을 했는지, 무슨 생각을 했는지 전혀 알 수 없었다. 기도라는 것을 해봤을 리 없는 사내였다. 도대체 무슨 기도를 드렸을까? 분명히 특별한 기도였을 것이다

윌프레드 보언은 그 자리에 꼼짝 않고 서서 그 바보가 햇살이 비치는 바깥으로 나가는 모습을 지켜보았다. 그리고 방탕한 형이 친척이라도 되는 듯 농담 섞인 말로 그를 불러 세우는 모습도 보았다. 그가 마지막으로 본 것은 대령이 조의 열린 입으로 동전을 던지는 장면이었는데, 심각한 표정으로 겨냥하고 있었다.

햇살 아래 이 지상의 어리석음과 잔인함을 뒤로하고, 목사는 드디어 마음을 정화시키고 새로운 생각을 열어 줄 기도를 시작했다. 그는 신도들이 앉는 나무 의자로 갔다. 백합을 들고 있는 천사가 그려진 푸른색 창문 아래 그 의자는 늘 영혼을 차분하게 만들어 주어 그가 좋아하는 자리였다. 멍한 얼굴로 물고기처럼 입을 벌리고 있는 바보에 대한 생각이 점차 사라졌다. 채워지지 않는 굶주림으로 말라빠진 사자처럼 서성이는 사악한 형에 대해서도 생각하지 않게 되었다. 그는 은빛 꽃과 사파이어빛 하늘의 차갑고 감미로운 색채 속으로 점점 더 깊이 빠져들어 갔다.

그렇게 30분쯤 지났을 때, 마을의 구두 수선공 기브스가 급하게 그를 부르러 왔다. 목사는 바로 자리에서 일어났다. 기브스가 직접 교회에 들어왔다는 것은 심상치 않은 일이 일어났다는 뜻이었기 때문이다. 기브스는 여느 구두 수선공과 마찬가지로 무신론자여서, 교회에서 그를 보는 일은 미치광

이 조를 보는 일보다 더 이례적이었다. 실로 신학의 수수께끼로 가득 찬 아침이 아닐 수 없었다.

「무슨 일입니까?」 윌프레드 보언은 떨리는 손을 뻗어 모자를 집으며 딱딱한 말투로 물었다.

무신론자는 놀랄 만큼 정중하게, 더 나아가 공감까지 담아서 쉰 목소리로 대답했다. 「실례합니다만, 즉시 알려 드리지 않으면 안 될 것 같아서 왔습니다. 끔찍한 일이 일어났습니다. 저, 형님께서…….」

윌프레드는 두 손을 힘껏 마주 잡았다. 「형님이 무슨 나쁜 짓이라도 저지르고 있습니까?」 저절로 언성이 높아졌다.

「저, 그런 것이 아니라, 그분은 아무 짓도 저지르지 않았고 앞으로도 그럴 겁니다.」 구두 수선공 기브스가 기침을 했다. 「돌아가셨으니까요. 목사님께서 좀 가보셔야 할 것 같은데요.」

목사는 구두 수선공을 따라 짧은 나선형 계단을 내려가 지면보다 약간 높은 교회 입구로 향했다. 비극적인 광경이 한눈에 들어왔다. 대장간 마당에 검은 옷을 입은 사람들 대여섯 명이 서 있었다. 경찰관, 의사, 장로교 목사, 그리고 대장장이의 아내가 다니는 로마 가톨릭교회의 신부 등이었다. 신부는 붉은색이 섞인 금발 미녀인 대장장이 아내에게 낮은 목소리로 빠르게 무슨 말인가 하고 있었고, 여인은 벤치에 앉아 그저 흐느껴 울었다. 그 앞쪽, 망치 더미 근처에 야회복 차림의 남자가 독수리처럼 활개를 펴고 엎어져 있었다. 윌프레드 목사는 교회 입구에 그대로 선 채 남자의 옷이며 외모, 손가락에 낀 가문의 반지에 이르기까지 모든 것을 알아볼 수 있었다. 다만 남자의 머리는 검은색과 핏물이 뒤섞여 끔찍할 정도로 곤죽이 되어 있었다.

윌프레드 보언은 한눈에 상황을 파악하고 땅으로 내려섰다. 가족의 주치의가 인사했지만, 제대로 쳐다보지도 않았다. 그저 더듬거리며 〈형님이 죽었군요. 이 무슨 끔찍한 일이죠? 이 무슨 수수께끼 같은 일이란 말입니까?〉라고 중얼거릴 뿐이었다. 침묵이 흘렀다. 그중 가장 솔직한 구두 수선공이 마침내 입을 열어 대답했다. 「아주 끔찍한 일이긴 합니다만, 그렇게 커다란 수수께끼는 아니죠.」

「무슨 말씀이시오?」 윌프레드가 백지장같이 창백한 얼굴로 물었다.

「분명한 일 아닙니까. 이 근방에서 저토록 세게 일격을 가할 수 있는 사람은 단 한 명뿐이지요. 게다가 그자는 그렇게 할 이유도 충분하고 말입니다.」 기브스가 대답했다.

「조급하게 판단해선 안 됩니다.」 키가 크고 검은 턱수염을 기른 의사가 다소 신경질적으로 끼어들었다. 「하지만 저 일격에 대한 기브스 씨 의견에 저도 한마디 더할 자격이 있다고 생각하기에 말씀드립니다. 기브스 씨는 저런 일격을 가할 수 있는 사람이 이 근방에서 단 한 사람뿐이라고 했지만, 그런 사람은 아예 없다는 게 제 생각입니다.」

목사의 작은 몸이 불길하게 와들와들 떨렸다. 「무슨 말씀인지 모르겠습니다.」 목사가 말했다.

「보언 목사님,」 의사가 낮은 목소리로 말했다. 「도무지 적당한 비유를 찾기 어렵습니다. 두개골이 달걀껍데기처럼 잘게 부서진 데 더해. 마치 진흙 벽에 총알이 박히듯 뼛조각들이 시체와 바닥에 박혀 있는 상태입니다. 거인의 손이어야 가능한 일이죠.」

그는 잠시 입을 다물었다가 안경 너머로 단호한 시선을 던지며 덧붙였다. 「이런 상황에는 한 가지 이점이 있습니다. 대부분의 사람이 저 일격의 혐의를 벗게 된다는 겁니다. 여러분이나 나, 이 나라의 어느 평범한 사람이 용의자로 끌려가든 무죄 선고를 받을 수밖에 없습니다. 거대한 넬슨 동상 기둥을 어린아이가 훔쳐 갔다고 생각할 수 없는 것과 마찬가지지요.」

「제 말이 바로 그겁니다.」 구두 수선공은 완고했다. 「이렇게 할 수 있는 사람은 단 한 사람뿐이고, 바로 그 사람이 이렇게 했을 거라니까요. 대장장이 시미언 반스는 지금 어디 있습니까?」

「그는 그린퍼드에 가 있습니다.」 목사가 머뭇거리며 대답했다.

「프랑스에라도 가 있다고 하시죠.」 구두 수선공이 투덜거렸다.

「아니, 그린퍼드도 프랑스도 아닙니다.」 작고 생기 없는 목소리가 들려왔다. 어느새 이쪽 무리로 합세한 작달막한 로마가톨릭 신부였다. 「사실을 말하자면, 지금 저렇게 길을 올라오고 있군요.」

신부는 짧게 자른 갈색 머리에 둥글고 둔해 보이는 얼굴로, 인물이 보잘것없었다. 하지만 설사 아폴로처럼 멋진 모습이라 하더라도 그 순간 그에게 눈길을 주는 사람은 아무도 없었을 것이다. 모두가 일제히 몸을 돌려, 저 아래 평원에 구불구불하게 이어진 오솔길을 따라 어깨에 망치를 메고 성큼성큼 걸어오고 있는 대장장이 시미언을 바라보았다. 체구가 크고 골격이 굵은 남자로, 깊은 검은색 눈이 사악해 보였으며 검은 턱수염을 기르고 있었다. 그는 다른 사내 두 명과 조용히 이야기를 나누며 함께 걸어오고 있었다. 특별히 유쾌해 보이진 않았지만 매우 편안한 모습이었다.

「하느님 맙소사!」 무신론자인 구두 수선공이 외쳤다. 「저것이 범행에 사용한 망치군요.」

「아닙니다.」 분별 있어 보이는 황색 콧수염의 경감이 처음으로 입을 열었다. 「범행에 사용된 망치는 교회 쪽 벽 옆에 있습니다. 시체도, 망치도 처음 있던 자리에 그대로 두었습니다.」

모두 일제히 그쪽으로 시선을 돌렸다. 작달막한 신부는 망치가 놓여 있는 곳으로 가서 말없이 그것을 내려다보았다. 망치 중에서도 가장 작고 가벼운 종류여서 특별히 관심받을 만한 물건이 아니었다. 망치 끝부분에 피와 노란 머리카락이 엉겨붙어 있었다.

침묵을 지키고 있던 신부가 고개도 들지 않고 둔한 목소리로 새로운 점을 지적했다. 「수수께끼가 없다는 기브스 씨의 말이 옳다고 하긴 어렵군요. 그렇게 덩치가 큰 사람이 이만한 일격을 가하면서 왜 이토록 작은 망치를 사용했는가 하는 의문이 남습니다.」

「그런 건 아무려면 어떻습니까? 저 시미언 반스를 어떻게 하면 좋겠습니까?」기브스가 흥분해서 소리쳤다

「가만두면 알아서 이리로 올 겁니다. 함께 있는 두 사람을 제가 압니다. 그린퍼드에 사는 아주 선량한 이들이죠. 장로교 예배당 일로 오는 길일 겁니다.」

신부가 말을 채 마치기도 전에 키 큰 대장장이가 교회 모퉁이를 휙 돌아 대장간 마당 안으로 성큼 들어섰다. 그러고는 우뚝 멈춰 서더니 손에서 망치를 떨어뜨렸다. 근엄한 모습을 유지하고 있던 경찰관이 바로 그에게 다가갔다.

「반스 씨, 이곳에서 일어난 일에 대해 당신이 알고 있는지는 묻지 않겠습니다. 말씀하셔야 할 의무도 없고요. 그러나 저는 당신이 이 일을 알지 못하기를, 또 그것을 증명할 수 있기를 바랍니다. 일단 노먼 보언 대령 살해 혐의에 따라 당신을 국왕의 이름으로 체포하는 절차를 밟아야겠습니다.」

「자네는 아무 말도 할 필요가 없어.」구두 수선공이 나섰다.「이분들이 모든 것을 입증하실 테니까. 머리가 저렇게 으깨지는 바람에 아직은 저 시체가 보언 대령인지도 입증되지 않았지만 말이야.」

「그것은 확실합니다.」신부 옆에 서 있던 의사가 말했다.「그건 수사할 필요가 없습니다. 저는 대령의 주치의여서 그의 몸에 관해서라면 그 자신보다도 더 잘 압니다. 아주 섬세한 대령의 손에는 특징이 하나 있는데, 검지와 중지의 길이가 같다는 겁니다. 저건 대령의 시신이 확실합니다.」

의사가 땅바닥의 시체를 쳐다보자, 대장장이의 시선도 대령의 시신으로 향했다.

「보언 대령이 죽은 건가요?」 대장장이가 조용히 말했다. 「그렇다면 천벌을 받은 거겠지요.」

「아무 말도 하지 마! 아무 말도 하지 말라니까.」 무신론자인 구두 수선공이 영국의 법 제도를 그저 찬양한다는 듯 소리쳤다. 종교가 없는 사람만큼 법을 옹호하는 사람도 없는 법이다.

대장장이가 어깨너머로 고개를 돌려 구두 수선공을 보았다. 광신도의 당당한 얼굴이 드러났다.

「당신 같은 이교도들은 여우같이 교묘히 빠져나가는 것에 능하지. 속세의 법이 그런 당신네들을 편들어 주니까. 하지만 주님께서는 당신의 법률을 주머니 속에 고이 간직하고 계시오. 당신도 오늘 그것을 보게 될 거요.」 대장장이가 말했다.

이어서 그는 대령을 가리키며 말을 이었다. 「이 죄악에 물든 짐승 같은 놈이 죽은 것이 언제요?」

「말을 조심하시지요.」 의사가 말했다.

「성경에 있는 말을 고치라고 하시오. 그러면 나도 말을 고칠 테니. 이자가 언제 죽었습니까?」

「오늘 아침 6시에 살아 있는 형님을 보았습니다.」 윌프레드 보언 목사가 더듬거리며 말했다.

「주님께서는 인자하시오. 경찰관 나리, 저는 체포되는 것에 아무런 이의도 없습니다. 그 체포에 결국 반대하게 될 사람은 바로 경찰관 나리입니다. 어차피 저야 오점 하나 없이 법정을 나서겠지만, 나리는 경력에 아주 고약한 실패를 기록하게 될 테니 말입니다.」대장장이가 말했다.

신중한 경찰관이 처음으로 눈을 빛내며 대장장이를 쳐다보았다. 거기 모여 있던 모든 사람이 그랬다. 단 한 사람, 작달막한 신부만이 그 끔찍한 일격의 무기인 작은 망치를 계속바라보았다.

「저와 함께 온 두 사람이 지금 밖에 있습니다.」대장장이가차분하게 설명했다.「여러분 모두 알다시피 그린퍼드에 사는선량한 상인들입니다. 자정 전부터 새벽녘, 그리고 그 이후까지 밤새도록 제가 신앙 부흥 모임에서 영혼을 구원했다고증명해 줄 것입니다. 그린퍼드에도 지난밤을 증명해 줄 사람이 스무 명은 됩니다. 제가 교인이 아니었다면, 경찰관 나리가 파멸의 길로 걸어가든 말든 내버려 두겠지요. 하지만 기독교인으로서 제 알리바이를 여기서 들으실 건지, 아니면 법정에서 들으실 건지 선택할 기회를 드려야 한다는 의무감을느낍니다.」

경감이 처음으로 동요하는 듯 보였다.「그야 물론 여기서모든 혐의를 벗길 수 있다면 좋겠습니다.」

대장장이는 여전히 변함없는 편안한 걸음걸이로 성큼성큼 마당을 나가더니 곧 그린퍼드에서 온 두 친구와 함께 되돌아왔다. 그 자리에 있는 거의 모든 사람과 친하게 지내는이들이었다. 두 사람이 몇 마디씩 말하고 나자 모두의 의혹이 말끔히 사라졌다. 시미언이 결백하다는 점은 머리 위로솟은 거대한 교회만큼이나 확고했다.

침묵이 흘렀다. 그 어떤 말보다 기이하고 참기 어려운 침묵이었다. 무슨 말이라도 해야겠다는 듯이 목사가 가톨릭 신부에게 말을 걸었다. 「브라운 신부님께서는 저 망치에 아주 관심이 많으십니다.」

「그렇습니다. 왜 저렇게 작은 망치를 이용했을까요?」 브라운 신부가 말했다.

의사가 신부에게로 획 돌아섰다. 「맙소사, 그렇군요. 커다란 망치들이 이렇게 널려 있는데, 하필 저렇게 작은 망치를 집어 든다니요?」

그는 목소리를 낮추더니 목사의 귀에 대고 말했다. 「커다란 망치를 들 수 없는 사람이란 뜻입니다. 이 사건에서는 남녀 간의 힘이나 용기의 차이 같은 것은 문제가 되지 않습니다. 어깨 위로 들어 올리는 힘이 문제지요. 대담한 여자라면 가벼운 망치 하나로 열 명을 죽이고도 태연할 수 있지요. 무거운 망치로 딱정벌레를 죽일 수는 없는 일 아닙니까.」

윌프레드 보언 목사는 공포에 싸여 얼어붙은 듯 의사를 응시했다. 반면 브라운 신부는 고개를 한쪽으로 약간 숙인 채 집중해서 귀를 기울였다. 의사는 한층 힘을 주어 말을 이었다. 「왜 이 어리석은 사람들은 아내의 정부를 싫어하는 사람이 그 남편뿐이라고 생각하는 걸까요? 정부를 누구보다 싫어하는 사람은 십중팔구 바로 그 상대 여인입니다. 대령이 얼마나 오만하고 잔혹하게 굴었을지 누가 압니까? 저기 좀 보십시오.」

의사는 벤치에 앉은 붉은 머리 여인을 가리켰다. 고개를

226

든 여인의 아름다운 얼굴에는 눈물 자국이 말라 가고 있었다. 하지만 정신이 나간 듯 묘한 빛을 내는 그 두 눈은 시체에 고정되어 있었다.

윌프레드 보언 목사는 알고 싶은 마음이 없다는 듯 손을 내저었다. 브라운 신부는 대장간에서 날아온 재를 소매에서 털어 내며 무심하게 말했다.

「선생님도 여느 의사들과 같으시군요. 선생님의 정신과학은 배울 만한 점이 많습니다. 하지만 물리과학 쪽에서는 도무지 불가능한 얘기를 하십니다. 남편보다는 여자가 정부를 더 죽이고 싶어 한다는 점에는 저도 동의합니다. 그리고 여자라면 커다란 망치보다는 작은 망치를 집어 드는 것이 당연하겠지요. 문제는 이런 결과가 물리적으로 불가능하다는 것입니다. 이 세상 어떤 여자도 사내의 두개골을 저렇게 납작하게 짓이길 순 없지요.」 그는 잠시 말을 끊었다가 덧붙였다. 「여러분은 사건 전체를 보지 못하고 계십니다. 저 사내는 실제로 강철 투구를 쓰고 있었습니다. 그런데 그게 유리처럼 산산조각 나지 않았습니까. 저 여인을 보십시오, 여인의 팔을 한번 보십시오.」

다시금 침묵이 찾아왔다. 의사가 약간 화내듯이 말했다. 「뭐, 제가 틀렸을 수도 있지요. 늘 이견은 있게 마련이니까요. 하지만 핵심적인 면에서 제 입장은 변함이 없습니다. 바보가 아니고선 어떤 사내도 큰 망치가 있는 상황에서 저렇게 작은 망치를 집어 들지 않을 겁니다.」

윌프레드 보언 목사가 여윈 두 손을 떨면서 머리 위로 들어 올리더니 많지도 않은 노란 머리카락을 잡아 뜯었다. 잠시 뒤 손을 내린 목사가 큰 소리로 말했다. 「그게 제가 듣고 싶었던 말입니다, 잘 말씀해 주셨습니다.」

목사는 진정하고 말을 이었다. 「방금 〈바보가 아니고선 어떤 사내도 저렇게 작은 망치를 집어 들지〉 않을 거라고 하셨지요.」

「네, 그랬습니다만?」 의사가 되물었다

「바로 그겁니다. 바보가 이 범행을 저지른 겁니다.」 목사가 말했다. 모두의 시선이 일제히 집중되었다. 그는 여자처럼 다소 과하게 손을 움직이면서 말을 이었다.

「저는 목사입니다. 목사는 피를 흘리게 해서는 안 됩니다. 다시 말해 어느 누구도 교수대로 가게 해서는 안 된다는 겁니다. 저는 지금 제게 그 범인을 분명하게 알아내도록 해주신 주님께 감사드립니다. 그는 교수대로 보내질 수 없는 사람이기 때문입니다.」

「그자를 고발하지 않을 작정이십니까?」 의사가 물었다

「설사 고발한다 해도 그는 교수형을 당하지 않을 겁니다.」 윌프레드 목사가 묘하게 행복한 미소를 지으며 대답했다. 「오늘 아침 교회에 들어갔더니, 한 미치광이 사내가 기도를 하고 있더군요. 불쌍한 조였지요. 그가 무슨 기도를 했는지는 신만이 알고 계십니다. 하지만 그렇게 미친 사람의 기도가 뒤죽박죽인 것은 놀랄 일이 아니죠. 미치광이라도 사람을 죽이기 전에 기도하고 싶을 수는 있지 않겠습니까. 게다가 제가 마지막으로 보았을 때 미치광이 조는 제 형님과 함께 있었습니다. 형님이 그를 놀리고 있었지요.」

「맙소사.」의사가 소리쳤다.「이제야 납득이 가는군요. 그렇다면 어떻게……」

윌프레드 목사는 진실을 알아냈다는 감격에 몸을 떨었다. 「아직 모르시겠습니까? 모르시겠어요?」목사가 열띤 소리로 외쳤다.「이상한 두 현상을 다 설명할 수 있는, 그리하여 수수께끼 두 개에 답을 줄 수 있는 유일한 설명입니다. 작은 망치와 대단한 일격이라는 두 가지 말입니다. 대장장이는 일격을 가할 수 있지만 작은 망치를 고르지 않을 겁니다. 그의 아내라면 작은 망치를 집어 들겠지만 저 정도 일격을 가하지 못할 테고요. 하지만 미치광이라면 두 가지가 다 가능합니다. 저 작은 망치든 뭐든 손에 잡히는 대로 들었을 테고, 저 일격에 대해서는 아마 의사 선생님께서 더 잘 알고 계시겠지만, 미치광이가 발작하면 열 사람의 힘을 낸다고 하지 않습니까?」

의사가 깊은 숨을 들이마시고 나서 말했다.「맞습니다, 저도 목사님의 말씀이 옳다고 생각합니다.」

브라운 신부는 이야기하는 목사의 눈을 계속 응시했다. 황소같이 커다란 회색 눈이 얼굴 전체에서 얼마나 중요한지 입증이라도 해 보이려는 듯이 말이다. 마침내 조용해졌을 때 신부가 아주 정중하게 말했다.「보언 목사님, 목사님의 설명은 그야말로 완벽하고 반론의 여지가 없습니다. 그리하여 저는 경험에 근거해서 판단하건대, 그것이 사건의 진상이 아니라고 생각합니다.」작달막한 신부는 그 자리를 떠나 다시 망치를 살펴보기 시작했다.

「저 신부는 알아야 하는 것보다 더 많은 것을 아는 모양입니다.」의사가 언짢은 기색으로 윌프레드 목사에게 속삭였다. 「저런 가톨릭 성직자한테는 상당히 음흉한 구석이 있지요.」

「아니, 아닙니다. 범인은 미치광이입니다. 미치광이예요.」보언 목사는 피곤한 기색이 역력했다.

두 성직자와 의사는 더 공식적인 무리, 그러니까 경찰관과 대장장이 등이 모여 있는 쪽과 떨어져 있었다. 세 사람의 대화가 끝나자 다른 무리에서 나오는 이야기가 들리기 시작했다. 브라운 신부는 대장장이가 큰 소리로 떠드는 말을 들으며 조용히 고개를 들었다가 다시금 떨어뜨렸다.

「이제 납득이 가시겠지요, 경찰관님. 말씀대로 저는 힘이 세죠. 하지만 그렇다고 하더라도 그린퍼드에서 여기까지 망치를 던져 날릴 수는 없지 않습니까. 망치에 날개가 달려서 울타리와 들판을 지나 2킬로미터를 날아오지 않고선 말입니다.」

경찰관이 친근하게 웃으며 말했다. 「그렇군요, 당신은 혐의를 벗는 것이 맞습니다. 참으로 보기 드문 우연의 일치로 말입니다. 이제 당신만큼 크고 힘센 사람이 누군지 찾도록 도와달라는 부탁을 드려야겠군요. 아, 그러고 보니 그자를 잡으려면 당신의 힘을 빌릴 수밖에 없겠군요! 생각나는 사내가 없습니까?」

「생각나는 게 있긴 합니다. 하지만 사내가 아닙니다.」창백한 얼굴의 대장장이가 말했다. 그리고 벤치에 앉은 아내의 겁에 질린 시선을 알아채고는 커다란 손을 그 어깨 위에 얹은 채 덧붙였다. 「물론, 여자도 아닙니다.」

「무슨 말인가? 설마 암소가 망치를 휘둘렀다고 생각하는 건가?」 구두 수선공이 익살스럽게 물었다.

「육체를 지닌 인간이 저 망치를 잡았다고는 생각하지 않습니다. 인간 입장에서 말하자면 대령은 혼자서 죽은 겁니다.」 대장장이는 목이 메어 있었다.

윌프레드 목사가 갑자기 앞으로 나서면서 대장장이에게 불타는 듯한 시선을 던졌다.

「그렇다면 반스,」 구두 수선공의 날카로운 목소리가 울렸다. 「망치가 저절로 뛰어 올라가서 저 사내를 때려눕혔다는 건가?」

「아, 신사 여러분이 비웃으실지도 모르겠지만, 교회에서는 신께서 아무 소리 없이 아시리아 왕 산혜립을 때려눕히셨다고 이야기합니다. 모습을 보이지 않고 어느 집에든 걸어 들어가시는 분이 나의 명예를 지켜 주시고, 계율을 모독한 자를 문 앞에서 쓰러뜨리셨다고 믿습니다. 저 일격의 힘은 실로 지진의 힘과 다르지 않습니다.」

윌프레드 목사가 들릴락 말락 한 소리로 〈나도 형님에게 불벼락을 조심하라고 말했소〉라고 말했다.

「그런 분이라면 내 관할 밖입니다.」 경찰관이 살짝 미소를 지었다.

「당신 역시 그분의 관할권 안에 있습니다. 곧 알게 될 겁니다.」 대장장이는 이 말과 함께 넓은 등을 돌려 집 안으로 들어가 버렸다.

떨고 있던 윌프레드는 친절하고 편안하게 대해 주는 브라운 신부에게 이끌려 그 자리를 떠났다. 「자, 이 끔찍한 장소를 어서 벗어납시다. 목사님, 교회를 좀 구경시켜 주시겠습니까? 이 교회가 잉글랜드에서 가장 오래된 교회 중 하나라고 들었습니다. 우리 가톨릭도 옛날 영국 교회에 흥미가 많답니다.」

윌프레드 보언 목사는 유머에 둔감한 사람이어서 웃지 못했다. 그래도 장로교도 대장장이나 무신론자인 구두 수선공보다는 조금 더 공감해 줄 것 같은 사람에게 기꺼이 고딕 양식에 대해 설명할 준비가 되어 있었기에 열심히 고개를 끄덕였다.

「아무렴요. 자, 이쪽으로 들어가시지요.」 보언 목사는 이렇게 말하면서 브라운 신부를 안내했다. 브라운 신부가 목사 뒤를 따라 막 첫 번째 계단을 오르려는데, 누군가가 그의 어깨에 손을 얹었다. 돌아보니 마르고 가무잡잡한 의사였다. 의혹 때문인지 얼굴이 한층 더 어두웠다.

「신부님, 신부님께서는 이 의문투성이 사건에 대해 뭔가 비밀을 알고 계신 것 같은데요. 그냥 혼자서만 간직하실 작정입니까?」

「이보시오, 의사 선생. 저 같은 직업을 가진 사람은, 어떤 일을 확신할 수 없을 땐 그냥 마음속에 비밀로 간직해야 한답니다. 또 확신한다 해도 여전히 마음속에 비밀로 간직해야 하는 의무가 있지요. 하지만 제가 당신이나 다른 분들에게

실례가 될 정도로 지나치게 과묵하다고 여기신다면, 제 원칙이 허용하는 최대한도 내에서 핵심적인 힌트 두 가지를 드리겠습니다.」신부가 부드럽게 웃으며 대답했다.

「그래 주시겠습니까?」

「첫째, 이 문제는 역시 당신의 영역입니다. 물리과학의 문제라는 말입니다. 대장장이는 잘못 생각하고 있습니다. 그 일격이 신의 뜻이라고 말한 부분이 아니라, 그 일격이 기적으로 일어났다고 말한 부분 말입니다. 이것은 기적이 아닙니다. 괴상하고 사악하며 영웅심 가득한 인간 자체가 기적이 아닌 한 말입니다. 두개골을 부순 힘은 과학자들에게 아주 잘 알려진 힘입니다. 자연법칙 중에서도 가장 자주 논의되는 힘이지요.」

얼굴을 찌푸리고 신부를 바라보던 의사가 물었다. 「두 번째 힌트는 뭡니까?」

「두 번째 힌트는 바로 이겁니다. 대장장이가 한 말을 기억하십니까? 그는 기적을 믿으면서도 망치에 날개가 달려 시골길을 2킬로미터나 날아오는 건 동화에나 나올 법한 불가능한 일이라고 비웃었지요.」

「그랬지요, 기억합니다.」의사가 말했다.

「그 동화 이야기야말로 오늘 나온 이야기 중 진실에 가장 가깝습니다.」브라운 신부가 만면에 미소를 띠며 덧붙였다. 그러고는 몸을 돌려 목사를 따라 계단을 올라갔다.

윌프레드 목사는 잠시 신부를 기다리는 동안 창백해지면서 안절부절못했다. 마치 신부가 그 신경줄을 지탱하는 마지막 지푸라기라도 되는 듯했다. 목사는 신부를 자신이 가장 좋아하는 장소로 안내했다. 조각된 지붕에 가장 가까운 구석의 신도석으로, 천사가 그려진 아름다운 창문에서 빛이 비쳐 들고 있었다. 작달막한 가톨릭 신부는 모든 것을 빠짐없이 살펴보며 감탄을 아끼지 않았다. 교회를 둘러보는 동안 신부는 내내 쾌활하면서도 낮은 목소리로 이야기했다. 그러다가 윌프레드 목사가 형이 사망했다는 소식을 듣고 나갔던 옆문과 나선형 계단을 발견했다. 브라운 신부는 계단을 내려가는 대신 원숭이처럼 민첩하게 올라갔고, 어느새 위쪽에서 보언 목사를 불렀다.

「이리로 올라오십시오, 보언 목사님. 공기가 좋습니다.」

보언 목사가 신부를 따라 올라가 건물에서 바깥으로 나 있는 돌 발코니에 섰다. 그곳에서는 작은 언덕과 저 멀리 보랏빛 지평선까지 뻗어 있는 숲, 그리고 인가와 농장이 점점이 흩어져 있는 평원 풍경이 끝없이 펼쳐진 모습이 모두 보였다. 그리고 발코니 바로 아래로 사각형인 대장간 마당이 조그맣게 내려다보였다. 경찰관이 여전히 그곳에 서서 무언가 적고 있었고, 대령의 시신은 마치 으스러진 파리처럼 그 자리에 눕혀져 있었다.

「세상의 지도를 보는 것 같지 않습니까?」 브라운 신부가 말했다.

「그렇군요.」 보언 목사가 고개를 끄덕이며 아주 진지하게 말했다.

두 사람이 서 있는 주변과 바로 아래로는 고딕 건물의 선

234

들이 마치 자살이라도 하듯 아찔하게 빈 공간 속으로 뻗어 나갔다. 중세 시대 건축에는 거대한 에너지의 요소가 담겨 있어, 어느 쪽에서 보든 미쳐 날뛰는 말에 올라탄 듯 돌진하는 느낌을 주었다. 돌로 지은 교회 벽면에는 오래된 버섯들이 수염처럼 나 있고 새들의 둥지로 얼룩이 져 있었다. 아래에서 올려다볼 때는 별을 향해 치솟는 분수 같던 것이, 이렇게 위에서 내려다보니 무언의 심연 속으로 떨어지는 폭포수 같았다. 탑 위의 두 성직자는 고딕 건축의 가장 무시무시한 면을 접하고 있었다. 모든 것이 끔찍하게도 축소되고 비례가 어긋나, 커다란 것은 작게, 작은 것은 커다랗게 보이는 어지러운 모습이었다. 그야말로 공중에 돌로 지어 놓은 뒤죽박죽 세계라 할 만했다. 가까이 있는 돌의 모습은 저 멀리 난쟁이처럼 보이는 들판과 농장을 배경으로 터무니없이 크게 두드러졌다. 새인지 짐승인지 모를 한 귀퉁이의 조각상은 아래쪽의 마을과 목장을 짓밟을 거대한 용처럼 보였다. 커다란 요정이 날개를 쳐대는 공중에 들어 올려진 듯 어질어질하고 위험한 느낌이었다. 대성당만큼이나 높고 화려한 이 오래된 교회는 햇볕이 내리쬐는 시골 하늘 위에 비구름처럼 떠 있는 듯했다.

「기도하기 위해서라 해도 이렇게 높은 곳에 서 있는 건 위험하네요. 높은 것은 올려다봐야지 내려다볼 것이 못 되는군요.」 브라운 신부가 말했다.

「떨어지기라도 할까 봐 그러십니까?」 월프레드 목사가 물었다.

「몸이 떨어지지 않는다 해도 영혼은 떨어질 수 있을 것 같습니다.」

「무슨 말씀인지 모르겠군요.」

「예를 들어 저 대장장이를 보십시오. 선량한 사람입니다만, 제대로 된 기독교인이 아니지요. 단호하고 거만하며 용서할 줄을 모릅니다. 그가 믿는 스코틀랜드 종교는 언덕이나 높은 바위산에서 기도한 이들, 하늘을 올려다보기보다는 세상을 내려다보는 것을 배운 이들이 만든 종교입니다. 겸손함은 거인의 어머니입니다. 골짜기에 있는 사람들은 거대한 것을 봅니다. 반면 정상에서는 작은 것만 보이지요.」

「하지만 그는…… 그는 범행을 저지르지 않았습니다.」 보언 목사의 목소리가 떨렸다.

「그렇습니다, 범행을 저지르지 않았지요. 우리 모두 그 사실을 알고 있습니다.」

잠시 후 신부는 연한 회색 눈으로 저 멀리 펼쳐진 평원을 고요하게 바라보며 말을 이었다. 「내가 아는 한 남자는 처음엔 다른 사람들과 함께 제단 앞에서 예배를 드렸습니다. 그러다가 높고 고독한 곳, 종루나 뾰족탑의 한구석이나 틈새에서 기도하는 것을 더 좋아하게 되었습니다. 그런 현기증 나는 장소로 가면 온 세상이 자기 발밑에서 마치 수레바퀴처럼 돌아갔고, 그의 머리도 함께 돌면서 자신이 마치 신이라도 된 듯한 기분이 들었죠. 그래서 그는 선량한 사람이었음에도 커다란 범죄를 저지르고 말았답니다.」

윌프레드 목사는 얼굴을 돌린 상태였다. 하지만 앙상한 손은 핏기를 잃은 채 돌 난간을 움켜쥐고 있었다.

「그는 세상을 판단하고 죄인을 단죄하는 일이 자신에게 허용된다고 생각하게 되었습니다. 다른 사람들과 함께 교회 바닥에 엎드려 기도했다면 결코 하지 않았을 생각이지요. 그는 모든 인간이 벌레처럼 돌아다니는 것을 보았던 것입니다. 그 중에서도 특히 오만한 독충이 있었습니다. 연두색 모자를 쓰고 있어 눈에 확 띄었지요.」

종루 구석구석에서 까마귀가 울어 댔다. 그 외에 다른 소리는 전혀 들리지 않았다.

「또 한 가지, 이 높은 종루에서는 자연의 가장 무시무시한 힘인 중력을 활용할 수 있습니다. 지상의 모든 것은 공중에서 지구의 중심으로 세차게 떨어져 내리는 법이지요. 자, 저기 대장간 마당에 경찰관이 서 있군요. 만약 제가 이 난간에서 조약돌 하나를 떨어뜨리면, 경찰관 머리에 맞을 때쯤엔 총알 같은 위력을 발휘할 겁니다. 망치를 떨어뜨린다면, 설사 아주 작은 망치라 해도…….」

윌프레드 보언 목사가 다리 하나를 난간 밖으로 뺐다. 브라운 신부가 곧바로 목사의 목깃을 붙잡았다.

「그쪽은 안 됩니다. 그 문은 지옥으로 통하지요.」 신부가 조용히 말했다.

보언 목사는 비틀비틀 뒤쪽으로 물러나 벽에 기대더니 두려움 가득한 눈으로 신부를 응시했다.

「어떻게 이 모든 걸 알아냈습니까? 당신은 악마란 말입니까?」

「저는 인간입니다.」 브라운 신부가 엄숙하게 대답했다. 「그렇기 때문에 제 마음속에도 모든 악마가 들어 있지요. 자, 들어 보십시오. 저는 당신이 했던 일을 알고 있습니다. 적어도 그 대부분을 추측할 수 있지요. 마지막으로 형님을 보았을 때 당신은 분노에 휩싸였고, 불경한 소리만 지껄이는 형님에게 살의를 느껴 작은 망치까지 집어 들었습니다. 겨우 마음을 가라앉힌 뒤 당신은 망치를 외투 아래 감추고 교회로 들어갔습니다. 저 천사의 창문 아래, 위쪽 발코니, 더 위쪽의 발코니 등 여러 곳에서 필사적으로 기도를 했지요. 가장 높은 곳에 올라갔을 때 대령의 동양풍 모자가 보였습니다. 초록색 딱정벌레가 기어다니는 것처럼 느껴졌죠. 그 순간 당신의 영혼에서 무언가가 탁 소리를 내며 끊어져, 당신은 주님의 불벼락을 내린 겁니다.」

윌프레드 목사는 앙상한 손으로 머리를 감싼 채 낮은 목소리로 물었다. 「형님 모자가 초록색 딱정벌레처럼 보였다는 것을 어떻게 아셨습니까?」

「아, 그거라면 상식이지요.」 신부가 미소 지었다. 「조금 더 들어 보시겠습니까? 제가 모든 것을 알고 있긴 하지만, 다른 사람들은 아무도 알아내지 못할 겁니다. 다음 단계는 당신에게 달려 있습니다. 전 다음 단계를 밟지 않을 테니까요. 전 고해성사 때 그러하듯 이 일도 가슴속 깊이 묻어 두겠습니다. 그 이유를 물으신다면, 많은 이유가 있지만 당신과 관련된 것은 하나뿐입니다. 살인범치고는 아직 그렇게 망가지지 않은 상태이기 때문입니다. 대장장이에게 쉽게 죄를 덮어씌울

수 있었지만, 당신은 그렇게 하지 않았습니다. 그 아내에게
도 그랬고요. 대신 지능 낮은 사람을 범인으로 몰려고 했습
니다. 그는 벌 받지 않으리라는 것을 알고 있었기 때문입니
다. 살인범에게서 한 줄기 빛을 찾아내는 것이 제 일이기도
하지요. 이제 마을로 내려가십시다. 그리고 바람처럼 자유롭
게 원하는 길을 가십시오. 저는 할 말을 다 했습니다.」

두 사람은 말없이 나선형 계단을 내려와 다시 햇살 가득한
바깥으로 나왔다. 윌프레드 보언 목사는 대장간 마당으로 들
어가는 나무문을 조심스럽게 열고 경찰관에게 다가갔다. 「자
백하겠습니다. 제가 형을 죽였습니다.」

아폴로의 눈

뿌옇기도 하고 투명하기도 하며 회색으로 흐릿하게 빛나는 템스강의 독특한 수면은, 웨스트민스터 대성당 꼭대기로 태양이 높이 떠오르자 반짝거림이 점점 더해 갔다. 두 남자가 웨스트민스터 다리를 건너고 있었다. 한 쪽은 키가 아주 크고 다른 쪽은 아주 작아 각각 거만하게 솟은 의회의 시계탑, 그리고 대성당의 보다 소박한 둥근 지붕에 비유할 만했다. 게다가 작은 쪽은 성직자 옷을 입고 있었다. 키 큰 남자는 사립 탐정 에르퀼 플랑보로, 대성당 입구 맞은편 새 빌딩에 마련한 사무실로 향하는 중이었다. 작은 남자는 캠버웰의 성 프란시스코 사비에르 성당 소속의 J. 브라운 신부로, 임종 예식을 주관한 뒤 친구의 새로운 사무실을 보러 온 길이었다.

사무실이 있는 건물은 고층에다 전화와 승강기 같은 설비를 잘 갖춘, 그야말로 미국식 빌딩이었다. 아직 공사 마무리가 진행 중이라서 비어 있는 곳이 많았다. 임대된 사무실은 세 개뿐으로, 플랑보의 사무실, 그리고 바로 위층과 아래층이었다. 그 위로 두 개 층과 아래쪽 세 개 층은 아직 빈 상태였다. 이 새로운 고층 건물을 처음 보는 사람은 한 곳에 시선을 빼앗기게 마련이었다. (공사용 발판이 몇 개 남아 있는 것은 둘째치고라도) 플랑보 사무실 바로 위층 바깥쪽으로 번쩍이는 물체 하나가 불쑥 튀어나와 있었던 것이다. 금박을 입힌 거대한 사람 눈 형상이었는데, 창문 두세 개만큼의 공간을 차지한 채 황금빛으로 번쩍였다.

「도대체 저게 뭔가?」브라운 신부가 자리에 멈춰 섰다.「아, 새로운 종교지요.」플랑보가 웃으며 대답했다.「사람에게는 본래 죄가 없다면서 죄를 사해 주는 새로운 종교랍니다. 크리스천 사이언스와 비슷한 것 같습니다. 제 사무실 바로 위층인데, 자칭 칼론이라고 하더군요(진짜 이름이 뭔지는 몰라도 칼론은 절대 아닐 겁니다). 아래층에는 여자 타이피스트 둘이, 위에는 열정 넘치는 사기꾼이 들어 있는 상황이죠. 위층 사람은 자신이 아폴로를 섬기는 새로운 성직자라면서 태양을 숭배하고 있습니다.」

「그자를 조심하는 게 좋겠군. 태양은 신 중에서도 가장 잔인하니 말일세. 그런데 저 괴물같이 생긴 눈은 뭔가?」

「그 종교에서는 인간이 마음만 확고하면 무엇이든 견딜 수 있다고 한답니다. 대표적인 두 가지 상징이 태양과 열린 눈이라고 하더군요. 진정 건강한 사람이라면 태양을 똑바로 바라볼 수 있다고 주장하고요.」

「진정 건강한 사람이라면 태양을 똑바로 바라보는 짓은 하지 않을 텐데…….」

「이것이 제가 저 신흥 종교에 대해 알고 있는 전부입니다.」

플랑보가 가볍게 말했다. 「참, 저 종교도 신체의 모든 질병을 치유할 수 있다고 주장하더군요.」

「그렇다면 저 종교가 단 한 가지 영혼의 질병도 과연 치유할 수 있을까?」 브라운 신부가 자못 심각하게 물었다.

「단 한 가지 영혼의 질병이 뭡니까?」 플랑보가 미소를 지었다.

「아, 자기 영혼이 아주 건강하다고 생각하는 거지.」

플랑보는 위층의 화려한 공간보다는 아래층의 조용하고 작은 사무실에 더 관심이 많았다. 그는 남유럽 출신다운 명쾌함으로 자신이 가톨릭 신자 아니면 무신론자일 수밖에 없다고 생각하고 있었다. 그러니 저 정체 모를 번쩍거리는 신흥 종교는 취향이 아니었다. 그러나 인간애는 그의 취향이었고, 더군다나 아름다운 대상일 경우에는 더욱 그러했다. 아래층 여성들은 나름대로 매력적이었다. 두 여성은 자매였는데, 둘 다 가냘픈 몸매에 피부가 가무잡잡했다. 한 명은 키가 크고 열정적인 미인이었다. 무기의 날카로운 단면을 보는 듯한 매부리코 옆얼굴이 인상적으로 기억에 남는 유형이었다. 이 여성은 삶을 스스로 개척하는 듯했다. 두 눈이 놀라울 정도로 빛났는데, 다이아몬드보다는 강철 같은 빛이었다. 곧고 날씬한 몸매는 너무 경직되어 있어 우아함을 느끼기 어려웠다. 동생은 언니의 축소판이었는데, 조금 더 희고 창백했으며 눈에 덜 띄었다. 두 자매는 남성적인 분위기를 풍기는 커프스와 칼라가 달린 업무용 검정 옷을 입고 있었다. 런던의 사무실에는 그렇게 무뚝뚝하고 부지런한 여성이 수도 없이 많겠지만, 이들에게서 흥미로운 점은 겉으로 보이는 지위가 아닌, 실제 지위에 있었다.

언니 폴린 스테이시는 사실 엄청난 재산에다 한 지역 땅의 절반과 한 가문을 물려받은 상속녀였다. 아름다운 성과 정원에서 어린 시절을 보냈지만 (현대 여성에게 특징적인) 차가운 열정으로 더 가혹하고 고차원적이라 여겨지는 삶에 뛰어들었다. 물론 유산을 포기하지는 않았다. 만약 그랬다면 그 고도의 공리주의에 맞지 않는 낭만적인 혹은 수도사적인 재산 포기가 되었을 것이다. 폴린은 자신의 부를 실용적인 사회적 목적에 사용할 것이라고 말하곤 했다. 재산 일부는 사업에 투자해 타이프라이팅 영업의 모델을 마련했다. 다른 일부는 타이프라이팅에 종사하는 다른 여성들의 발전과 연합을 위해 썼다. 폴린의 동생이자 동업자인 조앤이 그 이상주의에 얼마나 동조하는지는 아무도 모를 일이었다. 하지만 조앤은 충성스러운 개처럼 언니의 지휘를 묵묵히 따랐고, 그런 모습은 언니의 확고하고 고상한 영혼보다 오히려 더 매력적이고 비극적으로 보였다. 폴린은 비극과 거리가 멀었고 비극의 존재를 부정하는 것만 같았다.

플랑보는 건물로 처음 들어가던 날, 폴린의 단호한 민첩성과 냉정한 조급증을 접하고 큰 관심을 갖게 되었다. 그는 승강기를 조종해 각층마다 내려 주는 직원을 기다리며 현관 홀에서 서성이고 있었다. 그러나 눈이 빛나는 매부리코 여성은 그런 식으로 지체되는 상황이 질색이라고 말했다. 승강기 조종에 대해서는 자신도 잘 알고 있으니, 직원, 더 나아가 남자들에게 의존할 필요가 없다고 날카롭게 주장한 것이다. 3층의 사무실로 올라가는 짧은 시간 동안 폴린은 자신의 기본적 관점을 플랑보에게 솔직하게 설명해 주었다. 요점은 자신이 현대 직장 여성이며 현대 기계 장비를 좋아한다는 것이었다. 그 반짝이는 검은 눈은 기술과학을 거부하고 낭만의 부활을 요구하는 사람들에 대한 분노로 이글거렸다. 폴린은 자신이 승강기를 다루는 것처럼 모든 사람이 기계를 다룰 수 있어야 한다고 했다. 그러면서 플랑보가 승강기 문을 열어 주는 것조차 싫어하는 듯했다. 플랑보는 자기 층으로 올라가면서 성마른 자립심에 차 있던 과거의 자기 모습을 떠올리며 미소를 지었다.

폴린은 분명하고 실용적인 성향인 것이 확실했다. 그 가늘고 우아한 손은 급작스럽고 파괴적으로 사용되기도 했다. 한번은 플랑보가 타이프라이팅을 맡기려고 그 사무실에 들어갔다가, 동생의 안경을 바닥에 내던지고 발로 짓밟는 폴린의 모습을 보았다. 폴린은 그 〈역겨운 의료 기구〉가 자신의 나약함을 받아들이는 표시로서 얼마나 큰 윤리적 문제를 지니는지 속사포처럼 떠들어 댔다. 그러고는 그 건강치 못한 인위적인 물건을 다시는 들이지 말라고 엄포를 놓았다. 자신이라면 의족이나 가발, 안경 따위를 절대 사용할 일이 없다고 말하는 폴린의 두 눈이 섬뜩하게 수정처럼 반짝였다.

플랑보는 그런 과도한 반응에 당황한 나머지 (프랑스 사람다운 직설적인 논리를 대입해) 왜 안경을 쓰는 것이 승강기와 달리 나약함의 표시가 되느냐고, 과학이 한 가지 면에서 유익하다면 다른 면에서도 도움이 되는 것 아니냐고 묻지 않을 수 없었다.

「그건 아주 다른 문제예요.」 폴린이 자신만만하게 대답했다. 「배터리나 모터 같은 것들은 인간의 힘을 상징합니다. 그래요, 플랑보 씨, 그러니 그건 여성의 힘을 나타내는 상징이기도 합니다. 거리를 단축하고 시간을 거부하는 위대한 엔진들을 우리가 넘겨받아야 하는 거죠. 숭고하고 위대한, 이것이 바로 과학입니다. 하지만 의사들이 파는 이런 시시한 물건들은 비겁함의 표시에 불과합니다. 의사들은 마치 우리가 불구나 병든 노예로 태어나기라도 한 것처럼 다리나 팔을 만들어 붙여 대지요. 하지만 플랑보 씨, 저는 자유롭게 태어났어요. 사람들은 힘과 용기를 배우는 대신 그저 두려움만 배웠기에 이런 물건들이 필요하다고 생각합니다. 멍청한 유모들이 태양을 똑바로 바라봐선 안 된다고 말해 준 탓에 아이들이 눈을 깜빡이지 않고는 태양을 바라볼 수 없는 것처럼 말이에요. 그렇지만 그 수많은 별 중 왜 내가 보지 못하는 별 하나가 있어야 하죠? 태양은 내 주인이 아니에요. 그러니까 난 언제든 원할 때 눈을 크게 뜨고 그걸 똑바로 바라볼 수 있어요.」

「당신의 눈이 오히려 태양을 눈부시게 할 것 같군요.」 플랑보가 이국적으로 절을 하면서 말했다. 그는 묘하게 경직되어 있는 이 미인에게 찬사의 말을 즐겨 했다. 그런 말이 나오면 상대가 살짝 평정을 잃는다는 것이 그 이유 중 하나였다. 하지만 위층으로 계단을 올라가면서 그는 한숨 섞인 소리로 중얼거렸다. 「그러니까 폴린도 황금빛 눈을 내건 마법사 손아귀에 걸려들었군.」 칼론의 신흥 종교에 대해 아는 바가 거의 없는 플랑보도 태양을 똑바로 바라보는 것에 대한 독특한 주장은 들어 본 적이 있었던 것이다.

플랑보는 자기 위층과 아래층 사이의 영적인 유대가 매우 가까울뿐더러 점점 더 강해지고 있음을 곧 알게 되었다. 칼론이라 불리는 그 사내는, 신체적으로 아폴로의 교황이 되기에 충분할 만큼 훌륭했다. 키가 거의 플랑보만큼 크고 용모는 훨씬 흰하며 황금빛 턱수염, 강건하고 푸른 눈, 사자 갈기처럼 길고 숱이 많은 머리를 지니고 있었다. 니체가 말한 금발의 야수를 연상시키는 그 모든 동물적인 아름다움은, 천재적인 지성과 영성으로 한층 드높아지고 부드러운 빛을 발했다. 만일 그가 위대한 색슨의 왕과 닮았다고 한다면, 왕이자 성인이었던 인물을 꼽아야 할 것이다. 그 모습과 도무지 어울리지 않는 주변의 세속적 도시 환경, 즉 빅토리아 거리의 빌딩 중간층에 위치한 사무실, (평범한 양복 차림의) 젊은 사무직원이 앉아 있는 바깥의 대기실, 이름이 새겨진 동판, 마치 안과 의사 광고판처럼 실외에 내걸린 금박 입힌 교리의 상징 등도, 칼론이라는 남자의 영혼과 신체로부터 나오는 뚜렷한 고뇌와 영감의 흔적을 지우지 못했다. 이 사기꾼 앞에 서면 누구나 상대의 위대함을 느끼게 되었다. 헐렁한 마직 옷의 평범한 차림새일 때도 매혹적이고 강한 인상을 줄 정도였으니, 흰색의 긴 예복을 입고 황금빛 관을 쓴 채 매일 태양 예배를 드릴 때에는 거리의 행인들이 보내던 조소가 갑작스럽게 입술에 얼어붙을 정도로 찬란한 모습이었다. 이 태양 숭배자는 해가 뜰 때와 정오, 그리고 해가 질 때, 이렇게 하루에 세 차례씩 웨스트민스터 대성당 방향인 작은 발코니로 나와서 빛나는 신에게 기도를 올렸다. 브라운 신부와 그의 친구 플랑보가 흰 예복 차림의 아폴로 사제를 처음으로 본 것도, 의회와 교회의 종탑들이 정오를 알린 지 얼마 되지 않은 시점이었다.

태양신에게 올리는 매일의 기도를 자주 보아 온 플랑보는 신부가 뒤따라오는지도 확인하지 않고 건물 현관 안으로 휙 들어갔다. 하지만 브라운 신부는 예식에 대한 직업적인 관심이었는지, 광대놀음에 대한 개인적 호기심이었는지, 그 자리에 멈춰 서서 위쪽을 올려다보았다. 예언자 칼론은 꼿꼿이 서서 두 손을 머리 위로 들어 올리고 기도를 읊조렸는데, 기이할 정도로 잘 퍼져 나가는 그 목소리가 인파로 붐비는 거리 어디서든 분명하게 들렸다. 기도는 이미 중반에 이르러 있었고, 그의 두 눈은 불타는 태양에 고정되어 있었다. 지상의 것은 무엇 하나 내려다보지 않는 듯싶었으니, 오가는 군중 틈에서 눈을 깜빡이며 그를 올려다보는 둥근 얼굴의 작달막한 신부에게 눈길도 주지 않으리라는 점은 당연했다. 어쩌면 그것이 안 그래도 멀리 떨어져 있는 두 사람 사이의 가장 큰 차이일지도 몰랐다. 브라운 신부는 눈을 깜빡이지 않고는 무엇 하나 볼 수 없었지만, 저 아폴로의 사제는 정오의 불타는 태양을 눈꺼풀의 떨림도 없이 응시하고 있었던 것이다.

「오, 태양이여.」 예언자가 소리쳤다. 「오, 저 작은 별들 중에 속하기에는 너무도 위대한 별이여! 우주라는 비밀스러운 공간에서 조용히 흐르는 샘이여! 희고 순결한 모든 것, 하얀 불꽃, 하얀 꽃과 하얀 봉우리의 아버지시여! 당신의 가장 순수하고 고요한 그 모든 자식들보다 더욱 순수한 아버지시여! 원초적인 순수함, 그 평화 속으로…….」

그때 로켓이 추락해 깨지는 듯한 굉음과 함께, 찢어질 듯 날카로운 비명 소리가 울려 퍼졌다. 다섯 사람이 건물로 뛰어 들어가는 것과 동시에 안에서 세 사람이 튀어나왔다. 그리고 모두가 일제히 소리를 질러 다들 귀가 멍멍해졌다. 급작스러운 끔찍한 공포가 거리를 채웠고, 정확히 어떤 나쁜 일이 일어났는지 아무도 몰랐기에 더욱 혼란스러웠다. 하지만 이런 소동 이후에도 여전히 변함없는 두 사람이 있었다. 위쪽 발코니에 서 있는 아폴로의 아름다운 사제와 아래쪽에 선 못생긴 가톨릭 신부였다.

마침내 큰 키에 기운도 센 플랑보가 건물 입구에 나타나 상황을 정리했다. 그는 한껏 목청을 높여 사람들에게 외과 의사를 불러 달라고 부탁한 뒤 뒤돌아서 다시 건물로 들어갔다. 어느새 브라운 신부도 살며시 따라 들어갔다. 몰려든 인파를 헤치고 들어가는 동안에도 분수와 꽃의 친구인 행복한 신을 찬양하는 태양신 사제의 기도 소리가 여전히 들려왔다.

브라운 신부가 들어가 보니, 플랑보를 비롯한 대여섯 명이 평소라면 승강기가 내려와 있어야 할 공간 주변에 서 있었다. 승강기는 보이지 않았다. 대신 다른 것, 승강기를 타고 내려왔어야 할 다른 존재가 거기 있었다.

플랑보는 벌써 4분 이상 그 존재를 살펴보고 있었다. 비극의 존재를 거부했던 아름다운 여인이 머리가 깨진 채 피투성이가 되어 있었다. 그게 폴린 스테이시라는 점은 한 치의 의혹도 없었다. 또한 의사를 불러 달라고 하긴 했지만, 여인이 이미 죽었다는 점 역시 한 치의 의혹도 없었다.

플랑보는 자신이 폴린을 좋아했는지 싫어했는지 확실히 기억할 수 없었다. 좋아하는 부분도 많았고 싫어하는 부분도 많았던 것이다. 하지만 그에게 폴린은 가까운 사람이었고, 그리하여 걷잡을 수 없는 비통함과 상실감에 가슴이 칼로 찌르는 듯 아팠다. 그 아름다운 얼굴과 도도한 말투가 놀랍도록 생생하게 기억났다. 푸른 하늘에 갑자기 벼락이 치듯, 아름답고 당당한 육체가 텅 빈 승강기 통로 공간으로 돌진해 떨어져 내려 죽음에 이르렀다. 자살이었을까? 그렇게 자신만만한 낙천주의자에게는 당치 않은 일이었다. 살인인가? 하지만 들어 있는 사람도 몇 없는 이 건물에서 누가 살인을 저지른단 말인가? 플랑보는 칼론이라는 사내가 어디 있는지 물었다. 강하고 시끄럽게 물으려 했지만 약한 소리가 나왔다. 묵직하고 고요한 목소리가 칼론이 벌써 15분 동안 발코니에서 신을 찬양하는 중이라고 알려 주었다. 플랑보는 고개를 돌려 브라운 신부를 바라보았다. 「그자가 내내 거기 있었다면, 도대체 누가 이런 짓을 한 걸까요?」

「자, 위층으로 올라가서 알아보는 것이 좋겠네. 경찰이 오려면 30분 정도 여유가 있으니 말일세.」 신부가 말했다.

살해당한 상속녀의 시체를 의사에게 맡겨 두고 플랑보는

타이프라이팅 사무실을 향해 계단으로 뛰어 올라갔지만 비어 있었다. 신부가 기다리는 자기 사무실로 돌아온 플랑보는 핏기 없이 창백한 얼굴이었다.

「여동생은 산책이라도 나간 모양입니다.」

브라운 신부가 고개를 끄덕였다. 「그게 아니면 저 태양 숭배자 사무실에 가 있는지도 모르겠군. 내가 자네라면 우선 그것부터 확인하겠네. 그런 다음 여기 자네 사무실에서 이야기하세. 아니지…….」 갑자기 무언가 떠올랐다는 듯 신부가 덧붙였다. 「도대체 언제쯤에나 나는 이 어리석음에서 벗어나려는지 원……. 물론 아래층에 있는 자매의 사무실에서 이야기를 나누어야지.」

플랑보의 눈이 휘둥그레졌다. 그러나 그는 곧 신부를 뒤따라 아래층, 자매의 빈 사무실로 내려갔다. 의중을 드러내지 않은 채 신부가 사무실 입구에 놓인 커다란 붉은색 가죽 의자를 차지하고 앉았다. 층계와 층계참이 잘 보이는 자리였다. 오래 기다릴 필요는 없었다. 4분쯤 지나자 세 사람이 계단을 내려왔다. 다들 엄숙한 표정이었다. 첫 번째 사람은 죽은 여인의 여동생 조앤 스테이시였다. 위층의 아폴로 임시 신전에 있었던 것이 분명했다. 두 번째는 기도를 마치고 위엄 있는 모습으로 내려오는 아폴로의 사제였다. 흰옷과 턱수염, 가르마 탄 머리가 어쩐지 화가 도레의 작품 속 총독 본부를 떠나는 그리스도의 모습과 닮아 있었다. 마지막으로 온 플랑보는 검은 눈썹을 찡그린 채 살짝 당황하고 있는 것 같았다.

나이답지 않게 벌써 머리가 희끗희끗한 조앤 스테이시는

가무잡잡한 얼굴을 찡그리고 곧장 자기 책상으로 가서는 사무적으로 서류를 펼쳤다. 그 행동 하나로 다른 모든 이가 정신을 차렸다. 조앤이 범인이라면 냉혈한임에 틀림없었다. 브라운 신부는 묘한 미소를 띠며 조앤을 잠시 살펴보았고, 눈길을 떼지 않은 채 다른 사람에게 말을 걸었다.

「예언자 양반, 당신의 종교에 관해 설명을 좀 해주시지요.」 칼론에게 한 말이었다.

「기꺼이 그러고 싶습니다만,」 칼론이 관을 쓰고 있는 머리를 숙였다. 「제가 뭘 알겠습니까.」

「자, 이런 겁니다.」 브라운 신부가 솔직하게 의혹을 드러내며 말했다. 「우리는 어떤 사람이 아주 나쁜 원칙을 지니고 있다면 그건 부분적으로는 반드시 그 사람의 잘못이라고 배웠습니다. 하지만 그중에서도 분명한 양심을 지녔으나 자기 양심을 모욕하는 사람과, 온갖 궤변으로 양심이 흐려진 사람은 구분할 수 있습니다. 당신은 진정 살인이 옳지 않다고 생각하시나요?」

「심문하시는 겁니까?」 칼론이 아주 조용하게 물었다.

「아닙니다, 변호하기 위한 말입니다.」 브라운 신부가 이에 질세라 부드럽게 대답했다.

놀라움 섞인 오랜 침묵이 흐르다가, 아폴로의 예언자가 천천히 일어섰다. 그 모습이 흡사 태양이 떠오르는 것 같았다. 그는 방 안을 자기 빛과 생명으로 가득 채웠다. 솔즈베리 평원이라 해도 얼마든지 쉽게 채울 수 있을 듯했다. 긴 옷은 공간 전체에 고전적인 주름을 드리웠고, 극적인 몸의 움직임이 그런 효과를 더욱 크게 했다. 검은 옷을 입은 작달막한 신부의 모습은 그리스의 저 찬란함에 대한 오점이자 방해꾼, 둥글고 검은 얼룩으로 보였다.

「우리가 마침내 만났군요, 가야바¹ 어른.」예언자가 입을 열었다.「당신의 교회와 저의 성전만이 이 지상의 유일한 현실입니다. 저는 태양을 숭배하고, 당신은 태양 빛을 어둡게 하지요. 당신은 죽어 가고 있는 신의 사제지만, 저는 살아 있는 신의 사제입니다. 당신이 현재 하고 있는 의혹과 중상은 신부복과 교리에 잘 어울립니다. 당신이 몸담은 교회는 어둠의 경찰에 지나지 않습니다. 당신은 배반이나 고문을 통해 사람들이 죄를 고백하도록 만드는 탐정이자 스파이일 뿐입니다. 당신은 인간의 범죄를 입증하지만, 저는 그들의 결백을 입증하지요. 당신은 죄악을 입증하지만, 저는 미덕을 입증한단 말입니다.

악의 책을 읽는 당신에게 그 근거 없는 악몽을 영원히 날려 줄 한마디만 덧붙이겠습니다. 당신이 저를 고발하든 말든 제겐 전혀 상관없다는 사실을 당신이 알 리 없겠지요. 당신이 불명예니 끔찍한 교수형이니 하고 부르는 것들이 제게는 다 자란 어른이 어린이 그림책에서 보는 도깨비 정도로밖에 여겨지지 않습니다. 변호하기 위한 말이라고 하셨나요. 저는 이 덧없는 세상에 아무런 미련이 없기 때문에, 고발하기 위한 말을 해드리려 합니다. 이 일에서 제게 불리하게 작용할 한 가지 요소를 직접 털어놓는 것입니다. 죽은 여인은 제 연

1 예수에게 사형 선고를 내린 유대교 대제사장.

인이자 제 신부입니다. 당신네 엉터리 같은 교회에서 합법적이라고 부르는 방식으로 맺어진 것이 아니라, 당신이 아는 그 무엇보다 순수하고 엄격한 법이 우리를 맺어 주었습니다. 우리 둘은 당신들과 다른 세계를 걸었습니다. 당신들이 벽돌 터널과 복도를 터벅터벅 걸어가는 동안, 우리는 수정 궁전을 거닐었습니다. 경찰들은 신자든 아니든 상관없이 사랑이 있는 곳에는 항상 미움이 존재한다고 생각하지요. 이 점이 저를 고발할 만한 첫 번째 이유가 되겠죠. 자, 이제 더 강력한 두 번째 고발 이유가 있습니다. 다 말씀드리지요. 폴린이 나를 사랑했다는 것도 사실이지만, 바로 오늘 아침 저기 저 책상에 앉아 저와 제 새로운 교회에 50만 파운드를 남긴다는 유언장을 썼다는 것도 사실입니다. 자, 수갑은 어디에 있습니까? 제가 당신들의 바보 같은 짓거리에 조금이라도 신경 쓴다고 생각하십니까? 징역살이는 역 앞 길가에서 폴린을 기다리는 것과 다르지 않습니다. 교수형이라면 곤두박질치는 차를 타고 폴린에게 가는 것일 테고요.」

마음을 사로잡을 만한 권위 있는 웅변이었다. 플랑보와 조앤 스테이시는 감탄과 찬사의 눈길로 칼론을 바라보았다. 반면 브라운 신부의 얼굴에는 극심한 고뇌가 가득했다. 그는 이마에 주름이 깊게 한 줄 잡힌 채 바닥을 내려다보았다. 태양신의 사제는 벽난로에 몸을 기대고 말했다.

「이로써 이 사건에서 제게 불리한 점을 간단히 털어놓았습니다. 불리한 점만 말입니다. 이번에는 저에 대한 의혹의 흔적까지 산산이 부숴 버릴 말씀을 더 간단하게 드리겠습니다.

제가 범죄자인지 아닌지는 단 한 문장의 사실이 보여 줍니다. 저는 범죄를 저지를 수 없었습니다. 폴린 스테이시는 12시 5분에 이 층에서 아래로 떨어졌습니다. 저는 제 사무실 발코니에서 12시 직전부터 12시 15분까지 기도를 올리고 있었습니다. 이 점은 아마 백 명이라도 증인석에서 확인해 줄 것입니다. 제 사무직원도(물론 저와는 개인적 연고가 없는 클래펌 출신의 믿음직한 젊은이입니다) 오전 내내 근무하고 있었으니, 수상한 일이 전혀 없었다는 것을 증명해 줄 것입니다. 제가 사무실로 들어간 것이 비명 소리가 울리기 15분 전인 11시 50분이었으며, 그 이후로는 사무실이나 발코니를 떠나지 않았다는 것까지 말입니다. 아무도 이렇게 완벽한 알리바이를 가질 수는 없을 테지요. 웨스트민스터 행인의 절반을 증인으로 세울 수 있으니 말입니다. 수갑은 집어넣으시는 편이 좋지 않을까요. 사건은 이것으로 끝입니다.

이제 마지막입니다. 조금이라도 남아 있을지 모르는 어리석은 의혹을 완전히 씻어 내기 위해, 모두 궁금해하실 내용을 말씀드리겠습니다. 저는 제 불행한 친구가 어떻게 죽음에 이르렀는지 알고 있습니다. 이와 관련해서는 저를, 혹은 제 신앙이나 철학을 비난하셔도 좋습니다. 하지만 이것으로 절 잡아 가두지는 못할 겁니다. 높은 진리를 공부하는 사람들은 과거의 일부 고수나 철인(哲人)들이 공중 부양 능력, 즉 허공에서 스스로 몸을 띄울 수 있는 능력을 터득했다는 점을 잘 알고 있습니다. 이렇게 물질을 정복하는 것이 우리의 신비한 지혜에서 중요한 일부 요소가 되긴 합니다. 딱하게도 폴린은 충동적이고 열정적이었습니다. 그래서 자신이 그 신비스러운 능력에 더 깊이 다가섰다고 착각했던 것 같습니다. 함께 승강기를 타고 내려올 때면, 의지만 충분히 강할 경우 깃털처럼 가볍게 상처 하나 없이 공중에 떠서 내려갈 수 있을 거라는 말을 종종 했습니다. 결국 그런 숭고한 생각의 황홀경에서 폴린이 그 기적을 시험해 본 것이라고 저는 생각합니다. 하지만 의지와 신념은 결정적인 순간에 폴린을 저버렸고, 그보다 낮은 물질의 법칙이 끔찍한 복수를 한 것이지요. 이것이 사건의 슬픈 진상입니다. 여러분이 보기에는 어리석고 정신 나간 짓 같겠지요. 하지만 분명한 것은 이것이 범죄가 아니고, 더구나 저와는 아무 관계 없다는 사실입니다. 그러니 경찰 조사에는 자살이라고 적어 두는 편이 나을 겁니다. 저는 이것을 과학 진보를 위한 영웅적인 실패이자 천국에 이르기 위한 느린 여정이라고 부르겠지만 말입니다.」

이토록 낙담한 브라운 신부의 모습을 플랑보는 처음 보았다. 신부는 여전히 이마에 깊은 주름을 그린 채 고개를 떨구고 미동도 없이 앉아 있었다. 부끄러워하는 듯도 했다. 하긴 그런 감정도 무리가 아니었다. 사람을 의심하는 게 전문인 음울한 신부가 자연스러운 자유로움과 건강을 과시하는 당당하고 순수한 영혼에게 압도되어 버린 것이다. 마침내 신부가 괴로운 듯 눈을 깜빡이며 입을 열었다. 「그 말씀대로라면 당신은 유언장을 챙겨서 가버리면 그만 아닙니까. 그 딱한 여인이 유언장을 어디에 두었을까요.」

「문 옆의 자기 책상에 두었을 겁니다.」 칼론은 누구도 죄를 물을 수 없을 것 같은 결백한 태도였다. 「오늘 아침에 유언장을 쓰겠다고 내게 말했습니다. 그리고 저는 승강기를 타고 사무실로 올라가면서 폴린이 쓰고 있는 모습을 보았지요.」

「그때 이 사무실 문이 열려 있었다는 말씀이군요?」신부가 깔개 귀퉁이에 시선을 두고 물었다.

「그렇습니다.」칼론이 침착하게 대답했다.

「아! 그렇다면 그 후 계속 문이 그대로 열려 있었겠군요.」신부가 여전히 깔개를 응시하며 말했다.

「서류가 여기 있네요.」조앤의 단호한 목소리가 조금 낯설었다. 문 옆에 있는 언니 책상에서 찾은 푸르스름한 종이 한 장을 들고 있었다. 그 얼굴에 상황과 어울리지 않는 냉소가 떠올랐다. 플랑보는 얼굴을 찌푸리고 그 모습을 바라보았다.

예언자 칼론은 초연함을 지키며 그 종이에 다가가지 않았다. 플랑보가 조앤의 손에서 종이를 휙 낚아채 살펴보았다. 공식 유언장 형태로 시작되는 것은 맞으나, 〈내가 죽었을 때 소유하고 있는 모든 재산을 아래의 사람에게 남긴다〉라는 문장 다음에 갑자기 끝나더니 이후로는 펜이 긁힌 자국만 보였다. 유산 상속인의 이름은 눈을 씻고 찾아봐도 없었다. 놀란 플랑보가 이를 신부에게 넘겨주었고, 한번 훑어본 신부는 말없이 태양의 사제에게 건네주었다.

유언장을 살펴본 칼론은 기도복의 긴 주름으로 바닥에 두 줄기 파도를 만들며 방을 가로질러 가서 조앤 앞에 섰다. 그리고 푸른 두 눈을 번뜩이며 소리쳤다.

「여기다 무슨 재주를 부린 거지? 폴린이 쓴 건 이게 다가 아니잖아.」

들고 있던 사람들은 깜짝 놀랐다. 미국 북부 어조를 담은 날카로운 목소리가 좀 전과 전혀 달랐던 것이다. 훌륭하고 위엄 있는 영어는 마치 외투를 벗어 던진 듯 사라졌다.

「책상 위에 있던 것은 그게 다예요.」 조앤은 악의 가득한 미소를 띠고 그에게 맞섰다.

갑자기 남자가 온갖 추악한 욕설을 퍼붓기 시작했다. 칼론의 가면이 벗겨지는 충격적인 순간이었다. 남자의 진짜 얼굴이 드러나고 있었다.

「이것 봐!」 욕설을 퍼붓다가 숨이 막힌 그가 미국식 억양이 두드러지는 영어로 소리쳤다. 「나는 모험가일지 모르지만, 넌 살인자야. 자, 여러분, 이렇게 하여 폴린의 죽음이 설명되는군요. 공중 부양 따위는 개소리입니다. 폴린이 내게 유리한 유언을 쓰려 하자, 저 망할 동생이 들어와서 펜을 빼앗고 승강기 구멍으로 그녀를 밀어 버린 겁니다. 젠장! 결국 수갑이 필요하겠군요.」

「당신이 말한 대로,」 조앤은 끔찍할 정도로 침착했다. 「당신의 사무직원은 아주 믿음직스러운 젊은이지요. 그러니 어떤 법정에 서든, 제가 사건이 일어나기 5분 전부터 사건이 일어나고 5분 후까지 당신 사무실에서 타이프라이팅 작업을 했다는 것을 증언해 줄 거예요.」

침묵이 흘렀다.

「그렇다면 폴린이 혼자 떨어져 죽은 거로군요. 자살인가요?」 플랑보가 외쳤다.

「추락할 때 혼자이긴 했지만, 자살은 아니었네.」 브라운 신부가 말했다.

「그렇다면 어떻게 죽었단 말씀입니까?」 플랑보가 성급하게 물었다.

「살해된 거라네.」

「하지만 계속 혼자 있었는데요.」

「혼자 있을 때 살해된 걸세.」

방 안의 모든 사람이 신부를 응시했지만, 그는 여전히 이마에 주름살을 그린 채 슬프고 부끄럽다는 표정이었다. 목소리도 공허하고 서글펐다.

「제가 알고 싶은 것은 말입니다,」 칼론이 욕설을 섞어 가며 외쳤다. 「저 피에 굶주린 사악한 여자를 잡아넣을 경찰이 언제 오느냐는 겁니다. 저 여자는 피를 나눈 자신의 언니를 죽였습니다. 게다가 신성하게 제 소유가 되었어야 할 50만 파운드를 빼앗아 갔단 말입니다.」

「진정하시오, 예언자 양반. 이 덧없는 세상에 아무 미련 없다고 하지 않았소?」 플랑보가 코웃음을 쳤다.

태양신의 사제는 어떻게 해서든 본래 모습으로 돌아가려 애썼다. 「이것은 돈만의 문제가 아닙니다. 물론 온 세상에 이 믿음을 퍼뜨리기에 충분한 돈이긴 합니다만. 더 중요한 것은 제 사랑하는 이의 소망이었다는 점입니다. 폴린에게 이는 아주 성스러운 일이었습니다. 폴린의 눈에는⋯⋯.」

브라운 신부가 갑자기 벌떡 일어서는 바람에 의자가 뒤로 넘어갔다. 얼굴은 죽은 사람처럼 창백했으나 희망의 빛을 찾

아폴로의 눈 **259**

은 듯했다. 두 눈이 반짝거렸던 것이다.

「바로 그거야!」 신부가 명료한 소리로 외쳤다. 「그게 바로 이 사건의 시작이군. 폴린의 눈에는……」

키 큰 예언자는 극도의 혼란에 빠져 작달막한 신부에게서 뒷걸음질을 쳤다. 「지금 무슨 말을 하는 거야! 어떻게 당신이 감히……」

「폴린의 눈에는……」 신부가 점점 더 눈을 반짝이며 반복 했다. 「어서, 어서 계속하시오. 가장 사악한 범죄라 해도, 참회 한 뒤에는 가벼워지는 법이오. 제발 참회하시오, 어서. 폴린의 눈에는……」

「비켜라, 이 악마야!」 칼론이 마치 묶여 있는 거인처럼 몸 부림쳤다. 「너는 누구냐? 이 저주받을 스파이 같으니. 내 몸 에 거미줄을 감고 나를 엿보고 있었던 거냐? 비켜라!」

「붙잡을까요?」 칼론이 문을 열어젖히고 밖으로 나가자, 플 랑보가 뒤따라 뛰어나갈 태세를 보이며 물었다.

「아니, 그냥 놔두게.」 브라운 신부가 마치 우주의 심연에서 나오듯 기이하게 깊은 한숨을 내쉬며 말했다. 「카인은 그냥 내버려 두게. 그는 어차피 신에게 속해 있으니.」

칼론이 나간 뒤 방 안에는 긴 침묵이 흘렀다. 궁금증을 꾹 참고 있는 성미 급한 플랑보에게는 참을 수 없이 긴 고통이 었다. 조앤은 아무 일 없다는 듯 책상 위의 서류 뭉치를 묶고 있었다.

「신부님,」 마침내 플랑보가 입을 열었다. 「이건 호기심일 뿐 아니라 제 의무이기도 합니다. 누가 범인인지 알아내야 합니다.」

「어떤 범죄에 대한 범인 말인가?」 브라운 신부가 물었다.

「그야 물론 우리가 다루고 있는 이 범죄 말이지요.」 답답하다는 듯 플랑보가 답했다.

「우리는 두 범죄를 다루고 있네. 경중이 아주 다른, 범인도 서로 다른 두 범죄지.」

조앤은 서류 정리를 끝내고 서랍을 잠갔다. 조앤이 이쪽을 신경 쓰지 않듯, 브라운 신부도 그쪽에 신경 쓰지 않고 말을 이었다.

「두 범죄는 같은 사람의 같은 약점을 이용해서 돈을 갈취할 목적으로 행해졌네. 더 큰 범죄를 꾸민 자가 더 작은 범죄로 인해 계획이 좌절됐다는 것을 깨달았지. 결국 작은 범죄를 꾀한 자가 돈을 차지하게 되었고.」

「강의를 시작하지 마시고, 간단하게 몇 마디로 하시지요.」 플랑보가 투덜거렸다.

「한마디로 말해 주겠네.」 신부가 대답했다.

조앤 스테이시는 작은 거울 앞에서 직업인다운 딱딱한 얼굴 위에 직업인다운 검은 모자를 눌러썼다. 그러고는 대화가 진행되는 상황에 아랑곳하지 않고 서둘러 손가방과 우산을 챙겨 들고 방을 나가 버렸다.

「진상은 한 단어, 그것도 아주 짧은 단어로 말할 수 있지. 폴린 스테이시는 장님이었어.」 브라운 신부가 말했다.

「장님이라고요!」 플랑보는 놀라 자리에서 일어났다.

「유전병이었네. 여동생도 폴린이 허락만 했다면 안경을 쓰기 시작했을 거야. 하지만 병에 굴복함으로써 병을 키워선 안된다는 것이 바로 폴린의 독특한 철학이자 믿음이었네. 폴린은 눈이 흐려진다는 것을 인정하지 않았고 의지로 극복하려 했어. 그럴수록 폴린의 눈은 혹사당하면서 점점 더 나빠졌지. 하지만 더 혹사당할 일이 생겼어. 저 칼론인지 뭔지 하는 위대한 예언가가 이글이글 불타는 태양을 맨눈으로 쏘아보도록 가르친 거지. 그런 행위가 아폴로를 받아들이는 것이라고 했겠지. 저 새로운 이교도들이 고대 이교도였다면 조금은 더 현명했을 걸세. 고대 이교도들은 맨눈으로 자연을 숭배하는 것의 부작용을 알고 있었거든. 아폴로의 눈이 사람의 눈을 망쳐 장님으로 만들어 버리는 것을 말이야.」

　신부는 잠시 숨을 들이쉬고 말을 이었다. 목소리가 살짝 갈라졌다. 「저 악마가 의도적으로 폴린을 장님으로 만들었는지는 모르지만, 장님인 것을 이용해 계획적으로 살해한 것은 분명하네. 범죄는 너무나 단순했어. 자네도 알다시피 저 남자와 폴린 양은 다른 사람의 도움 없이 승강기를 타고 다녔지. 승강기는 아주 부드럽고 조용하게 움직였어. 남자는 승강기를 타고 폴린의 사무실이 있는 층에서 내렸고, 문이 열려 있어서 폴린이 약속대로 유언장을 써 내려가는 모습을 확인했네. 남자는 승강기를 잡아 두었으니 준비되는 대로 나오라고 하고는, 버튼을 눌러 소리 없이 문을 닫고 자기 사무실로 올라갔지. 이렇게 사무실로 들어온 그는 발코니로 나가서 거리의 군중 앞에서 안전하게 기도를 드리고 있었던 거네. 한편, 유서를 다 쓴 폴린은 사랑하는 사람과 승강기가 기다리는 곳으로 달려 나와 발을 내밀어…….」

「거기까지요! 이제 됐습니다.」플랑보가 소리쳤다.

「승강기의 버튼을 누르는 것만으로 칼론은 50만 파운드를 받을 수 있었던 거라네.」작달막한 신부는 끔찍한 이야기를 할 때 늘 그렇듯이 담담한 목소리였다. 「하지만 그 계획은 틀어졌어. 그 돈을 원하고 또한 폴린이 시력을 잃어 가고 있다는 비밀을 알고 있는 또 한 사람이 있었기 때문이지. 유서에는 아무도 알아차리지 못했던 중요한 점이 한 가지 있네. 미완성에 본인의 서명도 없는 유서지만, 증인란에는 조앤과 하인들이 이미 서명을 해두었다는 거야. 조앤은 법적인 형식을 크게 개의치 않는 대개의 여성들처럼 내용은 나중에 언니가 쓰라면서 자기가 먼저 서명했지. 증인들이 보는 앞에서 폴린이 유서를 쓰지 않게 만든 거야. 왜냐고? 조앤은 폴린이 혼자 유서를 쓰도록, 그리하여 결국 완성하지 못하도록 하고 싶었거든.

스테이시 자매 같은 사람들은 항상 만년필을 쓰지. 폴린역시 당연히 그랬을 테고. 습관과 강한 의지, 그리고 기억력 덕분에 폴린은 마치 눈이 보이는 사람처럼 글을 쓸 수 있었네. 하지만 언제 잉크를 넣어야 할지는 알 수 없는 노릇이었어. 만년필 잉크는 늘 동생 조앤이 맡아서 채워 줬지. 하지만 이번에는 채우지 않았어. 몇 줄 쓰고 잉크가 나오지 않으면서 유언장은 미완성이 되었지. 그래서 저 예언자는 50만 파운드도 받지 못하고, 인류 역사상 가장 잔인하고 영리한 살인을 저지른 악한이 되고 말았네.」

플랑보가 열린 문으로 다가가 계단을 올라오는 경찰관들의 소리를 들었다.「불과 10분 만에 칼론이 범인인 것을 알아내시다니, 정말 치밀하게 살펴보신 모양입니다.」

「아, 그건 아니네. 치밀하게 살펴본 것은 조앤 양과 만년필 쪽이었지. 칼론이 범인이라는 건 이 건물에 들어오기 전부터 이미 알고 있었네.」

「농담하지 마십시오.」

「정말이야. 그가 무슨 짓을 했는지 알기 전부터 그가 범인이라는 건 알고 있었단 말일세.」

「대체 어떻게요?」

「저런 이교도 사제는 항상 자기 힘 때문에 실패하게 마련이네. 요란한 소리가 나고 비명 소리가 울려도 아폴로의 사제는 놀라지도, 주위를 둘러보지도 않더구먼. 나는 그게 무슨 일인지 몰랐으나, 그가 예상하던 일이라는 건 충분히 알 수 있었지.」

부러진 검의 의미

숲의 수천 개 팔은 회색빛, 수백만 개 손가락은 은빛이었다. 녹색과 푸른색이 섞인 어두운 하늘에서는 별들이 깨진 얼음 조각처럼 스산하게 반짝였다. 나무들만 빽빽하고 인가가 드문 시골 지역은 매섭고 차가운 서리에 뒤덮여 딱딱하게 굳어 있었다. 나무들 사이의 시커먼 공간은 마치 스칸디나비아 지옥의 바닥 모를 검은 동굴, 상상할 수 없을 만큼 추운 그곳처럼 보이기도 했다. 교회의 사각 돌탑조차 저 북쪽 이교도들의 것, 아이슬란드 암초들 사이에 선 야만적인 탑 같은 느낌을 주었다. 교회 묘지를 찾아가기에는 참으로 기묘한 밤이었다. 다른 한편으로는 모험의 가치가 충분한 것일지도 몰랐다.

교회 묘지는 숲속의 잿빛 땅에 혹처럼 불쑥 튀어나와 있었다. 녹색 잔디가 별빛을 받아 회색으로 보였다. 무덤 대부분은 경사면에 있었고, 교회로 올라가는 오솔길은 계단처럼 가팔랐다. 언덕 꼭대기의 평평한 지점에 이르면, 그곳을 유명하게 만들어 준 기념비가 보였다. 주변의 특징 없는 무덤들과 대조되는 그 기념비는 저명한 유럽 조각가의 작품이었다. 조각가의 명성이 기념비 주인의 명성에 가려 곧 잊히긴 했지만 말이다. 은빛 연필 같은 별빛 아래 금속으로 만든 군인의 모습이 드러났다. 총을 베개 삼아 머리를 넌 그는 강인한 두 손을 마주 잡고 영원한 기도를 올리고 있었다. 믿음직한 얼굴은 뉴컴 대령[1]처럼 턱수염과 구레나룻으로 덮여 있었고, 군복은 간결한 터치로 표현되긴 했지만 요즘과 똑같은 형태였다. 군인의 오른쪽에는 끝이 부러진 군도가, 왼쪽에는 성경이 조각되어 있었다. 햇살 좋은 여름날 오후에는 이 조각상을 보려는 미국인들과 인근 주민들이 사륜마차에 가득 타고 찾아오곤 했다. 그런 때조차 광활한 숲속에 홀로 자리 잡은 교회와 묘지는 쓸쓸히 버려진 곳으로 여겨졌다. 그러니 한겨울 이 얼어붙은 어둠 속에서는 세상에 홀로 남은 느낌이 드는 것이 당연했다. 그럼에도 딱딱하게 군은 숲의 정적 속에서 나무문이 삐걱 열리더니, 검은 옷을 입은 두 사람이 기념비로 이어지는 오솔길을 오르기 시작했다.

차가운 별빛이 희미한 탓에 두 사람이 검은 옷차림이라는 것, 한쪽은 키가 무척 크고 다른쪽은 (대조되어 더욱 그렇겠지만) 깜짝 놀랄 정도로 작다는 것만 보였다. 두 사람은 위용 넘치는 그 거대한 묘지에 다다른 뒤 몇 분 동안 말없이 그것을 응시했다. 주위를 아무리 넓게 잡고 살펴도 사람 하나, 아니 생명체 하나 없었다. 두 사람이 과연 살아 있는 존재일까

---

1 영국 작가 윌리엄 새커리의 소설 『뉴컴 일가』에 등장하는 인물. 인도 장교들처럼 무성한 수염을 기른 모습이다.

의심스러울 지경이었다. 두 사람의 대화도 기이하게 시작되었다. 갑자기 키 작은 남자가 입을 열었다.

「현명한 사람은 조약돌을 어디에 숨기겠는가?」

「해변에 숨기겠죠.」키 큰 사내가 낮은 목소리로 대답했다.

작은 사내가 고개를 끄덕이더니 잠시 후 다시 물었다. 「현명한 사람은 잎사귀를 어디에 숨기겠는가?」

「숲속에 숨기겠죠.」

침묵이 흐른 뒤 이번에는 키 큰 사내가 말했다. 「현명한 사람은 진짜 다이아몬드를 가짜 다이아몬드들 사이에 숨긴다는 말을 하고 싶으신 겁니까?」

「아닐세, 아니야. 흘러간 일은 흘러간 대로 내버려 둬야지.」키 작은 사내가 웃었다.

그는 언 발을 몇 번 구르고 나서 덧붙였다. 「정말로 그 생각은 전혀 안 했네. 다른 것, 아주 엉뚱한 걸 생각했지. 성냥 좀 켜주겠나?」

체구 큰 남자가 주머니를 뒤지더니 곧 성냥불을 켰다. 기념비의 평평한 면이 어둠 속에서 황금빛으로 떠올랐다. 그토록 많은 미국인이 경건하게 읽었던 유명한 글귀가 검은색으로 새겨져 있었다. 〈아서 세인트 클레어 장군을 기리며. 항상 적을 무찌르고, 항상 그들을 용서했으나, 마침내 그들 손에 죽임을 당한 영웅이자 순교자. 그가 믿었던 하느님께서 보상과 복수를 해주시길.〉

성냥은 키 큰 남자의 손가락 끝까지 타 들어가 까맣게 된 뒤 떨어졌다. 두 번째 성냥을 그으려는 그를 키 작은 일행이 말렸다. 「됐네, 플랑보. 보고 싶었던 것은 다 보았네. 아니, 보고 싶지 않은 것을 보지 않은 것일지도. 지금부터 2.5킬로미터는 족히 걸어야 여관이 나올 거야. 거기서 다 얘기해 주겠네. 그런 이야기를 하려면 벽난로와 맥주가 필요하다는 것을 하늘도 알고 계실 테지.」

두 사람은 가파른 길을 내려와 녹슨 문을 걸어 잠그고 얼어붙은 숲속 길을 뚜벅뚜벅 걷기 시작했다. 5백 미터쯤 걸어 내려왔을 때 키 작은 남자가 다시 입을 열었다. 「맞아, 현명한 사람은 조약돌을 해변에 숨기지. 하지만 해변이 없다면 어떻게 해야 할까? 자네는 저 위대한 세인트 클레어 장군이 어떤 문제를 겪었는지 알고 있나?」

「영국 경찰에 관해서라면 조금 알지만, 영국 장군이라면 아무것도 모릅니다, 브라운 신부님.」 키 큰 남자가 웃었다. 「제가 아는 것이라고는 그저 신부님이 이끄는 대로 누군지도 모를 이 사람의 자취를 찾아 꽤나 먼 길을 다니고 있다는 점뿐입니다. 여섯 군데에 묻힌 사람이라 할 수도 있겠군요. 웨스트민스터 사원에 세인트 클레어 장군의 기념비가 있고, 템스 강변에 말을 탄 조각상이 있었죠. 그가 태어났다는 거리, 그리고 그가 살았다는 또 다른 거리에서는 세인트 클레어 장군의 훈장을 보았습니다. 지금은 한밤중에 이 교회 묘지의 무덤까지 보게 되었고요. 위대한 이 인물한테 이제 좀 질려 버렸습니다. 게다가 누군지도 전혀 모르는 상황이니 말입니다. 장군을 기념하는 곳마다 찾아다니면서 무엇을 찾고 계시는 겁니까?」

「단 한마디의 말을 찾고 있다네. 저기에도 적혀 있지 않았던 한마디.」

「제게도 이야기 좀 해주시지요.」

「이야기는 둘로 나누어지네. 하나는 모두가 알고 있는 것, 다른 하나는 내가 알고 있는 것. 모두 아는 이야기는 짧고 평범하지. 하지만 전부 틀린 이야기라네.」

「신부님이 아는 얘기는 옳은 것이겠죠.」 플랑보가 활기차게 말했다. 「그럼 틀린 쪽부터 가볼까요. 모두가 아는, 진실이 아닌 그 이야기부터요.」

「그 이야기는 완전히 허위는 아닐지라도 아주 불충분하지. 모두가 아는 이야기는 이렇다네. 아서 세인트 클레어 장군은 위대한 영국의 장군이었다는 것, 인도와 아프리카에서 아주 훌륭하고 치밀한 작전을 수행한 뒤 브라질의 애국자 올리비에의 최후통첩에 맞섰다는 것, 소규모 병력으로 올리비에의 브라질 대군을 공격해 영웅적 항전 끝에 붙잡혔다는 것, 근처 나무에 목이 매달려 죽음으로써 문명 세계의 증오를 불러일으켰다는 것이지. 브라질군이 후퇴한 뒤 발견된 시체는 부러진 군도를 목에 걸고 있었네.」

「그 유명한 이야기가 사실이 아니란 말입니까?」

「아니, 사실이네. 모두 맞는 이야기야.」 신부가 조용히 대답했다.

「이 내용으로 충분하지 않나요? 다 맞는 얘기라면 대체 뭐가 수수께끼란 말입니까?」

유령처럼 서 있는 회색 나무를 수백 그루 지나친 뒤에야 키 작은 신부가 입을 열었다. 생각에 잠겨 한참 손끝을 물어 뜯은 후였다. 「이 수수께끼는 심리적인 거야. 아, 두 가지 심리의 수수께끼라 해야겠군. 영국과 브라질의 그 전쟁에서 현대 역사상 가장 유명한 두 인물이 성격과 완전히 반대되는 행동을 했거든. 올리비에와 세인트 클레어는 둘 다 노련한 전쟁 영웅으로, 실수를 저지를 사람들이 아니었어. 헥토르와 아킬레우스의 싸움이라고나 할까. 자, 아킬레우스가 겁쟁이이고 헥토르가 배신자로 행동한 전투가 있었다면 자네는 뭐라고 하겠는가?」

「어서 계속 말씀해 보십시오.」신부가 다시 손끝을 물어뜯기 시작하자 플랑보가 재촉했다.

「아서 세인트 클레어는 신앙이 독실한 옛날 군인이었어. 무작정 공격하기보다는 의무를 다하는 사람으로, 개인적으로는 용맹하지만 신중한 지휘관이었네. 불필요하게 휘하 병력을 잃는 일을 참을 수 없어 했지. 하지만 이 마지막 전투에서만은 어린아이조차 바보 같다고 여길 만한 일을 감행했네. 그 전투가 얼마나 무모했는지는 전략가가 아니더라도 알 수 있었어. 찻길에서 버스를 피해야 한다는 건 전략가만 아는 일이 아니지 않은가. 자, 이것이 첫 번째 수수께끼네. 위대한 영국 장군의 머리가 도대체 왜 그렇게 움직였을까? 두 번째 수수께끼는 브라질 장군의 마음이 도대체 왜 그렇게 움직였을까 하는 것이네. 올리비에는 몽상가니 방해꾼이니 하고 불리긴 해도 적들조차 인정할 만큼 관대한 사람이었거든. 그는 잡은 포로들을 거의 다 풀어주었고, 심지어 돈까지 쥐여 주었네. 그를 원수처럼 여기던 사람도 직접 만나면 그의 단순하고 따뜻한 성품에 감동받을 정도였지. 그런 그가 어째서 그때 평생 딱 한 번 극악무도한 복수를 감행했을까? 아군이 별 피해도 입지 않은 한 차례 공격에 대해서 말이야. 자, 여기까지네. 세상에서 가장 현명한 사람이 아무 이유 없이 바보 같은 행동을 했고, 세상에서 가장 착한 사람이 아무 이유 없이 악마 같은 행동을 했네. 이것이 핵심이야. 자네의 판단은 어떤가?」

「아뇨, 제게 묻지 마십시오. 신부님이 판단해 주십시오. 남은 이야기도 해주시고요.」

「지금까지 말한 내용이 세상 사람들이 아는 전부는 아니야. 그다음에 일어난 일 두 가지를 덧붙여야 하네. 그 일들이 새로운 빛을 던져 주었다고 말할 수는 없네. 제대로 이해한 사람이 아무도 없었으니까. 오히려 새로운 어둠을 던져 주었지. 어둠을 새로운 방향으로 던져 주었다고나 할까. 첫 번째는 세인트 클레어 장군 가족의 주치의가 가족들과 갈등을 벌인 끝에 폭로성 글을 여러 편 발표한 거야. 죽은 장군이 종교 광신도라는 내용이었네. 하지만 장군이 종교적인 사람이라는 것 이상의 의미는 없었기에 반향이 크지 않았지. 장군의 청교도 신앙이 유난했다는 건 모두가 아는 일이었으니까. 두 번째 일은 조금 더 주목할 만한 것이었네. 블랙강 전투에서 무모하게 돌격을 감행한 불운한 연대에 키스 대위라는 사람이 있었지. 당시 세인트 클레어 장군의 딸과 약혼한 상태였고 이후 결혼했어. 대위는 올리비에에게 포로로 잡혔지만,

별문제 없이 풀려났다네. 장군을 제외한 모든 포로가 그랬으니까. 20년이 지난 뒤 중령이 된 키스는 『버마와 브라질의 한 영국 장교』라는 자서전을 출판했어. 세인트 클레어 장군의 수수께끼 같은 비극에 대한 설명을 기대한 독자가 많았지만, 그저 다음과 같이 언급되었을 뿐이네. 〈영국의 영광은 그 자체로 소중히 다뤄져야 한다는 필자의 옛날식 사고방식에 따라 이 책은 일어났던 모든 일을 정확하게 그대로 기록했다. 단 한 가지 예외는 블랙강 전투의 패배다. 사적(私的)이긴 하나 명예를 위해 침묵이 꼭 필요하기 때문이다. 하지만 뛰어난 두 인물이 정당하게 기억되도록 덧붙여 둘 말이 있다. 세인트 클레어 장군은 이 전투에서 무능했다고 비판받지만, 제대로 이해하기만 한다면 그 작전은 그의 평생 가장 뛰어나고 훌륭한 것이었다. 브라질의 올리비에 또한 무자비한 야만인 취급을 받는 상황이지만, 이 전투에서 그는 평소의 선량한 성품 그 이상을 보였다는 점을 인정하지 않을 수 없다. 다시 말해 세인트 클레어는 절대 바보가 아니고, 올리비에 역시 악한이 아니라는 점을 분명히 밝히고자 한다. 이것이 필자가 쓸 수 있는 전부다. 그 어떤 상황에서도 이 이상은 한마디도 하지 않을 것이다.〉」

눈앞의 무성한 잔가지들 사이로 눈덩이처럼 반짝이는 커다란 달이 보였다. 달빛 덕분에 신부는 키스 중령의 글귀를 눈으로 확인하면서 읽어 줄 수 있었다. 신부가 메모지를 접어 주머니에 넣는 동안, 플랑보는 손을 들고 프랑스식 손짓을 했다.

「잠시만 기다려 보세요, 잠시만요. 제가 한번 추측을 해보겠습니다.」

플랑보는 검은 머리와 황소같이 굵은 목을 앞으로 내밀고 거친 숨을 쉬면서 경보 선수처럼 성큼성큼 걸었다. 체구가 작은 신부는 그런 플랑보의 모습이 재미있었지만, 같은 속도로 나란히 걷기란 쉽지 않았다. 앞쪽의 나무들이 왼쪽과 오른쪽으로 살짝 물러나면서 달빛이 비치는 계곡을 가로지르는 내리막길이 시작되었다. 그러다가 다시 울창한 숲이 이어졌다. 멀리 보이는 숲 입구는 작고 둥글어 마치 기차 터널의 검은 구멍처럼 보였다. 하지만 몇백 미터 이내로 가까워지자 커다란 동굴처럼 입을 떡 벌렸다. 그 부근에서 플랑보가 다시 입을 열었다

「알 것 같습니다.」 그는 커다란 손으로 자기 넓적다리를 때렸다. 「4분 정도 생각하고 나니 저도 사건의 전말을 알겠습니다.」

「좋아, 말해 보게.」

플랑보는 고개를 세우고 목소리를 낮추었다. 「아서 세인트 클레어 장군은 집안 대대로 유전되는 광기를 타고났습니다. 장군은 이 사실을 딸에게, 그리고 가능하다면 미래의 사위에게 감추려 애썼습니다. 그는 자신의 광기가 폭발하는 마지막 순간이 다가왔다고 판단해 자살을 결심했습니다. 그 판단이 옳았을 수도, 틀렸을 수도 있겠지만요. 평범하게 자살했다간 유전병이 세상에 드러날 상황이었습니다. 전투가 임박하면서 장군의 머릿속 구름이 점차 짙어졌고, 마침내 광기의 그

순간, 그는 사적인 이익을 위해 공적인 의무를 희생시킨 겁니다. 적의 첫 총탄에 쓰러지기를 바라며 과감하게 돌격했죠. 하지만 불명예스럽게도 포로로 잡혔고, 결국 광기가 폭발한 그는 스스로 칼을 부러뜨리고 자기 목을 매달았던 겁니다.」

플랑보는 앞에 놓인 숲의 회색 입구를 바라보았다. 무덤 입구 같은 시커먼 구멍 속으로 길이 이어졌다. 그 오싹한 모습이 비극적 상상을 한층 선명하게 만드는 듯 그가 몸을 떨었다.

「끔찍한 얘기지요.」

「끔찍한 이야기군. 하지만 진상은 아니네.」 고개를 숙이고 있던 신부가 말했다.

이어 그는 고개를 뒤로 젖히고는 절망적으로 외쳤다. 「아, 나도 그것이 진상이라면 좋겠네.」

키 큰 플랑보가 얼굴을 돌려 신부를 물끄러미 바라보았다.

「플랑보, 자네가 한 이야기는 아주 순수해.」 감동한 말투였다. 「저 달처럼 희고 순수한, 정답고 정직한 이야기란 말일세. 광기와 절망은 충분히 순수하지. 하지만 사건의 진상은 그보다 추악해.」

플랑보는 달을 올려다보았다. 검은 나뭇가지 하나가 마치 악마의 뿔처럼 구부러진 채 달 위에 걸려 있었다.

「신부님, 진상이 이보다 추악하다고요?」 플랑보는 더 빠른 속도로 걷기 시작했다

「그보다 추악하다네.」 마치 무덤에서 울리는 메아리처럼 신부가 대답했다. 두 사람은 숲속으로 들어가는 좁고 어두운

길에 들어섰다. 꿈에서 보이는 어두운 복도처럼 양옆으로 나무가 빽빽이 늘어섰다.

숲속 중심부로 점점 들어가면서 눈에 보이지는 않지만 아주 가까운 곳에 나뭇잎들이 있다는 것이 느껴졌다. 그때 신부가 다시 입을 열었다. 「현명한 사람은 나뭇잎을 어디에 숨길까? 물론 숲속에 숨기겠지. 그렇지만 숲이 없다면 어떻게 할까?」

「글쎄요, 어떻게 할까요?」 플랑보가 약간 화난다는 듯이 말했다.

「그걸 숨기기 위해 숲을 만들 걸세. 끔찍한 죄악이지.」

「이것 보십시오, 신부님.」 플랑보가 못 참겠다는 듯 소리쳤다. 어두운 숲과 애매한 말투가 어지간히 신경에 거슬린 모양이었다. 「이야기를 해주실 겁니까, 말 겁니까? 다른 증거가 또 있나요?」

「세 개나 더 있다네. 내가 샅샅이 뒤져서 찾아냈지. 시간순보다는 논리적인 순서대로 말해 주지. 첫째, 올리비에 자신이 아주 분명하게 상황을 기술해 둔 전투 보고서가 있네. 브라질 측은 블랙강이 내려다보이는 언덕 위에 두세 연대가 진을 쳤다고 하네. 강 건너에는 지대가 낮은 습지가 있었는데, 그 너머 다시 완만하게 솟아오른 곳에 영국군 전초 기지가 자리 잡고 있었지. 영국의 전체 병력은 브라질보다 훨씬 우세했지만 전초 기지의 연대는 후방 지원 부대와 꽤 멀리 떨어져 고립된 상황이었어. 올리비에는 바로 강을 건너 섬멸할 계획도 세웠다고 하네. 하지만 해가 질 때쯤 그 계획을 포기하고 유리한 고지를 지키기로 했지. 다음 날 아침 동이 틀 무렵 올리비에는 깜짝 놀랐네. 영국군이 지원도 기다리지 않고 절반은 오른쪽의 다리로, 나머지 절반은 상류 여울로 강을 건너 브라질군 코앞 습지에 집결하지 않았겠나.

그 정도 병력으로 언덕 위 진지를 공격한다는 것만도 터무니없는 일인데, 한층 더 놀라운 일이 벌어졌네. 어서 습지를 벗어나 땅으로 올라올 생각을 하는 대신, 이 정신 나간 영국군은 강을 뒤에 둔 채 아무런 행동도 하지 않았던 거야. 꿀에 달려든 파리 떼처럼 습지에 못 박혀 있었지. 당연히 브라질군은 포격을 가했어. 영국군은 소총으로 반격하는 게 고작이었지만 끝까지 대열을 흐트러뜨리지 않았다고 해. 올리비에의 기록은 어리석은 자들의 신비로운 용기에 경의를 표하는 것으로 끝난다네. 〈마침내 우리 군이 습지로 내려가 적들을 강으로 몰아넣었고, 세인트 클레어 장군과 몇몇 장교를 사로잡았다. 대령과 소령도 전투 중에 쓰러졌다. 이 색다른 연대의 마지막 모습보다 더 훌륭한 광경은 역사상 다시 없으리라 단언할 수 있다. 부상당한 장교들은 죽은 병사의 소총을 들었고, 장군 자신은 말 위에서 모자도 쓰지 않은 채 부러진 군도를 들고 우리에게 저항했던 것이다.〉 그런데 올리비에 역시 키스 중령과 마찬가지로 이후 장군에게 어떤 일이 일어났는지는 일언반구도 언급하지 않았다네.」

「그렇군요. 두 번째 증거는 뭡니까?」

「다음 증거를 찾아내기까지 꽤 시간이 걸렸네만, 얘기하는 데는 오래 걸리지 않을 걸세. 나는 링컨셔 펜스 지역의 어느

양로원에서 블랙강 참전 병사를 찾아냈다네. 그는 클랜시라는 연대 대령이 숨을 거두는 장면을 옆에서 무릎 꿇고 지켜본 사람이야. 클랜시 대령은 우악스러운 아일랜드 사내로, 적의 총탄도 총탄이지만 화를 이기지 못해서 죽었다고 하더군. 물론 그 바보 같은 공격에 대령의 책임은 전혀 없었네. 장군이 명령한 것이었으니. 노병의 말에 따르면, 대령이 마지막으로 남긴 말은 〈저 망할 늙은 당나귀가 끝이 부러진 군도를 들고 돌진하는군. 칼이 아니라 저 머리가 부러졌어야 했는데〉였다네. 이 말을 보면 모두가 부러진 군도에 대해 알고 있었던 것 같아. 물론 대부분의 사람은 클랜시 대령과 달리 이 부러진 군도를 숭상해 마지않지만 말이야. 자, 이제 세 번째 증거로 넘어가세.」

숲속 길이 오르막으로 바뀌어 신부는 잠깐 말을 멈추고 숨을 골랐다. 그러고는 다시 무심한 어조로 이야기를 계속했다.

「올리비에와 크게 다툰 뒤 고국을 떠난 한 브라질 출신 병사가 한두 달 전 영국에서 죽었다네. 그는 영국뿐 아니라 유럽 대륙에도 잘 알려진 인물인데, 에스파도라는 스페인 사람이야. 난 개인적으로 그를 알게 되었는데, 매부리코에 누런 얼굴을 한 나이 지긋한 멋쟁이였어. 여러 사적인 이유로 나는 그가 남긴 기록을 볼 수 있었네. 그는 가톨릭 신자였고, 내가 그의 임종을 지켰거든. 에스파도가 쓴 글에는 블랙강 전투와 관련된 새로운 사실이 없었어. 다만 영국 군인들의 일기가 대여섯 권 나왔네. 전사한 영국군들 사이에서 브라질군이 찾아낸 모양이야. 블랙강 전투 전날 밤을 마지막으로 일기가 끝나거든.

생의 마지막 날에 군인들이 남긴 기록은 확실히 읽을 만한 가치가 있었네. 지금 갖고 있긴 하지만 너무 어두워 읽어 주기 어려우니 요약해서 말해 주지. 일기 시작 부분은 대머리독수리라 불리는 어떤 사내에 대한 농담이었네. 군인들 사이에 자주 오간 농담이었겠지. 대머리독수리는 연대의 일원도, 영국인도 아닌 것으로 보였어. 브라질 군인이라는 말도 나오지 않았지. 진지를 왕래하는 현지인이나 민간인, 그러니까 안내인이나 기자였던 것 같아. 그 사내는 클랜시 대령과 밀담을 나누기도 하고, 소령과는 훨씬 자주 이야기를 나누었다고 하네. 이 일기에서 가장 주목하는 인물은 사실 이 소령이야. 머리 소령은 검은 머리에 호리호리한 체구였는데, 북아일랜드 출신 청교도였네. 일기에는 엄격한 소령과 유쾌한 클랜시 대령을 대비시키는 농담이 자주 등장한다네. 화려한 색의 옷을 즐겨 입는 대머리독수리에 대한 농담도 있고.

이런 사소한 즐거움들은 출정 나팔 소리와 함께 산산이 흩어졌어. 영국군 진지 뒤쪽으로는 강과 평행하는 큰길이 뻗어 있었네. 그 지역에서는 몇 안 되는 큰길이었지. 이 길은 서쪽으론 완만하게 구부러지면서 강을 건너는 다리로 이어졌고, 동쪽으론 뒤쪽 황야로 이어졌는데, 그 길로 3킬로미터 정도 가면 다음 영국군 기지가 나왔어. 그런데 그날 저녁 그 동쪽 길에서 말을 탄 군인 몇 명이 달려오는 모습이 보였네. 일기를 쓴 하급 병사도 그게 장군과 부관들이라는 걸 금방 알아봤지. 장군은 신문이나 왕립 미술관 그림에 자주 등장하는 바로 그 모습대로 아주 멋진 백마를 타고 있었어. 병사들은 진심으로 환영하며 예를 갖추었지. 하지만 장군은 그런 예식에 시간을 낭비하지 않고 말에서 바로 뛰어내려 장교들과 함께 작전 회의를 시작했어. 일기를 쓴 병사는 장군이 머리 소령과 특히 가깝다는 걸 놀라워했어. 뭐 이상할 것 없는 일이네. 장군과 소령은 서로 통하는 바가 많았으니까. 성경을 열심히 읽고 신앙이 깊은 장교들이 아니었나. 장군은 다시 말에 오르면서도 머리 소령과 진지하게 이야기를 계속했어. 장군의 말이 강 쪽으로 서서히 내려갈 때도 키 큰 북아일랜드인 소령은 말고삐 옆에서 걸어가며 열심히 논의를 이어 갔다네. 병사들은 두 사람이 강 쪽으로 굽은 길을 따라가 우거진 나무들 뒤로 사라지는 모습을 지켜보았지. 환송하던 대령이 막사로 돌아가고 다른 병사들도 흩어졌지만, 일기 주인은 다시 4분 정도 그 자리를 지켰네. 그리고 놀라운 광경을 목격하게 되었어.

행진하듯 천천히 길 아래로 내려갔던 그 훌륭한 백마가 마치 경주라도 하듯 전속력으로 되돌아 뛰어오는 것이 아니겠나? 처음에는 모두 말이 달아나려는 모양이라고 생각했지만, 다시 보니 뛰어난 기수인 장군이 말을 그렇게 몰고 있었어. 말과 기수가 마치 돌풍처럼 그들에게 달려왔고, 장군은 말고삐를 당기더니 죽은 사람도 벌떡 일어날 만큼 우렁차게 대령을 불러 댔네.

그 비극적 전투로 이어지는 이 모든 사건은 일기 주인을 비롯한 병사들 마음속에 마치 통나무처럼 차례로 굴러떨어지지 않았을까 생각하네. 꿈을 꾸는 듯 혼란스러운 흥분 상태에서 병사들은 어느새 대열을 갖춰 섰고, 즉시 강을 건너 공격을 감행한다는 소식을 들었지. 장군과 소령이 다리에서 무엇인가 발견했고, 당장 공격할 수밖에 없는 상황이었다는 거야. 소령이 곧바로 지원을 요청하러 갔다고 하지만, 시간 맞춰 지원 병력이 당도할 가능성은 높지 않았어. 어떻든 그날 밤 강을 건너 아침까지 적의 고지를 확보해야 한다는 명령이었네. 심장이 고동치는 그 흥분된 야간 행진을 끝으로 일기는 중단되었어.」

브라운 신부는 앞서서 오르막을 올랐다. 숲속의 오솔길은 점점 더 좁고 가파르고 구불구불해졌다. 마치 나선형 계단을 오르는 것 같았다. 어둠을 뚫고 위쪽에서 신부의 목소리가 들려왔다.

「또 한 가지 사소하지만 놀라운 언급도 있네. 기사도의 책무를 강조하던 장군이 칼집에서 군도를 반쯤 뽑아 들었다는 기록이지. 하지만 그런 감상적인 모습이 부끄러웠던지 곧바로 다시 꽂아 넣었다고 하는군. 여기서도 칼이 등장하네.」

머리 위로 얼기설기 얽힌 나뭇가지들 사이를 뚫고 들어온 달빛이 발치에 유령 그림자 같은 무늬를 만들어 냈다. 두 사람은 다시 탁 트인 곳을 향해 오르막을 걸어 올랐다. 플랑보는 진실이 가까이 다가왔다는 느낌을 받았지만, 아직 명쾌하게 정리되지는 않았다. 그가 혼란을 드러내며 물었다. 「대체 그 칼이 뭐가 문제죠? 장교들은 대개 군도를 차고 있지 않나요?」

「현대전에서는 칼에 대한 언급이 별로 없다네. 한데 이 경우에는 유독 여기저기서 칼 얘기가 나온단 말이야.」

「그게 어떻단 말입니까? 노장군의 군도가 마지막 전투에서 부러졌다는 이야기는 모두가 흥미로워할 만한 사건이죠. 신문들도 당연히 그런 얘기를 즐겨 싣고요. 또 장군의 무덤과 기념비 어디든 부러진 칼이 등장하지 않던가요? 설마 신부님께서 세인트 클레어 장군의 부러진 칼 때문에 저를 이 극지 탐험 같은 고생길에 끌고 오신 건 아니었으면 좋겠습니다.」 플랑보가 투덜거렸다.

「물론, 그런 건 아니야. 한데 끝이 부러지지 않은 군도를 본 사람이 있나?」 신부가 마치 권총을 발사하듯 날카롭게 외쳤다.

「그게 무슨 말씀입니까?」 플랑보가 별빛 아래 우뚝 섰다. 어느새 숲의 회색빛 출구를 빠져나온 참이었다.

「끝이 부러지지 않은 군도를 본 사람이 있느냐고 물었네.」 브라운 신부가 반복했다. 「일기를 쓴 병사도 보지 못했어. 장군이 빼내던 칼을 도로 칼집에 꽂았으니까.」

플랑보가 달빛 아래서 주위를 둘러보았다. 마치 햇볕 아래에서 장님이 되어 버린 것처럼 말이다. 신부는 처음으로 아주 열성적인 어조로 말을 이었다. 「플랑보, 무덤과 기념비를 샅샅이 뒤졌지만, 그 점을 증명할 수는 없었네. 하지만 난 확신하고 있어. 온전한 군도를 본 사람은 아무도 없다고 말이야. 또 한 가지 사소한, 하지만 전체 이야기를 뒤집을 수 있는 사실을 덧붙여 주지. 클랜시 대령은 적의 총알을 가장 먼저

맞고 전사했어. 양측 군대가 맞부딪치기 훨씬 전에 말이야. 그런 그가 세인트 클레어 장군의 칼이 부러졌다는 걸 알고 있었어. 칼은 왜 부러졌을까? 어떻게 부러졌을까? 이보게, 그 칼은 전투가 시작되기 전에 이미 부러진 상태였던 거야.」

「아, 그렇군요!」 플랑보가 익살스러운 표정을 지었다. 「그렇다면 부러진 끝부분은 어디에 있습니까?」

「벨파스트에 있는 개신교 교회 묘지 북동쪽 모퉁이에 있네.」 신부가 재빠르게 대답했다.

「정말입니까? 그걸 찾아내셨습니까?」

「찾아낼 수 없었네.」 브라운 신부는 서운한 빛을 역력히 드러냈다. 「아주 거대한 대리석 기념비가 그 위에 세워져 있었거든. 블랙강 전투에서 장렬하게 전사한 영웅 머리 소령을 위한 기념비였어.」

플랑보가 갑자기 활기를 띠었다. 「그렇다면 세인트 클레어 장군이 머리를 증오한 나머지 전투 중에 소령을 살해했다는 의미가…….」

「자네는 여전히 순수하고 선한 생각뿐이군. 진상은 훨씬 더 추악하다네.」

「추악한 쪽으로는 제 상상력이 다 말라 버렸나 봅니다.」

신부는 어디서부터 시작해야 할지 망설이는 것 같더니 마침내 입을 열었다.

「현명한 사람은 어디에다 나뭇잎을 숨긴다고 했나? 숲속이지.」

플랑보는 대꾸하지 않았다.

「만일 숲이 없다면 그는 숲을 만들려고 할 걸세. 죽은 이파리를 숨기고 싶다면 죽은 숲을 만들어야겠지.」

여전히 플랑보는 대답이 없었고, 신부는 한층 온화하고 조용한 목소리로 덧붙였다. 「시체를 숨겨야 한다면 그걸 숨길 수 있는 시체 더미를 만들 걸세.」

플랑보는 시간과 공간의 지체를 참을 수 없다는 듯 성큼성큼 앞으로 나가기 시작했다.

「아서 세인트 클레어 장군은 자신만의 방식으로 성경을 읽는 사람이었네. 그것이 바로 그의 문제였지. 모든 이의 성경을 읽지 않고 자신만의 방식으로 성경을 읽어서는 아무 소용 없다는 것을 사람들은 언제나 이해하게 될까? 출판업자는 오탈자를 찾으려 성경을 읽고, 모르몬교도들은 성경에서 일부다처제의 근거를 찾아내며, 크리스천 사이언스 신자들은 성경을 바탕으로 인간에게 팔다리가 없다고 주장하지. 세인트 클레어 장군은 인도에서 자란 영국인으로, 개신교 신자였네. 자, 이게 무슨 뜻일지 생각해 보게. 열대의 태양이 내리쬐는 동양에 사는 강건한 사내가 동양의 책들을 분별없이 탐독했던 거야. 그는 신약보다 구약 성경을 주로 읽으면서 거기서 자신이 원하는 모든 것, 즉 육욕, 독재, 배반 등을 찾아냈어. 물론 나도 그가 정직하다고 말할 수는 있네. 하지만 정직하지 않은 것을 찬양하는 정직한 사람이 무슨 소용인가?

그는 열대의 비밀스러운 여러 나라에 첩을 두었고, 증인을 고문했으며, 옳지 못한 방법으로 부를 축적했네. 하지만 그러면서도 그는 눈을 똑바로 뜨고 모든 것이 신의 영광을 위한 일이라고 말했겠지. 나라면 대체 그게 어떤 신이냐고 되물었겠지만. 그런 악행은 하나의 문이 열린 뒤 계속 다음 문이 열리면서 점점 더 좁은 방으로 들어서다가 결국 지옥으로 떨어지게 했지. 그리고 그런 사람은 점점 더 거칠어지는 게 아니라 점점 더 비열해지지. 세인트 클레어 장군은 뇌물과 협박에 시달리면서 점점 더 많은 돈이 필요해졌어. 블랙강 전투 즈음에는 단테가 말한 우주의 가장 밑바닥까지 떨어진 상태였다네.」

「무슨 뜻입니까?」

「말 그대로네.」신부가 달빛을 받은 얼음 연못을 가리켰다. 「단테가 얼음의 원 속에 누구를 넣었는지 기억하나?」

「배신자요.」플랑보가 몸을 떨며 말했다. 인적 없는 주변의 숲, 조롱하는 듯 흔들리는 풍경을 둘러보며, 플랑보는 마치 자신이 단테이고 졸졸 흐르는 개울같이 말을 이어 가는 신부는 영원한 죄악의 세계로 자신을 인도하는 베르길리우스 같다고 상상했다.

신부의 말소리가 이어졌다. 「올리비에는 돈키호테 기질이 있어 비밀 활동이나 첩자를 허용하지 않았네. 그러나 늘 그렇듯 그의 등 뒤에서 바로 그런 일들이 공공연하게 벌어졌지. 그 주역은 바로 나와 알고 지냈던 에스파도였어. 화려한 옷을 즐겨 입고 매부리코 때문에 대머리독수리라 불리던 사내였지. 전선의 박애주의자랍시고 돌아다니던 그는 영국군 진영으로 들어갔고 타락한 인간과 연결되었어. 애석하게도 그 인간은 최고 지휘관인 장군이었지. 세인트 클레어 장군은 돈,

그것도 엄청나게 많은 돈이 필요한 상황이었네. 일단 가족 주치의가 엄청난 폭로를 하겠다고 협박해 오는 상황이었지. 훗날 그 주치의는 폭로를 감행했지만 유야무야되었어. 그건 런던 최고급 주택가를 배경으로 빚어진 사악하고 야만적인 사건, 영국의 복음주의자가 벌인 인신 공양과 노예 거래라고 할 수 있는 사건에 대한 것이었어. 그뿐만 아니라 장군은 딸의 지참금 마련을 위해서도 돈이 필요했지. 그에게는 부가 가져다주는 평판이 부 자체만큼이나 달콤한 것이었거든. 결국, 그는 마지막 선을 넘었고, 브라질에 정보를 흘렸어. 그 대가로 영국의 적으로부터 막대한 돈을 받아 챙겼고. 그런데 대머리독수리 에스파도와 이야기를 나눈 사람이 또 있었네. 북아일랜드 출신의 젊은 소령이 그 추악한 진실을 알아 버린 거지. 장군과 둘이 블랙강의 다리를 향해 가면서 머리 소령은 장군에게 당장 사퇴하라고, 아니면 군법 회의에 넘겨 총살당하게 만들겠다고 말했네. 장군은 시간을 끌면서 다리 옆 나무들이 우거진 곳까지 다다른 뒤, 강물 흐르는 소리가 들리고 야자수 잎이 햇볕에 빛나는 그곳에서(그 장면이 마치 눈앞에서 보는 것처럼 생생하군) 군도를 뽑아 소령의 몸 깊숙이 찔러 넣었지.」

　귀를 베어 버릴 것 같은 추위 속에서 관목과 덤불숲의 검은 형체를 뚫고 고갯마루의 길이 구불구불 뻗어 있었다. 플랑보는 그 길 너머에서 별빛도 달빛도 아닌 어떤 빛, 인간이 만들어 놓은 것 같은 섬광의 희미한 자취를 알아보았다. 그 불빛을 지켜보고 있을 때, 이야기는 끝을 향해 가고 있었다.

「세인트 클레어는 악마 같은 인간이었네. 게다가 치밀했지. 가엾은 머리 소령이 쓰러져 자기 발밑에서 차가운 시체가 되어 버렸을 때, 그는 가장 명석하고 강인한 모습이었던 것이 분명해. 키스 대위가 말했듯, 승리를 거둔 그 어떤 전투에서도 그는 세상이 비웃은 이 마지막 패배에서만큼 위대하지 못했을 걸세. 그는 냉정하게 군도를 빼내 피를 닦아 내려했네. 그런데 칼끝이 부러져 죽은 소령 어깨에 박혀 버린 것이 아니겠나. 그는 이후 벌어질 일들을 침착하게 내다보았어. 병사들이 영문 모를 시체를 발견하고 영문 모를 군도 끝부분을 뽑아 내면, 문제의 부러진 칼을 찾으려 할 것이 뻔했지. 소령을 죽이긴 했지만 입을 다물게 하진 못한 셈이었지. 하지만 이 예기치 않은 재난 상황에서 그의 오만한 지성이 빛을 발했어. 한 가지 방법이 떠올랐지. 그 시체가 영문 모를 존재가 되지 않도록 할 방법, 바로 다른 시체들을 쌓아 그 시체를 덮는 방법이었어. 20분 뒤 영국군 8백 명이 죽음을 향한 행진을 시작했네.」

시커먼 겨울 숲 너머에서 따뜻한 불빛이 점점 더 밝아지고 분명해졌다. 플랑보는 어서 닿고 싶다는 듯 성큼성큼 걸었다. 브라운 신부도 걸음을 빨리했지만 이야기에 완전히 몰입한 모습이었다.

「영국 병사들의 용맹함과 지휘관의 천재성을 고려했을 때, 단숨에 언덕을 공격했다면 그 정신 나간 야간 행군이 성공할 가능성도 있었을지 모르네. 그러나 병사들을 체스 말 정도로 여기는 그 사악한 마음에는 다른 목적과 이유가 존재했으니,

병사들은 다리 옆 습지에서 대기해야 했어. 영국군의 시체가 여기저기 충분히 널릴 때까지 말이야. 그리고 마지막 위대한 장면이 등장했네. 은발의 장군이 부러진 군도를 들고 항복함으로써 더 이상의 살육을 막는 것이지. 즉석에서 만든 것치고는 아주 잘 짜인 각본 아닌가. 그런데 전우들의 피가 고인 습지에서 대기하던 이들 중 몇 명이 의혹을 품기 시작했어. 누군가 추측을 하게 된 것이지.」

신부는 잠시 침묵했다가 다시 말을 이었다. 「어디서 왔는지 모르게 내게 다가온 어떤 목소리가 알려 주었네. 의혹을 품은 사람 중에는 장군의 딸과 결혼하기로 한 남자도 있었다고.」

「하지만 올리비에가 장군 목을 매달았다면서요?」 플랑보가 물었다.

「올리비에는 한편으로는 기사도 정신으로, 다른 한편으로는 정책적 이유로 포로를 끌고 다니지 않는 사람이었네. 대부분의 경우 모두 풀어주었지. 그때도 마찬가지였고.」

「장군을 제외하고 모두 풀어주었군요.」

「아니, 모두 방면했네.」

플랑보가 검은 눈썹을 찡그렸다. 「도대체 이해할 수가 없군요.」

「또 다른 일이 벌어진 걸세, 플랑보.」 신부의 목소리가 신비스럽게 한층 낮아졌다. 「증명할 수는 없네만, 내 눈앞에는 선명하게 보이네. 열대의 어느 아침, 언덕 위 진지가 해체되고 브라질군은 열 맞춰 행진 준비를 하고 있지. 붉은 셔츠 차림의 올리비에는 긴 턱수염을 바람에 나부끼며 챙 넓은 모자를 벗어 들고 서 있네. 백발이 성성한 위대한 적수를 풀어주면서 인사를 나누는 상황이야. 장군 또한 영국군을 대표해 감사 인사를 전하지. 살아남은 영국 군인들은 장군 뒤에 차렷 자세로 도열했고, 옆에는 후퇴용 보급품과 장비가 놓였어. 북소리가 울리면서 브라질군이 이동하기 시작하고, 영국군은 여전히 그 자리에서 꼼짝도 하지 않아. 그렇게 적군의 소리와 모습이 열대 지평선으로 완전히 사라질 때까지 기다리지. 다음 순간 죽은 자가 살아나기라도 하듯, 모두가 단숨에 자세를 바꿔 쉰 개의 얼굴이 일제히 장군을 바라보는 걸세. 죽어도 잊을 수 없는 표정으로 말이야.」

「아니, 설마.」 플랑보는 펄쩍 뛰어올랐다.

「그렇다네.」 브라운 신부의 목소리는 깊고 감동적이었다. 「세인트 클레어 장군의 목에 밧줄을 감은 것은 영국 군인의 손이었네. 그 딸의 손가락에 결혼반지를 끼워 준 바로 그 손이 아니었을까 하는 게 내 생각이야. 장군을 나무로 끌고 가서 매단 것 역시 장군을 흠모하며 충성을 다했던 부하들의 손이었지. 이국의 태양 아래 야자나무 교수대에서 흔들리는 장군을 노려보며 그의 영혼이 지옥으로 떨어지기를 간절히 기도한 것 역시 영국군이었네. 주님, 우리 모두를 용서하소서!」

산마루 꼭대기에 오르자, 붉은 커튼이 드리워진 여관의 밝은 진홍색 불빛이 성큼 다가섰다. 그 여관은 길에서 조금 물러나 있었는데, 그것도 환영하는 마음을 충분히 표시하기 위해서인 듯 보였다. 출입문 세 개는 어서 들어오라는 듯 활짝 열려 있었고, 두 사람이 서 있는 곳까지 즐거운 말소리와 웃음소리가 들려왔다.

「더 이야기할 필요 없겠군. 그들은 그렇게 장군을 재판하고 그를 처형했네. 그러고는 영국군과 장군 딸의 명예를 위해 배신자의 부정한 돈지갑과 암살자의 칼날에 대한 이야기는 영원히 비밀에 부치기로 맹세했네. 아예 다 잊어버리려고 했을 거야. 그러니 우리도 모두 잊어버리도록 하세. 여관에다 도착했군.」

「정말 잊고 싶습니다.」 밝고 시끄러운 여관 안으로 들어서려던 순간, 플랑보는 흠칫 물러서면서 거의 넘어질 뻔했다.

「저길 좀 보세요, 빌어먹을!」 플랑보가 바깥에 내걸린 네모난 나무 간판을 가리켰다. 군도 손잡이와 짤막한 칼날이 조악하게 그려진 아래로 〈부러진 검의 의미〉라는 글자가 옛 글씨체로 새겨져 있었다.

「아직 준비가 안 되었나?」 브라운 신부가 다정하게 물었다. 「장군은 이 지방에서 신과 같은 존재라네. 여관이며 공원, 거리의 절반은 장군과 장군의 일화를 따서 이름을 지었지.」

「그 악마와의 인연이 끝났다고 생각했습니다.」 플랑보가 길바닥에 침을 뱉었다.

「영국에 있는 한 그 인연을 끊을 수는 없을 걸세.」 신부가 바닥을 내려다보며 말했다. 「청동과 돌이 튼튼하게 자리를 지키는 한 말일세. 그 대리석 조각상은 앞으로도 수 세기 동안 소년들의 영혼을 자부심으로 채울 것이며, 그의 무덤은 충성의 향기를 풍길 것일세. 그를 전혀 알지 못하는 수백만

명이 그를 아버지처럼 사랑하겠지. 그를 아는 극소수의 사람은 그를 개똥처럼 여기겠지만 말이야. 그는 성자가 될 것이며 진실은 절대로 밝혀지지 않을 걸세. 왜냐하면 내가 마침내 결심했거든. 비밀을 폭로하는 데는 장점과 단점이 모두 많기 때문에, 나는 조건부로 행동하기로 했지. 장군에 대해 보도한 신문은 모두 사라질 것이고, 반브라질 풍조도 이미 사라져 올리비에는 어디서든 존경받고 있네. 하지만 만일 어딘가에 금속이건 대리석이건 피라미드처럼 영원히 남을 무언가에 클랜시 대령이나 키스 중령, 올리비에 등 무고한 이가 근거 없이 비난받고 있다면, 모든 것을 폭로하기로 작정했네. 반면 세인트 클레어 장군이 부당한 칭송을 받을 뿐이라면 침묵을 지키기로 했지. 한데 아무래도 침묵을 지키게 될 것 같아.」

두 사람은 붉은 커튼이 드리워진 여관으로 들어섰다. 그곳은 안락할 뿐 아니라 화려하기까지 했다. 탁자 위에는 세인트 클레어 장군의 무덤을 본뜬 은제 모형이 서 있었다. 장군은 은빛 머리를 아래로 숙이고 있었고, 은빛 칼은 끝이 부러져 있었다. 벽에는 장군의 묘지 사진과 관광객들을 그곳으로 실어 나르는 마차들 사진이 몇 장 붙어 있었다. 두 사람은 푹신한 의자에 앉았다.

「꽤 춥군, 포도주나 맥주 한잔 어떤가?」 브라운 신부가 말했다.

「브랜디도 좋죠.」 플랑보가 말을 받았다.

세 가지 죽음의 흉기

소명과 신념을 바탕으로, 브라운 신부는 죽을 땐 누구나 고귀하다는 것을 누구보다 잘 알고 있었다. 하지만 그러한 브라운 신부조차 새벽녘 문을 두드리는 소리에 일어나 에런 암스트롱 경이 살해되었다는 소식을 전해 듣고는 혼란과 모순을 느꼈다. 그렇게 남을 잘 웃기고 인기가 높은 인물이 죽임을 당하다니, 어처구니없고 믿기지도 않았다. 암스트롱은 코미디언처럼 재미있었고, 그 덕분에 전설적이라고 할 만한 인기를 누리고 있었다. 이건 마치 동시에 등장하는 명랑한 서니 짐이 목을 맸다거나 디킨스 소설의 픽윅 씨가 한웰 정신 병원에서 사망했다는 소식과 비슷했다. 암스트롱 경은 박애주의자로, 우리 사회의 어두운 면을 쫓아다녔지만 가능한 한 가장 밝게 그 면을 처리해 낸다는 데 자부심을 느꼈다. 그의 정치적, 사회적 연설은 재미있는 일화와 〈커다란 웃음소리〉로 가득했다. 신체 건강은 나무랄 데 없었고, 성격도 낙천적이었다. 그는 음주 문제를 즐겨 다루었는데, 절대 금주를 주장하는 부유한 인물들이 그렇듯 늘 변함없이 명랑한 모습이었다.

그의 개종 이야기, 즉 어린 꼬마였을 때 어떻게 스코틀랜드 종교로부터 스코틀랜드 위스키로 전향했는지, 또 어떻게 그 두 가지에서 벗어나 현재의 모습이 되었는지는 청교도 강연장이나 연단에서 이미 모두에게 익숙한 얘기였다. 무수한 만찬과 회의에 모습을 나타내는 하얗고 넓은 턱수염, 천사 같은 얼굴, 반짝거리는 안경을 보고 있으면, 그가 한때 알코올 중독자였거나 칼뱅파 신도였다고는 도저히 믿기지 않았다. 그는 누구보다 인생을 즐겁게 살아가는 사람이었으니 말이다.

암스트롱은 햄스테드 외곽의 훌륭한 저택에서 살고 있었다. 높긴 하지만 넓지 않은 현대적이고 단순한 탑 모양 저택이었다. 건물의 좁은 한 귀퉁이는 철로가 놓인 가파른 초록 둔덕에 살짝 걸쳐 있어서 기차가 지나갈 때면 흔들렸다. 하지만 암스트롱 경은 전혀 신경 쓰지 않는다고 설명하곤 했다. 그동안은 기차가 저택에 지속적으로 충격을 줬지만, 그날 아침만은 입장이 바뀌어 이 집이 기차에 충격을 주었다.

기차가 속도를 줄이더니 저택과 가파른 둔덕이 맞닿은 지점을 넘어서자마자 멈춰 섰다. 기계 장치를 멈추는 데는 시간이 걸리게 마련이다. 하지만 이번에 기차를 멈추게 한 생명체는 몹시 민첩했다. 온통 검은색으로 차려입고 검은 장갑까지 맞춰 낀 사내가 둔덕에 올라와 검은 손을 마치 악마의 풍차처럼 흔들었던 것이다. 이것만으로는 아무리 천천히 달리는 기차라 할지라도 멈추기 힘들었을 것이다. 하지만 그의 입에서 터져 나온 외침은 난생처음 들어보는 낯선 소리였다. 무슨 말인지 못 알아들었다 해도, 섬뜩함은 뚜렷이 느낄 수 있는 외침이었다. 「살인이다!」

이후 기관사는 자신이 그 말을 알아듣지 못했다 해도 그 다급하고 무서운 어조 때문에 기차를 세우지 않을 수 없었을 것이라고 단언했다.

기차가 멈춘 자리에서는 얼핏 보기만 해도 비극의 흔적을 찾을 수 있었다. 둔덕에 나왔던 검은 옷 사내는 암스트롱의 하인 매그너스였다. 유쾌한 주인은 늘 하인의 검은 장갑을 웃음거리로 삼았지만, 적어도 지금만큼은 아무도 그렇게 웃을 것 같지 않았다.

기차가 왜 갑자기 멈추었는지 궁금하게 여긴 승객 한두 명이 곧 기차에서 내려 생울타리를 넘어왔다. 그들이 본 것은 아주 선명한 진홍빛 안감을 댄 노란 실내복을 입은 노인의 시체가 거의 둔덕 바닥까지 굴러떨어져 있는 모습이었다. 다리에 밧줄이 감겨 있었는데, 몸싸움을 하다가 그렇게 된 듯했다. 적은 양이지만 핏자국도 보였다. 시체는 사람의 몸이라고 보기 어려울 정도로 꺾이고 부러져 있었다. 다름 아닌 에런 암스트롱 경이었다. 모두 어쩔 줄 몰라 잠시 당황해하는 사이, 덩치 큰 금빛 수염의 사내가 나타났다. 일부 승객이 그를 알아보고 인사했다. 암스트롱의 비서 패트릭 로이스는 한때 문화계의 명사였고, 자유분방한 예술가로 한층 더 유명한 인물이었다. 그의 비통한 모습은 매그너스보다 한층 더 와닿았다. 암스트롱 경의 딸, 앨리스 암스트롱이 세 번째로 등장해 비틀거리며 정원으로 나올 즈음, 기차는 다시 움직이기 시작했다. 빨리 다음 역으로 가서 도움을 청하기 위해 기차는 기적을 울리며 나아갔다.

브라운 신부는 비서 패트릭 로이스의 요청으로 급히 불려 갔다. 로이스는 아일랜드 태생으로, 정말로 궁지에 몰리지 않는 한 종교 생각을 하는 일이 없는 허울뿐인 가톨릭 신자였다. 물론 공식 수사관 중 한 명이 사립 탐정 플랑보의 친구이자 숭배자가 아니었다면, 브라운 신부를 불러 달라는 로이스의 요구가 그렇게 빨리 이행되지는 못했을 것이다. 플랑보의 친구 중에서 브라운 신부 이야기를 귀에 못이 박이도록 듣지 않은 사람은 없으니 말이다. 그리하여 작달막한 신부가 머튼이라는 젊은 수사관의 안내를 받으며 들판을 가로질러 선로로 다가가는 동안, 두 사람의 대화는 초면이라고 생각하기 어려울 정도로 솔직했다.

「제가 보기에는 도무지 짐작도 가지 않는 사건입니다. 혐의를 둘 만한 사람이 없으니까요. 매그너스는 사람을 죽이기엔 너무 바보 같은 인물입니다. 로이스는 여러 해 동안 경과 가장 가까운 사이였고, 그 따님의 사랑을 받고 있습니다. 사건 자체가 도대체 납득이 안 갑니다. 암스트롱 경처럼 명랑한 노신사를 대체 누가 죽이고 싶어 할까요? 모두에게 즐거운 웃음을 선사하는 사람의 피에 손을 담그려는 사람이 대체 누구일까요? 이건 마치 산타클로스를 살해하는 것과 같습니다.」머튼이 터놓고 말했다

「그렇지요, 아주 유쾌한 집이었습니다. 경이 살아 있는 동

안에는요. 그런데 그가 죽은 지금도 계속 유쾌할까요?」 브라운 신부가 반문했다.

머튼은 조금 놀라는 눈치더니 반짝이는 눈빛으로 신부를 바라보았다. 「경이 죽은 지금요?」

「네.」 신부가 무심하게 말을 이었다. 「그는 아주 유쾌한 사람이었지요. 하지만 그 유쾌함을 다른 이들도 공유했나요? 그 집에서 경을 빼놓고 유쾌했던 사람이 또 있나요?」

머튼의 마음의 창에 기묘한 놀라움의 빛이 새어 들어왔다. 그때까지 늘 알고 있던 것을 처음으로 보게 된 셈이었다. 머튼은 이 박애주의자에게 필요한 사소한 경찰 업무들 때문에 암스트롱 저택을 여러 번 드나들었는데, 지금 생각해 보니 그곳은 건물 자체로도 우울했다. 방은 천장이 높아 추웠다. 장식은 조악하고 촌스러웠다. 바람이 스며드는 복도에는 달빛보다도 흐릿한 조명이 설치되어 있었다. 암스트롱 경이 있는 방이나 복도에서는 그 홍조 띤 얼굴과 은빛 수염이 뜨겁게 타올랐지만, 온기가 지속되지 못했다. 저택의 불쾌함도 부분적으로는 그 주인의 넘치는 활력 때문이었다. 그는 난로나 램프가 필요 없다고, 자신이 늘 온기를 발산한다고 말하곤 했다. 하지만 저택에 사는 다른 사람들을 떠올려 보니 하나같이 암스트롱의 그림자 같은 존재였음을 인정하지 않을 수 없었다. 검은 장갑을 낀 무뚝뚝한 하인은 악몽에서나 볼 법한 인물이었다. 비서인 로이스는 체격이 크고 단단해서 트위드 천 양복을 입은 큰 황소 같았다. 하지만 그의 짧은 담황색 수염은 놀랄 만큼 희끗했고 넓은 이마에는 때 이른 주름이 깊었다. 로이스는 성격이 좋았지만, 마음에 깊은 상처가 있는 듯 슬픔이 서려 있었다. 인생에서 실패를 맛본 사람 같은 분위기였다. 암스트롱의 딸로 말할 것 같으면, 그렇게 유쾌한 아버지를 두었다고 믿기 어려울 정도였다. 혈색이 창백하고 섬세한 외모였던 것이다. 우아한 모습이었지만 버드나무 가지처럼 가녀린 몸은 늘 떨고 있었다. 머튼은 지나가는 기차의 소음 때문에 겁이 나서 그런 걸까 가끔 궁금했다.

「저, 다른 사람들도 암스트롱 경과 마찬가지로 그렇게 유쾌했는지는 의문입니다.」브라운 신부가 눈을 깜빡였다.「그렇게 유쾌한 노인을 살해할 사람은 없다고 하셨지만, 제 생각은 다릅니다. 제가 누군가를 살해한다면, *ne nos inducas in tentationem*(우리를 시험에 들게 하지 마옵소서), 낙천주의자를 선택할 겁니다.」

「왜죠? 사람들이 유쾌함을 싫어한다고 보시나요?」머튼이 흥미롭다는 듯 물었다.

「사람들은 웃는 것을 좋아하지요. 하지만 내내 미소 띤 얼굴을 좋아하지는 않아요. 유머 없는 유쾌함은 무척이나 참기 어렵지요.」

두 사람은 바람을 맞으며 선로 옆 풀이 무성한 둔덕을 따라 얼마간 말없이 걸었다. 암스트롱의 높은 저택이 그림자를 길게 드리운 곳에 이르렀을 때, 브라운 신부가 불쑥 말을 꺼냈다. 문제 되는 생각을 진지하게 꺼낸다기보다 떨쳐 버리려는 듯했다.「물론 음주는 그 자체로 좋을 것도 나쁠 것도 없는 일입니다. 암스트롱 경 같은 사람도 때로는 슬픔에 젖기 위해 포도주 한잔쯤 하고 싶지 않았을까 하는 생각이 드는군요.」

머튼의 상사인 반백의 유능한 수사관 길더가 초록빛 둔덕 위에서 검시관을 기다리며 패트릭 로이스와 이야기를 나누는 중이었다. 로이스의 넓은 어깨, 뻣뻣한 턱수염과 머리카락이 길더의 머리 위로 솟아 있었다. 그 모습이 한층 눈길을 끈 이유는 평소 로이스가 마치 수레를 끄는 소처럼 구부정한 자세로 진중하고 겸손하게 온갖 일을 처리해 왔기 때문이다.

로이스는 신부를 보자 반색하며 그를 몇 걸음 떨어진 옆으로 데려갔다. 그사이 머튼은 상사에게 말을 걸었는데, 정중하긴 했지만 아이 같은 조급함이 드러났다.

「길더 수사관님, 수수께끼를 좀 해결하셨습니까?」

「수수께끼라 할 것도 없네.」 눈을 가늘게 뜨고 까마귀 떼를 바라보며 길더가 대답했다.

「제겐 엄청난 수수께끼인데요.」 머튼이 웃으며 말했다

「아주 단순한 사건이라네.」 길더는 뾰족한 회색 턱수염을 쓰다듬었다. 「자네가 로이스 씨의 부탁으로 신부를 데리러 떠난 지 3분도 채 지나지 않아 모든 것이 분명해졌네. 달리는 기차를 세운 창백한 얼굴의 하인을 자네도 알지 않나?」

「어디서든 알아볼 수 있을 정도지요. 어쩐지 오싹한 느낌을 주는 사람이거든요.」

「그 사람이 말이지, 기차가 다시 출발하고 나서 보니 사라졌지 뭔가. 경찰을 부르러 가는 바로 그 기차를 타고 도주하다니, 정말 냉혈한이 아닐 수 없어.」

「그가 정말로 주인을 살해했다는 증거라도 있습니까?」

「그렇다네. 확실한 증거가 있어. 그가 주인 책상에 있던 지폐 2만 파운드를 가지고 사라졌단 말이야. 문제는 그가 어떤 방법으로 살인을 저질렀는지 밝히는 거지. 두개골이 뭔가 큰 흉기로 내려친 것처럼 부서졌는데, 주변에는 흉기가 될 만한 것이 없었다네. 살인범이 그렇게 큰 흉기를 가지고 다니긴 어려운 일이지. 남의 눈에 띄지 않을 정도로 작은 크기가 아니라면…….」

「어쩌면 흉기가 너무 커서 눈에 띄지 않을 수도 있지요.」 신부가 묘한 웃음을 지으며 말했다.

그 어이없는 말에 길더는 뒤를 돌아보며 무슨 소리냐고 물었다.

「적절한 표현이 아니었군요.」 브라운 신부가 사과하듯 말했다. 「무슨 동화처럼 들릴지도 모르겠지만, 암스트롱 경은 거인의 곤봉, 초록빛의 커다란 곤봉에 맞아 살해됐습니다. 너무 커서 눈에 띄지 않는 흉기, 바로 땅이지요. 우리가 발을 딛고 서 있는 이 초록빛 둔덕에 부딪혀서 머리가 부서진 겁니다.」

「도대체 무슨 말씀이십니까?」 길더가 되물었다.

브라운 신부는 달덩이 같은 얼굴을 들어 저택의 좁은 전면을 올려다보며 눈을 깜박거렸다. 두 수사관이 그 시선을 따라 저택 꼭대기를 올려다보니, 다락방 창문 하나가 열려 있었다.

「아시겠습니까? 경은 저기서 내던져진 것입니다.」 신부가 아이처럼 어색하게 그곳을 가리켰다.

길더는 눈살을 찌푸리며 창문을 한참 바라보더니 말했다. 「흠, 충분히 가능한 일입니다만, 신부님께서 그토록 확신하시는 이유를 모르겠군요.」

브라운 신부가 회색 눈을 크게 떴다. 「죽은 사람 다리에 밧줄이 걸려 있지 않습니까? 다락방 창문 구석에 그 밧줄의 반대쪽 끝이 걸려 있는 게 보이지 않나요?」

밧줄이 먼지나 머리카락처럼 희미하게 보일 만한 높이였지만, 상황 판단이 빠른 노련한 수사관은 바로 납득했다. 「정말 그렇군요. 신부님께 한 수 배웠습니다.」

그가 말을 마치기 무섭게 객차를 하나만 연결한 특별 열차가 왼편 선로를 따라 돌아오다 멈추더니, 또 다른 경찰관 무리를 쏟아 냈다. 그 가운데에 몰래 도망쳤다던 매그너스의 풀 죽은 모습이 보였다.

「그렇지! 범인을 잡았군.」 길더가 의기양양하게 앞으로 나섰다.

「돈은 빼앗았소?」 길더가 처음 만난 경찰관에게 물었다.

그 경찰관은 어리둥절한 표정으로 대답했다. 「아니요.」 그러더니 짤막하게 덧붙였다. 「적어도 여기에는 없습니다.」

「어느 분이 수사관이십니까?」 매그너스가 물었다.

그가 입을 열자 어떻게 목소리로 기차를 세울 수 있었는지 모두가 이해할 수 있었다. 그는 검은 생머리에 따분할 정도로 무표정한 얼굴이었는데, 옆으로 찢어진 눈과 입매에서 희미하게 동양적 분위기가 풍겼다. 에런 암스트롱 경이 런던 어느 식당의 종업원이었던 그를 극악한 상황에서 〈구원〉해 준 이후에도, 그의 혈통과 이름은 계속 미심쩍게 남아 있었다. 하지만 그 목소리는 낯빛과 반대였다. 외국어를 정확히 발음하기 위해서인지 아니면 가는귀먹은 주인을 배려해서인지, 매그너스의 목소리는 날카로우면서도 쩌렁쩌렁 울렸다. 그 소리를 듣는 모두가 깜짝 놀랄 정도였다.

「저는 이런 일이 일어날 줄 알았습니다. 우리 주인님은 제가 검은 옷을 입고 다닌다며 놀리셨지만, 저는 늘 주인님의 장례식을 대비하는 것이라 말씀드렸거든요.」

그리고 그는 검은 장갑을 낀 두 손을 들어 순간적인 몸짓을 해 보였다.

「아니, 어째서 이자에게 수갑을 채우지 않은 건가?」길더 경위가 매그너스의 손을 보더니 벌컥 화를 냈다. 「아주 위험한 인물 아닌가.」

「그것이, 사실은 수갑을 채워야 하는 건지 모르겠습니다.」 경찰관이 여전히 어리둥절한 표정으로 대답했다.

「그게 무슨 소린가? 저자를 체포한 것이 아니란 말인가?」

매그너스의 입가에 희미한 냉소가 번졌고, 마침 다가오는 기차의 기적 소리가 조롱이라도 하듯 메아리쳤다.

「체포를 하긴 했습니다, 저자가 하이게이트의 경찰서를 나올 때 말입니다. 거기서 저자는 주인의 돈을 몽땅 로빈슨 경위님께 맡겼습니다.」경찰관이 깍듯하게 대답했다.

놀란 길더 형사가 매그너스를 바라보았다. 「도대체 왜 그런 거지?」

「그야 물론, 주인님의 돈을 범인으로부터 지키기 위해서입니다.」

「에런 암스트롱 경의 돈을 그 가족들이 갖고 있다면 안전할 것 아닌가?」

길더가 한 이 말의 끝부분은 덜컹거리며 지나가는 기차 소리 때문에 들리지 않았다. 반면 이 저택이 계속 시달려 온 끔찍한 소음 속에서도 매그너스의 말소리만은 음절 하나하나까지 또렷하고 분명했다. 「제가 가족들을 신뢰할 이유는 없습니다.」

그곳에 미동 없이 서 있던 사람들은 누군가 새로운 사람이 다가온 기척을 느꼈다. 그래서인지 고개를 들자마자 브라운 신부의 어깨너머로 앨리스 암스트롱의 창백한 얼굴이 보이는 것에 머튼은 놀라지 않았다. 젊고 아름다운 나이였지만, 윤기 없이 부스스한 갈색 머리카락은 빛의 각도에 따라 백발로 보이기도 했다.

「말조심하시오, 앨리스 양을 놀라게 하다니.」로이스가 거친 목소리로 말했다.

「그랬으면 좋겠군요.」매그너스가 분명한 목소리로 말했다.

앨리스가 움찔했다. 다른 사람들은 의아해했다. 매그너스가 말을 이었다. 「저는 아가씨가 몸을 떠는 모습에 익숙합니다. 여러 해 동안 보아 왔으니까요. 추워서 떤다는 사람도 있고 두려워서 떤다는 사람도 있었지요. 하지만 저는 아가씨가 증오와 분노로 떨고 계시다는 걸 압니다. 바로 그런 감정 때문에 오늘 아침의 비극이 벌어졌고요. 저만 아니었더라면 아가씨는 아마 지금쯤 돈을 모두 챙겨 연인과 함께 멀리 달아났을 겁니다. 주인님께서 아가씨와 저 술주정뱅이 불한당의 결혼을 막으신 이후…….」

「그만두게.」 길더가 엄한 목소리로 말을 막았다. 「이 집안에 대한 자네의 상상이나 의혹에는 관심 없네. 실질적인 증거가 아니라 단지 자네의 단순한 의견이라면…….」

「아, 그렇다면 실질적인 증거를 보여 드리지요.」 매그너스도 형사의 말을 끊었다. 「저를 증인으로 소환해 주십시오. 진실만을 말씀드리겠습니다. 진실은 이렇습니다. 주인님이 창밖으로 내던져진 직후 제가 다락방으로 달려 올라가 보니, 아가씨가 피 묻은 단검을 손에 든 채 바닥에 기절해 쓰러져 있더군요. 이 단검도 드릴 테니 제대로 조사해 주십시오.」 그는 손잡이가 뿔로 된 기다란 칼을 주머니에서 꺼내 길더에게 넘겨주었다. 그러고는 뒤로 몇 걸음 물러나 싸늘한 미소를 지었다. 옆으로 찢어진 눈이 얼굴에서 거의 사라질 정도였다.

머튼은 그런 매그너스의 모습을 보면서 속이 뒤집히는 듯했다. 그는 길더에게 속삭였다. 「앨리스 양의 반박도 들어 보셔야지요?」

브라운 신부가 갑자기 고개를 들었다. 막 세수한 것처럼 얼굴이 상쾌해 보였다. 「물론 그래야겠지만, 과연 앨리스 양이 반박하는 말을 할까요?」

앨리스 암스트롱이 외마디 비명을 질렀다. 모두의 시선이 쏠렸다. 몸이 마비라도 된 것처럼 뻣뻣하고 옅은 갈색 머리카락에 둘러싸인 얼굴은 공포와 충격에 사로잡혀 있었다. 마치 올가미에 목이 졸린 사람 같은 모습이었다.

「이 사람 말로는, 당신이 범행 직후 단도를 쥔 채 의식을 잃었다고요?」길더가 말을 꺼냈다.

「사실이에요.」앨리스가 대답했다.

그 순간 패트릭 로이스가 사람들이 둘러선 틈을 비집고 성큼성큼 들어오더니, 〈어차피 가야 한다면 우선 작은 즐거움부터 누려야겠군〉이라고 말했다.

그의 억센 어깨가 한번 들썩이는가 싶더니 무쇠 같은 주먹이 매그너스의 얼굴을 후려쳤다. 동양적 분위기를 풍기는 사내는 잔디밭에 나가떨어져 불가사리처럼 납작해졌다. 경찰관 두셋이 즉시 로이스를 붙잡았다. 나머지 사람들은 이성이라는 것이 모두 망가지고 온 우주가 어이없는 어릿광대 극으로 바뀐 듯한 느낌을 받았다.

「폭력을 그만두시오, 로이스 씨. 폭행죄로 체포하겠소.」길더가 권위 있게 말했다.

「아니요, 그러실 수 없을 겁니다. 절 살인죄로 체포하셔야 하니까요.」로이스가 강철같이 단호한 목소리로 말했다.

길더는 일격을 당하고 나가떨어진 사내를 흘끗 보았다. 그는 이미 일어나 앉아 얼굴에서 피를 닦아 내고 있었다. 상처는 없었다. 길더가 짤막하게 물었다.「무슨 말씀입니까?」

「이자가 말한 대로 앨리스 양이 손에 단검을 쥐고 기절해 있었다는 건 틀림없는 사실입니다. 하지만 그 칼은 아버지를 공격하려는 것이 아니라 방어하려고 집어 든 것입니다.」로이스가 대답했다.

「아버지를 방어한다고? 누구로부터 방어하려 했단 말입니까?」

「저로부터요.」

앨리스는 복잡한 얼굴로 로이스를 바라보더니, 〈그래도 당신이 용감하다는 것이 기쁘군요〉라고 중얼거렸다.

「위로 올라가시지요. 범행 현장을 보여 드리겠습니다.」 패트릭 로이스가 무거운 말투로 말했다.

다락은 비서 로이스의 방으로(그렇게 덩치 큰 사내에게는 작은 공간이었다) 폭력적인 참극의 흔적이 역력했다. 바닥 한가운데에 커다란 권총이 내던져진 듯 놓여 있었고, 그 왼쪽으로 마개가 열리고 술이 반쯤 남은 위스키 병이 굴러다녔다. 테이블보가 끌어 내려져 짓밟혀 있었으며, 시체에 감긴 것과 동일한 밧줄이 창문턱에 아무렇게나 걸려 있었다. 벽난로 선반 위에는 꽃병 두 개가 깨져 있었는데, 바닥의 카펫 위에도 깨진 꽃병 하나가 뒹굴었다.

「저는 취해 있었습니다.」 로이스가 말했다. 일찌감치 삶에 지쳐 버린 남자의 이 단순한 말에는 처음으로 죄를 저지른 어린아이의 비애감이 배어 있었다.

「여러분은 모두 저에 대해 알고 계십니다.」 쉰 목소리였다. 「제 이야기가 어떻게 시작되는지 모두 알고 계시지요. 이야기의 끝도 비슷한 모습이 될 것 같습니다. 저도 한때는 똑똑하다는 말을 들었고, 행복해질 수도 있었죠. 암스트롱 경은 술집에서 껍데기만 남은 제 몸과 머리를 구해 주셨습니다. 그리고 항상 나름의 방식으로 친절하게 대해 주셨습니다. 다만 한 가지, 따님인 앨리스와의 결혼만은 허락하지 않으셨죠. 결국 그분이 옳았다고 해야 할 겁니다. 자, 이제 더 이상 구구하게 설명하지 않아도 어떻게 된 일인지 아시겠지요? 저 구석에 있는 것이 제가 반쯤 마셔 버린 위스키 병입니다. 그리고 저건 제가 카펫에 대고 쏘아 버린 권총입니다. 시체에 감겨 있던 밧줄은 제 상자에서 꺼낸 것이고요. 시체를 내던진 창도 제 방입니다. 굳이 수사하실 필요도 없습니다. 제 발로 교수대에 가겠습니다. 이게 다입니다!」

길더가 신호를 보내자 경찰관들이 이 커다란 사내를 둘러쌌다. 조용히 끌고 나가려는데, 브라운 신부가 방해가 되었다. 그는 문간에 있는 카펫에 손과 무릎을 대고 마치 기도라도 올리는 듯한 자세로 엎드려 있었다. 다른 사람들 눈에 비치는 모습에 아랑곳 않는 신부는 그 자세를 유지한 채 밝고 둥근 얼굴만 들어 올려 주변을 쳐다보았다. 머리만 사람인 네 발 동물처럼 우스꽝스러웠다.

「참으로 납득이 안 가는군요.」 신부의 말투는 온화했다. 「처음에는 흉기가 하나도 없는 것 같았는데, 지금은 너무 많이 찾아 버렸으니 말입니다. 찌를 수 있는 단검, 목을 조를 수 있는 밧줄, 그리고 쏠 수 있는 권총까지. 그런데 암스트롱 경은 창밖으로 떨어지는 바람에 목이 부러져 죽었습니다. 정말 이상하죠, 경제적이지가 않아요.」 그는 풀을 뜯는 말처럼 바닥을 보며 고개를 저었다.

길더 형사가 뭐라고 말하려 했지만, 엎드려 아래쪽을 향하고 있는 형상이 먼저 술술 설명하기 시작했다.

「일어날 수 없는 일이 세 가지나 있습니다. 첫째, 카펫에 뚫려 있는 구멍들입니다. 총알 여섯 발이 발사되었군요. 카펫에 대고 총을 쏘는 사람이 어디 있단 말입니까? 아무리 술에 취한 사람이라도 자기를 놀리는 상대의 머리를 겨냥해서 총알을 날리는 법이지요. 상대의 발과 싸우거나 그 슬리퍼를 공격하지는 않을 것입니다. 다음은 저 밧줄입니다.」신부는 카펫 쪽은 볼일이 끝났다는 듯 상체를 일으켜 손을 주머니에 넣었지만 여전히 무릎을 바닥에 대고 앉아 있었다. 「아무리 취했다 한들 상대의 목에 밧줄을 걸려다 다리를 감아 버리는 일이 일어날 리 있겠습니까? 게다가 로이스 씨는 그 정도로 마시지도 않았을 겁니다. 잔뜩 취했다면 지금쯤 통나무처럼 침대에 뻗어 있을 테니 말입니다. 마지막으로 정말 이상한 것이 위스키 병입니다. 알코올 중독자가 위스키 병을 차지하려고 싸우다 이겼으면서도 한구석에 굴러다니게 하고, 더구나 반은 쏟아 버리고 나머지 반은 남기는 일이 가능하다고 생각하십니까? 어떤 알코올 중독자도 이런 짓을 하지 않습니다.」

신부가 어색하게 일어서 살인범이라고 자백한 사람에게 명쾌한 어조로 말했다. 「퍽 미안하게 되었습니다만, 당신 이야기는 터무니없는 엉터리군요.」

「신부님, 개인적으로 잠시 드릴 말씀이 있습니다.」앨리스가 낮은 목소리로 신부에게 말했다.

이 요청 탓에 신부도 입을 다물고 문간 자리에서 물러날 수밖에 없었다. 옆방으로 들어서자 신부가 미처 입을 열기도 전에 앨리스가 유난히 날카롭게 말을 시작했다.

「신부님은 정말 영리하신 분이군요. 신부님께서 패트릭을 구하려 하신다는 걸 알아요. 하지만 소용없는 일이에요. 이 사건의 핵심은 캄캄한 암흑 속에 있어요. 신부님께서 더 많은 것을 밝혀내면 밝혀낼수록 제가 사랑하는 저 사람만 불리해질 거예요.」

「왜 그렇죠?」 신부가 앨리스를 응시했다.

「제 눈으로 그의 범행을 목격했으니까요.」 침착한 말투였다.

「그랬군요! 그가 무엇을 하고 있던가요?」 신부도 태연하게 물었다.

「저는 그때 이 옆방에 있었어요. 두 방 모두 문이 닫혀 있었는데, 갑자기 생전 처음 들어 보는 목소리가 들려왔어요. 〈이건 지옥이야! 지옥! 지옥!〉이라는 고함이었지요. 첫 번째 총성이 울리면서 두 방문이 마구 흔들렸어요. 제가 두 방문을 열어젖히고 연기 자욱한 옆방에 들어설 때까지 총이 세 발 더 발사되었지요. 총은 패트릭 손에 들려 있었어요. 그가 마지막 몇 발을 쏘는 모습을 제가 직접 보았습니다. 이어 패트릭은 아버지에게 달려갔어요. 아버지는 공포에 사로잡혀 창틀을 붙잡고 버둥대며 버티고 있었죠. 그는 밧줄로 아버지의 목을 감아 죽이려 했지만, 아버지가 몸을 뒤흔드는 바람에 밧줄이 아래로 미끄러지자 발을 묶었고 미친 사람처럼 끌고 갔어요. 저는 바닥에 있던 단검을 집어 들고 두 사람에게 달려가 겨우 밧줄을 끊고는 기절해 버렸습니다.」

「알겠습니다. 고맙습니다, 앨리스 양.」 브라운 신부는 여전히 침착하고 정중했다.

끔찍했던 기억을 되살리며 다시 충격에 빠진 듯한 앨리스를 옆방에 남겨 두고 신부가 되돌아왔다. 길더와 머튼, 그리고 수갑을 차고 의자에 앉은 패트릭 로이스, 이렇게 세 사람만 남아 있었다.

「여러분의 입회하에 죄수와 이야기를 나눌 수 있을까요? 그리고 잠시만 저놈의 수갑 좀 풀어 주시겠습니까?」

「힘이 센 사람입니다. 왜 수갑을 풀라고 하시는 겁니까?」 머튼이 낮은 목소리로 물었다.

「글쎄요, 그와 악수하는 큰 영광을 누리고 싶어서라고 할까요.」

두 형사가 지켜보는 가운데 브라운 신부가 로이스에게 말을 걸었다. 「자, 이제 다 털어놓아 보시지요.」

의자에 앉은 남자는 고개를 저었고, 신부는 기다리지 못하겠다는 듯 몸을 돌렸다.

「그렇다면 제가 말씀드리지요. 개인의 생명은 공적인 명성보다 훨씬 중요합니다. 저는 살아 있는 사람을 구하고, 죽은 자의 죽음을 그대로 묻어 두겠습니다.」

신부는 창문 앞으로 가더니 눈을 깜빡이며 이야기를 계속했다.

「앞서 말했듯, 이 사건에서 죽은 사람은 하나인데, 흉기는 너무 많아요. 그 흉기들은 흉기가 아니었다고, 사람을 죽이기 위해 사용된 물건이 아니었다고 말씀드립니다. 저 올가미와 피 묻은 칼, 불을 뿜는 권총 같은 흉악한 물건은 실은 기묘하게도 자비의 도구들이었습니다. 암스트롱 경을 죽이기 위해서가 아니라 구하기 위해 사용되었던 것입니다.」

「구하기 위해서라고요! 도대체 무엇으로부터 구한단 말입니까?」 길더 형사가 놀라서 물었다.

「암스트롱 경 자신으로부터요. 그는 자살광이었습니다.」

「뭐라고요? 늘 그렇게 유쾌하던 사람이…….」 머튼이 믿을 수 없다는 듯 외쳤다.

「아주 잔혹한 유쾌함이었지요.」 신부가 창밖을 내다보며 말했다. 「어째서 사람들은 그가 우는 모습을 보이도록 해주지 않았던 것일까요? 그는 점차 경직되고 냉소적인 사람이 되었습니다. 유쾌한 얼굴이라는 가면 속에는 무신론자의 공허한 마음이 감춰져 있었지요. 하지만 유쾌한 인물이라는 평판을 포기할 수 없었던 그는 오래전에 끊었던 술에 다시금 남몰래 기대게 되었지요. 절대 금주를 주장했던 만큼 알코올 중독에 대한 공포가 컸습니다. 스스로 남들에게 경고했던 마음의 지옥이 떠올랐을 테고요. 오늘 아침 암스트롱 경은 바로 그런 공포에 시달렸고, 자신이 지옥에 떨어져 버렸다며 고함을 질렀습니다. 앨리스 양이 난생처음 듣는 그런 목소리로요. 그는 자살 충동에 휩싸여 올가미와 로이스 씨의 권총, 단검 등 여러 자살 도구를 꺼내 놓았지요. 그 순간 우연히 방에 들어온 로이스 씨가 신속하게 상황에 대처했습니다. 단검을 들어 뒤쪽 바닥에 던져 버리고 권총을 빼앗아 바닥에 대고 다 쏘아 버렸습니다. 총알을 빼낼 여유가 없었던 거지요.

자살광은 다른 방법을 생각해 내고는 창가로 달려갔습니다. 로이스 씨는 바로 쫓아가서 뛰어내리려는 사람의 손발을 묶으려 했습니다. 운 나쁘게도 그때 뛰어 들어온 앨리스 양이 둘이 몸싸움 벌이는 모습을 보고 오해한 겁니다. 아버지가 로이스 씨에게서 벗어나도록 하려다 단검으로 로이스 씨의 손가락 마디를 찔렀습니다. 아까 그 손에 맞은 하인의 얼굴에 상처는 없는데 피가 묻어 있지 않았습니까? 바로 여기서 흘린 피였습니다. 앨리스 양은 안간힘을 써서 아버지를 묶었던 밧줄을 끊어 버리고는 기절했습니다. 그 덕분에 아버지는 창밖으로 몸을 날렸고요.」

오랜 침묵이 흐른 뒤 길더가 패트릭 로이스의 수갑을 풀어 주는 딸각 소리가 울렸다. 길더가 말했다. 「진상을 밝혀야만 한다고 생각합니다. 암스트롱 경의 명예 실추보다는 당신과 앨리스 양이 더 중요하지 않습니까?」

「안 됩니다! 앨리스가 알아서는 안 되는 일이라는 걸 모르시겠습니까?」 로이스가 거칠게 소리쳤다.

「뭘 알아서는 안 된다는 겁니까?」 머튼이 물었다

「그야 당연히, 자신이 아버지를 죽였다는 거죠. 앨리스만 아니었다면 암스트롱 경은 아직 살아 있을 게 아닙니까. 그걸 알면 앨리스가 미쳐 버릴 겁니다.」

「아닙니다, 그렇지 않을 겁니다.」 브라운 신부가 모자를 집어 들면서 말했다. 「그 이야기를 제가 직접 전하는 것이 좋겠군요. 아무리 치명적인 실수라 해도 죄악과는 달라서 인생을 망치지는 않는 법이지요. 이제 두 분은 더 행복해지시리라 생각합니다. 저는 농아 학교로 돌아가야겠습니다.」

신부가 바람이 세차게 부는 풀숲으로 나섰을 때, 하이게이트에서 온 낯익은 사람이 그를 불러 세웠다.

「검시관이 도착했습니다. 조사가 곧 시작될 텐데요.」

「저는 농아 학교에 가봐야 합니다. 지체할 수 없어 미안합니다.」 브라운 신부가 대답했다.

어리숙한 신부님의 날카로운 시선

　　『브라운 신부의 순진』(1911)은 영국 작가 길버트 키스 체스터턴의 단편소설 열두 편을 모은 책이다. 브라운 신부가 문제 해결사로 등장하는 추리 단편 시리즈의 첫 번째 책으로, 이후 『브라운 신부의 지혜』(1914), 『브라운 신부의 의심』(1926), 『브라운 신부의 비밀』(1927), 『브라운 신부의 추문』(1935) 등이 연이어 출판되었다. 시, 희곡, 소설, 미술 및 문학 평론, 정치 및 사회 비평 등 폭넓은 영역에서 문필 활동을 벌인 작가 체스터턴은 브라운 신부 시리즈로 가장 큰 대중적 인기를 누렸다. 브라운 신부 시리즈의 단편들은 잡지 『스토리텔러Storyteller』와 『카셀 매거진Cassell's Magazine』에 연재된 후 책으로 출판되었다. 백 년 가까운 세월이 흐른 2013년, BBC 방송이 「브라운 신부」 드라마 시리즈를 제작해 방영하기 시작한 것을 보아도 이 작품의 인기를 짐작할 수 있다. 『브라운 신부의 순진』에 실린 단편들은 드라마 초기 시리즈에 대거 포함되어 있다.

매력적인 인물, 브라운 신부

브라운 신부는 무척 매력적인 인물이다. 하지만 그 매력은 멋진 외모에서 나오지 않는다. 신부의 겉모습은 매력도로 볼 때 오히려 최저점에 가깝다. 여러 단편에 묘사된 브라운 신부의 모습을 합쳐 보면, 작달막한 키, 커다란 머리통, 둥글고 넓적한 얼굴, 멍하게 뜬 회색 눈을 지닌 인물이다. 아마 날씨 때문이겠지만, 항상 커다란 검은 우산을 들고 다니고 우산을 어디 두었는지 몰라 걸핏하면 두리번거리며 찾는다. 사건 해결은커녕 자기 앞가림도 제대로 못할 것 같은 분위기다. 하지만 이런 사람이 탁월하게 상대의 마음을 읽고 상황을 파악하니, 독자와 주변 인물들은 매번 혀를 내두를 수밖에 없다. 날카로운 감각과 명석한 두뇌를 전혀 짐작하지 못하게 만드는 촌스러운 외모가 브라운 신부의 첫 번째 매력인 셈이다.

브라운 신부의 두 번째 매력은 범인들에게 보이는 애정이다. 이는 죄를 저지른 사람의 고해를 듣고 용서해 주어야 하는 가톨릭 신부로서의 입장을 반영하는 것 같기도 하고, 누구든 죄를 짓고 살 수밖에 없는 인간 존재에 대한 연민을 보여 주는 것 같기도 하다. 다이아몬드를 훔쳐 달아나는 도둑에게 악의 길은 내리막길일 수밖에 없다고 설득해 다이아몬드를 되돌려 받은 후 도망갈 길을 터주고(「날아다니는 별들」), 도덕적으로 타락한 형을 죽게 한 목사(「신의 철퇴」)나 연모하는 여성의 남편을 죽인 의사(「잘못된 모양」)에게는 죄를 자백할 것인지의 여부를 스스로 결정하도록 기회를 준다.

브라운 신부의 세 번째 매력은 알 듯 모를 듯 툭 던지는 말들에 있다. 추리 소설은 본래 작가와 독자의 밀고 당기기 게임이지만, 브라운 신부는 자기 생각을 온전히 털어놓지 않는 수수께끼 같은 말로 옆 사람을 애태우곤 한다. 예를 들어 「부러진 검의 의미」에는 〈현명한 사람은 조약돌을 해변에 숨기지. 하지만 해변이 없다면 어떻게 해야 할까?〉라는 말이 반복해서 등장한다. 해변이 없다면 조약돌 널린 해변을 만들어야 한다는, 그리하여 장군이 자신의 비리를 알아낸 부하를 죽인 후 부하의 시체를 숨기기 위해 집단 자살이나 다름없는 군사 작전을 개시하여 시체 밭을 만들었다는 의미가 이렇게 전달된다.

브라운 신부는 어떻게 만들어진 인물일까

브라운 신부의 모델이 된 인물은 작가 체스터턴의 친구였던 오코너 신부라고 알려져 있다. 1903년, 독자 오코너 신부가 작가에게 편지를 보낸 것이 인연의 시작이었다. 이후 직접 만난 두 사람은 친구가 되었고 평생 우정을 나누었다. 오코너 신부는 영국 국교회 신자였던 작가가 가톨릭으로 개종하는 데도 영향을 끼쳤다고 하며, 작가의 사후에는 친구에 대한 책을 쓰기도 했다.

어느 날 체스터턴은 오코너 신부와 함께 산책하면서 범죄에 대한 이야기를 나눴다고 한다. 그런데 뜻밖에도 체스터턴이 제대로 모르는 지점들을 오코너 신부가 바로잡아 주면서 무시무시한 범죄 이야기들을 들려주었다. 체스터턴은 세상의 악과 담쌓은 채 경건하게 살 것만 같은 가톨릭 사제가 그토록 끔찍한 일들을 훤히 알고 있다는 점에 큰 충격을 받았다. 그리고 바로 그 순간 브라운 신부라는 인물이 탄생했다.

「푸른 십자가」에서 브라운 신부는 〈미안해 죽겠다는 듯 이마를 문지르면서〉 범죄 수법과 범죄를 피하는 수법 모두를 〈신부인 죄로 알게 되는 거라고, 사람들이 와서 이야기를 해주는 거라고〉 설명하는데, 오코너 신부 또한 직업상 범죄자들을 만나고 대화를 나눈 결과 어둠의 세계에 대해 많은 것을 알게 되지 않았을까 싶다.

하지만 오코너 신부의 외모나 성격은 브라운 신부와 전혀 달랐다고 한다. 오코너 신부는 유머와 위트가 넘치고 쾌활한 친화력을 발휘하는 인물로 어느 자리에서든 주목을 받았다. 체스터턴은 오코너 신부의 인격과 지성을 지녔으되 외적인 매력도 면에서는 정반대인, 그리하여 어디서든 있는 듯 없는 듯 잘 드러나지 않는 인물로 브라운 신부를 설정했다. 브라운 신부가 지닌 반전의 매력을 극대화하는 장치가 아닐 수 없다. 브라운 신부는 성직자가 탐정 역할을 하는 것으로 설정된 최초의 인물이었고, 이후 여러 성직자 탐정의 모델이 되었다.

브라운 신부와 셜록 홈스

체스터턴의 브라운 신부는 아서 코넌 도일의 셜록 홈스, 애거사 크리스티의 에르퀼 푸아로와 함께 세계 3대 명탐정으로 인구에 회자된다. 세 인물 모두 영국 작가의 펜 끝에서 탄생했고, 시기도 19세기 말에서 20세기 초중반으로 유사하다. 셜록 홈스가 가장 먼저 등장해 후배격인 브라운 신부와 푸아로에게 영향을 미쳤다.

셜록 홈스의 작가 코넌 도일은 1859년생으로, 체스터턴보다 15년 먼저 태어나 6년 먼저 사망했다. 거의 동시대를 살았다고 볼 수 있다. 1887년에 발표된 「주홍색 연구」 속 주인공으로 처음 세상에 등장한 셜록 홈스는 1892년 무렵 최고의 인기를 누렸다. 『브라운 신부의 순진』이 1911년에 출판되었다는 점을 고려하면, 체스터턴은 브라운 신부 단편들을 집필하기에 앞서 이미 셜록 홈스가 활약하는 작품들을 접했을 것이다. 『브라운 신부의 의심』에 수록된 첫 단편 「브라운 신부의 부활」에서 실제로 확인할 수 있다. 〈브라운 신부도 왓슨 박사의 주인공(즉, 셜록 홈스)처럼 절벽에서 떨어져 일시적으로 실종된 것으로 얘기를 끌고 나가자고 했다〉라는 문장에서 직접적으로 셜록 홈스가 언급되기 때문이다.

브라운 신부와 홈스는 독신이고 관찰력이 뛰어나다는 공통점을 지닌다. 하지만 곰곰이 살펴보면 차이점이 더 많다. 전업 탐정인 홈스는 베이커 거리의 자택 겸 사무실로 찾아오는 손님들이 의뢰하는 사건들을 맡는 반면, 브라운 신부는 신자의 가정을 방문한다든지, 신자가 사망해 종교 의례를 행하러 간다든지 하는 가톨릭 사제의 본분을 다하다가 우연히 사건과 접하곤 한다. 홈스는 돋보기를 들고 다니며 발자국이나 담뱃재를 찾아내고 독극물에 대한 전문 지식을 발휘하며 범인을 찾아내지만, 브라운 신부는 오로지 자신의 오감과 직관에만 의존해 사건의 진상을 밝혀낸다.

홈스 곁에 친구이자 기록자인 왓슨이 있다면, 브라운 신부 곁에는 한때 유럽을 떠들썩하게 만든 도둑 출신의 플랑보가 있다. 도둑질은 해도 살인이나 상해는 저지르지 않는, 완벽한 각본으로 모두를 속이는 예술적 범죄자였던 플랑보는 브라운 신부의 교화 덕분에 손을 씻고 탐정으로 변신한다. 이후 탐정 사무소를 운영하며 브라운 신부와 친구이자 협력자 관계를 유지한다. 키가 크고 힘이 세며 몸도 날랜 플랑보는 모든 면에서 브라운 신부와 대조되는 모습이고, 감정을 숨기지 않는 솔직함이 호감을 준다.

학창 시절에 셜록 홈스 시리즈를 열심히 읽었던 번역자 입장에서 볼 때, 코넌 도일과 체스터턴의 가장 큰 차이는 서술 방식이라고 여겨진다. 홈스 이야기에 익숙한 사람이라면 브라운 신부 이야기를 읽으면서 장황하고 지루한 느낌을 받을 지도 모른다. 사건 정황을 보여 주고 독자의 허를 찌르는 추리 방식과 결론을 간명하게 전달하는 홈스 이야기와 달리, 브라운 신부 이야기에는 상세한 묘사가(이는 체스터턴이 미술을 공부한 이력과 관련된다), 각 인물의 생각과 상황이, 추측과 분석 과정에 대한 복잡한 설명이 이어지기 때문이다. 그리고 이는 체스터턴의 브라운 신부 단편들이 그저 단순한 추리 소설에 그치지 않게끔 만든다.

사건 추리를 넘어서는 생각거리들

브라운 신부의 말 속에는 곱씹어볼 만한 통찰이 자주 등장한다.

사람들은 상대가 묻는 말에 대답하는 게 아니라는 걸 생각해 보았나요? 상대의 말이 의미하는 것, 혹은 자신이 보기에 상대의 말이 의미하는 것에 대답하는 법이지요. 시골집에 사는 부인에게 〈같이 사는 분이 있나요?〉라고 물으면 〈네, 집사랑 마부 세 명, 하녀 한 명이 같이 삽니다〉라고는 절대 대답하지 않을 겁니다. 하녀가 같은 방에 있거나 집사가 의자 뒤에 서 있다 해도 〈같이 사는 사람이 없습니다〉라는 대답이 나오죠. 여기서 사람이 없다는 것은 묻는 사람이 의미한 바로 그런 사람이 없다는 뜻입니다. 그렇지만 전염병 조사를 나온 의사가 〈같이 사는 분이 있나요?〉라고 묻는다면, 그 부인은 곧바로 집사랑 마부, 하녀들을 떠올릴 겁니다. 언어는 늘 그렇게 사용됩니다. 문자 그대로의 질문에 답이 나오는 일은 없다는 거죠.

우리의 의사소통 방식에 대해 다시금 생각하게 하는 설명이다. 겉으로 드러나는 말이나 행동 아래에는 암묵적인 합의가 다양하게 깔려 있다. 그런데 범죄 사건을 접할 때는 그 암묵적인 합의를 하나하나 다시 검토할 필요가 있다. 그래야 건물에 들어간 사람이 아무도 없었다는 말이 〈의심할 만한 사람〉이 없었다는 말로 해석되고(「보이지 않는 사람」), 경찰 제복을 입고 나타나기로 되어 있던 배우 손님이 실제 경찰관일 수 있음을 깨달을 수 있기(「날아다니는 별들」) 때문이다. 「이즈리얼 가우의 명예」에는 백작 저택에서 발견된 뜻밖의 물건들, 즉 낱개 상태로 돌아다니는 다이아몬드, 촛대 없

이 여기저기 놓인 초, 무더기로 쌓인 코담배, 기계 부품으로
보이는 금속 조각들을 두고 플랑보가 도무지 연결되지 않는
다고 말하는 장면이 있다. 그러자 브라운 신부는 즉석에서
무려 세 가지나 되는 연결 가능성을 제시한다.

글렌가일 가문은 프랑스 혁명을 극도로 혐오했습니다.
구체제 옹호자로서 부르봉 왕가의 삶을 그대로 재현하고
자 했죠. 그래서 18세기 사치품이었던 코담배를 사용했던
겁니다. 밀랍초 역시 18세기의 조명 수단이어서 사용했고
요. 기계 부품은 자물쇠 만지는 취미가 있던 루이 16세를
본뜬 거죠. 다이아몬드는 마리 앙투아네트의 다이아몬드
목걸이를 기리는 것이고요.

(……)

글렌가일의 마지막 백작은 도둑이었습니다. 남의 집을
터는 도둑으로 이중생활을 해 온 거죠. 초를 짧게 잘라 휴
대용 초롱에 넣고 다녔기에 촛대가 필요 없었습니다. 코담
배는 프랑스 범죄자들이 후추를 쓰듯이 사용했습니다. 추
적자의 얼굴에 갑자기 뿌려 대는 거죠. 마지막 증거는 다
이아몬드와 작은 철 조각이라는 흥미로운 조합입니다. 모
든 것이 명백해지지 않나요? 유리창을 자를 수 있는 도구
는 다이아몬드와 철제 조각, 딱 두 가지뿐이니까요.

(……)

글렌가일 백작은 영지에서 보석을 발견했거나, 발견했
다고 믿었습니다. 누군가 다이아몬드 알맹이들을 보여 주

면서 동굴에서 찾았다고 한 거죠. 작은 철 바퀴는 다이아
몬드를 자를 때 필요한 도구입니다. 백작은 양치기나 거친
사내 몇 명의 도움을 받아 은밀하게 이 일을 해내야 했죠.
코담배는 스코틀랜드 양치기에게 대단한 사치품이니, 매
수할 때 사용되었습니다. 촛대는 필요 없었습니다. 초를
손에 들고 동굴에 들어갔으니까요.

연결 가능성이 제시될 때마다 놀라 눈을 휘둥그레 뜨는 플
랑보와 경감에게 브라운 신부는 〈엉터리 철학 열 개가 모두
우주를 설명해 내듯 엉터리 이론 열 개도 글렌가일성의 수수
께끼에 들어맞을 수 있다〉고 말해 준다. 도저히 설명할 방법
이 없다는 생각은 섣부른 포기에 불과하다는, 탐정은 얼마든
지 열 가지 가능성을 떠올릴 수 있으며 논리적 사고를 통해
진짜 설명을 찾아내야만 한다는 철학을 보여 주는 대단한 장
면이다.

더 나아가 이 작품에는 다양한 사회적 문제와 논쟁거리들
이 사건의 배경으로 깔려 있다. 작가의 시선을 의식하며 우
리 자신의 생각을 돌이켜보게 되는 지점들이다.

십자가라는 미신을 무너뜨려야 한다는 일념으로 가톨릭
에 거액 기부 의사를 밝힌 백만장자를 살해하는 경찰청장
(「비밀의 정원」)과 마음만 확고하면 무엇이든 견딜 수 있다
는 주장을 내세우며 태양의 사제로 행세하는 사이비 교주
(「아폴로의 눈」)를 보면서 종교의 의미와 영향력에 대해 고
민하게 된다. 노예로서든 친구로서든 가난한 사람이 가까이

있다는 것 자체를 참을 수 없어 하는 현대의 금권정치가들(「괴상한 발소리」), 그리고 사회주의자 청년이 부유한 귀족과 대립하는 모습(「날아다니는 별들」)은 계급과 빈부 격차라는 주제를 던져 준다. 고귀한 귀족 혈통의 후손들이 천하의 난봉꾼이 되거나(「신의 철퇴」) 서로를 이용하고 괴롭히는 망나니 형제로 살아가는(「사라딘 대공의 죄」) 상황은 가문과 전통에 대해 의문을 갖게 만든다. 집안일을 담당하는 하인 로봇들에게 둘러싸여 살아가는 인물(「보이지 않는 사람」)은 작가 체스터턴이 21세기의 인공지능 시대를 백 년이나 앞서 형상화했다는 점에서 우리를 놀라게 한다. 동양적인 미에 빠져 버린 작가와 수수께끼 같은 말을 중얼거리는 인도의 마법사가 등장하는 「잘못된 모양」은 유럽인들의 오리엔탈리즘을 엿보는 기회가 된다.

개인적으로 가장 인상적이었던 작품은 「부러진 검의 의미」였다. 모두가 존경하는 장군이 실상은 비열하고 사악한 인물이었다는 점, 그럼에도 군대와 국가의 명예를 위해 진실을 아는 이들이 모두 영원히 입을 다물기로 결심했다는 점, 진실을 알아낸 브라운 신부 또한 침묵을 선택한다는 점이 충격으로 다가왔다. 우리가 아는 역사적 사실 중에도 이렇게 왜곡된 것이 적지 않으리라.

추리 소설 작가인 줄리언 시먼스는 브라운 신부 시리즈의 작품들이 〈역사상 가장 뛰어난 추리 단편들〉이라고 극찬하면서도 〈앉은 자리에서 두세 편을 읽어야지, 예닐곱 편을 읽어서는 안 된다〉는 조언을 남겼다. 단번에 읽고 소화시켜 버리기에는 버거운, 그랬다간 지나치게 될 너무 아쉬운 많은 생각거리들을 놓치지 말라는 조언으로 해석된다.

사회 비평가이기도 했던 체스터턴이 추리 소설이라는 대중 장르를 선택한 이유도 어쩌면 묵직한 주제를 가벼운 듯 포장해 일반인들에게 전달하려는 의도였을지 모른다.

이 책을 읽는 독자들이 브라운 신부의 매력을, 그리고 브라운 신부 이야기 곳곳에 포진한 흥미로운 생각거리들을 충분히 즐기기를 기대한다.

2019년 9월
이상원

길버트 키스 체스터턴 연보

1874년 출생 5월 29일 영국 런던 켄싱턴의 중류층 가정에서 출생.

1887년 13세 세인트폴 스쿨에 입학.

1892년 18세 슬레이드 미술 학교에서 공부하면서 유니버시티 칼리지의 영문학 수업을 들음.

1893년 19세 회의주의에 빠져 심리적 위기를 겪음. 심령술과 악마주의에 심취함.

1895년 21세 학위를 받지 않고 유니버시티 칼리지를 떠남. 런던의 출판사들에서 일하기 시작함.

1900년 26세 첫 시집 『놀이하는 회색 수염 *Greybeards At Play*』 출간. 보어 전쟁에서 보어인(네덜란드계 남아프리카 원주민)들을 옹호하는 입장을 취해 주목을 받음.

1901년 27세 프랜시스 블록과 결혼함. 주간 발행물 『더 스피커 *The Speaker*』에 실렸던 사회 비평 에세이 모음집 『피고 *The Defendant*』 출간. 에세이집 『난센스에 대한 옹호 *A Defence of Nonsense*』 출간.

1903년 29세 문학 평론서 『로버트 브라우닝 *Robert Browning*』 출간.

1904년 30세 첫 소설 『노팅 힐의 나폴레옹 *The Napoleon Of Notting*

Hill』출간.

1905년 [31세] 소설 『괴짜 상인 클럽*The Club of Queer Trades*』출간.

1906년 [32세] 문학 평론서 『찰스 디킨스*Charles Dickens*』출간.

1908년 [34세] 그리스도교 변증론 책 『정통파*Orthodoxy*』출간. 소설 『목요일이었던 남자*The Man Who Was Thursday*』출간. 에세이집 『모자 뒤따라 달리기*On Running After One's Hat*』출간.

1909년 [35세] 아내와 함께 런던에서 서쪽으로 약 40킬로미터 떨어진 비콘스필드로 이주함. 활발한 저술 및 강연 활동.

1911년 [37세] 『브라운 신부의 순진*The Innocence of Father Brown*』출간.

1913년 [39세] 『데일리 헤럴드*Daily Herald*』지에 글을 쓰기 시작하여 1914년 까지 고정적으로 기고함.

1914년 [40세] 신체적·정신적 쇠약 증세에 시달림. 『브라운 신부의 지혜*The Wisdom of Father Brown*』출간.

1919년 [45세] 팔레스타인, 이탈리아, 미국 등지로 3년간의 강연 여행을 떠남.

1922년 [48세] 영국 국교회에서 로마 가톨릭으로 개종함.

1923년 [49세] 『아시시의 성 프란치스코*Saint Francis of Assisi*』출간.

1925년 [51세] 『지케이 위클리*G.K.'s Weekly*』발행을 시작함. 여기 실린 글을 통해 자본주의와 사회주의를 모두 배격하고 보다 공정한 부의 재분배와 민주주의를 옹호함. 체스터턴이 사망할 때까지 계속 발행. 그리스도교 변증론 책 『영원한 사람*The Everlasting Man*』출간.

1926년 [52세] 『브라운 신부의 의심*The Incredulity of Father Brown*』출간. 종교적인 논쟁을 담은 책 『가톨릭 교회와 개종*The Catholic*

Church and Conversion』 출간.

1927년 53세 『브라운 신부의 비밀*The Secret of Father Brown*』 출간. 흠모하던 유럽 국가인 폴란드에서 한 달간 지냄.

1929년 55세 단편들이 인정받으면서 영국의 추리 클럽The Detection Club 회원이 되고, 이후 회장으로 추대됨.

1933년 59세 『성 토마스 아퀴나스*Saint Thomas Aquinas*』 출간.

1935년 61세 『브라운 신부의 추문*The Scandal of Father Brown*』 출간.

1936년 62세 『자서전*The Autobiography*』 출간. 6월 14일 비콘스필드 자택에서 사망. 로마 가톨릭 묘지에 묻힘.

열린책들 세계문학 245 브라운 신부의 순진

옮긴이 이상원 서울대학교 가정관리학과와 노어노문학과를 졸업하고 한국외국어대
학교 통번역대학원에서 석사 학위와 박사 학위를 받았다. 『첫사랑』, 『살아갈 날들을
위한 공부』, 『안톤 체호프 단편선』과 같은 러시아 고전을 비롯하여 『적을 만들지 않
는 대화법』, 『홍위병』, 『콘택트』 등 80여 권의 번역서를 번역했다. 현재 서울대학교 기
초교육원 강의 교수로, 글쓰기 강좌를 운영하며 저서 『서울대 인문학 글쓰기 강의』,
『매우 사적인 글쓰기 수업』을 출간했다.

지은이 길버트 키스 체스터턴 **옮긴이** 이상원 **발행인** 홍지웅·홍예빈
발행처 주식회사 열린책들 **주소** 경기도 파주시 문발로 253 파주출판도시
전화 031-955-4000 **팩스** 031-955-4004 **홈페이지** www.openbooks.co.kr
Copyright (C) 주식회사 열린책들, 2019, *Printed in Korea.*
ISBN 978-89-329-1245-5 04840 **ISBN** 978-89-329-1499-2 (세트)
발행일 2019년 11월 10일 세계문학판 1쇄 2020년 6월 15일 세계문학판 2쇄

이 도서의 국립중앙도서관 출판예정도서목록(CIP)은 서지정보유통지원시스템 홈페이지(http://seoji.nl.go.kr)와
국가자료공동목록시스템(http://www.nl.go.kr/kolisnet)에서 이용하실 수 있습니다.(CIP제어번호:CIP2019041261)

열린책들 세계문학
Open Books World Literature

각 권 8,800~15,800원